U0570164

魏晋风华

轻松读懂《世说新语》

魏风华 著

中华书局

目录

第三章　奇言妙语

为什么怀念魏晋

谈及中国的历史，单说"魏"或"晋"时，似无出奇之处，但如果把"魏"和"晋"连在一起说出来，一个光照千古的神奇概念就骤然出现：魏晋风度。

"一种风流吾最爱，魏晋人物晚唐诗。"这是日本诗人大沼枕山的诗句。与汉朝的敦实厚重、三国的慷慨激荡、唐朝的盛大开放、宋朝的清丽婉约不同，魏晋人物以率性不羁、旷达玄远著称。这是当时整个社会的精神时尚和审美追求，魏晋也因此而成为中国历史上空前绝后和争议最大的时代。

正像我们知道的那样，魏晋时代有三个主要特点：

首先是大分裂。魏蜀吴三国归晋，经短暂一统后，再次陷入分崩离析；这一次分裂的时间，是中国历史上最漫长的，前后达三百年之久。其次是皇权衰退，士族把持权柄。门阀时代的序幕拉开于东汉中期，到东晋时进入鼎盛期，甚至出现虚君共和、士族执政的现象。这在中国历史上是绝无仅有的。再就是儒学崩溃，老庄玄学盛行，名士们以率性旷达的言行引领着时代风尚。

率性旷达的言行，通过社交网络品人与推赏，以及清谈玄学和寄情山水，是魏晋名士生活的四大主要内容。其先声多由东汉后期的名士所发出，故而余嘉锡先生论戴良的行为（为母学驴叫、母丧期间仍食酒肉）时断言："盖魏晋人之一切风气，无不自后汉开之。"接下来，从竹林、金谷到兰亭，魏晋名士用自己的一言一行，实践着人生的多样性和多种可能性。

"非汤武而薄周孔，越名教而任自然。"这是嵇康喊出的口号。魏晋名士们挣脱了儒家礼教的束缚，竞相追求心性的自由与高旷的深情，其实这才是对生命最大的致敬，所以皇帝曹丕吊唁大臣时才会跟众人一起学驴叫以满足死者生前的喜好，所以王徽之才会在雪夜访戴时造门不前而返，所以阮籍才会在驾车狂奔至前面无路时席地痛哭——不要以为泪水中仅仅包含着一个时代的倒影，更有对生命价值与天地光阴最彻骨的追问。

魏晋风度在后世当然也遭到很多抨击。

一些人有多爱它，另一些人就有多恨它。恨魏晋者认为，那时候，礼崩乐毁，名士们言行不羁，又热衷于清谈玄学、漫游山水，以致误君误国误天下。

爱恨间，学者宗白华有个说法："汉末魏晋六朝是中国政治上最混乱、社会上最苦痛的时代，然而却是精神史上极自由、极解放、最富于智慧、最浓于热情的一个时代。"他认为魏晋之人，风神潇洒，不滞于物，他们以虚灵的胸襟、玄学的意味体会自然，乃表里澄澈、一片空明，建立了最高的晶莹的美的意境。

这其实才是最贴切的评价。

洒脱的言行、美好的人格、隽永的智慧、玄远的深情，魏晋名士做了中国精神史上最具魅力的一次远行：向内，他们发现了心性自由之美；向外，他们发现了山川自然之美。他们孤独地站在历史的云端，前无古人，后乏来者。

然而，时光的演进总令人伤感。

东晋末年，北府兵将领刘裕掌握了权力，并在公元 420 年夺取了司马家的江山。出身寒微的刘裕在某种不自信下对名士阶层进行了全面打击，并恢复了儒家的正统地位和皇权政治。公元 433 年，以谢灵运被杀为标志，魏晋之风正式熄灭。尽管之后有隋唐的开放气象，更有宋明的发达商业，但背后多少都拴着一根儒家的绳索，紧紧地束缚着中华文明。

现在，千年已逝。

当我决定写一部有关魏晋的书时，除了隔空怀念外，更多是为了向那个乐旷多奇情的绝版时代致敬。

既然写魏晋，就得面对南北朝时刘义庆所编的《世说新语》。作为古代士人的枕边书，它千百年来畅销不衰，一代名士的趣闻逸事通过它而保存下吉光片羽。明代学者胡应麟有一个著名的评价："读其语言，晋人面目气韵，恍忽生动，而简约玄澹，真致不穷。"鲁迅的说法是："记言则玄远冷俊，记行则高简瑰奇。"李泽厚则称："《世说新语》津津有味地论述着那么多的神情笑貌、传闻逸事……重点展示的是内在的智慧、高超的精神、脱俗的言行、漂亮的风貌。而所谓漂亮，就是以美如自然景物的外观，体现出人的内在的智慧和品格。"或者可以这样说，以这部中国古代最著名的志人笔记为线索来梳理、描绘与解读魏晋时代，既是捷径，又是正道。

但这也不仅仅是一部向魏晋致敬的书。

因为，魏晋名士的率真旷达、超拔脱俗、珍重自我、爱惜个性的情怀，以及对内心和天地间自由的寻找，恰恰是我们这个精神浮躁、物质至上的时代所缺乏的。从这个角度看，这也是一部切近并反思当下时代的书。

是为序。

2014 年 10 月 20 日于天津—北京

第一章　高德美誉

立志扫天下的少年

　　陈仲举言为士则，行为世范，登车揽辔，有澄清天下之志。为豫章太守，至，便问徐孺子所在，欲先看之。主簿白："群情欲府君先入廨。"陈曰："武王式商容之闾，席不暇暖。吾之礼贤，有何不可！"

　　陈仲举，名蕃，汝南平舆（今河南平舆北）人，东汉后期的名士和重臣。

　　陈蕃小时候说过一句话："大丈夫处世，当扫天下，安能事一屋？"这句话和陈汤那句话都挺有名的。陈汤说："明犯强汉者，虽远必诛。"陈汤的话道出一个王朝的自信和气魄，陈蕃的话则说出一个少年的远大志向。

　　那一年，陈蕃才十五六岁吧，父亲的朋友路过他的书房，看到屋子里很乱，就责怪陈蕃："为什么不把屋子打扫干净迎接客人呢？"

　　正在读书的陈蕃说出上面那句话。

　　父亲的朋友反问："一屋不扫，何以扫天下？"

　　问得确实不错，陈蕃哑口无言了。但是，性子很直的他，拉着父亲的朋友一起打扫起卫生来。

　　后来，陈蕃真的有出息了。德才兼备的他，踏入仕途后，受到大臣胡广的赏识，官越做越大，其间因直言屡次被贬，影响力随之越来越大，所谓"言为士则，行为世范"，成为天下人的榜样。

　　如果逢着开明的时代和君主，陈蕃就是魏征那样的人物了，但在东汉后期诡谲动荡的政治风云中，素以刚直方正、孤高清廉著称的他，就只能一点点抱紧自己注定悲剧的人生了。说到这儿，得谈一下东汉王朝。

　　在中国历史上，东汉被前面的西汉和后面的三国遮蔽了。

帝国创建者光武帝刘秀，是史上少有的宽仁君主。其后的明帝和章帝也都不错。东汉初期的政治，可以说非常昌明。但是，自汉和帝即位（公元88年），东汉进入中期后，情况渐渐变了。

东汉中期以来的政治特点是：外戚、宦官相互争斗，而后者又取得了优势，上蒙天子，下干朝政，贪纵骄横，把帝国搞得乌烟瘴气，并开了宦官政治的先河。

造成以上局面的根本原因是：自中期以来，东汉皇帝继位时的年龄越来越小，导致母后临朝，太后的娘家人即外戚掌权，而皇帝长大后，便想着从外戚手里夺回权力，靠谁呢？只能靠身边的宦官。

汉和帝登基时只有九岁，成年后利用宦官郑众，一举诛杀掌权的外戚窦氏家族。随后的汉安帝时期，又有两次大规模的宦官、外戚冲突。到汉桓帝时，宦官单超诛杀了权倾朝野的梁氏外戚，使宦官势力达到高峰。

宦官胜利带来的直接恶果是掌控皇帝，凌驾于大臣之上，肆意干政，卖官鬻爵，骄纵贪暴。作为大臣，这时候只有两个选择：一是依附在宦官周围；二是不与之合作，寻机力转乾坤。选择后一条道路的士人慢慢形成一个松散的集团，也就是"清流"。

东汉后期的清流名士坚持着家国理想，为挽救帝国大厦的倒塌而一次次努力。陈蕃，就是这种浩然士风的代表。

说到士风，春秋战国时期，士的人格是独立的，是"王之师友"；进入秦汉后，发生了大变化，如果不隐居的话，只能变为"王之臣"。到汉武帝时，独尊儒术，察举选官制度（自下而上一级级推荐人才）完善与确立，使士人入仕有了制度性保证，但同时也要求他们服帖于君主的独裁。

但是，并不是说传统士文化中的美好品质就都不存在了，刚正与担当仍然保存在士大夫的主流价值观中，这在东汉士人身上表现得尤为明显。晚明顾炎武曾说："三代以下风俗之美，无尚于东京（东汉）者。"

顾炎武所说的风俗，指的就是士风。

甚至可以这样说，东汉是中国士文化真正而有效的源头。但很多人忽视或者说不敢承认这一点。

有人认为东汉士人之所以有令人称赞的品质，是开国皇帝刘秀所开辟的尊重士人的政策的映照。

实际上，东汉多高士，跟在这个王朝大兴的"察举"这个自下而上的选官制度有关。

察举制到东汉实际上有两大项："举孝廉"和"举茂才（秀才）"。你在地方上被发现的前提当然是具有德行上的美誉。这在后世看来是一个高要求，但在东汉却是一个基本的东西。

东汉都城在洛阳，士人的这种精神，可称之为"洛阳精神"。

洛阳士人往往有一种努力使典籍中的理想人格在自己身上具体化的冲动。

在当时，跟陈蕃一样充满浩然士风的，还有很多人。他们多以群体方式出现，并各有名号，如"三君"（陈蕃等三位名士）、"八俊"（李膺等八位名士）、"八顾"（郭泰等八位名士）……

上面三个首席中，陈蕃、李膺是重臣，郭泰则是太学生领袖。

两大重臣太傅陈蕃和司隶校尉李膺齐名，二人不相上下，或者说各有所长，所以一时间不能定先后。最后，有人挤进人群，说了这样一句话："陈蕃强于犯上，李膺严于摄下。犯上难，摄下易。"

于是，陈蕃胜出。

汉桓帝末年，帝国之内民生艰难，朝廷之上宦官当政，一片天下将乱的景象。

李膺因事被诬获罪，陈蕃一人独撑危局。乘车时，他总是拽着缰绳，举目远望，想挽狂澜于既倒，努力澄清朝野。

后汉灵帝即位，陈蕃被窦太后任命为辅政大臣。

此时，专权宦官以曹节、王甫为首，朝堂为之污浊。

建宁元年（公元168年）秋九月，陈蕃与外戚窦武秘密策动，意欲诛杀曹、王等人，却不料走漏风声，后者抢先发难，率诸宦官关闭洛阳宫门，并劫持了灵帝，软禁了太后，接着迅速矫旨发兵，袭杀了窦武。

一时间风云突变！

此时陈蕃已年过古稀，想起小时候的志向，他不禁百感交集。

须发皆白的他拎了把长剑，带领府内侍从以及学生近百人突入承明门，想冒死一拼。

结果自然是个悲剧。回想起来，东汉历史上最著名的五次宦官与大臣的冲突，最后竟都以宦官的胜利而告终。王甫派军士收捕陈蕃，当日即杀之。据说，被害前，已七十多岁的陈蕃，遭王甫、曹节的羞辱，被二人交替着抽耳光。

再后来，汉灵帝死了，少帝即位，宦官与外戚再次发生冲突，远在凉州的董卓趁机拥兵入洛阳，伟大的三国时代就此拉开序幕。

对天下士人的领袖陈蕃来说，其实他有多次隐退避祸的机会，但他却没选择那条路。他有自己的信念："以遁世为非义，故屡退而不去；以仁心为己任，虽道远而弥厉。"最终，殉于国难。

追溯陈蕃的往事，翻到汉顺帝时代。那时候，身为尚书的他因得罪权贵，被贬到豫章即江西南昌做太守。当时，豫章有个著名隐士，徐稺，字孺子。陈蕃早知其名，到任后，衙门未入，就直奔徐家。

手下阻拦："大家希望您先去官署……"

陈蕃答："周武王在车上看到商朝良臣商容寓所的门，便站起来致敬，以致车的座位都没被暖热。我去拜访贤士，有什么不可以的呢?!"

后来，陈蕃和徐稺成了挚友，经常待在屋子里谈论天下事。陈蕃希望徐稺出来为朝廷效命。每到这时候，徐总是笑而不语。

做豫章太守的日子，陈蕃专门在自己的寝室为徐稺准备了一张床，聊得太晚了，便把徐留下过夜。

但徐稺终未出山。因为他知道：东汉将倾，即使有陈蕃这样的大臣，也无济于事了。

在南方的古道旁，那是个黄昏吧，徐穉摇了摇头；陈蕃则长叹一声，他身不由己。这是性格造就的命运与选择。

那个时代的剪影大约如此：望着徐穉的身影渐渐融入暮色中的山林，陈蕃怅然若失。许久，他转过身，上了瘦马。这时候，有冷风吹来，夕阳下，当初志扫天下的少年，拖着疲惫的步伐，踏上了返回洛阳的险恶路途。

登龙门

> 李元礼风格秀整，高自标持，欲以天下名教是非为己任。后进之士有升其堂者，皆以为登龙门。

李膺，字元礼，颍川襄城（今河南襄城）人。跟陈蕃一样，李膺也因受胡广提携而步入仕途，先后任青州刺史、渔阳太守、蜀郡太守、护乌桓校尉、河南尹、司隶校尉等职。其人为高士，亦精通军事，率部出击鲜卑与西羌，屡屡获胜。

李膺仪表高迈，孤拔不群，一如松下清劲之风。

这个人是很骄傲的。对一般人，他都不怎么搭理。在颍川时，他只跟当地最著名的士人荀淑、陈寔有交往。

李膺为人严肃苛刻，似不通人情，天下士人皆敬畏之。

不过，你要是真有才华，那么不管你年龄大小、地位如何，李膺都会亲热地拉起你的手。

比如，李膺跟比自己小十八岁的太学生领袖郭泰关系就很好，两人经常在一起品评人物、议论朝政，把从东汉中期开始流行的品人之风又往前推了一步。同时，也使得名士间的社交形成网络化。

名士间的社交网络非常重要。

在东汉中期，袁绍的先人袁安出仕，随后奠定了汝南袁氏的赫赫地位，其后四世五公；几乎同时，弘农杨震一族崛起，四世三公。

这两个家族的崛起，预示着中古门阀士族时代的到来。

他们的崛起跟家学有重要关系，即对《诗》《礼》《易》《尚书》《春秋》等儒家经籍解释权的掌握和世代传承。后世有学者提出疑问：何以西汉家学兴盛却没产生世家大族？田余庆先生举了千乘欧阳生家族八代传《尚书》的例子，最后认为：世家大族的崛起虽跟家学有关，但最终依靠的还是东汉中后期流行起来的社交网络，也就是名士间的游学互访和品评推荐，以此获得士林中的名望，再通过察举制进入仕途，其后依靠家族的声誉而累代为官。

在东汉后期，名士间交游互访，彼此品评，是一种新风，不但时尚，而且对士人声誉的提高具有实际作用。

李膺和郭泰，就引领了这种风气。

汉桓帝末年，时为河南尹的李膺，弹劾前北海郡太守羊元群贪污。羊买通宦官，反定李膺之罪，引起清流朝臣和太学生的抗议。汉桓帝宠幸宦官，但有时候也懂事，很快就赦免了李膺。

李膺再拜司隶校尉。

司隶校尉是监察官，主要职责是监察京城洛阳及周边之事。但凡出任此职的人，往往都具备秉公执法、不畏权贵的特点。

李膺当然更是如此。

当时，权宦张让的弟弟张朔为野王县令，贪暴无度，枉杀孕妇。李膺正欲对其调查，张朔闻风逃至京城，藏在哥哥家的空心柱中。李膺得报后，马上带人破柱捕之，得口供，立斩之。

张让向桓帝告状，桓帝只好把李膺叫来，不过自然不能使其屈服。

此后，宫中大小宦官即使休闲日也不敢出宫，桓帝问缘由，答："畏李校尉。"

汉桓帝延熹九年（公元166年），有宦官犯罪被清流大臣惩治，桓帝在谗言下反治大臣之罪。太尉陈蕃劝谏无效。此时，李膺亦在惩处宦官党羽时遭诬："养太学游士，交结诸郡生徒，更相驱驰，共为部党，诽讪朝廷，疑乱风俗。"

这一次，桓帝将李膺等人下狱，陈蕃亦被免去太尉一职。

外戚窦武，身份虽显贵，但为人正直，想方设法营救"党人"。此时，一些宦官也恐祸及身，见好就收。经大赦天下，诸人被放出，但李膺等"党人"，以及亲族、门生，都不得为官。这就是东汉第一次"党锢之祸"。

党锢之祸后不久，汉桓帝死，汉灵帝即位，陈蕃官复太尉，在其努力下，李膺等人又被朝廷起用。但不久后，洛阳发生政变，陈蕃和窦武都死难。

李膺虽继陈蕃之后，为天下士人的领袖，但又一次被罢官。

李膺在职时，因乐于提携德才兼备的后生，年轻士人到洛阳都以能被其接见为荣，这在当时被称为"登龙门"。被接见者也会因为李膺的品评而身价百倍。或许是李膺的影响力太大了，搞得一些专权的宦官心里不踏实。

汉灵帝建宁二年（公元 169 年），宦官为彻底压倒和消除清流朝臣的影响力，诬其为"钩党"，罪名是"相举群辈，欲为不轨"，李膺等人被下狱处死，其他幸免者也遭到打击。

宦官通过皇帝的诏书，禁止这些名士的门生故吏、族子兄弟出仕为官，导致"天下豪杰及儒学有行义者"皆为"党人"，是为第二次"党锢之祸"。

陈蕃先死，李膺再亡，在洛阳学界享有盛誉的太学生领袖郭泰亦退隐山西故乡。李、陈的门生都被禁了官路，想出仕也没希望了。

第二次"党锢之祸"后，清流朝臣挽救东汉危亡的努力实际上已宣告失败。

在这种严酷的背景下，很多士人不得不选择归隐与放旷，普遍的人生选择造成社会的集体转向，导致了儒学在东汉末年的彻底崩溃，或所谓"盖魏晋人之一切风气，无不自后汉开之"！

最初的名族

　　　　陈太丘诣荀朗陵，贫俭无仆役，乃使元方将车，季方持杖后从，长文尚小，载著车中。既至，荀使叔慈应门，慈明行酒，余六龙下食，文若亦小，坐著膝前。于时太史奏："真人东行。"

　　东汉朝廷上的"清流"在与宦官的较量中失败了。但是，地方上的那些名族却没有消沉下去。

　　除百年积累的名望外，最关键的是：世家大族们精通儒家经史典籍并掌握着解释权（家学），保持父子兄弟累代相传的道德和家族的风格传统（家风）。凭借着深厚的家风家学，他们让"士"的分量越来越重，最终开辟了由东汉末年到唐朝末年的七百年士族政治之路。

　　名士家族的家风家学是非常重要的，这也是士族赢得包括皇帝在内的全社会尊敬的重要原因。唐朝初年，崔、卢、郑、李为什么在没有高官的情况下也可以成为全国四大高门？就是因为绵延不断的家风和家学使他们在社会上具有崇高的地位。

　　先说本条中的陈太丘，即陈寔，字仲弓，颍川许（今河南许昌）人。

　　汉末魏晋时的河南颍川，可谓真正的人杰地灵。颍川陈寔，则是东汉后期一个士人的典型。这种典型说的是，他官职虽很小，但由于具有高德，所以名声极大，与同在颍川郡的名士钟皓、荀淑、韩韶合称"颍川四长"。

　　生活在桓灵时代的陈寔，小时候就非常爱学习，后被县里推荐到洛阳太学读书。学成后，他回家乡当了亭长。不久后，被提拔到山西闻喜做官，干了一段时间又调回河南，出任太丘即河南永城的主官，大家敬称为陈太丘。

　　世间万象纷繁，有以才服人的，有以色服人的，陈寔不然，他以德服人。

有一年，闹饥荒，有盗贼潜入陈家，藏在了梁上。陈寔发现后，没叫人捉盗，而是喊来子孙，说："夫人不可不自勉！不善之人未必本恶，习以性成，遂至于此。梁上君子者是矣！"意思是，一个人，怎么可以不奋发努力呢？做过错事的人，未必本性就是恶的，只是平时习惯不好，以致最后走上邪路，说的就是梁上那位吧。

盗贼听后，惭愧下地。

陈寔叫人取绢两匹，送给那盗贼："去吧，不要再犯。"

这当然是一段佳话了。

陈寔为官廉洁清明，深受百姓爱戴，被推为一代楷模。

第一次"党锢之祸"后，朝野上下士人多被株连，陈寔也未能幸免，回乡闲居。党锢解除后，陈太丘屡征不起。汉灵帝中平三年（公元186年）八十三岁时，病逝于家中。

前来参加祭奠的有多少人呢？超过三万！

这个记录，前人所不具，后人也难以超越。

陈寔生前以清高的品格和超拔的德行著称，但却做过一件叫人迷惑的事。

史上记载："时中常侍张让权倾天下。让父死，归葬颍川，虽一郡毕至，而名士无往者，让甚耻之，寔乃独吊焉。及后复诛党人，让感寔，故多所全宥。"

说的是，专权的宦官张让也是颍川人，其父死后归葬故里，颍川名士都嫌张让的恶名，没人去吊唁。陈寔不然，孤身前往。张让当然很感动。再后来，宦官再次迫害清流官员即所谓"党人"时，陈寔无恙。

非议立即就产生了：高德陈寔，为什么前去吊唁，是因为害怕恶宦吗？

其实不然。

在陈寔看来，可以厌恶张让，但不可波及张父。否则，就是心有杂念，而非真正的清澈之人。

再说荀朗陵。

荀朗陵就是荀淑，也是颍川人，荀子的后代，曾在朗陵即现在河南确山做过事，故有此之称，也以德行著称于世。他有八个孩子，因教子有方，个个都很有出息，人称"八龙"。其中一个，更是大名鼎鼎。谁呢？一会儿再说。

陈、荀故交，后者多次带孩子去陈家做客，这次则是陈寔带着子孙东行回访。

这天傍晚，又见炊烟升起，暮色罩着东汉的大地。字元方的陈纪赶着马车，字季方的陈谌拿着父亲的拐杖跟在车后，车上坐着陈寔和他的孙子，也就是陈纪的儿子长文。

陈寔有六子，陈纪和陈谌最贤，前者聪慧，后者敦厚。这次去拜访老友，陈寔带的就是这两个儿子。二陈相比，又以陈纪最佳。关于陈纪，他小时候，有个著名的故事：

一次，友人与陈寔约定出行，时至而不达。于是，陈寔先走了。友人后至，便怒了，在车上，责问陈纪："你父亲怎么这样呢?！真不是人啊，竟然先走了，何谈高德？"

七岁的陈纪正在门口玩耍，抬头看了看父亲的这位友人，然后站起身，说："君与家君期日中，日中不至，则是无信；对子骂父，则是无礼。"

友人大惭，下车要摸陈纪的手示好，后者入门而去，头也不回。

为人在世，诚信为本，要么别说，既然说了，就要做到。方正严格的陈寔待友不至，毅然而行，绝对没有再等几分钟的意思。

友人到后，本无礼在先，反而倒打一耙，终被陈纪一通数落。

此前，陈纪并无准备。父亲的友人发难后，聪慧的他从容应对，所道之语铿锵有力，字字千钧，维护了父亲的尊严。

再说陈寔，现在他带着孩子们已赶到荀家。

荀淑的一个儿子已在门口等候多时。陈寔一行人进院，荀淑迎上前，两位老爷子热情拥抱，携手入厅堂。

饭菜都准备好了。

酒席间，荀家的一个儿子斟酒，另外六个儿子依次上菜，孙子还小，坐在爷爷膝前。荀家这个孙子后来可不得了——荀彧荀文若！

当然，陈寔带来的孙子也不含糊。

那个叫长文的，就是陈群。

陈群在曹孟德时代虽比不上荀彧，但到曹丕时代就厉害了，成为魏国重臣，录尚书事，内阁首相式的人物。最重要的，他是魏晋九品中正选官制的制定者。

回头看两家的欢宴。

无论如何，这是中古时代一次群星荟萃的饭局。

没人知道他们具体聊了些什么。但是，有一点可以断定：当时两家其乐融融，特别和谐。

陈、荀两家都是颍川巨擘，天下名门，无人不知。这一聚，颍川贤达，一半已在席间。

曹芳为帝的年代，有人把两家的人物进行比对："正始中，人士比论，以五荀方五陈：荀淑方陈寔，荀靖方陈谌，荀爽方陈纪，荀彧方陈群，荀顗方陈泰。又以八裴方八王：裴徽方王祥，裴瓒方王敦，裴楷方王夷甫，裴康方王绥，裴绰方王澄，裴遐方王导，裴頠方王戎，裴邈方王玄。"

颍川陈、荀和琅邪（即琅琊，下同）王、闻喜裴，当是东汉末年到西晋时的四大世家。

如果做个比较的话，荀家的全盛期要比陈家长。

陈家全盛于东汉末年到曹魏时代，荀家则全盛于东汉末到西晋时代。

至于琅邪王家，全盛于西晋到东晋南朝时代。相比之下，由魏至唐无所衰落的裴家兴盛期最长，该家族有超过六百人被载入"二十四史"，出宰相五十九人，大将军五十九人，尚书、侍郎、常侍、御史级别的一百二十五人，刺史、太守级别的二百八十八人。这个记录没有任何一个家族可以打破。

不过，这个夜晚是属于陈、荀两家的。

据说，当晚，在京城洛阳，值班的太史官倚着白玉栏杆观察天象，看到一大堆星星闪烁，于是在记录中写下这样一句话："看来，有德的贤人往东边聚集去啦！"这说的就是陈、荀两家的夜宴吧。

汝南与颍川

荀慈明与汝南袁阆相见，问颍川人士，慈明先及诸兄。阆笑曰："士但可因亲旧而已乎？"慈明曰："足下相难，依据者何经？"阆曰："方问国士，而及诸兄，是以尤之耳。"慈明曰："昔者祁奚内举不失其子，外举不失其仇，以为至公。公旦《文王》之诗，不论尧、舜之德而颂文、武者，亲亲之义也。《春秋》之义，内其国而外诸夏。且不爱其亲而爱他人者，不为悖德乎？"

袁阆，字奉高，汝南慎阳（今河南正阳）人，资格很老，因为连陈蕃都曾受到他的推荐。不过，在名士社交网络中，他又屡屡被别人打击。

有一次，陈留士人边让（以善辩著称，杨修、祢衡一样的人物，后为曹操所杀）去拜见袁阆。当时，袁刚上任陈留太守。

袁阆问："古时候，尧请许由出来做官，但许由脸上毫无愧色。现在，你为什么衣裳颠倒、举止失措呢？"

边让答："您刚刚到任，德行还没清楚地显现，所以我才颠倒了衣裳！"

显然，边让讽刺了袁阆。而这一次，打击袁阆的是荀慈明，即荀淑之子荀爽。

荀爽在家排行第六，以聪慧著称，曾一度为官，后避党锢之祸，隐居乡里著书立说。汉献帝时，荀爽再度出山，官至司空，并参与剪除董卓的行动。

现在，荀爽和袁阆相遇，后者一向喜欢为难别人，所以劈头便道："世间都说你们颍川出人才，不知都有哪些国家栋梁？"

荀爽随口说出了自己的几个哥哥。

袁阆于是大笑，认为抓住了对方的漏洞："难道国家栋梁只能靠亲朋间的相互褒奖而扬名吗？"

荀爽不动声色："您的意思是？"

袁阆："我在责问你。"

荀爽："依据是什么？"

袁阆："我刚才问的是颍川出了哪些有才德的国家栋梁，而你却说出了自己的家人……"

荀爽听后放声大笑，说："春秋时，祁奚为晋国大臣，请老还乡，晋平公问谁可以继承其职位，祁奚举荐有才能的人士，对内不忽视自己的亲人，对外不遮蔽自己的仇人，人们并没有因为他推荐了自己的亲人而说三道四，反而认为他非常公正。西周初年，周公著诗，没有先谈论尧舜之德，而是把文王、武王称赞了一番。《春秋》大义，其一就是内其国而外诸夏！首先应该把本国看成亲的，把诸侯看成疏的；把诸侯看成亲的，把夷狄看成疏的。国家如此，做人又何尝不是这样！一个人，当爱惜自己的亲人，所谓举贤不避亲，如果自己的亲人真有才能，为什么不能纳入视野呢？一个人，不爱自己有德才的亲人而先爱他人，怕人议论而不敢褒奖和推荐自己的亲人，哪有这样的道理?!"

袁阆无言以对。

袁阆来自汝南袁家。

汝南是东汉大郡，辖区内有三十七县，主要有平舆、上蔡、南顿、汝阴、汝阳、慎阳、新蔡、安阳、朗陵、弋阳、召陵、固始、山桑等，是东汉第一世家大族袁氏的郡望所在。

从东汉中期到唐朝末年这八百年，是中古世家大族或者说门阀士族时代（西方和日本汉学家所称的中国贵族时代），这一大幕正是由汝南袁氏拉开的。

袁安（其先人可追溯到祖父袁良，西汉平帝时太子舍人、广陵太守）是汝南汝阳人，东汉明帝永平三年（公元60年）春以孝廉入仕，正式拉开中古门阀士族时代的大幕。

其后，各大名族陆续出现，从政治到社会风气都为之一变。

袁安最后做到司徒，自此以后汝南袁家四世五公，显赫于东汉王朝。其后人，最著名的就是袁绍袁本初了。

现在故事中的袁阆，虽是出身慎阳，而非来自汝阳，但却是汝南袁氏的一支。

汉末三国，汝南名士跟颍川名士往往相互看不上。袁阆所质问的荀爽就来自颍川。

颍川和汝南两郡，都属于中原豫州。东汉时，战国韩国旧地颍川郡辖阳翟（昔日韩国都城）、襄、襄城、昆阳、定陵、舞阳、郾、临颍、颍阳、颍阴、许、新汲、鄢陵、长社、阳城、轮氏等十七县。

说起来，从东汉一直到曹魏、西晋，汝南、颍川以及先前未曾提到的南阳，都一直是帝国名士的渊薮，更是政治和学术的中心。

东汉开国皇帝刘秀是南阳人，他的很多大臣也都有南阳背景，所以东汉之初，第一大郡是南阳。到中期，因袁安家族的出现使汝南反超了南阳。至后期，汝南名士许劭、许靖兄弟曾主持"月旦评"，闻名于整个帝国。

"月旦评"就是在每月初一，两兄弟对各地的名士、在朝在野人物以及学说、著作进行点评。从形式上说，当然是非常新潮的，引领和造就了汉末品人的风尚。

这时候，颍川已迅速崛起。

这里是大禹的故乡，吕不韦、韩非子、张良的老家。

东汉末年和三国时代的颍川名士辈出，钟皓、荀淑、韩韶、陈寔被称为"颍川四长"。从司马徽到徐庶，都是颍川人。曹操手下的谋士，来自颍川的更多，荀彧、荀攸、郭嘉、钟繇、陈群……

由于汝南和颍川互相不服，孔融还专门写了篇文章，探求两地哪个更胜一筹。

本故事里的情况是，颍川荀爽的反问问住了袁阆。从大历史的角度看，曹操依靠"颍川谋士集团"，最终击灭了袁绍等人。

颍川，还是战胜了汝南。

海边的曹孟德

> 南阳宗世林，魏武同时，而甚薄其为人，不与之交。及魏武作司空，总朝政，从容问宗曰："可以交未？"答曰："松柏之志犹存。"世林既以忤旨见疏，位不配德。文帝兄弟每造其门，皆独拜床下。其见礼如此。

现在我们终于敢承认：曹操是三国时代最伟大的人物了。

这种伟大超越了刘备、孙权、诸葛亮加在一起，于政治、于军事、于文学，所谓"建安风骨"，孟德一人之风骨而已。

其实，对于曹操的魅力，很多时候人们不是不敢承认，而是以前没有诚实地发现。当有一天，我们终于感知到他的生命更具光芒时，就到了把应有的荣誉还给他的时候了。当然，也不怨后人，因为在曹操生活的年代，主流的视野看他就是别扭。

在门阀士族勃兴的东汉末年，出身对曹操来说是非常不利的。他是位专权宦官的养子的儿子，加上狡诈的性格，故而再有雄韬伟略，也为当时的士林不齿。此外，还有个原因：东汉后期到魏晋时代，在名士社交网络中，讲求仪容、气质与风神，而曹操身材矮小，缺少玉树临风的姿容，在名士们的眼中实在难上台面。

曹操，字孟德，他出生那一年，是东汉桓帝永寿元年，公元155年。

这一年春天，当权的宦官像往常一样明码标价地卖官，有清流大臣反抗，但没几下就被按住了，整个朝廷乌烟瘴气。在京城洛阳附近的豫州和稍远的冀州，都发生了饥荒。夏天时，一个叫张奂的边陲大将以孤旅击破南匈奴。在国境线上，汉家的威望似乎还在。北匈奴则被东胡的一支鲜卑人降服，另一支乌桓人则还沉浸在游猎的天地里，日后他们将成为曹操在北方的主要敌人。这一年，身在四川绵阳的道教创始人张道陵告诉弟子们，他已经一百二十二岁了。可尊敬的天师，此刻你的手正指向何方？东汉的民众翘首企盼人生的出路，但张天师凄迷的眼神似乎告诉大家：帝国大厦将倾，一切都无可挽回，一场绵延几百年的大风雨就要来了。

在沛国的谯县，也就是现在安徽亳州，小字阿瞒的孟德出生在一个复姓夏侯的家庭。不过，此时这个家庭的男主人夏侯嵩已改名曹嵩。在此之前，他辗转成为朝廷当权宦官之一曹腾的养子。在灵帝时，曹嵩已官至太尉，封费亭侯，非常显贵。因此，曹操出身并不微寒，只是由于父亲与宦官有着说不清的关系，导致他后来被士人轻蔑并抓住把柄不放。

对自己的家族，曹操做丞相后一直讳莫如深。这当然可以理解。在东汉末年，宦官的名声实在太糟。他们不仅专政，玩弄皇帝于股掌之上，而且还像前面说的那样，公然受贿卖官，陷害清流大臣，先后制造两次"党锢之祸"，禁止当朝名士的亲朋学生为官，这也是汉末士人集体转向进而归隐山林的一个重要原因。

东汉的大厦，真的开始倾倒了。

于是，有人跳出来大喊：苍天已死，黄天当立，岁在甲子，天下大吉！

在曹操虚岁三十的时候，公元184年，灵帝中平元年，帝国的民众在几位张姓带头人的率领下，打着张天师"五斗米教"的旗号，造反了。这一年，在洛阳的朝廷几经起伏又曾回乡闲居一段时间的曹操，被拜为骑都尉，开始参与对黄巾军的镇压，锋芒初露，取得了不凡的战绩。

汉末的很多人物都具有镇压黄巾军的背景，包括那位刘皇叔。

黄巾之火渐渐熄灭，灵帝也死去了。新皇帝继位，一个叫何进的外戚，要趁机诛灭专权的宦官。奇异的是，东汉每一次大臣与宦官的对决，最后几乎都以宦官的胜利而告终。这个王朝的宦官的神经太强大了。何进被袭杀而死。其后大臣袁绍再谋宦官，这一次成功了。洛阳的宦官基本被杀绝，但混乱的帝都也迎来了凉州暴躁的军阀董卓，此人最大的爱好是直接溜达到皇宫睡皇帝的女人。

天下真的乱了。

袁绍和曹操都逃离洛阳，后者到重镇陈留后起兵，号召天下群雄齐讨董卓，袁绍被推为盟主，伟大的三国时代正式拉开大幕。

曹操在随后歼灭黄巾余部的作战中，得到了强大的青州兵。公元196年，汉献帝建安元年，曹操迎天子于许昌，自封为丞相，他的时代到来了。

官渡一战，袁绍令他那四世三公的光荣家族蒙羞了。

几年下来，大家发现，整个中原已经是曹操一个人的舞台了。

当年的阿瞒坐大了，他的身世也为更多人所关心：曹丞相到底姓不姓曹？他跟夏侯渊和夏侯惇有什么关系？有一次，许昌的使者访问东吴，孙权在接见后，私下问了这样的问题。虽然《三国志》的作者陈寿去曹操时代很近，但他在"武帝纪"中谈及曹家时，也只是用一句"莫能审其本末"了事。

当年袁绍诛杀宦官，曹操也参与其谋，曾有清流大臣质问曹操："阿瞒啊，你本是宦官养子之后，有什么资格参加我们这样高尚而伟大的行动？"

曹操徐徐道："干君何事？"

你管得着吗？确实，面对这样的质问，曹丞相没有更好的回答，因为一切解释都是枉然。相信那一刻，未来的丞相几乎热泪盈眶。

随便吧。

很长一段时间，曹操大约就是这样想的，从这个角度看，他的崛起其实挺悲怆的。他要把旧天下砸翻给那些轻蔑他的人看。

不过，他还是失算了。

早年的时候，河南南阳有宗世林，当世之名士，瞧不起曹操的出身与为人，不愿与其交往。后来，曹操为丞相，问他："现在我们可以做朋友了吧?!"

世林答："松柏之志，犹存我心。"

还是不行。

望着宗世林的背影，曹操觉得他的世界空空荡荡，苦笑了一下：有那么难吗？幸好，这个时候，有个人用一句话安慰了他。

这个人就是许劭许子将。

有一天，许劭睡醒了，顺嘴说了这样一句话："曹孟德？治世之能臣，乱世之奸雄。"

一时间，天下人都以"奸雄"称之。

消息传到许昌，曹操放声大笑，他很喜欢这个评价："许子将，终是了解我一点的！"

但曹操终是激愤的。

在无法排解的时候，他就写诗。

在两汉时代，文人或者士人除注释和解读儒家典籍外，就是写那些华丽空洞的大赋。是曹操，以一人之力扭转了这种文风。

写吧。

把自己的人生感受与情怀写成诗篇，多好的一件事。

在公元3世纪的天空下，戎马征战的神一般的人物和政治的霸主，同时是文坛的领袖。更多的时候，人们只愿意谈到曹操诗篇里的慷慨悲凉，而忽略了他伤感无助的一面。从这个角度说，曹孟德是孤独的。他用孤独沉郁的诗篇雕刻着铜雀台上的时光。那时光，在歌妓柔软的腰肢间一闪，于是孟德的白发又多了一根。

孟德已年过半百。

对现在的人来说这还算是中年，但对古人来讲已是人生暮景。

建安十二年，公元207年，曹操取得官渡之战胜利后的第七年，他再次远征。此时袁绍在河北的残余势力已基本被消灭。这前后，曹操剪除和降服了袁术、吕布、张绣等人，整个中原已为其所控。

南下成了他最大的欲望。

就在这时，年轻的郭嘉走上来，说："主公，荆州刘表不足惧，至于刘备与孙权，早晚是要打的，但不是现在。辽地之乌桓，本为东胡之后，于今尤为强盛，且袁绍之子已逃到那里，两相勾结，在辽西辽东攻城略地，百姓为之流离。无论从降服异族，还是从斩袁氏之根，以及拯救黎民，乃至于安定后方的角度看，都必须先征乌桓，再图荆襄。"

曹操转身，看着来自颖川的首席奇士，说："奉孝啊，你一说话，我都没办法反驳你。"

就这样，曹操在五十二岁这年夏天，亲率大军北征。

抵达无终即今天津蓟县后，沿海向北的古道因大雨泛滥而被毁，曹操在这种情况下断然改道，带兵翻山越岭，出卢龙塞，开山路五百里，兵临白狼山，一举击溃乌桓主力，进而克其巢穴柳城即今日之辽宁朝阳，并于阵前斩杀了乌桓王蹋顿，降服军民二十余万人，大获全胜。

辽地平定。秋九月，曹操凯旋。

此时沿海之路已可行，从没见过大海的曹操特意走河北昌黎一线，登上附近的碣石山，眺望大海，苍茫如幕。

这是曹孟德第一次看到大海。

面对寥廓的大海，迎着潮湿的海风，人们总会结合自己的人生境遇而遐思万千。曹孟德也不例外。在人生的秋天，他在极目远望时，写下那首淡然而又百味杂陈的《观沧海》："东临碣石，以观沧海。水何澹澹，山岛竦峙。树木丛生，百草丰茂。秋风萧瑟，洪波涌起。日月之行，若出其中；星汉灿烂，若出其里。幸甚至哉，歌以咏志。"

登碣石，观沧海，扑面而来的大海的气息，总叫人想哭。

对曹操来说，观海天之辽阔，感宇宙之无极，想人生之微茫。生命至此，谁能不动情？不过，作为一个现实主义的政治家，曹操在大海面前不可能获得看破红尘的归隐之趣；也不要把《观沧海》简单地视为一个胜利者志得意满的附丽。

相信海边的曹孟德，终有别样的人生感悟。

面对浩瀚起伏的大海，来自许昌的丞相也许会感觉到：事业再庞大，终是过眼云烟。在中年暮色里，获得大海一样的从容自在才最重要，无论是在闲暇的铜雀台上，还是在充满斗争的军政天地。至于天下人每天都在议论的他的出身，又算什么呢？

这，终不是一个问题。

说起来，《观沧海》只是曹操当时写的一组诗的开篇。组诗共有五部分，总题为《步出夏门行》，采用了汉乐府诗的旧题。序章名叫《艳》："云行雨步，超越九江之皋。临观异同，心意怀游豫，不知当复何从？经过至我碣石，心惆怅我东海。"说的是北征前曹操曾为下江南之事而困扰，后终于选择北征。

《观沧海》后面还有三篇，分别是《冬十月》、《土不同》和《龟虽寿》。这三首写作的时间稍晚于《观沧海》，当为曹操回到冀州时所写。其中《冬十月》歌咏了北方的秋天，有"孟冬十月，北风徘徊。天气肃清，繁霜霏霏"之句。《土不同》则是一首细致观察异地风物的作品；《龟虽寿》更为著名，叹息了人生之易逝。

后来，明朝的文学批评家沈德符在评论这组诗时，说"时露霸气"。与其说霸气是曹操的外相，不如说这外相在大海面前已化作从容的波涛。从某个角度说，四五十岁的人生光阴是最为慌张的。古今没有不同。这种慌张远非青春时代的迷茫，而是人到了一定年龄后看清自我的不愿与不易。

但相信面对大海的曹操，终是看清了自己的，由此获得了人生后半场的从容之道、优雅之姿，所以尽管有一年后的赤壁之败，可没人觉得他真的失败了。再后来，尽管条件已经很成熟，但曹操仍不想废献帝自立，他说过这样一句话："若天命在吾，吾为周文王矣。"

曹操的这种做法，还真不仅仅是为了把帝位留给儿子那么简单，其中必有他最真切与最踏实的生命感悟。或者说，暮年的孟德愈加通透，犹如登上人生的碣石山，视野和视野里的景象都已经不一样了。

海是海，亦非海。

孟德是孟德，但不是人生前半场的孟德。

所以，后来陈寿在《三国志》中说了这样一段话："汉末，天下大乱，雄豪并起，而袁绍虎视四州，强盛莫敌。太祖运筹演谋，鞭挞宇内，揽申、商之法术，该韩、白之奇策，官方授材，各因其器，矫情任算，不念旧恶，终能总御皇机，克成洪业者，惟其明略最优也；抑可谓非常之人，超世之杰矣。"

还有超然之境。

这是陈寿忘了说的。

海边的曹孟德，对这一切是担得起的。

水镜先生

　　南郡庞士元闻司马德操在颍川，故二千里候之。至，遇德操采桑，士元从车中谓曰："吾闻丈夫处世，当带金佩紫，焉有屈洪流之量，而执丝妇之事？"德操曰："子且下车。子适知邪径之速，不虑失道之迷。昔伯成耦耕，不慕诸侯之荣；原宪桑枢，不易有官之宅。何有坐则华屋，行则肥马，侍女数十，然后为奇？此乃许、父所以忼慨，夷、齐所以长叹。虽有窃秦之爵，千驷之富，不足贵也。"士元曰："仆生出边垂，寡见大义，若不一叩洪钟、伐雷鼓，则不识其音响也！"

　　庞士元即庞统，南郡襄阳（今湖北襄阳）人，少年时显得呆呆的，长得又很难看，所以周围人都不看好他。不过，也有一个例外，那就是他叔父庞德公。

　　庞德公是襄阳隐士。

　　当时北方大乱，靠南的襄阳，隐居着一大批高士，形成了"襄阳隐士群"。

　　代表人物有庞德公、司马徽、崔州平、石广元、孟公威、徐庶、诸葛亮、庞统。他们有的原籍荆襄，但更多的是躲避北方战乱而隐居于此，一方面这里比较安定，另一方面清幽的山水为他们提供了隐士所需要的物质条件。

　　这个群体的出现，是东汉后期士人由群体抗争转向自我精神独立的一个标志。

　　从远景看，荆襄隐士群是一种消极与逃逸的姿态；但于近景看，他们在人格上又是一种自觉和上升的姿态。

　　作为其中之一的庞德公，跟同样隐居于此的诸葛亮、徐庶等人过从甚密。他称诸葛亮为"卧龙"，又喊庞统为"凤雏"，认为小庞将来定能有作为，于是便推荐庞统去拜见颍川名士司马德操，即司马徽。

十八岁那年，庞统挎上个包袱，驾着辆小马车，踏上了通往颍川之路。

东汉末年的颍川人杰地灵，无数青年都来这里寻师父、求学问。司马徽是颍川阳翟（今河南禹州）人，此老在当时享有盛名，因为有三个特长：识人、上树和弹琴。尤其是能鉴赏人才，人称"水镜先生"，你是不是块料，老爷子一下子就能把你照出原形。

庞统来到颍川时，正碰见司马徽背着小竹篓在树上采桑。

这样的镜头真是亲切：远山背后，一处桑麻地，有老者依林傍田而居，笑看大时代的风云。

庞统知道树上那老爷子就是司马徽，但并未下车。

庞统坐在车上，抬头说："我听说大丈夫生于世间，就应该成就伟业，怎么可以压抑奔腾的江河之水而做妇女们该做的事儿呢？"

庞统无非是想先摸一下这司马徽的底。

三国时，只要是复姓司马的，可就是厉害角色啊，庞士元，你可要小心！

果不其然，只见树杈间的司马徽不紧不慢地转过头来，捋着胡子微笑道："你就是庞统吧？！"

庞统一愣。

原来，此前，庞德公已修书给司马徽，告知庞统要前来拜访。

司马徽说："小子，你先给我从车上下来。"

庞统于是不好意思地从车上下来了。

但司马徽没下树，他说了这样一番话："你只知道走小路快，但却不曾想到迷失了方向怎么办。我听说很早的时候，大禹为天子，刑罚峻急，民风不古，诸侯伯成辞去荣华，耕种于田野；春秋时，孔子的弟子原宪宁愿住破败的屋子，也不愿意拿它换豪华的别墅，因为他有高洁的品格。我的问题仅仅是：又有谁规定，必须住豪华的别墅，坐肥壮的骏马拉的车子，侍从前呼后拥，只有这样才算奇伟的大丈夫呢？可世间的人们，往往怀有这样的想法，这正是隐遁之士许由、巢父感慨的因由，也是高洁之士伯夷、叔齐叹息的缘故。吕不韦通过令人鄙夷的手段获得高位，齐景公虽富甲一方却奢侈无度，他们的所谓荣华在我看来真是不值得尊敬。"

庞统立马拜倒在地："俺来自荒蛮之地，很少有机会能见识到真理，如果不是试探着敲了一下这钟鼓，还真听不到这响亮的声音呀！"

就这样，爷儿俩一个在树上，一个在树下，聊了起来，直到落日隐没于群山。

聊天中，司马徽发现：庞统的模样虽然不怎么样，但见解非常，屡有奇思妙想，是个人才。此时庞统想的是，天已经黑了，怎么把老爷子从树上安全地接下来。

从颍川，庞统带回了司马徽这样一句评价："襄阳庞士元，南州士人之冠冕！"

从此，庞统的名声一点点显赫起来。

后来，北方战乱加剧，司马徽由颍川向南避难于荆襄，为落魄求贤的刘备扑着，近乎哀求地让老爷子给推荐点人才，司马徽见这刘皇叔挺真诚的，便说道："俗士岂识时务，此间自有卧龙诸葛亮、凤雏庞士元！"

荆襄是刘表的地盘。

刘表以昏暗著称，宠信小人而害贤良。

以品鉴人物著称的司马徽显得小心翼翼，当地官员就人物好坏征求意见时，他往往只说一个字："好。"

两个字就是："不错。"

三个字就是："可以的。"

时间长了，司马徽的妻子问他："夫君！人家不知道才问你，你为什么每每总是说'好'？"

司马徽答："你这样说，也很好！"

很多人向刘表推荐司马徽，刘表一时好奇，便接见了。

司马徽自知刘表的底细，但他跟刘表之子刘琮关系还不错，不好驳面子，也就见了。

酒桌上，刘表东拉西扯，以显示自己的高明。

司马徽多数时候笑而不语，被逼得没辙了，便来一句："好好好！"

散去后，刘表嘟囔："世间人们都是在说昏话吧？我看这司马徽也就是个平平常常的老头儿啊！"

可以说，司马徽是那个时代的隐士，又是目光非凡的鉴人专家。

他的一生，既不同于诸葛亮出山济世，又不同于祢衡狂狷不羁，终于无为。

当年，他在树权间说的那一席话，被后来的隐逸者当成驳斥为功名而努力的人的宝典。不过，有时候在推荐人才时（对诸葛亮和庞统），他又很认真。一方面高洁自好，隐而不出；另一方面，又推荐他人出山，使其跳入纷争的火坑。

司马徽，你想干什么？

当然，事情没那么简单，在以鉴赏人才著称的司马徽看来，人才的最终落脚点是人尽其用，你是这样的人，那么好，你出山吧；你是那样的人，那么你就老老实实地在山里待着吧。

在荆襄隐士群中，徐庶、诸葛亮、庞统选择了出山，尤其是后二人，所代表的是隐士的一种类型：遇明主和时机成熟后，即由隐退而转为入仕。这样的人物，后世还有东晋谢安、前秦王猛等人。

荆襄隐士群中的更多人选择了终身隐逸。

"隐，保全自身而已，不能保全天下，故非大道。"刘表曾这样对庞德公说。

作为这个群体的精神领袖，庞答："鸿鹄巢于高林之上，暮而得所栖；鼋鼍穴于深渊之下，夕而得所宿。夫趣舍行止，亦人之巢穴也。且各得其栖宿而已，天下非所保也。"也就是说，出仕和归隐，各行其志，无高低之分。

汉献帝建安十三年（公元 208 年）秋，曹操克荆州，欲征司马徽入幕府，后者无意为官，辞而不就。僵持间，三国时第一隐士，悄悄去世了。

发现司马炎

诸葛靓后入晋，除大司马，召不起。以与晋室有仇，常背洛水而坐。与武帝有旧，帝欲见之而无由，乃请诸葛妃呼靓。既来，帝就太妃间相见。礼毕，酒酣，帝曰："卿故复忆竹马之好不？"靓曰："臣不能吞炭漆身，今日复睹圣颜。"因涕泗百行。帝于是惭悔而出。

在人们的印象中，西晋以奢华著称，后来其迅速崩溃，史家也多指责有清谈与奢淫的双重因素，开国之君晋武帝司马炎自然成为众矢之的。

风云际会、群雄逐鹿的三国时代最后归于晋。

司马炎的江山基本上是从爹爹司马昭、大伯司马师和爷爷司马懿那里坐等来的。与其他王朝的开国皇帝不一样（类似曹丕，但曹丕也曾跟随曹操征战过），他没艰难困苦的马背上的战斗生涯，这就决定他从一开始就处于安逸的氛围中。这对这个帝国的奢华之风有一定的影响。

但是，如果把西晋的风气完全推给司马炎也是不公平的。

作为一国之君，司马炎身上的优点其实非常多，总结起来一句话："仁以厚下，俭以足用。"

开国之帝多权谋，亦多阴鸷暴鄙，有宽宏之性的很少，此处说两人：刘秀、司马炎。后者更过前者。前者宽宏多出自本性；后者来自名士家族，性格宽宏雅致，于本性之外，更染上时代风尚。

司马炎为人极为宽宏。

历史上的开国之君，往往对前朝天子痛下毒手，司马炎却恰恰相反，不但厚待魏、蜀、吴三国的末代皇帝，还善待蜀、吴两地的人民，一次性免除赋税二十年，这在古代是极为少见的。

皇帝司马炎非常呵护和亲近自己的大臣；或者说，魏晋时代的帝王跟明清时期远不一样，君臣关系非常质朴。

司马炎听说和峤家有好李子，想品尝一下，但和峤为人吝啬，只给他送来了几十个。司马炎并不怪罪，觉得能吃到和家的李子就很满足了。

再看一个故事：

诸葛靓是诸葛诞的儿子，后者官拜魏国扬州刺史、镇东大将军，后因司马昭欲削其兵权，起兵反叛，转投吴国，与魏作战时被杀。吴灭，诸葛靓隐而不出。后被迫入晋，因与司马家有仇，他发誓永远不见司马炎，经常一个人背对洛水而坐。

司马炎与诸葛靓是小时候的玩伴，现在一个为皇帝，一个为亡国叛臣之后。

武帝想见见诸葛靓，但苦于没有理由，就请自己的叔母琅邪王妃即诸葛靓的姐姐诸葛氏为中间人进行调停，但仍不得诸葛靓的原谅。

诸葛靓住在自己的这位姐姐家，听说晋武帝来了，就躲至厕所，但最后还是被武帝给拉了出来。武帝并不生气，他扯着诸葛靓喝酒。后来，两个人喝得都有些多了，晋武帝说："还记得我们小时候一起玩耍的情形吗？"

武帝一语，让诸葛靓百感交集，抬起头，已泪流满面："我不能吞炭漆身，于今日又看到了您！"

战国之初，赵襄子联合韩、魏，三家分晋，袭杀智伯，后者的手下豫让，为报答智伯的恩情，称："士为知己者死，女为悦己者容，我当为主人复仇。"几次刺杀赵襄子未遂，便漆身吞炭，改变音容，再欲行刺，仍不成而自杀。

诸葛靓说的是，司马炎，我们两家有世仇，但我却没能像豫让那样吞炭漆身，矢志报仇！我已经很惭愧了。司马炎为自己引起诸葛靓的痛苦记忆而惭愧不已，起身退出。

中古时代这种带有名士风范的帝王放在后世，尤其是明清时代，是不可想象的。他们身上保持着士人美好的修养和品质。皇帝因语言不得当而令大臣难堪或引起其伤心事，往往很自责，几天闭门不出是常事。也可以这样说，那个时代政治风云虽残酷，但大多数皇帝的潜意识里，与臣子有一种平等的关系，这是有别于后世的魏晋君臣关系。

再比如：

向雄是河内郡政府的主簿，也就是秘书长。有件事和向雄无关，但河内太守刘淮认为是向雄干的，于是大怒，揍了好几十棍子，还把他轰走了。后来，两个人都调往了朝廷，向雄官至黄门侍郎，而刘淮为侍中，两个人在同一个部门工作，但谁都不理谁。

司马炎就想和和稀泥，让两人和好。向雄只好去刘淮那儿拜访，扔下一句："我是受皇帝的诏书而来的，我们之间的上下级关系早就断绝了，怎么办呢？"随后摔门而去。

司马炎知道两人还是没和好，有点不快："我叫你们恢复往昔的关系，怎么还是断绝了？"

接下来，向雄说出了有可能是《世说新语》里最愤怒激昂的一段话："古代的君子，推荐人遵从礼法，辞退人也遵从礼法；而现在的所谓君子，推荐人时就像把人抱在膝上那么亲近，辞退人时恨不得一脚将其踹进深渊。对于刘淮，我不去主动挑衅就是万幸了，怎么还能恢复以往的上下级关系呢？"

实际上，在古代人眼里，更多的时候，恩仇分明的人比宽容的人更具美德。比如向雄此刻的姿态。他对着司马炎的这番咆哮，令后者沉默。

那就说说沉默的司马炎吧。

这是一个名士皇帝，本身就具有名士风度。

同时，他又有意识地抑制东汉以来形成气候的地方豪族。

后来，人们常拿他好色说事。实际上从好色方面指责一个帝王没有任何意义。更何况他下令叫州郡二千石以上官吏的女儿入宫选拔，主要是出于抑制豪强家族之间的联姻而并非为了淫乐。

帝国统一后，经休养生息和系列新政，西晋在很短时间内就成为富裕王朝。这种富裕并非仅仅指门阀士族富裕，而是说普天之下都很富裕，时有民谣称："天下无穷人。"此外，从西晋开始，中国已完全进入门阀士族时代。

在以上双重背景下，一些名士出现奢华做派也就好理解了。

不过，作为皇帝的司马炎本人却非常节俭。

有一次，司马炎来自己的女婿家串门，王济设宴招待岳父。司马炎早就听说女婿生活奢华，虽有思想准备，但亲眼看到后还是很吃惊：仅仅大厅里，排列两厢的婢女就足有上百人，一个个穿的都是绫罗绸缎，好似大小姐。饭桌上的器皿，皆为珍贵的琉璃用品。

过了一会儿，主食上来了，烤乳猪。

皇帝吃了第一口，顿觉得鲜美异常，与自己在宫里吃的味道不一样，于是便问王济，后者轻轻地回答："这些小猪在被蒸前，都是用人的乳汁喂养的。"

司马炎听后，还没等宴会结束，就告辞了。

残酷的人道

> 梁王、赵王，国之近属，贵重当时。裴令公岁请二国租钱数百万，以恤中表之贫者。或讥之曰："何以乞物行惠?"裴曰："损有余，补不足，天之道也。"

西晋梁王司马肜与赵王司马伦，都是司马懿的儿子。裴令公则指裴楷，河西闻喜（今山西闻喜）人，西晋重臣和玄学名士。

进入西晋后，颍川豪门荀家和陈家都在走下坡路，闻喜裴家则异军突起，成为唯一能够在人才辈出方面抗衡琅邪临沂王家的世族。

裴楷是这个家族中的佼佼者。

他是曹魏冀州刺史裴徽之子，西晋开国之臣裴秀的堂弟，灭吴功臣王浑的女婿，名士王济的姐夫，征蜀大臣卫瓘的亲家，其人才华横溢，精通《周易》与《老子》，为一时的清谈领袖，又生得标致，加之风神洒脱，被称为"玉人"，所谓"如玉山上行，光映照人"。

裴楷少时与"竹林七贤"之一的王戎交好，在魏国高贵乡公正元二年（公元 255 年），经贵公子钟会的推荐，进入了司马昭的幕府。司马炎建晋，他官至侍中，成为皇帝的亲信。晋朝的法律，基本上都是裴楷起草的。

未取得功名时，裴楷以玄学名士自居，亦有几分放达不羁。但进入朝廷后，却能适当改变，不因爱好而虚废政治，这就比较难得了。当时，他作为一股清流，起到了制约权臣贾充的作用，为西晋初年的安定做出了自己的贡献。

作为近臣，裴楷很受皇帝司马炎的喜欢，还一度做了智障太子的老师。

司马炎吸取了魏国皇帝不信任宗族而导致司马家乘虚而入的教训，所以建立晋朝后马上大封同姓宗族。这些宗族的权力很大，不但掌握着自己的军队，还控制着领地内的经济。其中，梁王和赵王就特别富有。

裴楷为此上奏司马炎，要求梁王和赵王拿出自己的银子，救济周围的贫困者。

对于裴楷的行为，不少人感到费解："为什么用乞讨来的东西作为恩惠再去施舍给别人呢?"

裴转述了《老子》里那句话："从富余的那里劈出来一部分，给需要它的人，这是天道!"

当然，比这句话更著名的是后面那句，只不过裴楷没说："人间的现实是，通过公开的、隐形的、曲里拐弯的手段，压榨本来就很穷困的人，去给早已暴富的人!"

损不足以奉有余! 这是现实中的残酷人道。

司马炎死后，外戚杨骏、汝南王司马亮、楚王司马玮和贾后相继争权，裴楷虽没盲目加入哪个集团，但辗转中颇为惊魂。有一次，为躲避谋害，他一夜间换了八个地方。从作为高官的裴楷的遭遇中，可以想象西晋后期政局的纷乱。

在八王之乱前期，贾充之女贾南风贾皇后成为胜利者，控制了朝政。这个性欲旺盛的丑妇人由于能任用张华、裴楷这些大臣，倒使得西晋朝廷度过了十年的平静岁月。

顾荣的种子

顾荣在洛阳，尝应人请，觉行炙人有欲炙之色，因辍己施焉。同坐嗤之。荣曰："岂有终日执之，而不知其味者乎？"后遭乱渡江，每经危急，常有一人左右己，问其所以，乃受炙人也。

顾荣是吴郡吴县（今江苏苏州）人，祖父是吴国名相顾雍，世为江东大族。晋灭吴，很多东吴旧臣子弟北上洛阳寻求发展，包括顾荣。他跟陆逊的后人，名气更大的陆机、陆云兄弟，并称"江东三俊"。

但洛阳的生活总是不易。

顾荣虽是东吴名臣之后，自己也深具才华，奈何南北藩篱，所以他的郁闷是难免的。顾荣喜欢喝酒，跟同样来自东吴的张翰是好友，两人经常到洛水边春游散心。顾荣曾对张翰说："人生在世多不易，只有酒能使人忘记忧愁！"

顾荣这是人生感慨，还是想到故国沦亡？我们不得而知。总之，在洛阳的天空下，他是越来越伤感了。

八王之乱开始后，不少名士灾祸上身，丧命其中，陆机、陆云兄弟就是如此。顾荣很聪明，胆子也比较小，变乱中不问政事，终日酣饮。有一次，他与几个朋友吃烧烤，吃着吃着，看到正在烤羊肉的小伙子流下口水，便站起来，走过去，把手里的羊肉塞给了小伙子。

朋友讥笑顾荣："他只是负责烤肉的，有什么资格吃呢？"

顾荣自言自语道："哪有成天烤肉却不知肉滋味的道理？"

这时候，赵王司马伦当政，顾荣被迫出任长史。没过多长时间，司马伦倒台，齐王司马冏上台，顾荣又被迫出任主簿。

顾荣依旧狂饮如初，整天昏醉。

有人向齐王告状，主簿这个职位很重要，顾荣整天喝酒不办公，您说怎么办吧。于是，齐王转任顾荣为中书侍郎，这是相对来说比较闲的官职。这一回，顾荣倒是工作了几天。

有人问："您以前天天酗酒，怎么这次清醒了？"

一听这个，顾荣马上又酗起酒来。

后来，长沙王司马乂、成都王司马颖陆续执政，顾荣辗转于他们帐下。那段日子真是提心吊胆，因为主人随时可能倒台，自己也就随时会被牵连进去。

这样的日子让顾荣的精神快崩溃了。

早在齐王当政时，顾荣就曾给好友杨彦明写信，原话是："吾为齐王主簿，恒虑祸及，见刀与绳，每欲自杀……"

思前想后，顾荣算是明白了，要想清净，必须离开洛阳，离开倒霉的北方！

朝廷的命令偏偏这时候下来了，任命他为散骑常侍。这一次，顾荣说什么也没接受任命，而是连夜踏上回江南的路。

晋怀帝永嘉元年（公元 307 年），后来的东晋开国皇帝此时的琅邪王司马睿初镇江南，在幕僚王导的建议下，他把作为江南世家大族领袖的顾荣请了出来。

这一次，顾荣没有消极面对，而是为司马睿出谋划策，推荐了一大批当地高人，使司马睿在江南站稳了脚步，西晋灭亡后迅速在建康（今江苏南京）建立东晋政权。

当年，顾荣能够平安返回江南，可以说是个奇迹。

因为当时天下已乱，回江南的路上险象环生。不过，每到危难时，总有一个人出来保护顾荣。正像我们猜测的那样，这个人就是当年吃上羊肉的小伙子。

这听上去有点不可思议。

但是，为什么不相信这是真的呢？

顾荣的遭遇，道明的是一个人间定律：在漫长的生命旅途中，有时候我们会心不在焉地埋下一些种子，而在人生的另一些时候，那种子却会真的结出果实，让我们惊讶甚至惊喜，最后改变我们糟糕的命运。

皇帝的惭愧

元皇初见贺司空，言及吴时事，问："孙皓烧锯截一贺头，是谁？"司空未得言，元皇自忆曰："是贺劭。"司空流涕曰："臣父遭遇无道，创巨痛深，无以仰答明诏。"元皇愧惭，三日不出。

元皇即东晋开国皇帝司马睿，贺司空即江东名士贺循。司马睿立足建康之初，在王导的经略下，得到当地两大世家顾荣、贺循的支持，这才扎下根来。

贺循，会稽山阴（今浙江绍兴）人，从曾祖起即辅佐孙权家族。到父亲贺劭那里，已经成为江东世家大族。

说起来，江东名族间也是互相看不上的。

贺家来自会稽郡，陆家和顾家都来自吴郡。贺劭出任吴郡太守时，受到吴郡顾、陆两大强族的轻视，在府门上贴字条："会稽鸡，不能啼。"

贺劭看后反书："不可啼，杀吴儿！"

本故事中，晋元帝司马睿跟司空贺循闲聊，说到当年江东旧事，问："孙皓烧锯截一贺头，是谁？"

贺循还未说话，元帝自忆："是贺劭！"

当年，东吴末代皇帝孙皓以酷刑杀害了贺循的父亲贺劭。

所以，听完司马睿的话后，贺循流涕道："臣父遭遇无道，创巨痛深，无法回答陛下英明的问话。"

司马睿惭愧，闭门三日不出。

从这个细节可以看出来，魏晋时代的有些皇帝还是很古典的。什么意思呢？就是说，面对大臣，自己讲错话了，会产生惭愧之心。

以后的那些皇帝呢？

当然，那个时代也有不是东西的，比如孙皓。

他是秦以后第一个以残暴著称的皇帝。其人好烈酒，嗜酒昏狂，每每杀人，甚至剥皮凿颅，残忍至极。

作为一个典型的暴君，孙皓却安稳地坐了十几年帝位。

外部因素，跟晋朝在伐吴问题上始终形成不了统一意见有关；内部原因呢，则有赖于江东几大世家的苦苦支撑。

但到了公元280年，晋朝王濬的战舰开始从长江上游起航，千寻铁锁沉江底，一片降幡出石头，孙皓也就准备举手了。

晋武帝司马炎把孙皓封为归命侯。

没想到，到了洛阳，这孙皓反而活得更潇洒了，主要表现为对讽刺自己的人每每反击成功。

其中，最著名的有两次：

一次，西晋权臣贾充讽刺孙皓："归命侯！听说你在江东做皇帝时，特别爱施以酷刑，比如挖眼啊、锯头啊……"

孙皓知道发难的贾充是当年司马昭的心腹，曾指使手下刺杀了魏国皇帝曹髦，于是慢慢地说："确有其事。对君不忠的家伙，就应该受到这样的处置。"

贾充倒吸了一口冷气。

另一次，倒霉的是名士兼驸马王济。

王济当时正跟岳父晋武帝司马炎下棋，下到高兴处，把脚伸到了棋桌下。显然，在皇帝面前，这是大不敬的。

司马炎不在乎。

他一边下一边问在身边观棋的孙皓："你在吴国做皇帝时，据说有个爱好，喜欢用刀子剥人的皮？"

孙皓面无表情，说："那些在君主面前放肆无礼的人，自该剥其皮！"

孙皓甚至连司马炎也不放过。

有一天，司马炎在宫中举行宴会，席间问孙皓："听说南方人擅长唱《尔汝歌》，你唱得如何？"

孙皓正在喝酒,听后举杯向司马炎劝酒,同时唱道:"昔与汝为邻,今为汝做臣;上汝一杯酒,令汝寿万春!"

明听以为其顺从,细听则可品出讽刺之意。

面对昔日的暴君,司马皇帝竟有点不好意思了。

司马炎到底没他爷爷、爹爹和大伯狠,他给了残暴的孙皓一个幸福的晚年。

北府兵的缔造者

郗公值永嘉丧乱，在乡里，甚穷馁。乡人以公名德，传共饴之。公常携兄子迈及外生周翼二小儿往食，乡人曰："各自饥困，以君之贤，欲共济君耳，恐不能兼有所存。"公于是独往食，辄含饭著两颊边，还，吐与二儿。后并得存，同过江。郗公亡，翼为剡县，解职归，席苫于公灵床头，心丧终三年。

东晋一代，最精锐的军队，是北府兵。淝水之战，正是依靠北府兵，才战胜了强大的前秦。

北府兵的缔造者，是郗鉴，即本条中的郗公。

郗鉴，高平金乡（今山东金乡）人，东晋初期最关键的军事将领，重要性要远远超过闻鸡起舞的那位以及另外一些人。原因有二：首先，他是东晋最重要的军事团体北府兵的创建者；第二，东晋之初一系列内部叛乱的平定工作，郗鉴都参加了，而且起到了至关重要的作用。

永嘉之乱爆发后，庶民流离，士族南奔，官拜中书侍郎的郗鉴潜回山东老家。

饥荒时期，郗鉴吃饭都成了问题。不过，老爷子平日里行为方正，以道德高尚著称，所以很受乡亲们的敬仰，富裕些的村民便轮流供养他。

郗鉴带着哥哥的儿子和自己的外甥一起住，吃饭时总带上两个孩子。

一段时间后，有乡亲坚持不住了："郗老，这年头大家都很贫困，因为您贤德，所以我们才救济您。可我们的能力也有限啊，所以您以后自己来就可以了，不用带着孩子啦！"

郗鉴哦了一声，心里还是很难受。

乱世之中，人心惶惶，这日子真是过得没滋味。但饭还是要吃的，总不能把两个孩子饿死吧？

后来的日子里，按人家要求的那样，郗鉴自己来吃，但吃到最后时，他往往吃下一大口，把饭含在嘴里，等回家后，再吐出来给两个孩子吃。虽然不怎么卫生，但两个孩子却因此而活了下来。后来，郗鉴带领一千多乡亲向南迁徙，投奔建康的司马睿去了。

在讲求门第出身的魏晋时期，郗家是比较寒微的。到东晋中期，虽有郗鉴之孙郗超当红于权臣桓温眼前，但郗家仍不被重视，有一个例证：王羲之的妻子是郗鉴的闺女，一次她回娘家，对两个弟弟郗愔、郗昙说："王家见到谢安、谢万，热情款待；见到你们，却爱答不理，以后你二人还是少去！"

虽非清迈名士，但并不妨碍郗鉴成为东晋的关键人物。

他于扬州、京口即镇江一带收编从北方和江淮逃难而来的流民，加以训练，组成北府兵（京口称北府，是首都建康的门户。不过，东晋初，人们还未发现京口地理位置的重要性。郗鉴独具慧眼，认为京口的重要性等同于荆州和扬州）。正是依靠这支力量，东晋在淝水之战中打败前秦；也是依靠这支力量，内部的权臣不敢造次，即使有造次者，最后也被消灭。当然，这股力量最终也移了晋朝之鼎。

只说郗鉴，他后来率北府兵陆续参与平定王敦、苏峻之乱，封高平侯，拜车骑大将军，成为徐州、兖州、青州的联合军事统帅，后又封南昌县公、太尉，成为与朝廷重臣王导、庾亮平起平坐的人物。

当然，郗鉴创建的北府兵也为日后东晋灭亡埋下伏笔。

在东晋中期权臣桓温执政的时代，北府兵一度被废。后来，到淝水之战前夕，谢安才命自己的侄子谢玄重建北府兵。随后，谢家通过悍将刘牢之掌握北府兵，直至东晋的掘墓人北府小校刘裕脱颖而出……

无论如何，郗鉴的北府兵成为东晋这个不以兵伐为荣耀的王朝最抢眼的军事团体，郗鉴因此而在历史上留下奇特的一笔。

到了晚年，以太尉身份跻身大族的郗鉴也想学名士的样子玩点清谈，但又非自己所长，往往弄巧成拙，引人讥笑。

郗家信道教，郗鉴爱吃丹药，活到七十岁，在那个年代已是寿星。

他死后，正在剡县做官的外甥周翼辞职，为的是回来给郗鉴守孝。显然，如果没有当年郗老爷子的含饭养喂，他活不到现在。

渊明祖上

　　陶公性检厉，勤于事。作荆州时，敕船官悉录锯木屑，不限多少。咸不解此意。后正会，值积雪始晴，听事前除雪后犹湿，于是悉用木屑覆之，都无所妨。官用竹，皆令录厚头，积之如山。后桓宣武伐蜀，装船，悉以作钉。又云，尝发所在竹篙，有一官长连根取之，仍当足。乃超两阶用之。

　　陶公即陶侃，庐江浔阳（今江西九江）人，陶渊明的曾祖父，起自寒门，东晋初期著名将领，多次平定叛乱，为稳定新政权立下大功勋。

　　陶侃是南方土著，面貌与汉人相异，被建康名士戏称为"溪狗"。

　　陶侃少时家贫，从县里的打杂干起，一点点积蓄着冲天的力量。陶侃青壮年时代，正逢贾后当权。他到洛阳拜见了执政的司空张华，但受到后者轻视，经一番周折，才在洛阳寻着一份差使。那段日子，出身寒门、来自南方、毫无背景的陶侃，必须忍受着中原士人的一次又一次轻蔑。

　　有一天，他跟一个朋友同车去拜见顾荣，半道上遇见吏部郎温雅，后者问他的那位朋友："奈何与小人同载？"

　　小人，也就是寒士庶族了。

　　对陶侃来说，洛阳时代就仿佛闭上眼睛往黑暗中一跳，纵然信心十足，也依然前途渺茫。

　　公元4世纪，中原大乱已成定局，在洛阳为官的吴国旧人，纷纷借机返回故乡，以躲避战火。在这种情况下，陶侃费了九牛二虎之力，求得荆州某县县令之职。

　　公元303年，流民张昌造反，进占江夏。荆州刺史刘弘引军平乱，临时调陶侃为长史，留于军中。这是陶侃人生中最重要的转机。

在这次平乱中，陶侃显示了自己出色的军事才华，以功晋升为江夏太守，后又参与了剪灭广陵相陈敏叛乱的行动。

八年后，流民杜弢起兵，镇压主帅虽是来自琅邪世家的大将军王敦，但在具体的军事行动中却多依赖于陶侃。

大乱终平，本以为将得到荆州刺史职位的陶侃却被任命为遥远的广州刺史。

这是王敦的计谋。他以陶侃为患，一度欲刺杀，所谓"披甲执矛，将杀侃，出而复回者数四。侃正色曰：'使君之雄断，当裁天下，何此不决乎?!'"王敦慑于陶侃于军中的影响力，终于没敢动手。

陶侃远赴广州为刺史，在那里生活了十年。这段经历，虽然在政治上无为，但远离争斗旋涡，一个人倒也过得快活。

晋元帝永昌元年（公元 322 年），手握重兵的大将军王敦与皇帝发生矛盾，率部向建康进军。在这种情势下，建康方面调任陶侃为江州刺史，牵制王敦。晋明帝太宁三年（公元 325 年），王敦之乱平定，明帝以陶侃为荆州刺史。

陶侃起自布衣，对名士清谈甚为厌恶，曾明文规定部下不许参与这类事，倒也算当时之奇迹。

由于出身寒微，陶侃懂得节俭，更知靠个人奋斗创建功业的不易。

做荆州刺史时，他曾下令将造船时剩下的锯木屑积攒起来。人们不知何意。到了元旦，天降大雪，转晴后地面湿滑，他叫人撒上木屑，防止滑倒。陶侃又叫人将官用毛竹的尖头留存下来，最后堆积如山。后来，桓温伐蜀造船，那些尖头用作竹钉，被派上用场。

魏晋时，不是所有的"贪婪"都是今天我们理解中的"贪婪"。

那时候，"贪婪"实际上是"节俭"的另一种叫法，而"节俭"又是跟"吝啬"挂钩的。

魏晋名士多出自高贵门第，自然不会为生计发愁，他们往往不过问且耻于说"钱"字。在他们看来，只有寒门小人，才能跟节俭挂钩。故而，陶侃品性中的这一面，为主流名士所鄙视，如王导和庾亮都轻蔑他。

晋成帝初即位，庾亮辅政，更欲抑制陶侃。此后军将苏峻造反，庾亮出逃江州。此时，有资格和实力做平乱盟主的，只有陶侃。庾亮向陶侃请罪，后者调侃："庾元规乃拜陶士行邪？"

苏峻乱平，陶侃以功升太尉、都督七州军事，封长沙郡公。

陶侃这个人其实是有性格的。他虽然出身寒微，但不是那种处处谦卑的老好人。

他做事果断。晋成帝咸和五年（公元330年），江州刺史刘胤为将军郭默刺杀。宰相王导认为郭凶悍，不如顺水推舟，以其为江州刺史。陶侃得知此事后，痛斥王导的做法，随即亲率大军进抵江州，立斩郭默。

陶侃甚至一度有进军建康废黜王导的想法。

晚年的陶侃为太尉、荆江二州刺史，都督八州军事，为东晋第一实力人物，似有窥视帝位的想法。《晋书》记载：陶侃曾"梦生八翼，飞而上天，见天门九重，已登其八，唯一门不得入。阍者以杖击之，因坠地，折其左翼……"按此种说法，陶侃虽有窥视帝位之意，但"每思折翼之祥，自抑而止"。

当然，后世之人，谁也无法猜测一位古人的内心所想。

陶侃晚年到底有没有称帝欲望？终不得而知。知道的仅仅是：驻扎京口的北府兵将领郗鉴的威慑作用太大了。此外，陶侃也深知：在世家大族的时代，像他这样的寒门人士欲改天换地，实在是不易。

所以，尽管陶侃知道王导、庾亮等人仍在背后一口一个"溪狗"地叫他，他依旧没有兵指建康。后来，他给晋成帝的奏章这样写道："臣少长孤寒，始愿有限。过蒙圣朝历世殊恩、陛下睿鉴，宠灵弥泰。有始必终，自古而然。臣年垂八十，位极人臣，启手启足，当复何恨！"

晋成帝咸和九年（公元334年）夏，老人死于赴长沙的路上。

范宣笑了

范宣年八岁，后园挑菜，误伤指，大啼。人问："痛邪？"答曰："非为痛，身体发肤，不敢毁伤，是以啼耳。"宣洁行廉约，韩豫章遗绢百匹，不受；减五十匹，复不受。如是减半，遂至一匹，既终不受。韩后与范同载，就车中裂二丈与范云："人宁可使妇无裈邪？"范笑而受之。

范宣是河南陈留（今河南陈留）人，后随父母南下定居江西。父母亡故后，在墓前隐居读书，朝廷屡征不就。

江西当时称豫章，太守叫殷羡，是清谈大师殷浩的父亲，也是殷仲堪的祖上。有一天，殷太守视察民情，溜达到一片坟地。此时天色将晚，殷太守冷气倒吸。再看那边上，坟旁的茅屋里，有隐隐光亮。

殷太守问手下："这是谁的住所？"

手下道："这您都不知道？是隐士范宣的宅子啊。现在他一定又在苦读！"

殷羡听后想：自己的辖区内有此贤人，却住在这样的地方，这传出去不好听啊。于是，转天他就派人到范宣那儿，告知官府要给他建新寓所。

范宣听后一笑，说："你们请回吧，如果我想住豪华的地方，早就去首都建康做官了。"

魏晋时，儒学崩溃，玄学盛行。但范宣从不看《老子》《庄子》，而只钻研儒家典籍，并以恢复儒家传统为己任。

这志向，他很早就树立了。

范宣小时候，一天中午，他拿着小铲子，在后园挖菜，不小心弄破手指，流出血来，于是大哭不止。

邻居跑来看："疼吗？"

范宣说："不疼。"

邻居说："看你眼里都是泪花。"

范宣说："你搞错了，我哭泣，不是因为手指破了感到疼，而是因为包括手指在内的身体的每一部分，都是父母给的，哪敢随便毁坏，正为此而哭！"

范宣就是这样的人。

在豫章，范宣过着清贫的生活，他有个规矩：从不进官府公门。

在著书与讲学中，东晋的时光一点点流逝着。后来，清谈名士韩伯来到豫章做太守，早知境内有个范宣，以恢复儒学传统为己任，觉得很好奇，上任伊始就去拜访。听说范宣有不入公门的规矩，就跟他同车，欲诱其入郡衙，但被范宣察觉，从后面下车跑了。

过了一段时间，有手下说，范宣最近生活艰难，妻子都快穿不起衣服了。韩伯立即叫人抱着一百匹绸绢到范家，当然被范宣拒绝了。

韩伯知道会有此事，就叫人把绸绢减到五十匹，心里想：你要是不接受的话，我还减！

范宣再次拒绝。

韩伯又把绸绢减了一半，一而再，再而三，最后只剩下一匹。如何？范宣还是不要。

韩伯憋了口气，他认为：清廉是美德，但清贫就未必了，以其做姿态，过分了。只是范宣不明白这个道理，或者说有意绷着劲儿。所以，韩伯就一直在找机会，想把这道理告诉他。

终于，一个晚春时节，机会来了。

这一天，天气晴朗，艳阳高照，豫章大地，绿草繁花，韩伯邀范宣乘车郊游。

面对莽然的山峦和奔流的江水，韩伯说："山河壮丽，莫过于此了！"

范宣说："这眼中的一切，本就是大丈夫应该看到的啊！"

韩伯马上道："只是，大丈夫不应该让自己的老婆没裤子穿。"说罢，顺手把车里的绸绢塞给范宣。

在豫章的山水间，范宣终于不好意思地笑了。

范宣之后，还有一位姓范的人，在豫章为官时，大建学校，为恢复儒学而努力。这就是范宁，他是《后汉书》的作者范晔的祖父。

范宁崇儒学，而不排佛。

豫章太守范宁派人到寺院里送上四月八日"请佛"做法会的帖子。

当时，佛教刚刚流行起来，相对来说，僧俗之间多有约束，和尚们的活动也还是比较收敛的，于是大殿里的僧人一时不知该如何回复，互相观望，又仰望殿上那佛祖：去，还是不去？这是一个问题。这时候，后面有个小和尚探头说："我佛沉默，便是答应了！"

魏晋时期，名士清谈讲求机锋、辩悟和顿彻，有禅宗的影子。小和尚的话也是如此：大殿上的佛像自然不会说话，判断在我心中。既入沙门，心自然诚，而与佛通，所谓我心即佛心，我们心中有佛。若是这样，佛虽不语，那我们心中的判断因与佛相通，具有佛性，便可代佛而说出，佛不会因此而怪罪我们。

"请佛"的范宁，是河南南阳人，为豫章太守，推崇儒学。

东晋时代的豫章，也就是江西南昌，是当时中国儒学的大本营，作为那个时代寥寥可数的大儒，范宁明确反对魏晋玄学。后来，他著有《春秋穀梁传集解》，被收入《十三经注疏》。魏晋时期的儒家二范即范宁、范宣，都曾长时间在江西开设学堂，在士林和民众间推广儒学。

后来，到了唐宋明时代，江西儒家名士辈出，与二范打下的牢固根底是分不开的。

贫者士之常

殷仲堪既为荆州，值水俭，食常五碗，盘外无余肴，饭粒脱落盘席间，辄拾以啖之。虽欲率物，亦缘其性真素。每语子弟云："勿以我受任方州，云我豁平昔时意，今吾处之不易。贫者士之常，焉得登枝而捐其本！尔曹其存之。"

殷仲堪，陈郡长平（今河南西华）人，东晋清谈大师和重臣殷浩的族人。

他生活在东晋后期，年轻时曾任谢安之侄北府兵名将谢玄的参军。仲堪为人沉静清俭，晋孝武帝非常喜欢他。太元十七年（公元392年），荆州刺史王忱死，孝武帝力排众议，以资名轻小的黄门侍郎殷仲堪为荆州刺史，镇江陵。

殷仲堪虽很早就跟随谢玄，见过一些场面，但骨子里终是文士，尤爱清谈的他曾说："三日不读《道德经》，便觉舌根发硬。"

当时，面对野心勃勃的桓温之子桓玄的压迫，殷仲堪始终处于被动状态。

晋安帝隆安三年（公元399年），桓玄出奇兵攻灭殷的盟友杨佺期，然后挥兵江陵，殷仲堪不敌而自杀。

早些时候，为应对桓玄，殷仲堪与长江中游的另一股势力杨佺期结盟。结盟后的一天，殷于归途中过庐山，拜会了一代名僧慧远。松柏下，名士与高僧盘坐，就《周易》展开辩论，不觉间暮色已染红寂静的山林。

两个人的对话很有趣，殷仲堪问："《易》以什么为体呢？"

慧远答："应以感应为体吧。"

殷道："铜钟出于山，远山崩而近钟鸣，这就是《易》吗？"

慧远抚掌大笑，惊起飞鸟。大师以佛理中的"感应"来解释《周易》，让殷仲堪折服，而前者对殷的思辨也大为激赏。

那时候，正有山泉潺潺，慧远说："将军才思敏捷、聪明澄澈，犹如此泉涌。"又道："只是，当下时局动荡，适合跃马纵横者，而以将军的情怀，恐难以应对。"

殷仲堪望着远山的落日，陷入沉默。

告别慧远时，殷仲堪突然有一种冲动：想就此归隐，老死山林，远离那争斗的旋涡。但他终于没有回马再次奔向微笑的禅师。

在庐山留下聪明泉的殷仲堪最后还是死了。

殷仲堪死后，桓玄曾问其族人殷仲文："你家仲堪，是什么样的人？"

仲文答："虽不能休明一世，足以映彻九泉！"

或许这是命运的错误安排吧，殷仲堪原本就不是个政治人物，只是一个文人，一个玄思爱好者，如果生活在东晋中期，自会成为兰亭座上客。而在东晋末年动荡的时局里，他错上舟船，或者说身不由己。

桓玄来攻前，江陵一带逢水灾，收成锐减。作为地方长官，殷仲堪很节俭，吃饭时，米粒掉了，也不忘记捡起来放到嘴里。在饥荒年份，他这样做固然是想做出表率，但更是性格使然。

殷仲堪曾对孩子们说过这样的话："不要以为我现在官做大了，就可以抛弃以前的生活习惯，其实没什么变化。安于清贫是士之本分，怎能攀上高枝而忘了这根本？"

殷仲堪死了，但他的话却随着那年的洪水漂流至今。

身无长物

王恭从会稽还，王大看之。见其坐六尺簟，因语恭："卿东来，故应有此物，可以一领及我。"恭无言。大去后，即举所坐者送之。既无余席，便坐荐上。后大闻之，甚惊，曰："吾本谓卿多，故求耳。"对曰："丈人不悉恭，恭作人无长物。"

一个大雪飘飞的天气里，有个清秀的年轻人，身着用仙鹤羽毛制成的大衣，行走在京口的大街上，引得人们在篱后窥视。此时天地间一片洁白，只见那青年从容淡定，徐徐而行，人们啧啧称赞："此真神仙中人也！"

此人就是东晋末年最重要的名士之一王恭。

王恭，太原晋阳（今山西太原）人，是早年清谈名士王濛之孙。唐朝有人写诗云："三五月明临阚泽，百千人众看王恭。"王恭风神洒脱如此。

再说说另一个主人公王大。

王大即王忱，也来自太原王氏，是大臣王坦之的儿子，小名叫佛大，亦称王大。魏晋时人，大多有小名的。这个人名气不大，但有个名气大的成语来自他。什么成语呢？后起之秀。

关于"后起之秀"的故事，是这样的：

王忱是儒学长者范宁的外甥。有一天，名士张玄来范宁家访问，跟王忱相遇。王盯着张玄，就是不说话，而张玄又不愿放下架子，于是失望告辞。

事情发生后，范宁责怪外甥："阿大呀，张玄，吴士之秀，既然有机会相遇，怎么到了这种地步呢？"

王忱笑道："如果张玄想跟我交往，自然会到我家去！"

后果然如此。

范宁于是大喜，说："外甥啊，你真是后起之秀！"

王忱一笑："没你这样的舅舅，哪儿来我这样的外甥？"

听上去确实有点肉麻，但王忱却一举成名，使"后起之秀"这个词传遍整个东晋。

王恭和王忱虽然齐名，但具体到性格、追求上还是多有不同。

王恭以方直严肃著称，在局势趋于动荡的东晋后期，是想有一番作为的；王忱呢，则放达不羁一些，爱喝酒，在事业上没什么想法，只是以恢复竹林精神为己任（是爱喝酒的精神吗？），想成为阮籍那样的人物。

他们年轻时，关系很不错。

一个闷热的午后，王恭从会稽回到建康。王忱听到消息后，去探望。聊着聊着，王忱看到王恭身下的新竹席，便讨要：你从会稽归来，这是当地特产，不如送我一件。

王恭欲言又止。

王忱走后，王恭叫人将竹席送了过去。从那以后，没了竹席的王恭只能坐草垫子了。

王忱听到这个消息后很吃惊，跑到王恭家："我以为你有多余的，所以才找你要啊！"

王恭说："虽然我们齐名，但你还是不了解我呀！"

王忱问："怎么呢？"

王恭答："我为人有一原则，即身边从来没有多余的东西。"

看上去，这貌似是个说节俭的故事。但是，身无长物跟节俭无关，说的是名士的一种境界：我所拥有的，定是我必需的。不需要的，多一分都没有。这是一种简约与自足的状态，一个人的内心因此而不会被欲望牵绊。

继续说王恭的故事。

他是当时的名士，被不少人景仰。但也有人认为：他盛名之下，其实难副。比如，一个叫江敳的人就很看不起他。此人官至骠骑咨议，有声名。王恭想请江做自己的长史，便于一日清晨去其家拜访。

江敳还在睡觉，王恭便坐等厅中。

江敳起床后，没搭理王恭，而是叫侍从取酒独饮。

王恭有点尴尬，说："您怎么可以一个人喝？"

江敳抬头道："啊，你也在啊？也想喝酒吗？"

王恭说明来意，江敳未置可否。王恭这酒显然喝得不愉快，最后起身而出。

还没走出门口，江敳便于身后感叹道："人自量，固为难！"意思是，一个人正确地估量自己，到底是件比较困难的事儿！

在东晋后期的名士圈里，王恭是排名三甲的人物，但江敳却不买他的账，他没直接拒绝王，而是用了句"也想喝酒吗"，让王自己掂量自己。江的意思其实是：王恭，我知道你的名气，也知道你的道行，但你请我做你的幕僚，还差点。

王恭生活的时代，皇帝是晋孝武帝，专权的是继谢安之后为宰相的皇族司马道子以及王国宝。王国宝的名字很当代，但却是一个实实在在的晋人。他是王忱的哥哥，王恭与其颇有矛盾。王国宝的表妹嫁给了司马道子，孝武帝的老婆则是王恭的妹妹。

这样一来，太原王氏的两股力量以联姻的形式分别与皇帝和宰相挂上了钩。司马道子专权，让孝武帝比较郁闷。皇帝和宰相的矛盾渐渐在王恭与王国宝身上体现出来。

在司马道子的支持下，王国宝的弟弟王忱被任命为荆州刺史；没多久，在孝武帝的支持下，王恭由丹阳尹被任命为青、兖二州刺史，驻扎军事重镇京口，掌握北府兵。就这样，昔日的朋友分别有了自己的阵营，二人甚至还差点打起架来。

那是在仆射何澄的酒局上。

当时，王恭还在做丹阳尹，王忱则刚办完出任荆州刺史的手续。

王忱能喝酒，不出意外的话，在东晋排第一。他劝王恭喝酒，后者不肯。

王忱性情放旷，就强逼着王恭喝。王恭还是不喝。就这样，僵持间，两个人都把衣带绕到手上，准备打架了。王恭唤出手下几百人，王忱也把属下招来了。酒局主人何澄最后钻到两个人中间，这才平息了一场斗殴。

几年后，晋孝武帝因一句戏言意外被妃子害死，继位的安帝是个傻瓜（司马家的皇帝智力多有问题，智商大约被祖上司马懿、司马师、司马昭和司马炎透支完了），建康的权力落到司马道子和王国宝手里，矛盾公开了：王国宝企图伪造孝武帝遗诏，欲杀王恭。后者趁机于隆安元年（公元 397 年）春以剪除王国宝为名向建康进军。

王恭手下的北府兵将领刘牢之勇冠三军，司马道子无奈，只好杀王国宝以求王恭罢兵。

王恭守信誉，见王国宝死了，便退兵了。但事情还没完。王国宝被诛后，司马道子又企图倚重王国宝的哥哥王愉，在这种背景下王恭再次起兵，但进军过程中刘牢之被司马道子之子元显策反，不习军事的王恭一下子没活路了。

王恭之死带来一个大变化：刘牢之因诛王恭有功，正式成为北府兵统帅，这也给他帐下的小校刘裕以出头的机会。身无长物的王恭死了，东晋后期为时二十多年的动乱开始了……

第二章　放旷不羁

帝王亦名士

王仲宣好驴鸣，既葬，文帝临其丧，顾语同游曰："王好驴鸣，可各作一声以送之。"赴客皆一作驴鸣。

魏晋士族是由东汉中期的豪族演变来的，进而成为累世为官的世族，从此士人完成了贵族化，也使中国进入门阀政治时代。虽然魏晋时客观上仍存在一个寒士阶层，但唯一的现实是：这几百年，门阀士族和他们的文化与风尚才是绝对主流。

王仲宣即"建安七子"之一的诗人王粲。王粲，山阳高平（今山东微山）人，文采斐然，深受魏文帝曹丕喜爱。他死去时，曹丕大为悲伤，亲临灵堂，对身边大臣说："王粲在时，喜欢听驴叫，你们可各学一声驴叫，为他送行。"

东汉后期和魏晋的名士率性不羁，情之所来兴之所来，是无所束缚的，很多名士都喜欢听驴叫。比如，东晋名士孙绰、孙统的祖父孙楚。

年轻时，孙楚隐而不仕，想对挚友、老乡王济说："我当枕石漱流，做个高逸的隐士！"没想到一激动说成"漱石枕流"。

王济笑道："流可枕？石可漱？"

孙楚笑，将错就错，让那口误转为名言："有何不可？所以枕流，是想洗耳；所以漱石，是想砺牙！"

及至四十岁以后，孙楚才为官，其风刚毅，每多直谏，有可能是第一个质疑当时的选官制度九品中正制的人。孙楚推崇王济。王死后，孙楚非常伤心，对着棺椁说："王武子！你生前最爱听我学驴叫，现在我就再为你叫一次！"

于是灵堂上顿生驴鸣。

前来吊唁的宾客无不掩嘴而笑，孙楚抬头道："为什么死的是王济这样的英才而不是你们！"

现在，王粲喜欢听驴叫，皇帝曹丕在灵堂上也要大臣一起学驴叫。

可以设想，约一千八百年前，在王粲的灵堂上，驴叫声此起彼伏，是何样的情形。虽然是皇帝发话，但中间却无强迫成分，意义就在这里。

曹丕本人有没有学驴叫？当然。

不拘儒家的传统礼法，从皇帝那里就这样做了，一个时代的风尚安能不变？

看上去，貌似魏晋人爱好奇特，实则是亲近心性的结果，由此才可以无拘无束、自由畅达。再比如，东晋玄学家张湛好于斋前种松柏，另一名士袁山松好作挽歌，时人谓："张屋下陈尸，袁道上行殡。"松柏，本逝者之树；挽歌，亦逝者之歌。这两者，本身已森然，而却成爱好。

现在，我们无法理解的，便是当时见怪不怪的。或者说，我们之所以无法理解，是因为心性早被规矩框死。而魏晋于我们的意义，即在于破除内心的樊篱。

最后，还是说说曹丕吧。

击败弟弟曹植，接过父亲曹操开创的天下，曹丕代汉而建魏，这是三国时代真正的开始。

曹丕做皇帝后，做的第一件事就是建立"九品中正制"。

这个选官制度是来自"士之汪洋之地"颍川的大臣陈群建议的。

皇室曹家背景寒微，在曹操时代，枭雄强调"唯才是举"，这也符合其贵刑法之术的特点。到曹丕这里，好黄老之术，采取了陈群的建议，九品中正选官员的制度确定下来。对陈群来说，他当然要为士人代言；曹丕呢，本意想把父亲选拔人才的方式制度化，但结果是：九品中正制成了士族垄断仕途的制度保证和法律依据。

九品中正制，简单地说就是把人才分为九等：上上、上中、上下、中上、中中、中下、下上、下中、下下，朝廷在各州郡设立"中正"这个职位，担任"中正"的人，工作只有一个，即围绕着出身、德行和才华评议人物，然后向上级举荐。

在这个选官制度中，"中正"这个角色最重要，即对某一地区的人物进行品评的负责人，由各郡长官推举产生（西晋后由朝廷中的司徒选授），或由朝廷里的官员兼任，他们基本上都来自士族。品评人才的内容有二：一是家世，二是品行才能。

九品中正制的出发点是好的，除看出身外，还注重人的德才。不过，进入西晋，大小"中正"已经完全被世家大族把持，出身不好的寒门子弟要想干出一番事业，真是忒难了，难怪左思忧愤成诗，在《咏史》中骂了一通门阀政治：

"郁郁涧底松，离离山上苗。以彼径寸茎，荫此百尺条。世胄蹑高位，英俊沉下僚。地势使之然，由来非一朝。金张藉旧业，七叶珥汉貂。冯公岂不伟？白首不见招！"

竹林七贤

陈留阮籍、谯国嵇康、河内山涛三人年皆相比，康年少亚之。预此契者，沛国刘伶、陈留阮咸、河内向秀、琅邪王戎。七人常集于竹林之下，肆意酣畅，故世谓"竹林七贤"。

永嘉乱起，中原士人纷纷渡江，在寄居江东之后，思念和追想曹魏、西晋时的旧人成为普遍的情绪，在感怀中渐渐有了正始名士、竹林名士、中朝名士这样的划分。

东晋学者袁宏曾作《名士传》，系统地将先前的名士做了一番总结："夏侯太初（夏侯玄）、何平叔（何晏）、王辅嗣（王弼）为正始名士，阮嗣宗（阮籍）、嵇叔夜（嵇康）、山巨源（山涛）、向子期（向秀）、刘伯伦（刘伶）、王浚冲（王戎）为竹林名士，裴叔则（裴楷）、乐彦辅（乐广）、王夷甫（王衍）、庾子嵩（庾敳）、王安期（王承）、阮千里（阮瞻）、卫叔宝（卫玠）、谢幼舆（谢鲲）为中朝名士。"

至于"竹林七贤"这一称呼，最初见于东晋历史学家孙盛所著的《魏氏春秋》："（嵇）康寓居河内之山阳县，与之游者，未尝见其喜愠之色。与陈留阮籍、河内山涛、河南向秀、籍兄子咸、琅邪王戎、沛人刘伶相与友善，游于竹林，号为七贤。"

再后来，戴逵作《竹林七贤论》，这一称谓便固定下来。也就是说，竹林七贤是东晋时才被命名的。现在，我们看一下这个中国历史上最著名的名士团体是怎么形成的。

看一下历史背景：

曹操之子曹丕篡汉后，当了几年皇帝。

接下来，做皇帝的是其子曹叡。这十来年，魏国的权力还是控制在曹姓皇帝手里的。其间，他们依靠司马懿对抗蜀国诸葛亮的不断攻击和骚扰。

曹叡死后，司马懿、曹爽并为辅政大臣。此时的皇帝是少年曹芳。很快，曹爽将司马懿排挤出朝。后者于是韬光养晦，以静制动，悄悄等待时机进行反击。

正始十年（公元 249 年）春，曹爽带着少年皇帝和几乎全部朝臣，出洛阳城去祭奠先祖。司马懿闻报后，以七十岁的垂垂老矣之身，发动"高平陵之变"，一举捕杀了曹爽及其亲信，架空了魏帝曹芳，从此大权尽归司马氏父子。

如果曹操地下有知，面对这个结局，他会作何感想？

假如曹操和司马懿对决，在权谋上，两个人谁更胜一筹？

现实是：曹操早就死了，他的子孙在强大的司马氏父子的压迫下，被凌辱得喘不过气来。

司马懿死后，司马师和司马昭兄弟相继掌权，魏国皇帝形如傀儡。其间，魏帝和某些大臣曾意图反抗，但最后都被智力过人的司马兄弟击败，皇帝或被废或被弑，曹氏阵营中包括何晏、夏侯玄在内的一些名士和大臣也相继被杀。

这就是人们印象中魏、晋易代之际"天下多故"而"名士少有全者"的由来。

于是，以往的史家用"高压政治"来形容司马氏掌权的时代，导致很多人认为这个家族总在杀名士。在这种愚蠢的既定观念下，很多人觉得：魏国的大臣和名士，一定都对司马氏恨之入骨，都是反对司马氏的。

其实呢？

这完全是错觉。

当年曹操杀杨修杀孔融杀边让借刀杀祢衡，为何不说是"高压政治"？为什么到了司马家这里就成了"高压政治"？

司马家杀何晏，纯粹因为他是曹爽集团的人；杀夏侯玄，则是因为他属反对司马家政变集团中的一个链条；杀嵇康，情况虽然稍有不同，但也因其挑战了司马昭的执政理念（加上嵇康本身也是曹魏家的驸马），仍没达到"镇压名士"的程度。

这样说吧，魏国的曹家皇族来自寒人阶层，而司马家是汉朝以来最纯正的高门大族。在曹魏时代，发端于东汉中期的门阀士族观念已越来越深入人心。当时，朝中绝大多数重臣都有士族背景。

换个说法，从出身上讲，魏国朝中大臣多跟司马氏是一条战线的。

此外，从曹操时代起，治国风格就是严苛的，带有浓重的法家思想。士族出身的大臣们呢，更多则倾向于宽简无为的政治理念。从这个角度来讲，他们恰恰是反对曹家皇帝的。

所以，当司马氏夺取曹魏政权后，这些名士出身的大臣立即转到他们这边。

而曹家，成了真正的孤家寡人。当然，也确实有反对派，或默默不与司马氏合作的。但数量，远没后人想象的那么多，更不是主流。反过来推论，司马家根本不存在诛杀名士的偏好。

七位名士的竹林之游有着以上大背景。

竹林七贤会集大约起于正始五年即公元 244 年以后，主要活动于嘉平年间（公元 249—254 年）。此时曹爽刚刚获诛，司马氏父子正在洗牌，魏国朝野有些乱，于是阮籍、嵇康、山涛、刘伶、阮咸、向秀、王戎，四个河南人，两个安徽人，一个山东人，在机缘巧合下，碰到了一起，他们啸聚竹林，索琴饮酒，纵情不羁，口言老庄，心怀玄远，以老庄之道慰藉当世情怀。

蔑视礼法的七人，往已经倾颓的儒家危楼上推了一把，于是它便轰然倒塌了。

竹林七贤的活动地点是山阳县，也就是现在的河南焦作境内的修武县（云台山地区）。

修武位于魏国都城洛阳之北的河内郡。当时的河内郡风景奇秀，洛阳的显贵们纷纷在这里修建别墅，一到休闲日，便从洛阳来河内度假。其中的山阳是河内的中心，被废黜的汉献帝刘协即以山阳公之位居住在此。

住在山阳的，有老家是安徽的嵇康和刘伶，以及老家是山东的王戎。同在河内郡而不在同一县的还有怀县人山涛和向秀。陈留人阮籍家在洛阳，但极有可能在山阳建有别墅。他的侄子阮咸，一直跟着叔叔生活。

竹林七贤能聚在一起，关键人物是山涛。

山涛在正始五年即公元244年的时候，正在山阳做小官，其间他结识了青年才俊嵇康，后又认识了阮籍，并把阮籍介绍给嵇康，三个人携手入林。接下来，山涛推荐了老乡向秀，阮籍则把侄子阮咸和当时还是少年的王戎带了进来，至于刘伶呢，大约是闻着酒味来的。

七个人在竹林中啸聚清谈、喝酒、弹琴，遗世而独立，不醉而不归，名声渐渐大振。

关于竹林七贤，有个核心或者说领袖问题。

团体核心当然是最初的三个人：阮籍、嵇康和山涛。

这没有争议。个体核心呢，有人认为是阮籍，有人认为是嵇康。后世更多的人，认为年龄并非长者的嵇康为七人之首。

这仍是错觉，或者说，是出于对嵇康的偏爱。

因为他太刚直，死得又太有风骨，而且那么华美。去除偏爱，我们会发现：竹林七贤真正的领袖，仍是具有诗人身份的阮籍。

他们活动的地点主要在嵇康的庄园，具体位置在山阳城东北的一片竹林旁。

北魏郦道元《水经注》："魏步兵校尉陈留阮籍，中散大夫谯国嵇康，晋司徒河内山涛，司徒琅邪王戎，黄门郎河内向秀，建威参军沛国刘伶，始平太守阮咸等，同居山阳，结自得之游，时人号之为'竹林七贤'。向子期所谓山阳旧居也，后人立庙于其处，庙南又有一泉，东南流注于长泉水。郭缘生《述征记》所云：'白鹿山东南二十五里，有嵇公故居，以居时有遗竹焉。盖谓此也。'"

竹林七贤中，阮籍狂放不羁、颓废伤感，有浓郁的厌世主义倾向，具有诗人、饮酒爱好者和玄学家多重身份，代表作有《咏怀诗》八十二首、《大人先生传》、《达庄论》。阮籍先后做过司马懿、司马师和司马昭的幕僚。面对曹家和司马家的纷争，他也许有看不惯的地方，但却没有强烈的站队意识，只是心怀一种深深的无力感。

嵇康呢，刚直高傲，是思想家、文论家兼打铁爱好者和音乐演奏家，代表作为《广陵散》、《与山巨源绝交书》、《声无哀乐论》、《琴赋》、《幽愤诗》、《难自然好学论》、《养生论》。他是魏国的驸马。从这个角度说，不管他想与不想，他都是曹魏阵营的人。但这时候，曹魏的权力已经被司马氏所夺。他进退维谷。对司马兄弟和一些名士向两兄弟攀缘的做法，他是越来越看不惯了。

山涛深沉，如裴楷所说："见山巨源，如登山临下，幽然深远。"

刘伶放旷，阮咸猖率，向秀秀彻，王戎聪颖。

至于这七个人的生命结局：嵇康最终被司马昭所杀；阮籍放纵不羁，但其行为一次次为司马昭所容，得善终；刘伶和阮咸，一个纯酒鬼，一个酒鬼兼音乐家，后皆不知所终；向秀一度为官，终于无为，后来事迹不甚清楚，但为我们留下《庄子注》；王戎和山涛仕途显赫，都成为西晋的重臣，官至宰相级别的三公。

我们会依据自己的好恶来评定竹林七贤。

但在晋代，名士们对这七人是不做优劣上的评论的。

比如，北府兵名将谢玄等人想评论一下，被叔叔谢安制止，他告诉侄子："从先辈开始，就不去评论七贤的优劣，这是个传统！"

从谢安的话中可以看出，对竹林七贤，名士们是无比尊重的。

前面提到过名士由东汉向魏晋转型的时代背景。但如果仅仅说因为魏晋是乱世，当时篡弑频繁，士人朝不保夕，内心比较痛苦，反映到外在行为，即放旷不羁，也是不足为凭的。因为，如果说魏晋乱世，篡弑频繁，那么五代十国比之于魏晋如何？当时怎么没出现如魏晋一般的风尚？

实际上，魏晋风尚的诞生，跟门阀士族盛大和皇权衰退有紧密关系。

同时，汉武帝时建立的独尊儒术的根基还未牢靠，以老庄之说为底色的玄学应运而生，动荡的时局和生命的无常确实也唤醒了士人心中对个体价值的重新思考。在几重背景下，嵇康才可以喊出"非汤武而薄周孔，越名教而任自然"这样惊世骇俗的口号。

虽然不能说魏晋风度就是竹林七贤的风度，但七贤开辟的精神道路，初升于山阳的竹林，最后如光霞般在魏晋的山水间蔓延开来，进而为中国历史打造出一个绝无仅有的瑰奇而迷人的时代。其高逸的精神追求和不羁的处世方式，更是绝大影响了后世士人，并在他们心中打下不可磨灭的烙印。

一个厌世者的孤独

> 阮籍遭母丧，在晋文王坐，进酒肉。司隶何曾亦在坐，曰："明公方以孝治天下，而阮籍以重丧显于公坐饮酒食肉，宜流之海外，以正风教。"文王曰："嗣宗毁顿如此，君不能共忧之，何谓？且有疾而饮酒食肉，固丧礼也。"籍饮啖不辍，神色自若。

阮籍的邻居是个美妇，开了个酒肆，阮籍时常拉着竹林七贤中最小的王戎去那儿喝酒，每每大醉，倒眠在妇人身旁。其夫初疑阮籍有所不轨，但观察多日，见其并无他意。

后人评此事，多讲阮籍坐怀不乱。

其实哪有那么简单。

宗白华先生说，晋人风神潇洒，不滞于物。

阮籍醉卧美妇的大腿边而无他意，除说明阮籍的人格伟力外，想是更多地道出魏晋名士对美的超脱感。那香艳的身躯在阮籍看来是美的，但不是来自感官下的肉欲美，而是来自生命本身的美。

又，阮籍的嫂子回娘家，籍与之告别，有人讥讽，籍冷笑："儒家之礼岂是为我们这些人设置的?!"

好一个公然的反问！

这种对传统礼教的反叛和颠覆，对率真诚挚情怀的向往与追逐，千年后仍震烁着人们的内心。

阮籍是当时最出色的诗人，但后人谈起他时，更青睐于他惊世骇俗、鄙视儒家礼法的快意故事。他对后世的影响也最大。魏晋名士的特点在他身上基本上都能找到：好老庄，谈玄学，不屑于儒家礼法，好酒能琴又能啸，放达不羁，且有深情。此外，还有士林可以接受的保身之道。

竹林领袖阮籍，字嗣宗，是"建安七子"阮瑀之子，河南陈留尉氏（今河南陈留）人，生活在曹魏末年。《晋书·阮籍传》："籍容貌瑰杰，志气宏放，傲然独得，任性不羁，而喜怒不形于色。或闭户视书，累月不出；或登临山水，经日忘归。博览群籍，尤好《庄》《老》。嗜酒能啸，善弹琴。当其得意，忽忘形骸。"

史上说阮籍有济世之才，但由于时局多乱，不得不把自己埋得很深。

阮籍之父阮瑀深得曹操欣赏，但阮籍却一连两次辞去曹家给的官，没因父亲的关系而跟曹家走得更近。当司马懿发动高平陵之变，歼灭诸曹及其党羽后，时人皆称阮籍有预见力。司马懿慕其才，这一回阮籍没拒绝。或者说，对司马氏，他本来就不太反感。随后，阮籍在司马师幕府中做事，曾为散骑常侍，又为东平太守。

司马师死后，阮籍又被司马昭引入幕府，颇受礼遇。

这样说吧，同样一件事，别人做司马昭会发火；但阮籍做呢，一点事儿也没有。

司马昭属于那种既聪明又有铁腕的人。标榜以名教和孝治天下的他，之所以一再纵容与袒护阮籍违反礼教的行为，除了显示自己的政权对名士的态度外，还有一点：他是真的喜欢阮籍。

司马大将军和阮籍在心灵上有一种默契（这也是后世很多人指责阮籍的原因）。

阮籍在司马昭的幕府待了很长一段时间。有那么一年，他得知步兵校尉府中有好酒，便求其职，司马昭欣然应允。

后人推测阮籍求步兵校尉的举动是为避开司马氏的猜疑。理由是，这个职务既离皇帝远，又没实际军权。

其实，这完全是替古人操心了。为什么阮籍就不可以仅仅因为那里有好酒而去做步兵校尉呢？后人总是把当时的事想得很复杂。

魏晋易代时政治环境有点危险，但却远没有想象中那么危险。

何况，他面对的司马昭是如此欣赏他。对此，阮籍的态度是：在政治上，不以司马家为对手，但也不主动参与司马家的事，与之保持着一种微妙的若即若离的关系（关于这一点，后世有人推测阮籍太狡猾，一度担心司马家被曹家逆转后惹祸上身，所以也不愿意被大家认为他是司马昭的人），以致在昏醉中婉拒了司马昭求亲，最后使得这位大将军有这样的印象："阮嗣宗至慎！每与之言，言皆玄远，未尝臧否人物。"

正因如此，即使阮籍放浪形骸，经常做出一些违背儒家礼法的事，最终也能为司马昭所容忍。比如在其局上，昭居中，幕僚大臣分坐左右，一个个都神姿严正，只有阮籍劈着腿，啸歌酗饮，旁若无人，所谓"晋文王功德盛大，坐席严敬，拟于王者；唯阮籍在坐，箕踞啸歌，酗放自若"。

有一年，阮籍母亲去世。在司马昭的局上，阮籍照样吃肉，一样饮酒。大臣何曾在座，站起身，对司马昭说："明公以孝治天下，而现在，阮籍丧母，却违背礼教，饮酒食肉。这样的人，应流放到遥远的地方，以正风气。"

司马昭低头想了想，抬头说："嗣宗因母丧，致精神委顿如此，你不能与他分忧，这是为什么？况且，有疾在身而饮酒食肉，原本也是符合相关礼法的。"

阮籍似乎没听到二人的对话，依旧饮食不辍，神色自若。

司马昭处处为阮籍说话。后者与这位大将军若即若离的关系和处世方式，也深深影响了后代士人：在内心世界，保留自己的田地；在权力面前，做到独善其身。从这个意义上说，阮籍成为精神逃亡者的隐秘宗师。

但阮籍常有而司马昭不常有。

阮籍爱酒，清醒时，放旷不羁；喝醉时，整日昏昏。

真的是这样吗？

东晋名士王忱，最慕阮籍风格，曾说过这样一番话："阮籍胸中垒块，故须酒浇之！"这个说法是很到位的。但是没人知道，其中包含的，是对这个世界的深深的厌恶。

阮籍一度有很高的心气。

他曾登广武楚汉古战场，发出千年一叹："时无英雄，使竖子成名！"

阮籍胸中的垒块，郁积的不仅仅是魏晋间的一些事，更有个人抱负在时光中渐渐自我消磨而生出的兀自悲叹，以及人生中多少事身不由己的扼腕叹息。

阮籍的人生哲学来自庄子，对倾轧无常的官场不那么喜欢，但又不得已而置身其中，有一种自我价值的泯灭感和压抑感。

作为一个厌世者，阮籍是孤独的。

东晋孙盛《魏氏春秋》记载："阮籍常率意独驾，不由径路，车迹所穷，辄恸哭而反。"

独自驾车遇穷途而哭，因为前面没有路了。孤独如此，孤独如此。在人生的很多时候，无望比绝望更可怕。

对阮籍来说，无望的是什么呢？

千万不要理解成因为晋要代魏了。阮籍胸中，有无法自释的块垒，它只是关于生命本身。那么，对阮籍来说，除了喝酒外，他有没有办法，在一些时候化解这块垒？

史上记载，阮籍善啸，百步之外，都能清楚地听到。

当时，苏门山（在今河南辉县）中有隐者莫知姓名，称为苏门真人，被砍樵者传说。阮籍好奇，便独自驾车前往。

到山下，阮籍弃车攀山。

苏门山不是很高，海拔不到二百米，没多久，就远远望见峰顶处，有一人抱膝而坐。阮籍登顶，上前与那人对坐，对方面无表情。

阮籍是何等人物，见过酷的，但没见过比自己还酷的，于是与之论上古玄远之道。那人寂然无语，只是呆呆地看着阮籍。阮籍随后又问其修身养性之术，那人仍不作答，只是用眼珠凝视着阮籍，一动也不动。

后来，阮籍不再说话，也与那人对视。

时间分秒过去，暮色渐起山间。阮籍再凝神向对面望去，那人仍无表情。在某个瞬间，也许吓了阮籍一跳，随后忽有所悟，于是对之长啸。

那人突然笑了，说："你可以再啸一次。"

阮籍于是又啸了一番，兴尽下山。行至半山腰，忽闻山上传来清远之声，响彻山林，回头望去，啸者正是那苏门真人。

苏门真人即魏晋著名隐士孙登。

史上的孙登是个神人，性无喜怒，一度隐居苏门山。有人为试其性，将其扔到湖中，想把他激怒，但孙登在湖中游了一会儿，便爬上岸来，大笑着离去了。

未解魏晋精神之真谛者，往往认为故事中的"啸"只是个人爱好，跟三国诗人王粲喜欢听驴叫、东晋皇帝司马昱喜欢看老鼠爬一样没什么区别。至于孙登不与阮籍交谈，也仅仅是隐士奇行而已。或者说，"啸"是道家的一种养生之道。

其实，阮籍与孙登的故事，从侧面道出魏晋时的一种观点：言不尽意。

人们赖以交流的言谈话语，实际上是不能完全穷尽地表达人的思想及本意的。

既然言不尽意，那便不如不说。阮籍在后来琢磨出孙登沉默的缘由：两个人坐在山顶，林木莽然，天人合一，又有什么可说的？说些什么才能讲清楚此刻的心旨？言不尽意而啸尽意，它自能抵达玄远幽深之境，而两啸相应，正是神明之交。

对阮籍来说，在一些时候，这长啸亦能化解自己胸中郁积的块垒。

当然，作为那个时代最出色的诗人，真正能叫阮籍抒怀的还是诗歌。

阮籍给后世留下了两笔遗产：一是他的处世方式，二是八十二首立意隐晦的《咏怀诗》。从诗中，可以读出一个厌世者在千年前孤独的哀伤：

"夜中不能寐，起坐弹鸣琴。薄帷鉴明月，清风吹我襟。孤鸿号外野，翔鸟鸣北林。徘徊将何见？忧思独伤心！"

阮籍的咏怀诗是中国文学史上的珍品。

它不同于先前慷慨悲凉的建安诗歌，其叙事和抒情更为私密化。

由此，将中国的古典诗歌向前推进了一步，而且是至为关键的一步。这样说吧，无论是文学建树，还是处世方式对后代士人的影响，阮籍都是远远超越嵇康的。

晋朝建立前两年的公元263年，厌世的诗人终于孤独地死去。

刘伶纵酒

> 刘伶恒纵酒放达，或脱衣裸形在屋中。人见讥之，伶曰："我以天地为栋宇，屋室为裈衣，诸君何为入我裈中？"

现在，可以说说魏晋时的职业酒鬼刘伶了。

刘伶的酒量有没有阮籍大，这一点还真不敢确定。但有一点没有疑义，那就是：他对酒的热爱，在纯粹度上，要超过阮籍。

刘伶，字伯伦，沛国（今安徽淮北）人。史上记载："刘伶身长六尺，貌甚丑悴，而悠悠忽忽，土木形骸。"

不但矮，亦可谓绝顶丑男了。

刘伶给我们的印象是很滑稽的，其实他并不是个很外向的人，平时沉默少言，只与阮籍、嵇康、山涛等人交好，携手入林，终日酣畅。

刘伶纵酒放达，脱衣裸形在屋中，有人见之便予讽刺，刘伶答："我以天地为房屋，以房屋为衣裤，你们为什么跑到我的裤子里来了？"

如果这算骂人的话，那也真够损的了。

魏晋名士与酒的关系，是很奇妙的。很多时候，他们须借酒而达到超脱高远的境界。

刘伶喝酒很凶，正像我们知道的那样，他常乘鹿车，携一壶酒，使人带着锄头跟在身边，说："死便埋我！"

摊上这样一个老公，做老婆的可算倒霉了。

最后，刘伶的老婆真急了，把他的酒器都给毁了，哭劝道："夫君啊！你喝酒太过，非养生之道，就算我求你了，一定要戒啊！"

刘伶说："好呀！但我自己不能戒了，只有当着神像发誓才能戒！你准备点酒肉祭品去吧。"

老婆大喜。

在神像前，刘伶发誓："天生我刘伶，因酒而来，喝一斛酒用五斗酒浇醒！妇人之言，实不可听！"

随后，刘伶又一顿大喝，醉倒在地。

对刘伶的老婆来说，生活是个悲剧。超级酒鬼刘伶居然也曾为官，做了什么建威参军。晋武帝泰始初年，朝廷有收敛放旷之风而恢复儒家传统的意思，向天下士人求施政良策，刘伶建议"无为而治"，于是被罢官。

在留下一篇《酒德颂》后，他乘着鹿车淡出了我们的视野：矮小的背影，渐行渐远，不知所终。

刘伶的《酒德颂》文不长，录于下：

"有大人先生，以天地为一朝，万期为须臾，日月为扃牖，八荒为庭衢。行无辙迹，居无室庐，幕天席地，纵意所如。止则操卮执觚，动则挈榼提壶，惟酒是务，焉知其余。有贵介公子、搢绅处士，闻吾风声，议其所以，乃奋袂攘襟，怒目切齿，陈说礼法，是非蜂起。先生于是方捧甖承槽，衔杯漱醪，奋髯箕踞，枕麹藉糟，无思无虑，其乐陶陶。兀然而醉，怳尔而醒。静听不闻雷霆之声，熟视不睹泰山之形。不觉寒暑之切肌，利欲之感情。俯观万物，扰扰焉若江海之载浮萍。二豪侍侧焉，如蜾蠃之与螟蛉……"

古来圣贤皆寂寞，惟有饮者留其名。这说的是刘伶吧。

一个什么都没干过的人，仅仅靠喝酒而名垂青史，刘伶，可以了。

小阮的故事

阮仲容先幸姑家鲜卑婢，及居母丧，姑当远移，初云当留婢，既发，定将去。仲容借客驴著重服自追之，累骑而返，曰："人种不可失！"即遥集之母也。

当然，很多人都知道，有一种古典乐器，名叫阮。其实，这种乐器的全名叫阮咸。阮咸，一个人的名字。谁呢？阮籍的侄子，竹林七贤中的另一位。

本条中的阮仲容即阮咸，在竹林七贤中酒量排在刘伶和阮籍后面，位列第三。爱喝酒的同时，他也是知名的音乐家，在为我们留下了一件乐器、一个成语，以及一个关于一夜情的故事后，悄悄消失在历史深处。

阮咸在竹林七贤中最无风头，内向寡欲，只是跟着叔叔阮籍，与大家一起喝酒，乐呵乐呵，没太多的想法。

入晋后，阮咸曾任散骑侍郎，一个闲职；又为始平太守，为官不视事。后山涛荐其入吏部，没成功，因为，皇帝司马炎听说此人太过虚放。

作为那个时代的音乐家，阮咸深熟音律，尤善弹琵琶，代表作《三峡流泉》。

琵琶是从西域古国龟兹传入中原的，阮咸将其改造，创造出一种新的弹拨乐器，后来被称为"阮咸"，简称"阮"。

以一个人的名字而命名一种乐器，似乎只有阮咸享有了这种荣耀。

关于阮咸的故事，虽然不多，但却足够惊人。

按照魏晋风俗，七月初七，要在庭院中晾东西，其他人家皆有绫罗可晾，而阮咸在院子里挑着晾了个粗布裤衩，人问之，答："未能免俗!"当然，里面充满讽刺的味道。

阮咸跟族人饮宴，不用一般的酒杯喝酒，而是围坐在酒瓮旁，用大瓢舀酒狂饮，时有群猪拱来也要喝酒，阮咸并不驱赶，与群猪共饮。关于魏晋名士与酒的故事，在这里达到极致。

最后，便是一夜情事件。

这个故事与阮咸"内向寡欲"的形象不是很吻合，但也管不了那么多了。故事是这样的：

阮咸的姑母来阮家度假，身边的鲜卑族丫鬟很漂亮，随后的细节就不必说了。姑母在阮家住了差不多两个月。这期间，阮咸的母亲死了。办完丧事，姑母要带着鲜卑女回家。在前一个傍晚，鲜卑女偷偷把阮咸拉到小河边，轻抚着肚子，说："阮郎，你明白了吧?"

等阮咸终于明白后，说："放心吧，我会跟姑母说的，把你留在我身边。骗你的话，就叫我掉进酒缸里淹死好了。"

鲜卑女冷笑："少来，你不最爱喝酒吗?"

后来，做姑母的，还真答应了阮咸的要求。不过，临走时又变卦了，把鲜卑女带走了。当时，正有客人在阮家造访，按本条所述："……仲容借客驴着重服自追之。"可以推测，那位客人是王戎。因王戎身材矮小，不善骑马，而喜骑驴。

阮咸听说鲜卑丫鬟又被姑母带走了，很着急，扔下了王戎，出门跨上驴，身着孝服一溜烟地追了去。在一个岔路口，终于把姑母一行追上。他一把将那鲜卑女拉上驴，二话没说，掉转驴头便走。

回家后，阮咸对王戎说："谢谢你的驴。"

王戎笑："为一个鲜卑女，值吗?"

阮咸答："人种不可失呀!"就是说，鲜卑女肚子里有我的孩子，怎么能不要呢?

鲜卑女肚子里的孩子，就是后来的名士阮孚，一个汉胡混血儿。他字遥集。阮咸起的这个字，当然是有讲究的，典出王延寿《鲁灵光殿赋》，其中有这样一句："胡人遥集于上楹……"

阮遥集，名孚，是阮咸的次子。

阮咸的长子叫阮瞻。《世说新语》记载竹林七贤后代特点如下："林下诸贤，各有俊才子：籍子浑，器量弘旷；康子绍，清远雅正；涛子简，疏通高素；咸子瞻，虚夷有远志，瞻弟孚，爽朗多所遗；秀子纯、悌，并令淑有清流；戎子万子，有大成之风，苗而不秀；唯伶子无闻。凡此诸子，唯瞻为冠；绍、简亦见重当世。"

由此可见，在竹林七贤诸子中，最有才华、最著名的是阮瞻。

相比于阮瞻，也许阮孚太爱喝酒了。父亲阮咸名列竹林七贤，阮孚则位居八达之中。这八达，还包括谢鲲、桓彝、光逸、毕卓、羊曼、阮放和胡毋辅之。他们以喝酒为乐事，追慕竹林之风，裸聚狂饮，令人侧目。

作为八达之一的阮孚，酒量肯定没问题，不是这里面最大的，也跌不出第二名。西晋时他为散骑常侍，曾摘下帽子上的貂饰去换美酒，所谓"金貂换酒"。

不过，他最大的爱好，还不是喝酒，而是收集鞋子："祖士少好财，阮遥集好屐，并恒自经营。同是一累，而未判其得失。人有诣祖，见料视财物，客至，屏当未尽，余两小簏，着背后，倾身障之，意未能平。或有诣阮，见自吹火蜡屐，因叹曰：'未知一生当着几量屐！'神色闲畅。于是胜负始分。"

阮孚在永嘉南渡后为安东参军，爱鞋的他"恒自经营"，把收藏的鞋子都编上号，什么样的鞋子最酷，什么样的鞋子最舒服，鞋子怎么保养；或者说，市面上又出什么新款了，阮孚往往闻风而动。

在穿鞋方面，他是那个时代的潮流引领者。

尽管阮孚的奇特爱好遭到妻子反对（毕竟家里到处都是鞋了），但他还是乐此不疲。与此相比，祖士少好财，这就没什么好说的了。祖士少，即闻鸡起舞的那位祖逖的弟弟祖约。两个人都为物所累，一时间人们难以评判谁高谁低。

后有人拜访祖约，祖正在打理珍宝，见有人来，忙将珍宝藏起，有些未来得及弄走，便以身体遮挡，表情有些不自然。又有人去造访阮孚。阮孚当时正在为自己收藏的鞋子打蜡，看到有客前来，神情淡定，一边看着打蜡后闪亮的鞋子，一边叹道："不知道人这一生能穿多少双鞋！"从容自得。

于是，祖、阮二人高低始分。

祖约与阮孚各有所爱——

爱财者如祖约，见有人造访，匆忙把珍宝藏起来，透露出两个信息：一是他觉得财迷本身是件丢脸的事；二是大凡财迷者，多是吝啬者，他用身子遮挡住未来得及收起来的那些珍宝，只是下意识的动作。

爱鞋者如阮孚呢，他举鞋把玩，丝毫不避客人，虽累于物，但物不累于心：一生能穿几双鞋？除了展现了对鞋子的喜爱外，还流露出对生命和光阴本身的叹息，率真高远的名士情怀尽显。

这一点，阮孚超越了他的父亲阮咸。

卿卿我我

王安丰妇，常卿安丰。安丰曰："妇人卿婿，于礼为不敬，后勿复尔。"妇曰："亲卿爱卿，是以卿卿；我不卿卿，谁当卿卿？"遂恒听之。

我们熟知的成语很多来自《世说新语》，比如卿卿我我。

王安丰即竹林七贤中年龄最小的王戎，琅邪临沂（今山东临沂）人，后出竹林仕晋，最终以司徒之位，位列三公，封安丰侯。

王戎跟妻子感情非常好。

妻子常称王戎为"卿"。在魏晋时，"卿"是不能随便叫的。举个例子："王太尉不与庾子嵩交，庾卿之不置。王曰：'君不得为尔。'庾曰：'卿自君我，我自卿卿；我自用我法，卿自用卿法。'"

魏晋时重形貌容止，如果你学问再大，形貌难看，也入不了一流。所以，在当时，像卫玠这样的人虽清谈不算顶级，但却非常受推崇；而像庾子嵩这样的丑男虽精通玄学，但很多时候并不被人待见。

庾子嵩即庾敳，颍川鄢陵（今河南鄢陵北）人，其人之丑在于体形，所谓"长不满七尺，腰带十围"。可以想象了。他跟左思、刘伶，并称"魏晋三丑男"。因形象差，所以一些人避而远之。

比如，王衍就说："庾子嵩！别老称我'卿'，弄得跟咱们多亲近似的。"

庾子嵩说："你叫我为'君'，我称你为'卿'，我用我的叫法，你用你的叫法，没关系的啊。"

"君"是陌生人或关系一般的人之间的称呼，而"卿"则是亲切的不见外的称呼。继续说王戎和他的妻子。一天晚上，以俭吝著称的王戎跟妻子关起门，在灯下算账，算着算着，账单有些对不上了，妻子就对王戎说："卿啊……"

王戎说："一个女人家，老称自己的丈夫为'卿'，不合礼法，以后别这样叫了。"

"卿"虽然是亲切的不见外的称呼，但是在那个时代，虽然自由不羁，但一般来说，妻子称丈夫仍不能用"卿"，顶多称"夫君"。现在，面对妻子的叫法，王戎表了态。那么，他的妻子怎么应答呢？

王妻娇嗔道："亲你爱你，才叫你卿；我不叫卿，谁叫你卿?!"

王戎把手中的账本一丢："说得好啊！"立即把妻子揽入怀中。

魏晋时代的新女性以敢爱敢恨、真情流露著称。她们身上散发出的率真、洒脱和热情，并不输给当时的名士们，使得那个时代更亲切可感。

前面说，王戎以俭吝著称，被人熟知的故事，有以下几则：

其一："王戎女适裴頠，贷钱数万。女归，戎色不悦，女遽还钱，乃怿然。"王戎的女儿嫁给大臣裴頠。出嫁前，王戎给了一些钱，但叫女儿打个借条。婚后女儿回门，王戎就没给过好脸儿，再后来女儿把钱还了，他这才露出笑容。这时候，王戎的身份是什么呢？西晋的司徒，宰相级别。

其二："王戎俭吝，其从子婚，与一单衣，后更责之。"说的是：王戎侄子结婚，他只送给侄子一件单衣做礼物，过了没几天，又要回来了。

其三：魏晋人好吃李子。当时，洛阳城里，王戎与名士和峤家的李树最佳。但后来，和峤家的李树被小舅子王济给砍了，于是王戎家的李树成了第一。王戎呢，虽然身列三公，位极人臣，但私下好做个小买卖，经常乔装打扮，带着李子去市场上摆摊，可又担心别人得了种子，于是卖前往往将李子的核钻通："王戎有好李，卖之，恐人得其种，恒钻其核。"

王戎的吝啬让我们觉得不可思议。

年少时，王戎并不这样。当年，其父死，部下凑了份子给王戎，但被王戎拒绝。

为什么长大了，做了高官，王戎反而一下子成了财迷？况且，背景优越的魏晋名士，对于钱往往是不看重的。

王戎之所以表现得超级吝啬，大约跟当时纷乱的政局有关。或者说，是为自己涂了一层保护色：我无意权力之争，只是好点财而已。

东晋艺术家戴逵曾作《竹林七贤论》，在其中也表达了类似看法："王戎晦默于危乱之际，获免忧祸，既明且哲，于是在矣。"而且，戴逵认为：在当时险象环生的政治风云中，王戎的做法实在不应被指责。如此看来，王戎的吝啬背后是一种无奈，喜剧背后是一种哀伤。

俭吝的话题就此打住。

无论如何，对王戎来说名士风范照样还是有的，尤其是对他这样老资格的从竹林里出来的人来说："裴成公妇，王戎女。王戎晨往裴许，不通径前。裴从床南下，女从北下，相对作宾主，了无异色。"

借父亲钱出嫁的王戎女，夫君是大臣裴頠。

一天清早，作为岳父的王戎去女婿家，进院后不经禀报，径直溜达到女婿和女儿的卧室。当时，由于时间还早，裴頠和王女还没起床。见岳父来了，俩人才双双下床迎接。

在魏晋之后任何一个朝代，或者说现代，这种做法都是不可思议的。但故事中的宾主神色不异于平时，三个人若无其事，一点也没觉得尴尬。

说起来，裴頠曾作《崇有论》，跟推崇玄虚的名士比，他是倾向于儒家传统的，被老丈人闯了卧室后，仍然若无其事，可见魏晋时礼法崩溃的程度。对王戎女来说，也觉得这没什么。这不是一个另类家庭。因为，在魏晋时，大家差不多都这样。

世上再无荀奉倩

> 荀奉倩与妇至笃，冬月妇病热，乃出中庭自取冷，还以身熨之。妇亡，奉倩后少时亦卒。以是获讥于世。奉倩曰："妇人德不足称，当以色为主。"裴令闻之，曰："此乃是兴到之事，非盛德之言，冀后人未昧此语。"

荀奉倩即荀粲，曹操手下谋士荀彧之子，娶曹操大将曹洪之女为妻。荀粲痴情，曹女则美艳而女人味十足，夫妻如胶似漆。

一个冬天，曹女发烧，浑身烫热，荀粲呢，穿着单衣，跑到寒风凛冽的庭院里，把自己冻冷，回来贴在老婆身上，帮其散热。

有这样的丈夫，曹女还有什么不知足的？

后来，曹女还是死了，荀粲心碎欲绝，加上也被冻坏了，也一病难起床。有朋友劝他不必太难过。

荀粲说："佳人难再得！佳人难再得！顾逝者不能有倾城之异，然未可易遇也！"

没多久，荀粲也离开了人间，不到三十岁，时人称之"以燕婉自丧"，就是说，是为女人而死的。于是，很多人都觉得这种死法是荒诞和可笑的，所谓"获讥于世"。

在生前，荀粲还说过一句震烁古今的话："妇人德不足称，当以色为主。"也就是说，对女人来说，品德方面不是最重要的，当以美貌为第一。

荀粲出身名门世家，性格孤傲，我行我素。在强调女人三从四德的中国古代，荀粲的话自然会激怒一大片人。一个人，尤其是一个男人，当以功名为重，即使死也应该为国为社稷为天下去死，怎么可以为女人去死？尤其是颍川荀家这样的名族。

怎么可以呢？

但问题是，怎么就不可以呢？情若何？苟奉倩！

在一种解读中，揣测荀粲的价值观，得出在他那里社稷未必比个人感情更重要的结论。这种理解也许仍旧表面了。在这件事上，一定是超越个人感情的，一定是在"色"最初的意义上落地的。

荀粲与曹女，双方感情笃深，但荀粲之死，不一定是死于情感，而是死于女人之美本身。对荀粲来说，他是怀着一种极端的态度去欣赏女人的，是超越了礼教的束缚而去审视女人的，还女人以新的姿态。

"妇人德不足称，当以色为主。"后来，名士裴楷听到别人传荀粲那句话，认为那是他兴头上说的，而非深思熟虑后的话：希望后人不要误解。

裴楷不必来打圆场。

无论男女，每个人都可以去体会荀粲的话，抛去魏晋时思想解放的层面不说，仅那句话本身就已经是生活真相之一了。

当时的女人

王浑与妇钟氏共坐，见武子从庭过，浑欣然谓妇曰："生儿如此，足慰人意！"妇笑曰："若使新妇得配参军，生儿故可不啻如此。"

王浑，太原晋阳（今山西太原）人，拜征东大将军，晋武帝太康元年（公元280年），与王濬、杜预一起兵发东吴，统一全国。

其子王武子，也就是王济。

这王济，晋武帝司马炎的女婿，他是西晋名士中最有气魄的：不仅会清谈，箭射得还特别好，容颜俊朗硬派，性格特别豪爽，行为特别洒脱，是洛阳名士圈里最酷的一个。

但别着急，还有比王济更酷的。谁？他妈。

王济的母亲，也就是王浑的妻子钟琰，出自颍川士族钟家，更非等闲之辈。她是著名书法家钟繇的曾孙女，名士卫玠的姥姥，至于是钟会什么人，可以推算一下。

钟琰聪明幽默，人长得漂亮。出身名士家庭的她，在魏晋环境下，自然也具有一个时代的风神。

比如，有一天，王浑跟钟琰在庭院里消夏，儿子王济扛着把斧头从前庭走过。望着儿子的背影，王浑说："你我生了这样一个儿子，真是令人欣慰。"

钟琰莞尔一笑："假如当初我嫁给你弟弟王伦，生出来的儿子一定超过王济。"

我们不知道王浑当时说了些什么。

但我们知道，这话要是放在后世或者现在，场面不但幽默不起来，轻则夫妻吵架，重的话也许婚就离了。

还好，对话发生在魏晋时期。

对钟琰这句话，晚清李慈铭在《世说新语笺疏》中大为激动，认为："此即倡家荡妇，市里淫姐，尚亦惭于出言，赧其颜颊。岂有京陵盛阀，太傅名家，夫人以礼著称，乃复出斯秽语？"王浑不急，李慈铭急。一个五十一岁中进士的迂腐的清朝人，去怒怨魏晋言行，总是令人发笑。

王浑寿至七十四，儿子王济都已经死了，他还健康快乐地活着。

前面讲到王济扛着斧头。

他干什么去呢？去砍姐夫的李子树。

他姐夫是谁？是西晋大臣和峤："和峤性至俭，家有好李，王武子求之，与不过数十。王武子因其上直，率将少年能食之者，持斧诣园，饱共啖毕，伐之，送一车枝与和公，问曰：'何如君李？'和既得，唯笑而已。"

这是一个有意思的故事：

和峤是晋武帝司马炎的宠臣。

虽然是宠臣，但和峤非常俭朴。我们说过，魏晋时说俭朴，通常指吝啬。

和峤家的果园中，有一棵好李树，果实味道鲜美，即使和峤的亲戚来吃，他也会根据吃剩下的核来计算数量，最终让他们交钱。

这一天，王济来了。

他是和峤的小舅子，性格豪爽，来前估计怎么着也能吃个尽兴，但和峤只给了他几十个李子吃。这对和峤来说，已经不少了。

王济在皱眉。

一天午后，他趁和峤去府衙值班，带着一群年轻力壮的家丁，拎着斧头摸进和家果园，一顿狂吃后，把人家的树砍了。砍完了还不算，将树枝装上车，没拉回家，而是给和峤送去，并问："比起你家的李树如何？"

和峤一看，知是自己家的李树，但也只是笑笑而已。

是恶作剧吗？王济率性如此。和峤虽然吝啬，但当他看到自己的李子树已经变成一堆劈柴后，并没有向王济发怒，还把满满一车树枝收下，一笑了之。

这就是魏晋风度。

在这里，讲的不是宽容问题，而是雅量问题。到底什么是雅量，后面我们会讲到。

回过头来再说魏晋的女性。

钟琰率性可爱如此。不羁之外，那个时代的女人，还具有一种普遍的高旷凛然之气。

比如王广的夫人。

王广曾任屯骑校尉，其人在历史上不太知名，他父亲王凌比较有名，曾欲立楚王曹彪为魏帝，扭转曹家被司马家欺负的局面，但终未成功，被司马懿逼死。比王凌更有名的，是其叔叔王允。王允就是貂蝉的义父，设美人计让吕布杀董卓的那位。

王广娶的是魏国镇东大将军诸葛诞的女儿诸葛小妹。

入洞房那天，王广掀开新娘子的盖头，说："你气质很一般啊，跟你爹爹诸葛公休（即诸葛诞）比起来差远了。"

我们认为这是夫妻间在开玩笑。

事情却没那么简单。王广之所以有此发问，当是给新娘子个下马威：你不是来自名门诸葛家吗？我先杀杀你的威风！

现在，对诸葛小妹来说，面临着一个巨大的挑战。

如果稍微不留神，就让诸葛家栽了，在以后的生活中，她作为媳妇，也别想拿住丈夫。

所以，对她来说，此时面临的压力不比她那正在祁山较劲的诸葛亮大伯小。还好，毕竟是诸葛家的人，从小就受到良好教育，嘴茬子更是跟得上："作为男子汉大丈夫，你不能像你爹那样于功业上有所作为，却叫我一个女人家跟当世的英雄比！什么人哪？"

王广默然。

此时的他，是有名士范儿，不往心里去，还是胸口憋得慌？其实，洞房之夜，作为新女婿，当着新娘子的面，直呼岳父的名字，已是无理，难怪诸葛小妹为了娘家的荣誉对这不知深浅的丈夫当头棒喝，而且一棍子将其打晕。

即时一杯酒

> 张季鹰纵任不拘，时人号为"江东步兵"。或谓之曰："卿乃可纵适一时，独不为身后名邪？"答曰："使我有身后名，不如即时一杯酒！"

每个时代，都有自己的风气。

这风气与时人的人生观、价值观和世界观是紧密勾连的。

张季鹰即张翰，吴郡吴县（今江苏苏州）人，出自江东大族，为人放旷不羁，纵情使性。张翰也特别能喝酒，时人比之为步兵校尉阮籍，称"江东步兵"。既有此大名，有人便问了："你这样放旷，也许现在舒服，但就不想想死后的名声吗？"

张翰答："即使我有身后名，不如现在一杯酒！"

当然，张翰说的并不仅仅是一杯酒的问题，而是彻底颠覆了儒家的价值观。

讲求身后名，是儒家的重要思想。为拥有身后名，儒家要求人生在世，立言、立功、立德，即"三不朽"。孔子以其为基础，建立了儒家的价值体系。魏晋时，这样的价值观是被名士所推翻的。

死后的虚名和眼前真实的生活，哪个更重要？

一个人生活在世界上，是为身后名而压抑自己，还是活出真我，追求生命本身的自足和每个片段的愉悦？魏晋名士选择了后者。

实际上，这从另一个角度强调了个人的价值和选择的自由。

只为即时的愉悦，就不求身后名？这样的发问貌似很有火力，其实呢，经不起推敲。因为人生是由一个个片段组成的，从这个角度说，即时就是永恒。

后来，到唐朝，李白在《行路难》中这样写道："君不见，吴中张翰称达生，秋风忽忆江东行，且乐生前一杯酒，何须身后千载名！"

张翰之语是对生命的一种彻悟。

魏晋时，有张翰想法的，当然有很多人。比如，毕卓。"毕茂世云：'一手持蟹螯，一手持酒杯，拍浮酒池中，便足了一生。'"

今人好吃螃蟹，以其为美食。魏晋时，也是一样的。毕茂世即毕卓，新蔡铜阳（今安徽临泉铜城）人，生活在西、东晋之交，是"江左八达"之一，为重臣温峤所赏，请为平南长史。

毕卓为人放旷，尤好酒，为吏部郎时，因喝酒误事而被罢官；又曾于夜间盗酒以醉。

毕卓是那个年代的典型，意思是，像他这样一个既未建立功业，也未有文章流传于世的人，依旧能够在正史上有传。《毕卓传》中的记载是："卓尝谓人曰：'得酒满数百斛船，四时甘味置两头，右手持酒杯，左手持蟹螯，拍浮酒船中，便足了一生矣。'"

毕卓的人生态度在一些人看来真是要命。

但是，这只是活法之一种，跟消极与否没什么关系。

无论如何，毕卓是爱喝酒，爱吃螃蟹，爱得深沉，连牙齿都温柔了。有何不可？

在苍茫的江河上，独驾小舟一只，看秋风芦花落，正是螃蟹肥美时，一口螃蟹一口酒，让生命之船一点点淡出历史的画卷。所以，无论是毕卓还是张翰，都以自己的言行为剑，直取了儒家的价值观。

继续说张翰的故事。

西晋中期，江东名士贺循北赴洛阳接受任命，经吴阊门，在船中弹琴。

张翰本不与之相识，闻琴声清远，便上得船来，与贺共语，一见如故，问贺："你要去哪里？"

贺答："入洛赴命，正路过这儿。"

张翰还没聊够，便说："我也要去洛阳办点事，正好同路。"

于是跟家里招呼也没打，便与贺循同船去了洛阳。张翰纵情使性如此。

到洛阳，张翰见到先期入洛为官的老乡顾荣，两人同游洛水，那段日子过得倒也快活。但那仅是生命中的一个瞬间。后赵王司马伦诛贾后，自立为帝。齐王司马冏起兵攻洛，司马伦败死，冏掌控朝政，求名士装饰门庭，顾荣、张翰都被征入其帐下。

此时，八王之乱开始加剧，洛阳的局势越来越紧张。

危局下，张翰对顾荣说："天下纷纷未已，夫有四海之名，求退良难。吾本山林中人，无望于时久矣。"

顾荣握着张翰的手，怆然道："吾亦与子采南山蕨，饮三江水尔！"

两个人，由此决意南返。

有一天，秋风乍起，张翰跟身边的北方同事说："这个季节，江南尽是美食，你们可吃过我们吴中的菰菜、莼羹和鲈鱼脍？"

左右皆摇头，问什么味道。

此前，他们听陆机也提到过莼羹。当时，陆机去拜访名士王济，后者以羊酪款待陆机，并说："你们南方有什么好吃的能与其匹敌？"

陆机说："自有千里莼羹！"

现在，张翰大笑："其味不可轻言！"

张翰突然伤感异常，自言自语地说："人生在世，贵在适意，安能为当官而跑到数千里之外？！"

便作《思吴江歌》一曲："秋风起兮木叶飞，吴江水兮鲈鱼肥。三千里兮安未归，恨难禁兮仰天悲！"

他是思念起了家乡吗？

反正后人是把"莼鲈之思"视为怀乡的代名词了。

他是淡却功名了吗？后苏轼有诗云："浮世功名食与眠，季鹰真得水中仙。不须更说知机早，只为莼鲈也称贤！"

无论如何，在一阵窃窃私语中，张翰走了。

当天晚上，他就叫人准备车辆起程返回江南："张季鹰辟齐王东曹掾，在洛，见秋风起，因思吴中菰菜羹、鲈鱼脍，曰：'人生在世，贵得适意尔！何能羁宦数千里以要名爵？'遂命驾便归。俄而齐王败，时人皆谓见机。"

接着，顾荣也走了。

这时八王之乱渐入高潮，永嘉之乱正在到来，中原处于崩乱的前夜。

张翰走后，所说的那句话在北方同事中传了很久，连齐王司马冏也啧啧称赞。张翰跑了没多久，长沙王司马乂便举兵灭了齐王司马冏，齐王部下多死难，张翰逃过一劫。时人遂称其机警。

何止是机警，更是洒落，连逃跑都逃跑得很有名士风度。

当然，最令人感兴趣的还是他那句话：人生贵在适意！人生多受缚，生存外，多为名利。为其搏命，不得自由；功成名就，更不得自由。

张翰想通了，你呢？

爬树爱好者

王平子出为荆州，王太尉及时贤送者倾路。时庭中有大树，上有鹊巢，平子脱衣巾，径上树取鹊子，凉衣拘阂树枝，便复脱去。得鹊子还下弄，神色自若，傍若无人。

王平子即王澄，西晋太尉王衍之弟，官至荆州刺史。

就傲慢这一点而言，王澄排在魏国嵇康之后、东晋刘惔之前，能让他看上眼的实在不多，似乎只有敏感、忧伤和俊美的另一位名士卫玠了，闻其清谈，每每绝倒。

王澄也喜欢喝酒，但最擅长的还是爬树。

先看一则故事：

王澄十四五岁时，看到自己那以强悍、贪吝著称的嫂子郭氏又在犯病，叫婢女把路上的马粪捡回家，就觉得这事儿有点严重，便来到屋里嘟囔："嫂子，毕竟咱王家是高门大族，您这样做，让我哥哥脸往哪儿放？"

郭氏顿时就怒了："王平子！"

王澄吓得一激灵，下意识地说："在！"

他知道，这位嫂子可是个厉害的主儿，哥哥平时没少挨她欺负，在洛阳的名士圈子里已不是什么新闻。

郭氏说："你给我老实点。"

王澄一翻白眼："咋啦？"

郭氏哼哼道："当年你母亲临终前，把你托付给我，而不是把我托付给你！怎么着，现在数落起我来了？"

说着，郭氏伸手抓住王澄的衣襟，抄起棍子就想揍小叔子。

好在王澄劲大，一把挣脱，轻轻一跃，越窗逃跑。由此可见，王澄从小就善于登高爬低。

正是有这样的身手，所以树上的鸟窝每每被其端下来。最著名的一次爬树事件发生在他赴任荆州刺史时。

永嘉之初，天下大乱，太尉王衍以从弟王敦为青州刺史，以亲弟王澄为荆州刺史，自己留守洛阳："今王室将卑，故使弟等居齐、楚之地，外可以建霸业，内足以匡帝室，所望于二弟也！"

王澄赴任，包括王衍在内的洛阳亲朋为他饯行。

长亭外，古道边，芳草碧连天，王澄拱手而别，一抬头却看到旁边的树上有个鸟窝，于是心血来潮，三下两下爬到树上，将幼鸟捉了下来，在手中把玩不已。

以这样的风格出任重镇荆州的军政长官，确实有些悬。所以清代学者李慈铭对王澄的一生是彻底否定的，进而又否定了王衍乃至整个晋朝。

王澄为官荆州，嗜酒疏狂，激起民变。烂摊子难以收拾时，他接到司马睿的征召，令其入建康为官。与此同时，朝廷派大将军王敦去平息荆楚民变。

兄弟俩在豫章也就是南昌，历史性地相遇了。

当时王澄的名声要远大于王敦，加之性格傲慢，每有凌人之色。王敦不吃那一套，这时又收到堂弟王导的书信，叫他阻止王澄进入建康。

于是，王敦杀意顿起。

王澄虽为名士，但却是个练家子，耍拳弄棒都玩得起。知王敦有歹意，他时有提防，吩咐护卫多加小心，自己手里也总拎着个玉枕自卫（到底是名士，武器都特别）。王敦见强攻不可，知王澄嗜酒，就设下鸿门宴。

王澄以为王敦会就此打住，于是放松警惕。等喝得差不多了，王敦借其玉枕一看，王澄随手递过去，马上后悔了。

已经晚了。

王敦迅速往榻下跳，王澄扑过去欲抓王敦，将其腰带扯断。

王敦奔至门口，此时部下一拥而入。要说这王澄，身手还真不错，一个鹞子翻身，越窗而出，三蹿两蹦，上了房顶。

但今日之事，已远不能与当年洛阳城外的情景相比了。

王敦知其轻功厉害，早就在房顶上安排了人。

王澄最终竟死于自己族人之手。

后来，王敦反叛，兵下建康，大臣周顗怒问："王平子何在?!"

王敦是杀王澄之人，但幕后真凶是王导，这在史上是有记载的："王平子始下，丞相语大将军：'不可复使羌人东行。'"

王澄面似羌人。对王澄入建康做官这件事，王导深为忧虑。名气更大的卫玠也曾来建康，但王导是很欢迎的，因为对方是个病秧子，而且比较听话，不会对王导有什么威胁。王澄就不一样了，早已身负大名，且桀骜不驯。

于是，王导修书王敦，阻其东下。

后来，南北朝刘孝标在引注《世说新语》时说："王澄自为王敦所害，丞相名德，岂应有斯言也。"也就是说，不相信王导曾阻止王澄东入建康。但是，联系到王导在关键时刻的一些表现（如默许王敦杀害自己的同僚周顗），他说出阻止王澄东下甚至将其除掉之类的话也没什么好奇。

当世之人评王澄"虽散朗而内劲狭"，即内心实则狭隘，这话放在王导身上竟也很合适。

虱子秀

顾和始为扬州从事，月旦当朝，未入顷，停车州门外。周侯诣丞相，历和车边，和觅虱，夷然不动。周既过，反还，指顾心曰："此中何所有？"顾搏虱如故，徐应曰："此中最是难测地。"周侯既入，语丞相曰："卿州吏中有一令仆才。"

顾和是顾荣的侄子，吴郡吴县（今江苏苏州）人，少年即展露才华，为顾荣推崇："此吾家麒麟，兴吾宗者，必此子也！"

顾和最初做扬州刺史王导的从事，某月初朝会刺史，群僚皆至，顾和乘车至刺史府门却不入，而是慢悠悠下车，坐在太阳地里捉起衣服里的虱子。同事们从他眼前走过，不时地往他这边张望，有人捂嘴窃笑，顾和不为所动，神色从容。

这时，大臣周颚从他身边过去，很快又转身折了回来，指着顾和的胸口问："你这里面有什么？"

顾和捉虱如故，眼皮也没抬："此中？此中最难测！"

周颚大笑，既入府，对王导说："你的部下当中有个可做中书令和尚书仆射的人才！"

在王导的照顾和提拔下，顾和正式开始了自己的仕途。他没让叔叔顾荣失望，后来果然做到了中书令和尚书仆射，成为东晋的重臣。

现在看来，这位顾和坐在自己上级的府门前捉虱子，多少有那么一点作秀的嫌疑。

当时风气日下，一个人要想引起别人的注意，在个人事业上有大发展，获得大声誉，最好的办法是语出惊人，而无须步步为营。

当然，捉虱子本身是不是假的，这跟魏晋名士服五石散有关，便需要讲一下何晏的故事："何平叔云：'服五石散，非唯治病，亦觉神明开朗。'"

何平叔即何晏，南阳宛（今河南南阳）人。三国时魏国玄学家，魏晋玄学的发起者。

他是大将军何进的孙子，曹操的养子，自小聪明伶俐，深受曹操喜爱，后娶金乡公主，跟与司马懿争权的曹爽关系密切。何晏长得漂亮，美姿仪而绝白，魏明帝总是怀疑他涂了粉，于是有意试探，在一个大热天赐他热汤饼。吃完了，何晏大汗淋漓，用袖子擦脸，面色变得更为洁白。

何晏为人有四好：老庄之书；女人；化妆；服食五石散。

正始年间，曹爽排斥司马懿而执掌魏国权柄，对何晏宠信有加，官至吏部尚书。后司马懿发动政变，一举剪除曹爽，何晏也死于非命。

何晏在政治上很弱，生活上奢华，有些女气，但思想上却很厉害。

何晏在世时，和夏侯玄以及天才少年王弼一起开创正始之音，在魏国朝野上下掀起清谈玄学的风气。何晏解释老庄，立论以"无"为本，认为"无"创造了万物。

何晏还掀起名士服用五石散的风潮："吃五石散，不但能治病，吃后精神也很爽快！"

五石散是一种药物，用紫石英、白石英、赤石脂、石钟乳、石硫磺五种矿石炼成，功效是疏气、温腰。也就是说，还有春药功能。史书记载，何晏在个人生活上"耽好声色，始服此药"。

当然，发明此药的不是何晏，而是东汉医药大师张仲景。

张仲景最初研制此药为的是给人治伤寒，因为人们服用后全身发热。到了何晏那里，他有可能把五石散进行了改造，加入了新的东西。至于是什么，我们不得而知。

总之，吃完五石散，不但浑身发热，还处于兴奋癫狂状态，需要行走散热，即"行散"（"散步"一词的源头）。这时候，除了饮热酒外，还需要穿单衣肥袍，加之累月不洗（新衣质地坚硬不利"行散"），身上长虱子也就不新鲜了。

王导门外的顾和，之所以捉虱子，就是出于这个原因。

现在的问题是：如果五石散真的是剂毒药，魏晋名士为什么紧紧拥抱它？

过去，人们谈论魏晋风度与服药的关系时，往往只道出他们的虚无与堕落，却忽略了这背后的伤感。在目睹了时代的无常风云后，在脆弱的荣华中，服药虽最终伤害身体，但崇尚即时欢乐的人们还是争相服用。

如果这就是人生，他们需要的仅仅是这一刻。

支遁放鹤

支公好鹤，住剡东峁山。有人遗其双鹤，少时翅长欲飞，支意惜之，乃锑其翮。鹤轩翥不复能飞，乃反顾翅，垂头，视之如有懊丧意。林曰："既有陵霄之姿，何肯为人作耳目近玩！"养令翮成，置使飞去。

支公即清谈大师支遁，陈留（今河南陈留）人，生活在东晋中期的他，是在《世说新语》中出场最多的僧人。

支遁容貌奇异。

谢安称其："双眼黯黯明黑。"

孙绰称其："棱棱露其爽。"

一次，王濛在病中，亲疏不通，支遁来，守门人告知："一异人在门，不敢不启。"王笑道："此必林公。"

支遁虽许身佛门，但性喜老庄。

在支遁之前，魏晋名士解析庄子的《逍遥游》，义理皆不能超越向秀和郭象。

及至支遁，以佛理解释庄学，并于余杭白马寺当众精讲《逍遥游》，引起轰动，成为玄学与佛学合流后清谈场上的沙门代表。

王濛曾如此感慨："支遁法师探寻玄理的功夫不亚于我们的天才王弼。"

当然，支遁的佛理本业也没放下，他写有著名的《即色游玄论》，认为"色即是空"，后成为佛教般若学六家七宗之一；同时，他又是一位诗人，他的一些诗句已见谢灵运山水诗的端倪。

此外，大师还爱养马放鹤，畅游山水。

也就是说，支遁一人兼有众多身份：高僧、清谈名士、诗人、旅行家、皇家玄学顾问、宠物爱好者。

支遁是在二十五岁时放弃世俗生活的。

他早年栖于余杭山，后迁剡县讲经。其间往返于剡县与京城建康间，与当时的名士会稽王司马昱、谢安、王珣、孙绰、许询、王濛、刘惔、殷浩、郗超、王羲之等人交游，在很多著名的清谈聚会上，都能看到他的身影。

清谈时，支遁的唇齿间闪烁着智慧的光芒，从人生到宇宙，高议非常，往往令清谈高手们措手不及，束手就擒。

晋穆帝永和六年（公元 350 年），支遁从建康返回剡县，路过会稽时与内史王羲之相遇："王逸少作会稽，初至，支道林在焉。孙兴公谓王曰：'支道林拔新领异，胸怀所及乃自佳，卿欲见不？'王本自有一往隽气，殊自轻之。后孙与支共载往王许，王都领域，不与交言。须臾支退。后正值王当行，车已在门，支语王曰：'君未可去，贫道与君小语。'因论《庄子·逍遥游》。支作数千言，才藻新奇，花烂映发。王遂披襟解带，留连不能已。"

清谈中，支遁那如繁花灿烂般明丽的语言与哲思征服了王羲之，乃请其入驻灵嘉寺。

支遁后返剡县隐居，并逝于山林。他一生潇洒，尴尬时候只有两次：早些时候，支遁欲在剡县买山隐居，受到僧人法深的讽刺；另一次，王徽之与谢万共评支遁的相貌，王说："若林公须发并全，神情当复胜此不？"

谢曰："唇齿相须，不可以偏亡。须发何关于神明？"

支遁说："七尺之躯，今日委君二贤！"

大师爱养马与鹤。

关于养马，有人议论：一个和尚家的，天天玩马……

支遁答："我爱的仅仅是马那神骏的气韵，你等俗人哪知其中奥妙！"

相对于养马，支遁更爱养鹤。

竹与鹤是东晋名士们标榜情怀的符号，支遁大大小小的鹤养了一群，天天徜徉其间。当然，也遇到了一些烦恼，比如有的仙鹤养着养着就飞走了，这实在让支遁郁闷。后来，为了防止它们飞走，支遁的弟子为他出了个主意：何不把它们的翅膀管剪短了？

支遁一听，觉得是个不错的办法，依计而行，那些仙鹤果然老实了不少。

一次，有朋友从建康慕名拜访，带来一对小鹤作为礼物，支遁特别高兴。后来，这对小鹤渐渐长大了，翅膀管硬了，也有想飞的苗头，支遁照样将它们给剪短了：这回你们俩飞不了了吧?! 两只小鹤回头看看翅膀，郁闷而忧伤地低下头。

望着被剪秃了的仙鹤，支遁突然难受起来：鹤本云中物，飞冲云霄是天性，怎么能够将其束缚而做玩物?!

自此，大师再也不干剪鹤的翅膀管的事儿了。

等那两只仙鹤的羽翼丰满后，支遁登上高山将其放飞。按宗白华先生的说法："晋人酷爱自己精神的自由，才能推己及物，有这意义伟大的动作（支遁放鹤）。这种精神上的真自由、真解放，才能把我们的胸襟像一朵花似的展开，接受宇宙和人生的全景，了解它的意义，体会它的深沉的境地。"

有了放鹤这意义非凡的动作，支遁清谈更见哲思，佛理的加入也恰到好处。

佛教于东汉明帝年间传入中国，直至三国乃至西晋，其传播速度还是比较慢的。但到了东晋后，突然大行其道，名僧辈出，寺院林立。佛教之兴，与其教义切合动乱时代人们的内心特点有密切关系，此外还沾了清谈风气的光。

东晋时，玄学在义理上已难有新开拓，名士为了使清谈更有滋味，只得借助于佛理，而后者反过来又借助名士的地位，推进其传播。可以这样说，玄学和佛学的互相利用，是佛教在东晋大盛的另一个重要原因。

比如殷浩，在当时被认为是清谈之宗，北伐失败废居东阳，在郁闷中开始接触佛经；名士孙绰也很信奉佛教，并专门为其写论；再比如何充，以宰相之位到瓦官寺，非常虔诚，遂有阮裕之语："你的志向比宇宙还大，超越古今！"

何问："您怎么今天忽然推崇起我来了？"

阮答："我只图做个食邑数千户郡守，而你却想成佛！"

东晋简文帝司马昱则认为：成不成佛放一边，常读佛经，陶冶性情的功效还是有的。这是当时的皇帝的看法。

南北方佛教交流频繁，总有僧人南下授道，此日又有僧人入建康瓦官寺与支遁共论《小品》。

《小品》是佛教"般若学"的一种，其义讲的是：一切皆因"缘"起，但其本性是"空"的。另一位名僧法深和名士孙绰也在座。辩论中，北来僧人屡设疑难，被支遁一一化解。作为当时一流的清谈家和佛学理论家，支遁对《小品》深有研究；殷浩晚年研习佛经，对《小品》有了心得，欲与支遁辩论，竟未实现。

现在，支遁与北来僧人共讲《小品》，辩答有致，言辞清丽，风度绝佳，没一会儿对方就招架不住了。

见此情景，孙绰跟身边的法深说："大师，您是逆风家，为什么一言不发呢？"

法深听后笑而不答。

在这里，介绍一下法深。

作为东晋高僧，法深也被称为道潜和尚。永嘉之乱前，法深曾游历长安，登坛讲经，对佛教经典的讲解深入浅出，听众云集。永嘉丧乱，法深独自南下，一为避难，一为弘扬佛法，受到皇帝、宰相的欢迎和礼遇。

晋成帝时，庾亮的弟弟庾冰一度执政，对僧人不拜皇帝、以异服随意出入宫廷等种种做法看不惯，提出对僧人进行限制与打击，但遭到信奉佛教的大臣何充的反对。在这种争论的背景下，法深离开建康，前往剡县山林隐居。

法深与会稽王司马昱关系颇好。一日，大臣卞壶去司马昱府上，遇到了法深，有下面的发问："僧人自当超脱尘世，怎么还交游官宦人家？"

法深答："在你眼里，这里是贵族朱门；但在我眼里，却与贫寒人家没什么不同。"这就是所谓"君自见朱门，贫道如游蓬户"。

支遁喜与名士交流，出镜率比较高，但在资格和造诣上，法深都不在其下，只是相对来说比较低调。当时，有后起者对法深指指点点，惹得法深不快："黄口小儿，还是别对久经沙场的老人进行点评了！知道吗？我曾跟元明二帝、王庾二公周旋！"

因佛理渊博，并不含糊支遁，不会望其风而倒，所以法深被孙绰称为"逆风家"。

现在，法深笑而不答，于是支遁向其发难："白旃檀确实很香，但哪有逆风的本事呢？"

白旃檀是一种香树，产于印度。佛经道：世间树香有三种，采自根部称"根香"；采自枝部称"枝香"；采自蕾部称"华（花）香"，此三香只能随风扩散，不能逆风。而波利质多天树却可逆风飘香。法深自明其意，但面对支遁的挑战，仍不予理睬，神情更为高迈。

支遁便越发急了。

按理说，关于白旃檀的比喻算个利器，但法深未发一言，以沉默为盾，于无声中占得上风；或者说，正是因为这沉默使得法深真的成了波利质多天树，即使逆风也可飘香。姜还是老的辣，法深到底高支遁一筹。

但是，这又有什么关系呢？

公元 366 年，大师故去。八年后，旧友王珣路过支遁墓，伤感不已，他是怀念一个时代的远去吗？站在墓碑前，王珣心怀黯然："遗迹未灭而其人已远！"后来，艺术家戴逵又过其墓，所言更令后人唏嘘："德音未远，而拱木已繁……"

时光奔流，斯人已去，而林树犹盛，人于天地间，真是渺小！

即使大师如支遁，也难逃时光的利箭，高逸的身躯终被岁月的枝叶掩盖。但是还好，其人虽远而德音未远。还有那云中的白鹤，其龄若有百年长，是否也于远天上听到大师那智慧的声音了呢？

雪夜访戴

> 王子猷居山阴，夜大雪，眠觉，开室，命酌酒，四望皎然。因起仿偟。咏左思《招隐》诗，忽忆戴安道。时戴在剡，即便夜乘小船就之。经宿方至，造门不前而返。人问其故，王曰："吾本乘兴而行，兴尽而返，何必见戴？"

东晋遥远，大雪苍茫，山河入梦。

我们的主人公王徽之，正在会稽山阴的寓所沉睡，但是不要着急，他很快就会醒来。于是，他就真的醒来了。

王徽之叫侍从把酒温了，转身打开屋门，一股清寒之气扑面而来。

庭院中，雪下得正急，仿佛要压断庭中大树和远处的山峦。

王徽之，字子猷，王羲之第五子。

羲之有七子，最著名的，除徽之外，当然还有献之。献之跟父亲一样，靠书法名留千古；徽之呢，则仅仅靠几段故事。

王徽之平生有四好：酒、琴、色、竹。

正像我们知道的那样，有一次，王徽之去拜访一位隐士，而隐士旅行去了，他就住进人家的庭院，第一件事就是叫人种上竹子。

有人问："只是暂住而已，为什么要那么麻烦地种上竹子？"

王徽之啸咏良久，指着眼前的竹子说："何可一日无此君？！"

既然出自琅邪王家，自然不必为做官发愁。早些年，他曾在桓温幕中做事，蓬头散带，不理公事；又为将军桓冲的骑兵参军。一次，桓冲问他在哪个部门工作，徽之答："不太清楚，只是时而见牵马的来，也许是管马的部门。"

桓冲又问他管多少马。

王徽之答："我不过问关于马的事，又怎么能知道它的数目呢？"

又问："这些日子有没有马死，又死了多少？"

答："未知生，焉知死！"

后来，有一天，王徽之跟桓冲出行，正值大雨，徽之下马钻进桓冲的车里，后者吃了一惊，徽之则说："大雨如此，您怎么好意思一个人坐在车里?!"

转天清晨，桓冲来到王徽之的府衙，催他进入工作状态，他没搭理自己的上司，而是临窗远眺，用手板撑着腮，徐徐道："看早晨的西山，似有一股清爽之气。"

他在想什么？

那是生命中的一次愣神吧。

桓冲拿自己的部下没办法，王徽之也没再为难他的上司，不久就离职而去。

晋废帝太和年间，王徽之转为黄门侍郎。这是皇帝身边的一个闲差，整天没什么事干。尽管如此，王徽之还是很快厌倦了这种生活，于是彻底辞职东返会稽。

过吴郡，一个士人家的竹林吸引了他。

此前，主人知道王徽之将到，于是将寓所打扫一新，坐在厅中等待。

没想到，徽之直接去了竹林，玩赏良久。主人有些失望，但还等着他来打个招呼，徽之竟欲直接离去，主人非常郁闷，叫人把大门关上，不让他出去。这时候，徽之才抚掌大笑，回来和主人交谈。

回到会稽，王徽之过起了完全自由的生活。

在会稽山阴，王徽之曾去拜访小名阿乞的前任雍州刺史郗恢。

王徽之去时，郗恢还在里屋小睡。王徽之在厅里等了一会儿，还不见其出来，便开始转悠，随后一眼就瞥见那张珍稀的西域毛毯，于是问郗恢的手下："阿乞从哪儿得此物？"

还没等手下回答，便叫自己的随从把那毛毯卷起来送回自己家了。郗恢的手下瞠目结舌，而王徽之旁若无人："阿乞起床没有？"

郗恢此时已来到厅里，看到自己珍稀的毛毯没了影子，知十有八九是王徽之所为，便问毛毯去哪儿了。

王徽之说："刚才有个大力士背着跑啦!"说话时，脸色自然极了。

郗恢听后，脸上也没露出不高兴的神态。这则故事是"放旷"与"雅量"的一次交锋。

放旷任诞者自是王徽之；至于郗恢的雅量，是魏晋士人深深追求的一种内在的修养：嵇康临刑索琴而弹是雅量；夏侯玄在雷电中书写如常是雅量；顾雍得丧子消息仍坦然下围棋是雅量；王衍被人让饭盒砸脸而不怒是雅量；谢安得淝水胜利战报面色不改是雅量。

现在，郗恢的宝贝毛毯被王徽之卷走了，他面无怍色，也是雅量。

雅量是魏晋时期最重要的品评人物的标准之一。在现代人看来，雅量至极便有假的嫌疑了。比如顾雍得丧子消息，仍面色坦然理棋，但指甲掐破了手掌，鲜血滴落。于是我们说：这太假了，到底还伤心啊!

其实，我们误会了，我们现在对"雅量"的理解，与魏晋时人对"雅量"的理解是不同的。那时的人们认为：可以伤心，但只要不表现出来，即是雅量。

对郗恢这一条的解读也是，只要他在得知毛毯被卷之后，并未大怒或不高兴，本身已算是一种雅量了，所以我们没有必要去追问：他面无怍色，是真的不在乎吗？

话又说回来，遇到王徽之，没有"雅量"也不行。

这段生活是属于王徽之一个人的：行到水穷，坐看云起，闲听庭院里的落花声。

一个冬天的傍晚，会稽郡的治所山阴下起大雪，雪越下越大，渐渐覆盖了东晋的山川林木，不一会儿，天地间就一片洁白了。

王徽之来到庭院中。

遥望暮色中大雪纷飞的世界，他一阵欣喜。

这东晋的傍晚，天色昏沉，而大地一片皎洁，美得让人心碎：宁静、惬意、空灵、澄澈，高情远致，万物同此寂静。

大雪中，王徽之咏西晋诗人左思的《招隐诗》：

"杖策招隐士，荒涂横古今。岩穴无结构，丘中有鸣琴。白雪停阴冈，丹葩曜阳林。石泉漱琼瑶，纤鳞或浮沉。非必丝与竹，山水有清音。何事待啸歌，灌木自悲吟……"

雪夜清洁，高歌纵起，王徽之饮酒弹琴，把这个晚上弄得熠熠生辉。

突然弦止歌停，他想到老朋友、艺术家戴逵。戴逵，字安道，谯郡铚县（今安徽濉溪）人，曾从学于儒学名士范宣。

作为那个时代最出色的雕塑家和画家，戴逵以一己之力改变了人们对绘画和雕塑的看法。此前，绘画和雕塑不为人所重，认为那只是一种工匠活儿。谢安为此还一度轻视戴逵。范宣最初也颇轻画家，但在看过戴逵的《南都赋图》后大惊。戴逵又作《竹林七贤图》，轰动了名士圈。

戴逵善绘，而雕塑更绝。

东晋时，佛教流行，寺院林立，但佛像模样往往都是印度化或西域化的，戴逵所做的工作就是将其"中国化"。东晋的著名寺院如灵宝寺、灵嘉寺、瓦官寺、东安寺等都留下了戴逵的作品。

在会稽灵宝寺雕塑佛像时，戴逵藏于幔帐后，偷听观众对自己作品的品评，以求改进，三年始成。现在，我们在寺院里看到的佛祖、菩萨形象，无不凝结着戴逵的心血。

戴逵曾以十年之力为建康瓦官寺雕塑五尊巨大的佛像，名士王濛感慨道："此童非徒能画，亦终当致名；恨吾老，不见其盛时耳！"意思是，这孩子以后终能成大名，但遗憾的是我已经老了，没机会见到他盛时的样子了！

戴逵一生未仕。晋孝武帝时，征其为散骑常侍、国子博士，他拒而不从，从隐居地会稽剡县出逃于吴。皇帝被迫收回诏旨后，戴逵这才返回会稽。

作为一名隐士，戴逵不喜与权贵交游。武陵王司马晞慕其名，欲重礼邀其入府弹琴，戴逵愤而摔琴明志："戴安道不为王门伶人！"

但他并不拒绝高官们的资助。

桓温幕僚郗超有个爱好，一听到有人隐逸，便花上百万钱为其建造寓所。

在剡县，他也为戴逵建造了一所超级华丽的别墅。戴逵欣然接受了。之所以这样，是因为戴安道、许询、支遁等魏晋隐士认为：隐居山林并不一定意味着就必须清贫，必须抵触富裕生活。在他们看来，隐居只是一种生活方式与人生态度，跟富裕并不矛盾。

魏晋隐士超脱如此。

戴逵与王徽之最为交好。现在，心血来潮的徽之叫侍从备船，去拜访戴逵。

经一夜行船，黎明时，王徽之终于看到戴逵在河边的寓所。下船后，王徽之来到宅前，他慢慢抬起手，但那手掌好像跟历史有默契，因为终于没拍下去。他转身上船，又顺着原路回来了。后有人问其故，答："我本是乘兴去的，兴尽了便返回，何必一定要见到戴安道？"

魏晋名士重情怀，更重情怀的自由。从容由性，讲求即刻。因为在他们看来，即刻就是永恒。我不愿意做我不想做的，我每一刻都为内心而活着。如果这世界上有一个神，那就是我瞬间的内心。戴逵家那门敲不敲已不再重要。手没有拍下去，不是做作，更非做戏，而是一种美到云端的情致。

只是，王徽之死后，这样的故事就永远没有了。

那天黎明，当王徽之再次站到船头，雪依旧下着，而风更加紧了。

滔滔河水，涤荡着一个人的灵魂。船头上的王徽之突然感到一种巨大的孤独。这孤独是没有来头的。

王徽之隐约记得，永和九年（公元353年）时，父亲带他和弟弟献之一起参加了兰亭聚会。

那时候他还是个孩子。在兰亭的溪流边，数十位名士欢然而坐，曲水流觞，饮酒赋诗，渐渐地，大家从欢愉到伤感，悲叹起光阴的流逝以及人生的渺小与无常。那时候，他还不明白人生的意义究竟何在。

现在呢？站在孤独的船头，王徽之举目寥廓的天地……

无论如何，雪夜访戴的故事完美展示和诠释了魏晋情怀，而不需要具体再去解释什么。

在缓慢的光阴中，王徽之等来了晋孝武帝太元十一年（公元386年）。

前一年，赢得淝水之战的宰相谢安已死；这一年，弟弟献之又大病。"王子猷、子敬俱病笃，而子敬先亡。子猷问左右：'何以都不闻消息？此已丧矣！'语时了不悲。便索舆来奔丧，都不哭。子敬素好琴，便径入坐灵床上，取子敬琴弹，弦既不调，掷地云：'子敬，子敬，人琴俱亡！'因恸绝良久，月余亦卒。"

王献之死时，哥哥徽之并不知道，直至两天下来没有听到弟弟的消息，于是猜测献之已不在人世，但此时似乎并不悲伤。

随后，他驾车奔丧，一路情绪平静。

献之好琴，于是徽之入得灵堂后，据榻而坐，叫人拿来弟弟生前的琴，俯身弹奏，竟不成调，于是将琴掷地，方大哭："子敬，子敬，人琴俱亡！"随后悲痛得昏了过去。

一个多月后，王徽之也死了。

这是令人动容的一段魏晋往事。

徽之索琴而弹，既不成调，不是琴的问题，而是拨弦之际，悲从中来，如何能畅然成曲？人琴俱亡，人琴俱亡，讲的既是琴已伴随献之去了，道出的又是徽之的悲痛。

魏晋之人，重视人的生命的宝贵。

这是对作为个体的人的价值的肯定，是对一个美好生命的最深情的留恋。这样的故事很多：顾荣平生好琴，及丧，家人以琴置灵床。张翰哭之，不胜其恸，遂上床弹琴，作数曲，最后抚琴悲叹："顾彦先，你还能再一次欣赏这琴声吗?"言罢又大恸，不执孝子手而出。

回到王徽之和王献之，二兄弟是王羲之七个孩子中最著名的，兄弟感情也是最好的，尽管两个人的性格有很大不同：二人曾共读书，弟弟献之欣赏井丹高洁，而哥哥徽之则说："井丹高洁，未若长卿慢世!"

后来，弟弟做到了中书令也就是宰相了，而哥哥则弃官归隐会稽，过着天高云淡的自由生活。

徽之献之，各得其所；而同年之中，生命共逝，令人唏嘘。

在生前，王徽之把魏晋风度推向最后的高潮。此后虽有谢灵运的纵情不羁，但他主要生活在南北朝，毕竟不是一个纯粹的晋人了。

青溪听曲

　　王子猷出都，尚在渚下。旧闻桓子野善吹笛，而不相识。遇桓于岸上过，王在船中，客有识之者，云是桓子野，王便令人与相闻，云："闻君善吹笛，试为我一奏。"桓时已贵显，素闻王名，即便回下车，踞胡床，为作三调。弄毕，便上车去。客主不交一言。

　　魏晋时人从容由性，不被世俗所累，所做之事在后人看来不可思议，但却又是合理的。这个理，只与初心有关。

　　还是王徽之。行船至京城建康的青溪边，尚未登岸。这时候，遇见桓伊乘车由岸上经过。

　　桓伊，字子野，来自桓氏家族，参与淝水之战，后任江州刺史。

　　桓伊为人清简高雅，不仅在军事方面极有建树，而且还是位流行音乐家："善音乐，尽一时之妙，为江左第一。"桓伊精音乐，尤善吹笛，著名古曲《梅花引》即《梅花三弄》，就是桓伊创作的，初为笛曲，后人改编为古琴曲。

　　桓伊是性情中人，《世说新语》中有这样记载："桓子野每闻清歌，辄唤：'奈何！'谢公闻之，曰：'子野可谓一往有深情。'"这就是成语"一往情深"的由来。

　　王徽之和桓伊相遇于青溪岸边，当时是东晋孝武帝太元八年（公元 383 年）淝水之战后。

　　该战结束后不久，江州刺史桓冲死，朝廷以桓伊代之，其时王徽之为桓冲的骑兵参军，冲死后，徽之在弟弟中书令王献之的安排下，转赴建康任黄门侍郎，而桓伊则起程赴江州上任。

　　这次相遇有此背景。

　　此时，桓伊因淝水之战功名及身，非常显赫，已经封侯了。王徽之不管那一套。在此之前，他看到有锦车路过，问朋友："岸上是何人?"

朋友答："桓伊桓子野。"

王徽之素闻其名，知道他是当世超一流的笛子演奏家，于是跟朋友说："你给我带个话过去，说王徽之请桓子野吹笛一曲。"

朋友感到为难："这样不太好吧。您自是高门大族，但桓伊也不是一般人啊。淝水之战中，他与谢家子弟大破苻坚百万兵，功名赫赫，怎会停下车来随便给您吹笛子玩儿? 况且您跟他并不认识，更谈不上交情。"

王徽之笑道："君自可前去传话，其他就不用管了。"

朋友疑惑地看着王徽之，最后上岸拦住车队，硬着头皮把意思跟桓伊说了。

桓伊问："船上是哪位?"

朋友道："王徽之。"

桓伊听后，侧目向船，直视良久。

王徽之那位朋友以为人家怒了，便吓得一路小跑回到船上。

此时，王徽之已登船头，那位朋友还在惶惑间，岸上已有悠扬的笛声传来。

王徽之临风而立，闭目欣赏。

朋友回望，只见桓伊坐在胡床上，两手抚笛，横至嘴边，面色悠然地吹着，是其原创曲子《梅花引》，深情忧伤，一如青溪水，流淌在人心间。吹完，桓伊上车而去，王徽之亦不表示感谢，客主没说一句话。

一个提出无理要求，一个从容应允，弃约定俗成之礼，只由心中性情。你想听，我来奏。曲终了，擦肩过，何必交一言?

说一句话，都是多余的。

在繁文缛节的人生和时代里，学学桓子野和王徽之，或仅仅把东晋青溪岸边的一幕留于心中，也是好的。

何常之有

简文崩，孝武年十余岁立，至暝不临。左右启："依常应临。"帝曰："哀至则哭，何常之有？"

任诞放旷、率性而为，魏晋之奇异，表现在自由的普遍性上：从皇帝那里就讲率性，你又如何让下面的名士们不这样？

东晋简文帝司马昱死了，孝武帝司马曜即位。

守丧期间，按传统礼数，每到一个时刻，孝子都要在棺材前放声大哭。

这一天，天色将晚，宫殿里陈着漆黑又华丽的棺材，但司马曜仍没来灵堂哭，负责孝礼的官员前去寻找皇帝，发现这少年皇帝正在游华林园，便提醒："陛下，按规矩，您应该去哭了！"

司马曜听后很别扭，回头说："一个人哀伤了自然会哭，这种事怎么还有死规定？"

一个时代的可爱与伟大莫过于此。

司马曜的时代，发生的最大的事件，是太元八年（公元383年）的淝水之战，依靠宰相谢安和北府兵，东晋以少胜多打败苻坚的前秦帝国。

作为东晋倒数第三位皇帝，司马曜在龙椅上坐了二十四年。年头不算少了。淝水之战后，谢安被排挤出朝，很快病逝。此时的朝廷，皇族司马道子、司马元显父子专政，东晋开始陷入末年的混乱。

太元末年，长庚星也就是金星骤现，司马曜甚恶之，因为在古时这被认为是凶兆。入夜后，他在华林园饮酒，举杯对星云："长星！劝尔一杯酒，自古何时有万岁天子？！"

这是一个皇帝的忧伤。

皇帝万岁，及至后来"万岁"成了皇帝的代名词，于是很多皇帝就真的相信了：他们是皇帝，是天之子，是不死的！但你看人家晋孝武帝司马曜多明白：什么万岁万岁万万岁？古往今来，哪有长生的皇帝？

司马曜如此伤感。

只是，他的人生末路，就不能用伤感来概括了。

那是太元二十一年（公元 396 年）九月，这位皇帝迎来了死亡前的最后一刻。

先看看《晋书》的记载："时张贵人有宠，年几三十，帝戏之曰：'汝以年当废矣。'贵人潜怒，向夕，帝醉，遂暴崩。时道子昏惑，元显专权，竟不推其罪人。"

司马曜爱酒，是晋代皇帝中最能喝的。

这一次，司马曜跟妃子张贵人对饮。司马曜的皇后早死，他最宠爱的就是这位贵人。他确实喝多了，随口开了句玩笑，说："贵人！你已快三十岁了，以这个年龄，小心被废了哟。"

张贵人听后大惊，怎么呢？因为她信以为真了。

入夜后，中国古代后宫离奇的一幕出现：在张贵人的指挥下，两个胆子更大的宫女，用厚厚的被子，把酒后昏睡的司马曜活活闷死了。

何常之有！

那句话，终为孝武帝的死做了一个注脚。

当然，这不是最离奇的。第二天，张贵人向大臣宣布：皇帝魇崩。

就是说，皇帝在睡梦中突然死去啦。最离奇的是，大臣们听后，还就都相信了，对皇帝暴死没进行任何调查。专权的司马道子、司马元显父子也无意追究。他们开始忙活新皇帝的即位。

或者说，这是他们希望的局面。

因为新皇帝，也就是司马曜的长子司马德宗，是一个智力低下的皇帝。如果龙椅上坐的是白痴，那么他们父子也就更好专权了。

大约是这样的。至于晋安帝司马德宗什么样，对比一下吧：

如果说当年的晋惠帝不太明白青蛙为什么叫，搞不懂百姓饿死前为什么不喝肉粥，那么司马德宗则表示：自己最大的困难，是不知道每顿饭后自己到底有没有吃饱。此外，另一个困难就是：冬天和夏天到底有什么区别呢？

东晋就是这样完的。

吃羊去

罗友作荆州从事，桓宣武为王车骑集别。友进，坐良久，辞出，宣武曰："卿向欲咨事，何以便去？"答曰："友闻白羊肉美，一生未曾得吃，故冒求前耳，无事可咨。今已饱，不复须驻。"了无惭色。

罗友是襄阳人，少时家贫，性好美食，为人不拘小节，后官至广州刺史和益州刺史。桓温为荆州刺史时，罗友在其幕府，出任从事一职。

这一天，桓温为王导之子车骑将军王洽开欢送宴，满桌荆楚美食。由于级别不够，罗友本是没机会参加这个局的，但大家刚吃了一会儿，就看到他急匆匆进来了，随后找了个位子坐下，眼睛不时环顾左右。

桓温以为罗友有要事禀报，就放下筷子。过了好一会儿，罗友也没说什么，而是在那里大吃起来。王洽很好奇，看了看桓温，后者耸了一下肩膀，表示自己也不知道怎么回事。

又过了一会儿，罗友起身欲走。

这时候，桓温再也忍不住了，说："罗从事！"

罗友回过头来，擦了擦嘴角的油水。

桓温说："我看你刚才急匆匆地进来，有什么事情禀报吗？怎么还没说就要走？"

罗友朝桓温抱拳施礼，说："也没什么事，我早就听说白羊肉味道鲜美，但以前从未吃过，今天您给王将军饯行，我听说准备了蒸白羊，就前来尝尝是什么味道。现在吃饱了，我该告辞了，你们接着吃。"

罗友说话时，了无愧色。

　　桓温捋着胡须，望着自己的这位幕僚，不住地点头，意思好像是：这么回事啊？又像在自责：跟了我那么多年，居然连白羊肉也没吃上。桓温看了看王洽，后者笑而不语。

　　就这样，罗友来了，吃了，然后走了。

　　其他没有什么好说的。

拿酒来

> 桓南郡被召作太子洗马，船泊荻渚，王大服散后已小醉，往看桓。桓为设酒，不能冷饮，频语左右："令温酒来！"桓乃流涕呜咽。王便欲去，桓以手巾掩泪，因谓王曰："犯我家讳，何预卿事！"王叹曰："灵宝故自达！"

桓温少子桓南郡即桓玄，字灵宝，到二十三岁时才被朝廷征召为太子洗马一职。

去京城建康奔赴任，船过江陵，停在荻渚岸，荆州刺史王忱前来探望桓玄。当时，他刚服过五石散。上船后，桓玄为其设冷酒，王忱半躺着身子笑道："让我喝冷酒？要我命也。上温酒来！"

服五石散后，须喝温酒行散。

西晋时，大臣兼地理学家裴秀，就是不慎用冷酒行散丧命的。

所以说，王忱的要求很恰当。但是，桓玄却默然了，一时不知如何相对。正像我们知道的那样，古人在名字避讳方面极严格，王忱提到桓玄之父桓温的名字，是对桓玄的大不敬。

见桓玄沉默，王忱又呼："上温酒来！"

桓玄热泪盈眶。

除了父亲的名字屡被王忱呼喊外，桓玄还想到这些年自己的境遇。

二十三岁为官，对一个士族子弟来说已经很晚了。朝廷谨慎使用桓玄是因为其父桓温在晚年有篡逆之心。

此刻，王忱连呼"温"字，想起父亲当年的辉煌，以及现在家族的遭遇，他一时间百感交集。王忱后来明白过来，有点不好意思，想下船离去。

桓玄一把将王忱抓住，以手巾掩泪，说："别走！你犯我家讳，我难过我的，跟你有什么关系?!"

王忱感叹道:"桓灵宝，你真是放达!"

魏晋时讲究避讳，但同时，名士们又喜欢玩这类游戏。从这个角度说，又超越了避讳对人的束缚。

对此，儒家先生们颇多意见，甚至可以说痛恨至极。但魏晋时代，心性无有羁绊，喊就喊了，有何不可?!

不过，现在对桓玄来讲，要说一点也没生气，似乎也不是事实。

按《世说新语》记载，桓玄生气时，爱说这样一句口头禅:"君得哀家梨，当复蒸食不?"

意思是，你弄到大个的甜梨不会再煮着吃了吧! 哀家梨也就是甜美的梨子。相传，汉时秣陵有人名哀仲，其家梨子味道甚甜美，后有哀家梨之名。桓玄话的意思是讽刺没眼光的人去糟蹋美好的东西。

说起来，很多成语出自《世说新语》，如一见钟情、肝肠寸断、一往情深、自惭形秽、口若悬河、洛阳纸贵、后起之秀、身无长物、鹤立鸡群、咄咄怪事、琳琅满目、金玉满堂、危言耸听、渐入佳境、华亭鹤唳、坦腹东床、肃然起敬、应接不暇、望梅止渴、管中窥豹、老生常谈、登峰造极、拾人牙慧、东山再起……

当然，也包括我们比较陌生的"哀梨蒸食"。

现在，桓玄没对王忱说自己的口头禅，可以证明他确实没生气。

不过，读桓玄的话，想当时的场面，总觉得桓玄稍微有点做作。我们知道，桓家是不被名士圈接纳的。所以，一有机会，桓玄就想做名士放达和雅量状。大约是这样。

不过，最后的效果还不错，因为桓玄的做法叫王忱颇为感慨。要知道，王忱在东晋后期是以恢复竹林风度而自居的。

继续说桓玄的故事。

作为桓温幼子，桓玄从小聪慧异常，父亲死时，他才五岁，承袭南郡公。

守丧日满，桓温的弟弟车骑将军桓冲带着桓玄与昔日桓温的部下作别，指着大家对桓玄说："他们都是你家过去的幕僚。"

桓玄当时大哭，在场的人莫不垂泪。

桓玄长大后，久不得志。最后，总算被任命为义兴太守，但满腹别扭的桓玄没待多久，就辞官经建康返回封地南郡也就是今天的湖北江陵了。

在建康逗留时，桓玄顺便拜会了执政的会稽王司马道子："桓玄义兴还后，见司马太傅，太傅已醉，坐上多客。问人云：'桓温来欲作贼，如何？'桓玄伏不得起。谢景重时为长史，举板答曰：'故宣武公黜昏暗，登圣明，功超伊、霍，纷纭之议，裁之圣鉴。'太傅曰：'我知，我知。'即举酒云：'桓义兴，劝卿酒！'桓出谢过。"

司马道子是晋武帝司马曜的弟弟，在谢安之后，以皇族身份执政，其人本是庸才，引得寒门世族皆怨，并激起王恭、孙恩、桓玄三乱，东晋趋于灭亡。但那个时代，就是这样一个人，也有一两句名言留下。

说的是，有一晚，司马道子于书斋中端坐，遥望夜中，天月明净，于是赞叹起来。

骠骑长史谢景重在座，听后说："意谓乃不如微云点缀。"夜空澄澈如此，倒不如有点云彩点缀，那样岂不更漂亮？

司马道子听后大笑："你的内心不静，还强要污染清明的天空吗？"

现在，谢景重亦在座。而道子，喝得有些多了，环顾左右，说："我听说桓温晚年时欲篡夺我司马家的江山……"

桓玄听后吓了一跳，从座位上起来，跪在地上。

谢景重看了看伏在地上的桓玄，起身说："桓温大司马废黜昏暗之君，另立明主，功超伊尹、霍光，但世人对此仍有纷纷议论，现在就请您圣明地裁决，最后给个说法！"

司马道子虽不是很聪明，但也明白，没有桓温废海西公立自己的父亲司马昱为帝，这皇帝一脉也到不了他们这一支；而且，桓温死前虽有可疑迹象，但终归是老老实实地死了，没给他们司马家惹麻烦，对此朝廷已有定论。所以，连连点头说："我知道，我知道。"

桓玄起身后跟司马道子干了一杯。

看着司马道子，他久久不语；或者说，他正在这样思忖：上面坐的那位，你却说对了，我父亲晚年是有灭晋之意，只是天不相佑，未遂而亡。现在，还有我。司马道子的话提醒了他：父亲最终寂寂，我桓玄却不想如此，断是要完成父亲的遗愿。

回到江陵后，桓玄一度闲居于寓所。

桓氏家族长期盘踞于荆江一带，根底深厚，部属众多，桓玄虽暂无官职，但每日依旧宾客盈门，影响力远过时任荆州刺史的殷仲堪。

晋安帝隆安元年（公元 397 年），王恭起兵欲诛司马道子的红人王国宝，桓玄建议殷仲堪在上游起兵。当时，殷仲堪虽听从了这个建议，但实际上并没什么动作。桓玄看出来了，殷仲堪虽颇具风神，但骨子里文人一个，只求自保。桓玄认为自己夺取长江中游的统治权只是个时间问题了。

转年，桓玄一度被任命为广州刺史，但受其衔而未上任。

此时，王恭第二次向建康起兵，桓玄、殷仲堪以及时任南郡相的杨佺期再次起兵响应，但王恭兵败被杀后三人并未被建康追究责任，桓玄还被任命为江州刺史，与殷仲堪、杨佺期成为长江中游的三股力量。其中，殷仲堪和杨佺期一度结盟，防范桓玄。

在与殷仲堪决裂前，桓玄跟很多名士一样，也上庐山拜见了慧远大师。

桓玄问慧远："身体、发肤受之父母，不敢毁伤，怎么可以剃去须发呢？"

慧远道："立身行道。《孝经》云：身体发肤受之父母，不敢毁伤，孝之始也；立身行道，扬名于后世，以显父母，孝之终也。"

桓玄感慨不已。

就出兵荆州这件事，慧远的回答让桓玄心中暗笑："愿君平安，仲堪亦无事。"

但怎么可能呢？公元 399 年，桓玄首先率兵袭杀了已为雍州刺史的杨佺期，随后兵锋直指荆州刺史殷仲堪，后者手忙脚乱，不敌而自杀。随后，建康方面被迫任命桓玄兼任江、荆二州刺史，督荆、雍、梁、益、江等八州诸军事。

在年轻的桓玄势力日益膨胀的时候，建康城中更为年轻的司马元显不干了。元显是司马道子的儿子，虽不到二十岁，但果敢有谋，在王恭第二次向建康进军的事件中轻易策反了刘牢之，剪灭了王恭。

公元 402 年，司马元显以刘牢之部为主力，讨伐桓玄。

以墙头草著称的刘将军又生变故，竟降了桓玄。后者趁机顺流而下，轻易攻克了建康，司马父子被杀。不久后，刘牢之又生叛变，随即失败自杀，这位淝水之战的功臣就此结束了毫无主见的一生。

公元 403 年冬，晋安帝禅位于桓玄，后者称帝，建国号为楚，终于实现了父亲的梦想。

在刘牢之死后，在桓玄看来，整个东晋已没人能与自己抗衡了。

但桓玄错了。

更厉害的人物来了，他就是刘牢之的部下北府兵将领刘裕。

刘裕联合刘毅等北府旧将，讨伐桓玄，当时司马家并未大失人心，所以响应者云集，加之有刘裕这样比桓温更猛的枭雄，桓玄虽精明能干，但也不敌了。

公元 404 年春，桓玄退出建康，挟持晋安帝跑至江陵。是年五月，桓玄率军欲做最后一搏，在鄂城峥嵘洲与刘毅的军队展开对决，完败而溃。桓玄在奔逃的途中为乱军所杀。

何为名士

王孝伯言："名士不必须奇才，但使常得无事，痛饮酒，熟读《离骚》，便可称名士。"

魏晋风度靠名士而存在，那么究竟什么才叫名士呢？

东晋王恭王孝伯说："名士不必须有奇才，只要身心闲暇，能喝酒，熟读《离骚》，便可称名士！"

王恭特别说了个"痛"字，也就是说，仅仅会喝酒还不行，你还得能喝大酒，所谓酣畅淋漓，不醉不休。

确实，魏晋名士与酒是如影随形的。

竹林七贤阮籍、刘伶、阮咸等人自不必说，只看其他诸位与酒的关系：

"阮宣子常步行，以百钱挂杖头，至酒店，便独酣畅，虽当世贵盛，不肯诣也。"

"周伯仁风德雅重，深达危乱。过江积年，恒大饮酒，尝经三日不醒。时人谓之'三日仆射'。"

"王忱：'三日不饮酒，觉形神不复相亲。'"

"王军云：'酒正自人胜地。'"

"王光禄云：'酒正使人人自远。'"

"山季伦为荆州，时出酣畅。人为之歌曰：'山公时一醉，径造高阳池，日莫倒载归，茗艼无所知。复能乘骏马，倒著白接䍦。举手问葛强，何如并州儿？'"

孔群好酒，宰相王导说："你那么爱喝酒，难道没看见那盖酒坛子的布慢慢地就烂掉了吗？"

孔群答："我只知道用酒腌过的肉放的时间更长。"

孔群曾与亲友写信道："今年田地里收获了七百斛秫米，造酒之事当是忙活不完啦！"

又，刘公荣终日饮酒大醉，于是有人讽刺他，他答："胜过我的，不能不与其饮；不如我的，也不能不与其饮；跟我差不多的，更是不能不与其饮啊。"

那是一个饮酒的时代。

名士如此，小人物也嗜酒如命：

苏峻乱时，庾亮之弟庾冰逃亡，幸得一小卒独驾小船载其出钱塘口。后战乱平息，庾冰报小卒之恩，问其所愿。

小卒答："也没有其他要求，只要您让我的后半辈子天天有酒喝就可以了。"

饮酒狂潮仍来自东汉后期。当时，曹操面对官员狂饮误事的情形，曾一度下过禁酒令，但遭到以孔融为代表的名士的强烈反对。

随后，嗜酒而狂的情形更是一发而不可收。

魏晋名士之所以嗜酒，被认为是服用五石散后的连贯行为（以温酒行散）。

又有人说，饮酒是为了避祸，并举了阮籍的例子。其实，从整个魏晋时期看，阮籍的例子并不典型。更何况，人家本身就好酒，就算有避祸的想法，也是附属品而已。

魏晋名士尤其好酒，其实有两个主观因素：

一是奉行即时的人生享受主义，如张翰所言："使我有身后名，不如即时一杯酒！"或如毕卓所言："一手持蟹螯，一手持酒杯，拍浮酒池中，便足了一生。"这洒脱的享受中，到底是否包含着一种人生大愁，我们是没办法验证的。二是借酒以达到一种奇妙的状态，取得精神上的超脱，从而达到放旷不羁的境界。

无论如何，酒，成就了魏晋风度。

第三章　奇言妙语

覆巢之下

孔融被收，中外惶怖。时融儿大者九岁，小者八岁，二儿故琢钉戏，了无遽容。融谓使者曰："冀罪止于身，二儿可得全不？"儿徐进曰："大人岂见覆巢之下，复有完卵乎？"寻亦收至。

孔文举即孔融，鲁国（今山东曲阜）人，孔子第二十世孙，东汉灵帝时，以出身高门，被推举到朝廷做官，后为北海太守，代领青州刺史。

献帝建安元年（公元196年），袁绍骚扰青州，围城甚急。

但孔融一点都不紧张，开卷读书，一如往日。有的人在危情下不着急，是因为早就想好应对办法了；孔融的厉害就在于，在根本不知道怎么退敌的前提下，仍能做到谈笑风生。

有人说了：这不是个傻子吗？

这样说多少有点过分了，你让我们的文学家孔融怎么着呢？总不能求全责备，指望一代文宗还是个军政高手。我们应该谴责的是袁绍袁本初，就会捏软柿子。

还好，陷城前，孔融逃了出来。

三国时代，是权谋的时代。对孔融来说，大约是很难应对的，哪怕他的智商非常高。

还是说小时候的一件事吧。孔融十岁时，跟父亲到首都洛阳。当时，能被重臣名士李膺接见，被称为"登龙门"，难度是非常大的。但小孩孔融不管这些，他一个人来到李府门前，对看门的说："我是你家主人的亲戚，快去通禀一声吧！"

看门的见是个孩子，似乎不像在撒谎，便通禀给李膺。

入府后，望着孔融，李膺有些愣神："孩子，你有没有搞错？我好像不认识你啊，你跟我有什么亲？"

孔融说："我的先祖孔子曾拜您的先祖老子为师，所以我们是世交啊！"

李膺和周围的宾客互相看看，知道这孩子原来是孔子的后代。李膺很高兴，热情地款待了孔融。正在这时，一名叫陈韪的官员来了，有宾客悄悄把孔融刚才说的话转述给陈韪，陈大人听后矜持地摇摇头，说："小时候聪明，长大了未必就出色！"

孔融一直支棱着耳朵呢，马上转头应答，道："想必您小时候一定很聪明。"

陈韪顿时一脑门汗，李膺和宾客放声大笑。

接着说跑出青州的孔融。他带着家眷，一口气逃到了天子所在的许昌。

许昌的中心人物自然是曹操。但孔融不那么认为。他是孔子的后代，"建安七子"的领袖，又好为人师，所以没多久，他的寓所，就成了许昌最热闹的沙龙，每天都聚着一大批人，讲谈文学，品评人物，议论政治，推荐新人。

曹操有点烦。

曹操和孔融之间是互相轻视的。

孔融是孔子的后代，曹孟德不在乎；七子的首领，曹孟德不承认，那是他儿子曹丕的看法。孔融写的东西，让曹操不屑。

当然，对于曹操，孔融更看不上，这里面不仅包括曹操的出身，还包括曹操的为人。

许昌时代，孔融对曹操的政治多有责难，比如他反对曹操禁酒。东汉末年以来，世事纷纷，人们多以酗酒为乐或自我麻醉，荒废工作，再加上酿酒浪费粮食，于是曹操欲颁布禁酒令，自然有他的道理（能否真正实施则是另一个问题了）。

面对曹操的政策，孔融公开反对，写了一篇《难曹公表制酒禁书》，引经据典，大说喝酒的好处，写得气势磅礴。文章一出，孔融自己也很得意。

在禁酒令中，曹操说酗酒会荒废政事，甚至有可能导致国家灭亡。

对此，孔融反问：古往今来，因美色而荒废政事直至亡国的也不少啊，难道因为有这样的事就得把男女之爱与婚姻废除了？

孔融的说法在逻辑上没问题，但仍是狡辩之理，所以后来曹丕在评论七子时说孔融的文章虽犀利，但"理不胜辞"。

孔融还反对曹操恢复肉刑。

当时天下大乱，多生罪犯，曹操想恢复汉文帝时废除的包括宫刑、黥刑、劓刑等在内的肉刑，以示威慑。

孔融坚决反对。

孔融举了司马迁的例子。

此外，他还拿曹丞相寻开心。

在征袁绍的战斗中，曹丕纳袁绍儿媳甄氏。针对此事，孔融给曹操写了一封书信，大意是："武王伐纣，获妲己而赐予弟弟周公……"

曹操觉得无厘头，怎么来了这么一句？后来才发现是在讽刺自己和儿子。

多年来，对于孔融，曹操一直憋着气，又突然接到这么一封信，当时就气倒了。

除了最后一条，其余两条均是用正常的手段表达自己的观点，并无不妥；至于最后一条，虽有干涉曹家私生活的嫌疑，讽刺得比较损，但也不至于死罪。

让曹操憋着一口气的，不是孔融多次以书信形式责难当朝宰相，而是为什么我一有个风吹草动，你孔融就在一边窃窃私语，尤其一想到写这些书信时孔融那股自以为是的神色，他就更生气了。

这期间还发生了"祢衡事件"。

喜欢向朝廷推荐人才的孔融，推荐了愤青祢衡，后者因受曹操怠慢，而在一次夜宴上当场嘲讽了曹操。后来，有人传言祢衡的行为受到孔融的支持。曹操没对祢衡下手，而是把他打发去了南方刘表处。

曹操的目标是孔融。

他不担心孔融威胁自己的统治（当然很多人反对这个说法），他无法接受的仅仅是在首都有一个人，四海青年才俊皆以其为师；这个人的家里，每天宾客盈门，议论他曹丞相的活动，连自己的儿子找个姑娘也跳出来点评两句。

事儿麻烦了。

许昌是曹操的，也是孔融的，但归根结底是曹操的。

建安十三年（公元208年）秋，有人网罗孔融的罪名，当然也可以被认为是在曹操的指使下干的。于是，借此机会，曹操把孔融满门处死。

处死了？

对，处死了。在被逮捕之前，孔融听到了四条指责：

在北海为太守时，见皇室有难，招募兵丁，举动可疑；曾诽谤朝廷；虽为孔子之后，但不遵守礼仪，打扮不修边幅，嗜酒昏狂；曾口出狂言，说："父之于子，当有何亲？论其本意，实为情欲发耳。子之于母，亦复奚为？譬如寄物缶中，出则离矣。"

公然说，孩子的诞生，是父母情欲爆发的结果，所以当父母的没有恩于孩子。

最后一条一经公布，孔融便死定了。

"父母于子无恩论"实在让人难以相信这是孔子的后代孔融说的。

从某种程度上，这句话比后来嵇康的"非汤武而薄周孔"的言论更极端。这句话直接否定了"孝"的意义，而在中国的古代，王朝多标榜"以孝治天下"。

也有另一种可能，孔融说这话是因为对险诈的世道与人心不古的失望。

不管出于何种目的，孔融说了那句话，"大逆不道"的罪名便成立了。

这是曹操要的。孔融被关进监狱后，给许昌、洛阳和长安的知识界造成巨大震动，人心惶惶。

孔融的两个孩子却很平静。

他们还不到十岁，父亲被逮捕的那天，两个孩子在庭院里游戏如故。面对公差，孔融自言自语："希望这罪行到我这儿就打住，不要连累了孩子!"

大儿子站起身来，对父亲说："爹爹大人，您见到过从树上掉下来的鸟窝里还有完整的鸟蛋吗?"

看着两个孩子，孔融低下头。

再抬头时，孔融的眼里充满了泪水。果然，孔融入狱没两天，两个孩子也被逮捕了。

孔融死前写下一首《临终诗》："言多令事败!器漏苦不密。河溃蚁孔端，山坏由猿穴! 涓涓江汉流，天窗通冥室。谗邪害公正，浮云翳白日。靡辞无忠诚，华繁竟不实! 人有两三心，安能合为一? 三人成市虎，浸渍解胶漆。生存多所虑，长寝万事毕!"

好一个"生存多所虑，长寝万事毕"!

孔融作品的文学性虽一般，但毕竟学问和名气很大，被认为是建安时代的一代宗师。

生不逢时，生不逢时! 这是对孔融悲剧的最大感怀。"负其高气，志在靖难，而才疏意广，迄无成功"，这是历史的评价。

若在清平的治世，孔融想必会干得更好;但逢三国乱世，并无政治、军事与谋略之长的他，在不与当权者合作的同时，又喜欢坐在一旁议论时政，自然不为曹操所容。

说到底，孔融之死是性格酿成的悲剧。

这危险的性格来自曹操，更来自孔融自己。

迷惘者祢衡

祢衡被魏武谪为鼓吏，正月半试鼓，衡扬枹为《渔阳掺挝》，渊渊有金石声，四坐为之改容。孔融曰："祢衡罪同胥靡，不能发明王之梦。"魏武惭而赦之。

人性是复杂的，最能在曹操身上体现。

曹丞相是个矛盾体，他既有宽阔的胸怀、沉郁的情绪："青青子衿，悠悠我心。但为君故，沉吟至今。"（《短歌行》）"老骥伏枥，志在千里；烈士暮年，壮心不已！"（《步出夏门行》）又有不容人之处，如对孔融、对杨修的下手。

曹操所杀的，都是恃才傲物又终不能为自己所用的人。这样的人物往往都是轻蔑曹操的，包括被曹操借刀所杀的祢衡。

祢衡是平原（今山东临邑）人，口才好，恃才傲物。

祢衡来到许昌，自负才学的他本以为能一下子把许昌人镇住，但没想到一圈转悠下来，没人买他的账。

祢衡很郁闷，觉得这许昌遍地都是白痴。

因为冥冥中，他始终有一种感觉，认为自己来历不凡，是天下奇才，所以眼前的现实让他光火。

这个倒霉的许昌，难道真的没有伯乐吗？

这样一琢磨，他便想到孔融。来许昌前，他就知道这座城市除了有个皇帝有个曹操外，还有个天下青年才俊皆以为师的孔融。

于是，找了一天，祢衡直闯孔府，嚷嚷着要跟孔融喝酒。

孔融为孔子之后，按说在尊奉儒家礼法方面，要起到表率作用。

但事实恰恰相反。在东汉后期那个环境中，他的一举一动都散发着旷达不羁的味道。他爱酒更是出了名的，所以祢衡话音刚落，他就说："好啊，怎么个喝法？"

祢衡一愣。

这一年，孔融已经五十岁了，比祢衡大了足有三十岁。

这一老一少的友谊就是从喝酒开始的。

许昌的岁月，祢衡心里有点矛盾：一方面，他渴望获得权贵们的认可和尊重，一方面又鄙夷这些权贵，比如掌权的曹操。

有一段时间，祢衡怅然若失。还好，有个忘年交孔融。而孔融的一大特点，就是喜欢当别人的老师。

两个人总凑到一起喝酒、聊天，谈论天下之事。一次，喝到后半夜，都高了，祢衡对孔融说："当今天下，幸有孔老师，仲尼不死！"

孔则对祢衡说："君自是颜回复生。"

这样的互相赞美多少有点肉麻。

在许昌，孔融自比当年的李膺，以推荐后生的伯乐自居。

对于祢衡，孔融是想重点培养的。所以，他没有草率地向朝廷推荐，而是通过孔府的沙龙，慢慢让许昌的才俊认识祢衡，扩大祢衡的名声。

随着时间的流逝，许昌的士人们开始这样传了：知道不，孔府有位天下奇才！

天下奇才？

是啊！

有了这样的铺垫，孔融决定正式向朝廷推荐祢衡了，总而言之一句话：这祢正平太有才了！

如此下来，弄得曹操也很想见见这祢衡。

祢衡却拒绝了曹操。究其原因，是因为真的讨厌曹操，还是因为狂劲又上来了？不得而知。

只说曹操，表现得还算淡定，没动怒，但心中盘算：你不见我？好，我给你官做。

什么官？负责击鼓的小吏。

祢衡竟从命了。

在一次宴会上，许昌文武皆在，喝到痛快处，曹操命打击乐小队表演，以助酒兴。

队员依次上场。按规矩，队员击鼓试音前，皆应脱去旧衣，穿上新衣，轮到祢衡，他大摇大摆地上场了，并未换新衣，一曲《渔阳掺挝》，浸满怀才不遇的悲情，听上去，沉郁悠远，令在座众人颇为伤感，曹操也为之动容。

这时候，打击乐小队的领班从幕后露出脑瓜，说："呀，祢正平，你怎么没换上新衣服就上场了？去换啊！"

祢衡回过头来，瞄了领班一眼，没搭理他，持鼓猛击。

领班再次提醒他。

祢衡放下手中的鼓槌，去掉头巾，脱下衣服，裸体呈于众人面前，使得全场惊骇。

祢衡裸体击鼓，性情所至，当是想起多年来的遭遇（其实也没几年），愤恨之情于不觉升于心头，又顺便讥刺了曹丞相，所谓"以清白之体对污浊之人"。当然，并不像《三国演义》中"击鼓骂曹"那段记载的那么夸张。

宾客都把目光转向曹操。

曹操缄默，冷冷地望着裸体的祢衡。

在座的孔融起身解围，其实也讽刺了曹操，他的话是："祢衡的罪过相当于胥靡，不能发明王之梦。"

胥靡，指服劳役的囚犯，一般是用绳子把犯人连在一起，令其在工地上做活。

据传，商朝帝王武丁曾做了个梦，梦到一位贤人，于是就叫人按梦中的模样画像，然后寻找此人，最后在一个工地上发现一个叫"说"的犯人和画像上的人一样，武丁遂以此人为相，果然是治国贤良。

孔融的意思是，祢衡的罪和"说"一样，也是那样的人才，但却不能引发你的梦。

曹操始有愧色，自言自语道："祢正平，我本想侮辱你，却不料被你侮辱了。"

"祢衡事件"发生后，曹操做了冷处理，没直接杀掉祢衡，而是把他派到荆州刘表处，所谓借刀杀人。但糊涂的刘表没中计，将其遣至江夏的黄祖处。一次，祢衡又发狂了，黄祖可不吃这一套，脾气暴躁的他，当场就把祢衡弄死了。

天下狂士多辩才，才华在舌头上，祢衡是典型的例子。

祢衡死这一年才二十五岁。二十五岁的他是辩士，却未必是济世之才。

当然时代也没给他机会，而一个连机会都没有的人，又怎能说是天才奇才？

这一点，祢衡和自以为是且每与曹操不同怀的杨修相似。所谓人以群分，祢衡是非常看重杨修的，他曾说：天下之才，唯有孔融和杨修而已。

无论如何，祢衡死了。

在江夏时，祢衡突有万千感慨，写就一篇《鹦鹉赋》，以笼中鹦鹉自比，只是苦于不能翱翔天空。

他想怎么翱翔？

总觉得这是个怀有小聪明的人，跟当时第一流谋士程昱、荀攸、郭嘉比差得远，更不用说跟作为谋略家的荀彧、司马懿、贾诩这样的人物比了。于是，他和被自己欣赏的杨修一起成为那个时代纯正的鸡肋。

高贵乡公何在

高贵乡公薨，内外喧哗。司马文王问侍中陈泰曰："何以静之？"泰云："唯杀贾充，以谢天下。"文王曰："可复下此不？"对曰："但见其上，未见其下。"

一个年轻的皇帝，不甘心受权臣摆弄，带领一帮残弱卫士做决死反击，最终血染长路。

司马懿在晚年奋起一击，发动"高平陵之变"，剪除了曹爽集团，控制了魏国政权。没多久，司马懿就去世了，长子司马师接着掌权，不久即废掉了魏帝曹芳，另立曹家子弟高贵乡公曹髦为帝。

司马师死，弟司马昭继之，为大将军，专魏国之政，代魏自立的欲望，迅速膨胀起来。

魏帝曹髦，年轻气盛，不堪被司马昭遥控和凌辱，召来三位姓王的大臣（这"三王"并非来自魏晋世族太原王氏或琅邪王氏）：侍中王沈、尚书王经、散骑常侍王业（玄学家王弼的父亲），对他们说："司马昭之心，路人所知也！今我意已决，当讨伐之。"

少年皇帝要三位大臣帮助他诛杀司马昭。话一落地，三个人就吓得跪下了。

王经说："陛下所想，臣自知之。但大将军经父兄盘桓，现持权已久，朝廷内外皆为之效命。而宫中力量微薄，如何能对抗？您这样做，为的是去疾，但结果只能是使病更厉害，祸上身矣！不可轻举妄动。"

王业张望左右，王沈则一言不发，他已经决定告密了。

从宫里出来后，王沈带着王业去将此事报告司马昭。王经则鄙视他们的行为，对着他们的背影，做了一番痛斥。

宫中的曹髦已经下了决心。

他是曹操曹孟德的后代，他觉得他不能再这样活下去了。与其苟延残喘，不如在烈焰中燃烧。他是大魏皇帝，他有自己的尊严。现在，他为了维护自己的尊严，为了维护曹操的尊严，决定去死。

甘露五年（公元260年）六月二日，一个闷热的早晨，下着雨，曹髦挥剑升辇。

他在宫中组织起了一支包括侍卫、宦官、童仆等在内的几百人的部队，开始了对司马昭的讨伐。这一定是以卵击石。但同时，也说明这位皇帝实在忍无可忍了。

司马昭听到报告后，首先是大惊，随后笑了。他重赏了王沈。后来，王沈与贾充、荀颚、王浑、裴秀、石苞、荀勖、陈骞、羊祜、郑冲、何曾并列开国功勋。

司马昭的首席幕僚贾充心领神会，带人出大将军府，直奔皇宫去收拾局面。

贾充时任中护军一职。中领军和中护军是魏晋时非常重要的两个职位，前者是三品官，后者是四品官。两者都执掌皇宫外禁军。其中，中护军一职，司马师担任过；中领军一职，司马昭担任过。

现在，曹髦还没冲出洛阳皇宫，就被贾充的人马拦于南阙宫门下。此时，曹髦也豁出去了，挥剑就冲杀，称敢抵抗皇帝者，灭九族。贾充带的军队虽然都是精兵，但见皇帝怒了，一个个不敢近前，而步步后退。太子舍人成济见形势不妙，慌忙问贾充怎么办。

贾充沉思良久，慢慢从牙缝里挤出一句话："司马大将军养你等，就是为了今天之事。"

成济愣了一下，随即催马上前，一戈就把曹髦贯穿了。

魏帝曹髦被刺死在辇上，这一年他只有二十岁。权臣的部下在众目睽睽下把皇帝刺死，这样的场面在中国历史上是很少见的。

贾充虽然叫成济过去对付曹髦，当曹髦真的在上千双眼睛下被刺死后，贾充本人也有点傻了。再傀偏，那也是皇帝。所以，贾充也倒吸了口凉气。

但无论如何，皇帝死了，而且是被铁戈扎了个透心凉。

《晋书》记载："天子知事泄，帅左右攻相府，称有所讨，敢有动者族诛。相府兵将止不敢战，贾充叱诸将曰：'公畜养汝辈，正为今日耳！'太子舍人成济抽戈犯跸，刺之，刃出于背，天子崩于车中。"

《晋纪》："成济问贾充曰：'事急矣。若之何？'充曰：'公畜养汝等，为今日之事也。夫何疑！'济曰：'然。'乃抽戈犯跸。"

《魏末传》："贾充呼帐下督成济，谓曰：'司马家事若败，汝等岂复有种乎？何不出击！'倅兄弟二人乃帅帐下人出，顾曰：'当杀邪？执邪？'充曰：'杀之。'兵交，帝曰：'放仗！'大将军士皆放仗。济兄弟因前刺帝，帝倒车下。"

成济狠，是贾充狠，其实是司马昭狠。

曹髦之死让人想到曹操。孟德，三国时代多么伟大的人物！纵横四方，惧过谁？可他的后代，命运却如此悲惨。

皇帝被弑，魏国朝野震恐，就连蜀国和吴国都大吃一惊：这司马昭，真做得出来。

曹髦被弑后，太傅司马孚第一个跑来抚尸痛哭。司马孚是司马懿的弟弟，司马昭的叔叔。

与此同时，侍中陈泰也来了。陈泰是陈群之子，颍川长者陈寔的曾孙，跟司马师、司马昭兄弟是儿时的玩伴。司马懿剪除曹爽集团时，他站在司马家这边，奉劝曹爽放弃反抗。

得知皇帝被杀，其他大臣本来都不敢吱声，因为不知道司马昭接下来会怎么做。

现在，看到司马孚和陈泰去哭了，于是有胆量的也来了。在舆论压力下，司马昭也有点坐不住了，担心激起大规模的反抗风潮，便也跑到南门下。

现场一片混乱。

孙盛在《魏氏春秋》中这样记载："帝之崩也，太傅司马孚、尚书右仆射陈泰枕帝尸于股，号哭尽哀。时大将军入于禁中，泰见之悲恸，大将军亦对之泣，谓曰：'玄伯，其如我何？'泰曰：'独有斩贾充，少可以谢天下耳。'大将军久之曰：'卿更思其他。'泰曰：'岂可使泰复发后言。'"

干宝《晋纪》中的描述是："高贵乡公之杀，司马文王会朝臣谋其故。太常陈泰不至，使其舅荀𫖮召之。𫖮至，告以可否。泰曰：'世之论者，以泰方于舅，今舅不如泰也。'子弟内外咸共逼之，垂涕而入。王待之曲室，谓曰：'玄伯，卿何以处之？'对曰：'诛贾充以谢天下。'文王曰：'为我更思其次。'泰曰：'泰言惟有进于此，不知其次。'文王乃不更言。"

情况是，司马昭到来后，将众臣召集到大殿上。

这时候，他需要一个两全的处理办法。所谓两全，就是既不杀贾充，也能安抚群臣。当然这太难了。

司马昭见侍中陈泰没进大殿，一问情况，得知自己的这位玩伴哭完皇帝后就回家了。司马昭叫仆射荀𫖮去把陈泰找来。颍川陈家跟荀家世代联姻，荀𫖮是荀彧之子，陈泰的舅舅。

在陈家，荀𫖮劝说陈泰给司马昭一个面子。

陈泰说："以前，人们喜欢拿泰与舅进行对比，现在可以断定：舅不如泰！"

尽管如此，陈家的人还是希望陈泰别把事弄僵了，叫他赶快去见司马昭。

陈泰重新回来后，司马昭将他拉到一边的屋子，问："现在的情况你看到了，天下人会怎么看我？怎么能使局势稳定下来？"

面对魏国皇帝之死，陈泰说了这样一句话："只有杀贾充以谢天下！"

司马昭想了想，说："能不能找一个比这轻些的处理办法？"

陈泰笑："但见其上，不见其下。"就是说，只有杀官位更高的，而不能杀官位更低的。或者说，只知道还有比这更重的，不知道还有比这更轻的！

司马昭沉默不语。

陈泰，颍川世家陈寔的后人，自有方正的家风，所以说出上面的话来一点也不奇怪。

最后，司马昭没舍得杀贾充，而把亲手杀死皇帝的成济拉出去斩了，并诛了三族。当然有舍不得的成分，但主要是不能杀贾充。否则的话，就没人给他卖命了。

最后的问题是，怎么定位魏帝曹髦。

这说的是司马昭怎么定位。只能说曹髦无道了。否则的话，被杀就不成立了。

随后的事实也是如此。在向洛阳士民表态这件事时，司马昭以朝廷的名义宣布：曹髦之死，咎由自取，废皇帝号，仍称高贵乡公。

司马昭最初要以平民的规格葬这位皇帝，最后似乎觉得有点过了，于是假托太后的意思改为王礼。说是王礼，在下葬那天，只有几辆破牛车。陈泰一声叹息，他觉得司马昭太过分了。不久后，陈泰吐血而死。

贾充，平阳襄陵（今山西襄汾）人，司马昭首席心腹，后助司马炎建立晋朝，为开国元勋，官至尚书令。其女很著名，贾南风，嫁给了智力低下的晋惠帝，成为史上最强势的皇后之一。

多年后，已经是西晋泰始八年（公元272年），贾充已为尚书令，因善于察言观色，受宠于晋武帝司马炎。

有一次，贾充宴请朝士，河南尹庾纯在座。

庾纯为人方正，在此前，以贾充奸佞，就奏请皇帝，想把贾充调出洛阳，叫他去镇守长安。贾充由此心怀怨恨。

这次贾充请客，庾纯后到，贾充说：“您以前经常走在别人前面，这一次为什么落在后面？”

话不是随便说的，因为庾纯的先祖是士兵，所以贾充有此问（普通士兵，通常都走在队伍的前面）。

庾纯不动声色，答：“市场上遇到点事，走不开，故而来晚了。”

这话也不是随便说的，因为贾充的先祖，是管理菜市场的小吏。

二人开始互相讽刺了。

贾充愤愤，因为他觉得自己的功劳和地位都比庾纯高，所以在对方反唇相讥后，有些受不了。

接下来，开始喝酒，轮到庾纯向贾充敬酒时，后者说什么也不喝。

庾纯年纪比贾充大，而且脾气也暴，说："长者为寿，老夫敬你酒，你竟然不喝！"

贾充的火一直在憋着，随即大声道："你有老父在堂，却不辞官回家尽孝，有何面目妄言长者！"

自汉朝以来，帝王皆标榜以孝治天下。

魏晋更是如此，因为江山分别从东汉、曹魏那里夺来，自然没办法标榜以忠治天下。在当时，如果父亲年过八旬，作为孩子应辞官回乡在老父身边尽孝。

贾充抓住了庾纯的这一点把柄。

这一下，也把庾纯惹恼了，史上的原话是："贾充！天下凶凶，由尔一人！"

贾充也急了，说："我辅佐二世，荡平巴蜀（当年，贾充一直反对攻打东吴，所以在这里没好意思提'荡平东吴'），有何罪而天下为之凶凶？"

庾纯接下来的这句话把两个人的激战推向高潮："高贵乡公何在？！"

满堂大臣目瞪口呆。

贾充指责庾纯不孝，庾纯则抨击贾充不忠。实际上，这已经不仅仅是指责贾充了，连司马家也骂了。

谁也没想到庾纯敢这样说。

无论如何，这宴会没办法进行下去了。

贾充则已处于崩溃状态，他叫手下去抓捕庾纯，幸好中护军羊琇

（重臣羊祜的堂弟）、侍中王济护佑庾纯，后者才逃离贾府。

一句"高贵乡公何在"，直戳贾充的软肋。或者说，西晋建立多年后，大臣们对曹髦的残酷之死仍无法释怀。

贵公子钟会

晋文帝与二陈共车，过唤钟会同载，即驶车委去。比出，已远。既至，因嘲之曰："与人期行，何以迟迟？望卿遥遥不至。"会答曰："矫然懿实，何必同群！"帝复问会："皋繇何如人？"答曰："上不及尧、舜，下不逮周、孔，亦一时之懿士。"

钟会，颍川长社（今河南长葛东）人，三国时期魏国太傅、书法家钟繇的少子，曾祖父是与陈寔、荀淑齐名的颍川长者钟皓。

在那个时代，来自颍川，又是陈、荀、钟三大家族之后，钟会想不成为风云人物都不行。

钟会相貌俊秀，脑瓜聪明，又为贵公子，所以魏国上下视其为宝贝。

司马师掌权的时代，淮南边将起兵讨司马兄弟，大臣傅嘏力主刚做完眼睛手术的司马师亲征。司马师从其谋，以钟会掌军机，亲征淮南。平叛过程中，钟会连献妙计，使得司马师取得胜利。返洛阳途中，司马师眼疾发作，猝死于许昌。

这时候，魏帝曹髦想趁机剥夺司马家的大权，于是命令司马昭留守许昌，叫随征大臣傅嘏只身率军回洛阳。

没想到，傅嘏早就已经是司马家的人。

他立即找到司马昭说明情况。这时候钟会亦在，两个人建议司马昭违抗帝令，立即率军回洛阳接任大将军。

司马昭正是在钟会和傅嘏的策动下，才顺利接班，继父兄之后掌控魏国大权。

钟会以功升黄门侍郎，后又屡献妙计，实际上已成为司马幕府中的谋主。于是，一时间成为洛阳的中心人物。

钟会这个人，非常聪明，有突出才华，坐下能清谈，上马能带兵。但同时，为人亦刻薄狭窄。这也难怪，因为他既是名士，又是谋士，更是司马昭最倚重的新贵。于是，后一种性格被放大了，因受宠而渐渐目中无人。

对于钟会，司马师的评价是："此真王佐材也！"意思是，钟会是那种能辅佐国君的人物。

皇帝曹髦的评价是："会典综军事，参同计策，料敌制胜，有谋谟之勋，而推宠固让，辞指款实，前后累重，志不可夺。"

司马家的盟友、当朝太尉蒋济的评价是："非常人也！"

晚辈名士裴楷说："钟会如观武库森森，但见矛戟在前。"

因反对司马家专政而投奔蜀国的夏侯霸（夏侯渊之子）则说："有钟士季，其人管朝政，吴、蜀之忧也。"又说："有钟士季者，其人虽少，终为吴、蜀之忧，然非非常之人亦不能用也。"

但是，也有人对钟会表示怀疑。

大臣傅嘏就曾当面对钟会说："子志大其量，而勋业难为也，可不慎哉！"意思是，你的志向大过你的能力，而建功立业固为难事，又怎么能不谨慎小心呢？

对于司马昭崇信钟会，昭妻王元姬也谈了自己的看法："会见利忘义，好为事端，宠过必乱，不可大任！"

钟会是司马幕府的谋略中枢，但由于出身高贵，所以更多的时候他还是喜欢以名士自居。而且他也确实是名士，非常精通玄学。如此一来，他就不得不面对魏国最俊朗和最有才华的名士嵇康。

钟会和嵇康不同的地方在于：一个是曹家皇帝的女婿，一个是司马大将军的红人；相同之处是两人都很傲。矛盾，也就势必难免了。

其实，几年前，钟会还没出名时，就已经拜访过一次嵇康了。

但那时候钟会没有自信，担心嵇康会非难自己的文章，踌躇良久，最后一咬牙，把那卷文章隔着墙头扔进了嵇宅，随后一溜烟跑掉了："钟会撰《四本论》，始毕，甚欲使嵇公一见，置怀中，既定，畏其难，怀不敢出，于户外遥掷，便回急走。"

此时的嵇康，通过啸聚竹林而名声更大。

玉山将崩的奇伟容貌、卓尔不群的性格和突出的思想才华，每个站在嵇康面前的人，都会感到压力的。现在，他跟司马家不合作的态度已经非常明显了，并在《与山巨源绝交书》中借"非汤武而薄周孔，越名教而任自然"直取司马家施政的理论基础。大家都为他捏把汗。司马昭，已经确实向手下的幕僚打听嵇康了。

在这种背景下，钟会要再次拜访嵇康。

在讲两个人的相遇之前，先说一下多年前钟会投掷到嵇康院子里的《四本论》。

何谓《四本论》？所谓"四本"指的是当时对人的"才性"问题的四种看法：一、"才"和"性"是一回事，即"才性同"；二、"才"和"性"不是一回事，即"才性异"；三、"才"和"性"不是一回事，但有关联，即"才性合"；四、"才"和"性"一点关系也没有，即"才性离"。

"才"和"性"的关系，在魏晋时期被认为是个难题，很多名士都在讨论这个问题。

到东晋，清谈名士如殷浩，面对《四本论》往往也是一筹莫展，如碰到"汤池铁城，无可攻之势"。殷仲堪被认为精通玄理，"莫不研究"，但殷本人也曾叹息道："如果让我解读《四本论》，那就不像你们想的那样了。"

当时，钟会收四家看法，逐一进行了点评，并阐发了自己的观点。

钟会持"才性合"的观点。

在这里，"性"可以被理解成"德"（也有人理解为天赋）。钟会认为"才"和"德"不是一回事，不过二者又有所关联。就其本人的表现来看，似乎也确实是这样：

钟会有"才"吗？

我们说：有。钟会的"德"如何？一般吧。

由此可见，德才不是一回事。但是，又有关系，所谓大德配大才，钟会有才而并非魏晋顶级人物，是德与之配的结果。在今天来看《四本论》，选择第三种看法也是比较恰当的。只是，这已经不再是以德服人的时代。

现在，钟会再次拜访嵇康。

孙盛《魏氏春秋》记载："康寓居河内之山阳，钟会闻康名而造之。"

与当年怀揣《四本论》孤身造访嵇康有了些区别，现在钟会已是司马昭帐下炙手可热的人物了。

此行钟会"乘肥衣轻，宾从如云"，可谓浩浩荡荡。余嘉锡先生在《世说新语笺疏》中认为：山阳即今日河南修武县，离洛阳不近，钟会以贵公子居京师，宾从如云，未必走数百里，远至山阳访康。又，《向秀别传》称："（向秀）常与（嵇）康偶锻于洛邑，与吕安灌园于山阳。"也就是说，在洛阳郊区，嵇康还有一处别墅。因此，余先生认为本条事件发生在洛阳郊外，而不是在山阳县，这也符合"宾从如云"随钟会造访的情景。

其实，以山阳离洛阳远而疑之值得商榷。

当时河内郡山阳县风景秀丽，是洛阳权贵的度假避暑胜地，很多人都在那里建了别墅。钟会往山阳度假并拜访嵇康也不是没有可能。

不管是在洛阳郊区，还是在山阳县，总之钟会又一次来了。

嵇康正跟向秀在家门口的大树下忙活着。忙什么呢？打铁。嵇康的这个爱好由来已久，小时候家贫时如此，长大出名后也不改其好。

钟会带人来后，嵇康并未停工。这时候，正在一旁拉着风箱的向秀提醒嵇康："有人来了，前面那个像是钟会。"

嵇康仿佛没听见，依旧扬锤不辍，旁若无人。

钟会就站在光着膀子的嵇康身边，但后者仍没有要搭理他的意思："钟士季精有才理，先不识嵇康，钟要于时贤俊之士，俱往寻康。康方大树下锻，向子期为佐鼓排。康扬槌不辍，傍若无人，移时不交一言。钟起去，康曰：'何所闻而来？何所见而去？'钟曰：'闻所闻而来，见所见而去。'"

半晌过后，钟会终于忍不住了，转身要离去。这时候，嵇康才从背后问了一句："何所闻而来？何所见而去？"你听到什么而来，又看到什么而去？

钟会没回头，他的回答是："闻所闻而来，见所见而去！"我听到所听到的而来，看到所看到的而去！

钟会既为嵇康所轻，深以为恨。

大树下的这次遭遇似乎为嵇康之死埋下了伏笔。

后来，嵇康因事受牵连下狱，钟会趁机在司马昭面前说了些关键的话，让一度犹豫不决的司马昭最终下了斩杀嵇康的决心。

钟会离开嵇宅，他决定建立更大的功名。他的目标是蜀国。

此时，诸葛亮已死，蜀国军队在姜维的率领下，频频进犯魏国。

司马昭想反攻蜀国，但包括贾充在内的幕僚和大臣们都认为不可取，而只有钟会支持司马昭的攻蜀计划。

司马昭当即封钟会为镇西将军，全权都督关中军事。

魏元帝景元四年（公元 263 年），魏国发兵逾十六万，分三路攻蜀，统帅分别是：邓艾、诸葛绪和钟会。

钟会军是主力，有十多万人。

钟会本欲出汉中，直陷成都，却不料被邓艾抢得先手。

正当钟会与姜维僵持于剑阁时，邓以精兵出阴平小道，飞越险山，奇袭绵竹，兵临成都，迅速灭蜀。

钟会有点没脾气。

钟会有很多优点，但也有些致命缺点，比如嫉妒（不过，他对晚辈很宽容，魏晋时的两位名士王戎和裴楷就是经其提携和推荐走上仕途的）。现在，伐蜀之战中，钟会与邓艾多有矛盾，后者走奇险小路，神速行军，攻下成都，主将钟会气不过，便向洛阳发去密报，称邓艾有谋反之心。

这时候，率孤军攻陷成都的邓艾一激动，竟擅自封官于蜀国降臣，同时并没有班师回朝的打算，而是向洛阳建议自己驻军成都，以乘机顺流而下攻灭吴国。

这一下子惹恼了司马昭。

其实，邓艾没有反意，但挡不住他这样做叫司马昭不舒服。

司马昭叫钟会收捕邓艾。钟会把任务交给了监军卫瓘。后者捕捉了愣神的邓艾。

此时，大家都在看钟会。已经入成都的他，手握重兵！

按《三国演义》的说法，钟会后来欲割地称王，反叛司马昭，受了所谓诈降的姜维的鼓动。其实，没有姜维，钟会也自是明白：蜀国已灭，自己拥重兵，功高盖主，即使老老实实地回洛阳，阴鸷的司马昭突然翻脸也不是没有可能。

与其承受惊恐，倒不如再往前进一步，割据成都和西蜀，掉头讨伐专权欺君的司马昭，魏国上下定会有所响应，进而成就更伟大的事业。

公元 264 年春，钟会宴会部下，席间突然展示了魏国太后的"遗诏"，声明自己将为国除奸，回师洛阳讨伐司马昭。

但应和者甚寡。

钟会顿时有些发慌。如采取强硬手段，他担心激起兵变。紧张中，钟会一时间没了主意，陷入进退维谷的境地。

他和司马昭的关系，怎么一下子就进入水火不容的地步了呢？

很多年前，钟会名气还没那么大，大将军也没那么跋扈。一次，司马昭跟大臣陈泰、陈骞同车共驶，有意捉弄一下钟会，于是过其家门口时，司马昭叫二陈大喊："钟会！"

等钟会出来时，司马昭和二陈却驾车跑了。

好不容易，钟会才从后面追上了，司马大将军回头嘲笑道："跟人家约好同行，为什么迟到了呢？大家都等你来，你却遥遥不至。"

古人忌讳提对方父辈祖辈的名字，在这里司马昭巧用了同音字"遥"，点了钟会的老爹钟繇的名字。钟会当然听出了门道，于是答：

"矫然懿实，何必同群？"意思是说，懿德和实才矫然出众的人，为何一定要跟大家合群呢？

陈泰之父是陈群，陈骞之父是陈矫，司马昭他爹自然是司马懿，钟会一句话点了他们三个人的老子的名字，反应可谓奇快，令司马昭和二陈措手不及。

随后，司马昭又问："古代的皋繇是什么样的人？"

钟会回答："虽然上不及尧、舜，下不及周、孔，但也是懿德之士！"

司马昭大笑。

中古时代是非常讲究避讳的，两个人聊天，一方不能说出另一方父亲和长辈的名字，同音字也不行，否则会被认为是不敬。魏晋时，很注重这一点，但同时，不少名士又超越了这一藩篱。

上面故事中的司马昭和钟会就是这样。

聪明的司马昭喜欢聪明人，所以钟会最终进了大将军幕府，只是有些事说起来令人唏嘘，"矫然懿实，何必同群"，钟会这话竟成谶语！

成都的钟会终于发动反叛，但最后孤掌难鸣，终无人与其同群。他陷入了巨大的惶恐，不难想起早年的一幕："钟毓、钟会少有令誉，年十三，魏文帝闻之，语其父钟繇曰：'可令二子来！'于是敕见。毓面有汗，帝问：'卿面何以汗？'毓对曰：'战战惶惶，汗出如浆。'复问会：'卿何以不汗？'对曰：'战战栗栗，汗不敢出。'"

当时他还是个十几岁的少年，和哥哥钟毓一起被魏文帝曹丕接见。

在大殿上，面对皇帝，两个少年战战兢兢，钟毓流汗不止。

曹丕问："美丽少年，你为何一直在流汗？"

钟毓答："因为战战惶惶，所以流汗如浆啊。"

诗人皇帝随后又问钟会："你呢，为什么不流汗？"

钟会答："因为战战栗栗，所以汗不敢出呀。"

曹丕大笑。

如果说钟会当年的回答有意无意地用文字游戏博了帝王一笑，那么多少年后在成都的他可是发自内心地紧张。

钟会骑虎难下了。

通常来说，一个人在紧张和惶恐时往往会犹豫不决，钟会也犯了这个毛病，在犹豫中失去了率先剪除反对派的机会，而被部下反戈。结局是：钟会、姜维被杀，邓艾也被追杀，监军卫瓘一人成为这次平定蜀国之战的最大赢家，并奠定了卫氏家族在两晋时代的显赫地位。

钟会之败，有内外原因。

伐蜀的魏国将领和士兵，大多数都不愿意参与钟会的起事，导致从一开始钟会就属于少数派。

为什么？

魏国将领和士兵都家居中原，伐蜀已够艰险辛苦，战争结束后，盼望早日回家，况且蜀国已平，人人有功已是事实，又何必跟着钟会再冒一次险？

此外，还有一个重要原因：钟会羽翼远未丰满。他在司马昭的幕后出计献策赢得信赖，并不意味着于魏国的将领中形成影响力。相比之下，洛阳的司马家族经过两代人的努力，爪牙亲信均已树立。

在以上背景下，钟会于成都举剑，自是没什么响应者。

内因是上面所说的钟会犯了起事者的大忌：犹豫不决，失去最佳机会，以致自己还没有动手，对方已经发难。

起事前，钟会其实应该想到：除自己的心腹幕僚外，其他将领不会有什么人响应这个冒险行动。如果想到了这一点，而又下决心行事，那么就应该果断出击，获得先手，倾力而除之，这样的话还万里有一，没有人敢说肯定不成功。

可是钟会的犹豫不决使自己丢掉了这样的机会和性命。

说到底，贵公子出身的钟会不是独当一面的人才，在幕后献计自是没得说，但却难以独立而从容地掌控大局。

艾艾哎邓艾

> 邓艾口吃，语称"艾艾"。晋文王戏之曰："卿云'艾艾'，定是几艾？"对曰："'凤兮凤兮'，故是一凤。"

邓艾，义阳棘阳（今河南新野）人，三国后期的魏国作战模范。

邓氏原为当地大族，但邓艾出生时家族已没落。他随家人迁往汝南，成长于一个贫困的屯田农民的家庭。

邓艾天生刚直而才思敏锐。但是，因说话结巴，青少年时代的邓艾颇受人嘲笑。然而邓艾志存高远，喜读兵书，每到一处，即指点山川，好像自己真是个将军。

邓艾的举动在周围人看来很神经，但他依然如故。

后来，邓艾终于进入了仕途。但是，由于出身贫困，加之口吃严重，邓艾的晋级之路漫长，做到汝南典农功曹（负责屯田管理）时，老兄岁数就已经不小了。

邓艾的命运转折跟司马懿有关。

有一年，邓艾从汝南到洛阳，向朝廷主管农业的部门报告情况，被时任太尉的司马懿看到，老司马眼光独到，一眼就发现邓艾有才。

在司马懿的提拔下，邓艾升为尚书郎。

虽说话不利索，但却多献奇计，受到上级好评。这期间，邓艾仍苦读兵书，梦想有一天能领兵打仗。

正始四年（公元 243 年），四十六岁的邓艾被调往西北，后就任南安太守，掌握地方军政。六年后，蜀国姜维率军攻雍州，魏征西将军郭淮与时任雍州刺史的陈泰疲于应对，调令邓艾参与军事行动。

邓艾的军事才能终于有了发挥的机会。

作战中，邓艾显示了作为一个将领的最大优势：判断准确。

在敌人未行动之前，他便已猜测出对方的动向。依此作战，取胜自然。这个厚积薄发的中年人至此开始转运。

在魏蜀相持的岁月里，有一段时间，邓艾回到青年时代待过的地方，任汝南太守。

衣锦而还，邓艾别有一番感受在心头，心中生出骄傲，也是人之常情：闭嘴吧，当年嘲讽我的人们，你们都闭嘴吧！

他们真的都闭嘴了。

人生快意之一，即是把当年轻视你的人踩在脚下。当然不是打击报复，所说的踩在脚下，只是说把当年那些轻蔑的神情踩在脚下，让它们永世不得翻身。

司马懿死后，司马师和司马昭兄弟相继执政，继续重用邓艾。

这期间，邓艾参与了平定淮南的叛乱，并成功反击了吴国的进攻，令司马哥俩儿很欣慰：终于有了个能打仗的帮手了。

正元二年（公元 255 年）秋开始，邓艾从东南转战至西北，对抗蜀国姜维。

此时，邓艾已因功被封为方城乡侯，领安西将军。到魏元帝景元三年（公元 262 年），七年间，魏国西北之梁柱，唯邓艾一人而已。

邓艾吸取了司马懿的经验，以逸待劳，以静制动，以守为攻，广修工事，大打消耗战，姜维多次无功而返，甚至惨败。

邓艾的辉煌在消灭蜀国的战斗中达顶点。

公元 263 年秋，魏国兵分三路猛攻蜀国。在姜维阻钟会大军于剑阁时，邓艾走了一步险招：这年冬天，年近七十的将军率军南出阴平小道，飞越险峰深谷七百余里，进入荒无人烟的大山，一路向成都方向奇袭而去。

等走出大山时，兵锋已至蜀国腹地重镇江油！

蜀将以为神兵天降，不战而降。随后，邓艾率军奔袭绵竹，以孤军死战，力斩守将诸葛亮之子诸葛瞻。绵竹一失，成都在望，此时蜀国军队斗志已无，后主刘禅很快投降，邓艾率军兵不血刃进入成都。

此时，比姜维更愤怒的是钟会：自己在剑阁与蜀军相持，却被你邓艾抢得先手，拿到入场券！到哪儿说理去？

占领成都后，邓艾的感觉有点飘，或者说开始骄傲。其实，他本来就是很骄傲的。

小时候，家庭贫困，邻人救济，邓不言谢，骨子里自是有一份别样情怀。现在，邓艾在骄傲中采取了一个令人震惊的行动，越过司马昭，擅自分封了蜀国投降的君臣。

随后，邓艾坐镇成都，连续上书洛阳："大将军！现蜀地已平，当留兵镇蜀，乘机攻吴。此前，应整军修农，打造军舰，做顺流之势。同时，厚待蜀国君臣，以给吴国看，遣使入吴，后者有望不征而定……"

司马昭不快，叫监军卫瓘向邓艾传达他的意思："邓艾，你此番平蜀，建大功，这没什么问题，但重大决策，还应得到洛阳批准，不可轻动。"

话说到这份儿上，已经很明白了。现在需不需要顺流拿下吴国，不是你该想的事。

邓艾却看不出个所以然，依旧理由十足地给司马昭回了封信："天下三分，蜀国已平，还剩下东吴，实应早日平之。将在外，如刻板等待朝廷的正式命令，就把时间都耽误在路上了。作战之道，当在灵活，万不可拘泥常理而失去时机。"

邓艾的话有错吗？

没有。

邓艾错了吗？

错了。

正像上面说的，伐不伐吴，不是你邓艾要考虑的事。

况且，此时洛阳的形势很复杂，司马昭急于做的是：灭蜀后，怎么废魏主称帝，而不是立即扫灭吴国。

在农业和军事上，邓艾是天才，但在政治上，他还是非常幼稚的，一句话：搞不清状况。

功高盖主，擅封刚投降的敌国君臣；握兵不还，强调"将在外君命有所不受"。事有些大了。司马昭很生气，但想到写信时邓艾严肃认真的样子，他又摇摇头了。

司马昭想起几年前的一件往事：邓艾从西北前线回洛阳向司马昭述职。一张嘴，口吃的毛病又犯了："艾艾艾……"

司马昭戏谑："你说'艾艾'，是几个邓艾呢？"

邓艾想了想，答："'凤兮凤兮'，说说说……的是一只凤凤凰啊！"

一个是历史上赫赫有名的权臣，一个是三国后期最优秀的将领，这一问一答倒也亲切。

但现在，拿着邓艾的书信，司马昭想的是：邓艾啊，你说起话来结巴，这信写得倒挺顺溜。此时，他又收到钟会诽谤邓艾的信。

司马昭闭目想了一会儿，最终还是决定收捕邓艾。

被监军卫瓘逮捕这一年，身在成都的邓凤凰已经六十七岁了。

邓艾被捕，过程急促而简单。之所以顺利捕捉了邓艾，在于邓艾刚急、自负、刻薄和忠厚相混杂的性格，前三点使他与部下不睦，所以卫瓘入城时邓艾没接到一点消息；他又很忠厚，在被捕时没做任何反抗。

公元 264 年初春，钟会进入成都，这是一个真正有野心的人。

钟会之乱平息后，监军卫瓘立即想到邓艾。此时，邓艾正在囚车里，被押解回洛阳，已行至绵竹。邓艾被陷害，多少有卫瓘的一份。此时，钟会已死，就意味着邓艾的命运有了转机。如此一来，也就对卫瓘不利了。

卫瓘倒也做得出来，立即派人袭杀了邓艾。

在被长剑刺死的那一瞬间，邓艾也许会想到伐蜀前的一件往事：

一日晚上，邓艾梦见自己坐在高山上，周围有流水。一个很奇怪的梦。

随后，邓艾问部下爰邵，后者给他解梦如下："按《周易》六爻八卦解释，山上有水称为'蹇'。'蹇'利西南，不利东北。所谓蹇利西南，往有功也；不利东北，其道穷也。"

爰邵的意思是说：这次出征一定能够消灭西南的蜀国，但邓艾却未必能安全返回。

邓艾是三国后期第一名将，每战都能准确判断，故而每战均能取得先机，加上善用奇兵，讲求速度和外线迂回，以至于每战必胜。

以上特点体现的是邓艾睿智的一面。

同时，邓艾的性格中又有刚急、刻薄、自负的一面，所谓"轻犯雅俗，不能协同朋类"。人际关系很糟糕，不但与高门名士合不来，与寒门部下关系也特别差。

性格矛盾的邓艾对司马家族其实还是很忠心的。正是因为如此，司马炎建晋后，很多人要求给邓艾平反："被收之时，丝毫不予反抗，至绵竹冤死……"

年轻的皇帝在伤感中答应了这个要求。

邓艾守卫西北时，为对抗蜀国与羌人，修建有大量堡垒。

西晋时，羌人攻掠内地，杀官虏民。有一些官员和百姓因为藏身于当年邓艾派人修建的堡垒中而躲过劫难。只是，修建堡垒时，因广征民工，为民所怨，大家都骂邓艾不是东西。

洛阳的月亮

　　蔡洪赴洛，洛中人问曰："幕府初开，群公辟命，求英奇于
仄陋，采贤俊于岩穴。君吴、楚之士，亡国之余，有何异才而应
斯举？"蔡答曰："夜光之珠，不必出于孟津之河；盈握之璧，不
必采于昆仑之山。大禹生于东夷，文王生于西羌。圣贤所出，何
必常处。昔武王伐纣，迁顽民于洛邑，得无诸君是其苗裔乎？"

　　蔡洪是吴郡人，三国吴旧臣。蔡洪口才好，善应变，尤喜围棋，
棋术独步天下，曾作《围棋赋》。吴被晋灭后，他从江南北上洛阳
求官。

　　当时，很多吴国和蜀国旧臣来到洛阳碰运气。

　　东汉把国都定在中原腹地的洛阳，曹魏和西晋继而承之。

　　于是，就可以想象当时洛阳是有多骄傲了。总而言之，言而总
之，一切的一切，所有的所有，中原最厉害，洛阳最高贵。

　　洛阳不仅是政治中心、军事中心、经济中心，更是文化中心，万
千优越于一身。什么江南吴越，什么荆楚三湘，外加豫章，捆到一
起，还不如洛阳的一角。

　　所以，当洛阳人看到一大批吴国和蜀国的亡国之臣北上求官，心
生轻蔑之意就难免了。

　　西晋士子们常常操着洛阳腔嘲讽南方人。被数落时，绝大多数南
方人只能"嘿嘿"一笑，然后低下头，毕竟国家都亡了，还能拿什么
辩驳呢？

　　当时，中原人对南方人的歧视是严重的。

　　举个例子：孙秀是吴国官员，有权术，吴帝孙皓欲除之，秀乃北
投晋朝，为武帝司马炎所宠爱，封其为骠骑将军、交州牧，并将姨妹
蒯氏嫁其为妻。

孙秀与蒯氏的感情还是不错的，但有一天吵架了，蒯氏顺嘴骂了孙秀一句"貉子"。

"貉子"是魏晋时中原人骂南方人的话。当初，关羽为孙权所擒，后者劝关羽投降，关羽轻蔑地骂孙权为"貉子"。

现在，蒯氏在气头上，也骂了一句"貉子"，当是对南方人最大的侮辱了。

怨怨的孙秀随后采用冷战的办法：你不骂我吗？那我死活不见你。蒯氏没办法，只得求助于晋武帝司马炎。

最后，在司马炎的斡旋下，夫妻才和好。

现在，身在洛阳的蔡洪，就好几次被侮辱。前几次他都忍了。但事还没算完。

这一天，在洛阳郊外的伊水之畔，几个因郁闷在散心的南方青年又被游春的洛阳士人拦住了。此时已是日暮时分，那几个洛阳士人倒是显得挺有礼貌，首都的嘛，其中一个抱拳拱手："如果我没猜错，几位是从南方吴楚之地来的吧？"

蔡洪："没错，怎么了？"

洛阳士人笑道："就是随便问问，怎么样，这伊水风光可比得上江南？"

蔡洪："确实不错，快赶上我们那儿的会稽了。"

洛阳士人一皱眉，他的伙伴趁机插嘴："会稽？那儿的山水能有洛阳好？"

蔡洪朗声大笑。此时，他身后的几个南方伙伴也笑起来；同时，他们心里也在嘀咕，不知那几个洛阳人会怎么为难他们。

洛阳士人见蔡洪没说话，认为受到了轻视，说："我们大晋正在选拔贤良，为此不惜下陋巷，上高山，为的是发现奇才。而你只是南方亡国之臣，有什么勇气和才能敢来洛阳？！"

这次真的把蔡洪说恼了，他心里想：没错，我们吴国确实被你们灭了，关于这一点，我们认了。现在，我们热情地北上与你们合作，想为新的王朝出力，你们倒好，老拿这个说事儿，还就没完了！

蔡洪随之高声道："我告诉你们，明珠不一定仅仅出在中原的河里，美玉也并非都是从昆仑山上采的！大禹生于所谓荒蛮之地之东夷，周文王则来自西北边陲，我的意思是，又有谁规定贤明的大人物一定只能出在某个固定的地方？当初，周武王讨伐无道的殷纣王，一举灭了他，把殷商那些自以为是的顽民迁移到了洛阳一带。现在，我怎么看着诸位眼熟呢，难道你们就是那些殷商顽民的后代吗？"

可以想象那几个洛阳士人羞愧的模样。

回城的路上，同伴都称赞蔡洪说得好：太解气了！

此时月已初升，举头遥望，蔡洪却没感到多少高兴。

蔡洪看到一个洛阳老农牵着黄牛从身边悠闲地走过，这让他想起吴国那望月而喘的水牛。故国风物，依稀梦中。

无论如何，伊水之畔的那个洛阳人说的是真实的：他们是亡国之臣！孙仲谋的吴国，已经完了！这身边的黄牛不是吴国的水牛；这头上的月亮，不是吴国的月亮！

其实，魏晋以前的春秋战国时期，只有华夷之辨，而无南北之分。到了大一统的秦汉帝国，权力中心和经济中心在长安与洛阳，即关中和中原地区，这种优势是压倒性的，没江南什么事，所以南北之间也没有什么问题发生。

到了魏晋时期，南方人北方人的概念渐渐清晰起来。尤其是晋灭吴后，大批吴国旧臣出于种种原因北上求官，很是艰难，遭到北方人的排斥和歧视。这歧视除了他们是亡国之臣外，还有着强烈的地域原因。

但很快，随着西晋末年永嘉之乱的到来，五胡乱华，中原崩溃，北方士民出奔江南，情况急转直下，以往很具心理优势的北方人突然失去故土，跑到江南寄人篱下。

南方人此时的心态是复杂的：一方面，多少有些幸灾乐祸；同时，又有一种可与北方人平起平坐的兴奋；甚至有心理优越感和对北方人的报复性歧视。

尽管有此背景，但综观魏晋南北朝时期，南方土著士人仍少有进入权力核心者，顾荣、顾和、贺循、陆玩、陆晔等人虽位居高官，但却并非掌权者，甚至到了南北朝时，齐高帝萧道成欲用南人张绪为仆射，征求琅邪世家王俭的意见，后者答："绪少有佳誉，诚美选矣，然南士由来少居此职！"

政治上虽然如此，但在文化和习俗上，从东晋时代开始，江南之风深深地影响了北方的迁徙者。至于谢安、王徽之等原籍北方而出生在江南的名士，在生活习惯上已完全南方化，说话也已作吴语。

这个时候，南人北人的辩论渐渐多了起来。

名士褚裒曾对孙盛说："北人学问，渊综广博。"

孙盛答："南人学问，清通简要。"

名僧支遁听后说："圣贤不去说他，只就才华中等的人而论，北人看书，一如在开阔处看月亮；南人学问，一如在窗户里看太阳。"

褚裒、孙盛和支遁道出的实际上是南方和北方的文化差异。

北方大漠孤烟，粗犷刚健；南方小桥流水，灵秀精明。当时的名士已洞悉到地理环境和地域风俗对人的思维的巨大影响，以及由此造成的地域文化的差异，这种影响千秋而传，这种差异至今仍无法消除。

到东晋中期以后，南方风俗已被北来的侨姓士族所习惯，最大的特点是北来之人完全接受了南方话。

权臣桓温之子桓玄曾问自己的属下羊孚："何以共重吴声？"意思是，为什么大家都重视吴侬软语？

羊答："当以其妖而浮。"也就是艳丽而飘逸的意思。

作为桓温少子，桓玄生于姑孰，长于荆州。他的口音，有可能是江淮话和荆楚话相杂，所以有"何以共重吴声"之问。

古代的普通话被称为"官话""正音"或"雅音"，一般来说，首都话即官话，以长安为都，官话自然是秦腔；以洛阳为首都，官话自然是洛腔。

魏晋时期，洛阳官话又被称为"中原雅音"或"中原正音"。

永嘉之后，中原士民南迁，晋室在江东重建，身处吴语氛围；同时，南渡诸人又带来了"中原正音"。两者相融合，形成了当时的官方语言江淮话。

虽然当时的官话并非纯粹的吴语，但并不妨碍南迁的人们在私底下用其语调。比如，宰相王导就经常在家里学说吴语。到了他们的子孙辈，生于江南长于江南，张嘴自然便是纯正的吴调了。

支遁在会稽，见到了王羲之的儿子王徽之、王献之兄弟，后来有人问："你看到王家诸少年了？都很优秀吧！"

支遁答："也没什么，只见到一群白脖儿乌鸦在那儿哑哑地叫唤。"

支遁的白脖儿鸦之比，意在说他们正在说吴语。当然，从东晋开始，对自信日益提升的江东人来说，自是以家乡语言为美，还看不上洛阳话呢。有人问画家顾恺之："为何不像洛阳的书生那样吟咏？"

作为常州人的顾回答："哈，那多难听，声音浑浊如老婢之声！"

从顾恺之的回答中，我们终于感受到南人的自信，这跟蔡洪在洛阳时的情形已经不一样了。

你醉了

晋武帝既不悟太子之愚，必有传后意，诸名臣亦多献直言。帝尝在陵云台上坐，卫瓘在侧，欲申其怀，因如醉，跪帝前，以手抚床曰："此坐可惜！"帝虽悟，因笑曰："公醉邪？"

西晋建立者武帝司马炎死后不久，帝国就迅速陷入大乱状态。

这种节奏在中国历史上是少见的。有可比性的只有秦、隋二朝。

问题是，这两个帝国迅速解体，跟二代皇帝广征民力有直接关系。西晋不是这样的。西晋之倒霉，跟二代皇帝的智力有直接关系。

司马懿多有权谋，司马师、司马昭兄弟多厉害，司马炎多聪明。也许司马家的智力都集中在前三代身上了，到司马炎的儿子这里已经用完，所以当太子司马衷被发现智力存在问题后，皇宫里的人在惊愕的同时，都纷纷表示：上辈人智商太高了也不行。

关于司马衷之傻，有两个著名的例证：

一天傍晚，司马衷正在园中玩耍，池塘里突然传来青蛙叫，他听后觉得很有意思，便拉过来一个随从："这东西叫得真好听，呱呱的。我问你，它们是在为官家叫呢，还是为私家叫？"随从睁大眼睛，不知如何回答。

在一个饥荒之年，民众饿死很多，人们都在谈论这件事，被司马衷听到，觉得很奇怪，就问道："都饿死了？不会吧！老百姓为什么不喝肉粥呢？"

后人凭以上两则故事给司马衷下了诊断书：是个白痴。

司马衷确实傻，但如果说他是个完全的白痴，也不符合实际情况。下面这段史实可以作为证明：

公元 290 年春，晋武帝司马炎去世，太子司马衷即位，是为晋惠帝。

太傅杨骏辅政。转年皇后贾南风联合外王袭杀杨骏。此后西晋度过了将近十年的安逸时光。

到公元 300 年，贾南风被赵王司马伦所杀，八王之乱开始愈演愈烈。四年后，成都王司马颖在邺城遥控朝政。七月间，东海王司马越挟持惠帝司马衷亲征。随后，两军遭遇于河南荡阴。

激战中，司马越的部队大败，晋惠帝身中三箭，身边的人都跑了，只有嵇绍一人孤独地用身躯护住皇帝。司马颖的士兵乱刀砍杀，惠帝司马衷大声道："嵇绍是我的大臣，他是'竹林七贤'嵇康先生之子，请你们不要伤害他……"

士兵回答："我们得到的命令是，除了皇帝之外，一切尽皆斩杀！"

嵇绍之血溅到了皇帝的衣服上。出征前，有人问嵇绍："此次出征，前途未卜，你有好马吗？"

嵇绍答："我为侍中，职责就是在皇帝身边保护皇帝，生死早已经置之度外，还想什么好马！"

嵇绍死了，他的死令人嘘唏：当年，嵇康誓死不与司马昭合作，而嵇绍后来却为司马家而死。父子这看似矛盾的死，却是如此生动，为那个时代留下两个刚直的血点。

后来，晋惠帝被劫持到了邺城，侍从要给皇帝洗衣服，皇帝说："这上面有嵇侍中的血，请不要洗！"

由此可见，司马衷只是比较愚钝，而非百分百的白痴。

现在的问题是，既然司马衷比较愚钝，聪明如晋武帝司马炎，为什么还坚持让他继承帝位？

实际上，司马衷十几岁时，司马炎一度有废黜他太子的念头，但被杨皇后阻止，理由是："立太子，应重其是不是长子，而不应以聪明为标准！"从杨皇后的话中，也可以推断：司马衷不是完全的白痴。

自此，晋武帝打消了废黜太子的想法。

但大臣们急了。他们认为，在这方面是绝对含糊不得的，让一个缺心眼的人继承刚刚大一统的晋帝国的江山，玩笑开大了，于是多有直谏。

其中，很多大臣希望以皇帝的弟弟，即聪慧贤德的齐王司马攸，代替司马衷为太子。

司马攸是司马昭的次子，司马炎的同母弟，只是因为司马师没儿子，于是司马昭早年把司马攸过继给了哥哥。

这立即引起了武帝的不满：不错，司马衷心智是有点问题，实在要解决这个问题的话，我可以把他废掉，在我其他儿子里再选一个。但是，如果叫我弟弟取代他，则绝对不行。

这是儿子与弟弟之间的选择。不说帝王视角，只说从一个人的心理来看，通常都不会考虑弟弟，哪怕弟弟是优秀而合适的。

关于更换太子这件事，开始时，司马炎跟大臣们打马虎眼，后来被逼急了，有点发怒的意思，大臣便不敢吭声了。但老臣卫瓘深感痛心，一直想找个机会再提醒一下这位皇帝。

卫瓘，字伯玉，河东安邑（今山西夏县北）人。在伐蜀之役中作为监军，他以"螳螂捕蝉黄雀在后"中黄雀的面目出现，先杀了反叛的钟会，后又处死了邓艾，成为最后的赢家。入晋后，卫瓘累至司空、太保，成为重臣。

这一天，晋武帝司马炎宴请大臣，卫瓘坐在一旁，心有所思。

酒喝到一半，卫瓘一步跨向前，装作喝醉了的样子，跪在司马炎脚下，用手抚摸着皇帝的坐榻，说："此座可惜！此座可惜呀！"

司马炎多聪明，当然明白卫瓘的意思，但最后还是笑了笑："你喝醉了吗？"

司马衷继承帝位后，卫瓘为贾皇后所杀，很难说跟这事没有关系。现在看来，司马炎之所以决心把帝位传给儿子，有着内外双重原因。

内因如上文所说，司马衷虽傻，但还没到完全白痴的地步，在司马炎看来，儿子的心智还有进步的余地。为此，他让裴楷这样优秀的人物做太子的老师，以保证优质的教育，用心也是良苦的。所以，即使儿子稍微有点变化，他都很高兴。有时候，甚至产生错觉。

一次，司马炎感到儿子又进步了一些，便对爱臣和峤说："太子最近进步不小，你可以去东宫一试。"

过了一会儿，和峤回来了。

司马炎笑着问："怎么样？"

和峤说："跟以前相比似乎没什么变化……"

外因除杨皇后的那番话外，还关系到权臣贾充的力挺。

众所周知，司马衷娶了贾充的女儿，即黑丑凶狠、妒忌心强的贾南风。为让女儿将来能当皇后，贾充自然要替太子说好话。司马衷虽傻，但生了儿子叫司马遹，非常聪明，招司马炎喜爱。这个聪明的孙子，在不知不觉中，为他愚呆的爸爸保住帝位尽了一份力。

晋武帝司马炎去世后，司马衷终于登上皇位，这一年他三十一岁了。他张着嘴坐在皇帝的宝座上，望着眼前的群臣，一时说不出话来。

幕后站着的，则是凶狠的女人贾南风。

辅政的是太傅杨骏，是杨皇后的父亲，虽然身居高位，但远不是贾南风的对手，很快遭到诛杀；贾后专权后，重用大臣张华，使得西晋度过了最后一段安宁时光。差不多十年后，诸王相互攻伐，接着永嘉之乱，五胡乱华，中国古代史上时间最长的大分裂、大动荡开始了。

严格地讲，西晋后期的大动荡有着错综复杂的原因，并不是晋惠帝司马衷一个人的问题。他起的是导火索的作用。因为皇帝宝座上坐的是个智力有问题的傀儡，所以才会引起众人对皇位的窥视，而胡族又趁八王之乱攻入中原，民族的、社会的、政治的各种矛盾总爆发，让北中国完全陷入大混战，一直持续了将近三百年。

尽管如此，仍无必要去抱怨晋惠帝，因为登上皇位不是他的选择。

晋惠帝司马衷活到公元306年，最后被东海王司马越用有毒的馅饼毒死，结束了他悲剧的一生。还有人记得在荡阴之战中他的怒吼吗："嵇绍是我的大臣，他是'竹林七贤'嵇康先生之子，请你们不要伤害他……"

无功受禄

> 元帝皇子生，普赐群臣。殷洪乔谢曰："皇子诞育，普天同庆。臣无勋焉，而猥颁厚赉。"中宗笑曰："此事岂可使卿有勋邪！"

这是《世说新语》中最幽默的一条，现在读来仍让人捧腹。

故事的主人公是殷洪乔，即殷羡，他是陈郡长平（今河南西华）人，东晋清谈大师殷浩的父亲。儿子是清谈名家，爹也不含糊，做了两件事就名留千古。

先看另一件事："殷洪乔作豫章郡，临去，都下人因附百许函书。既至石头，悉掷水中，因祝曰：'沉者自沉，浮者自浮，殷洪乔不能作致书邮！'"

这就是著名的殷羡沉书。

说的是，殷羡被任命为豫章太守，从京城建康赴江西就任，起程前身边的人托老殷带信给豫章的亲友。老殷没拒绝，就上路了。但刚至石头城，就把那些信都扔到水里了。殷羡一边扔，一边说："沉者自沉，浮者自浮，我殷洪乔不能做邮递员！"这是说法之一。

另一种说法是：

当时，殷羡离任豫章，返回京城，当地官员托他带信，到京城打点，以求将来升官。刚到离豫章不远的石头渚，殷羡就把信都扔那儿了。

现在的关键是：这些信是普通的家书，还是托关系用的？

如果他是从京城到豫章，那么所带的书信，一定是普通家书；如果是从豫章返回京城，所带的书信，就有可能是同僚或属下打点关系用的。

所以，老殷从哪儿去哪儿很重要。

《世说新语》记载是从京城去豫章。那么就一定是普通家书。都扔掉的话，殷羡就有点过了。原因很简单：损害了他人。早干什么去了？不想给人家带信就别接。

不过，联系到"沉者自沉，浮者自浮"这句话，似乎又有深意。意思大约是："没有才华的就沉下去吧，有才华的总会崭露头角。我殷羡不能为你们跑关系。"基于这个逻辑，扔掉的又像是发往京城、打点关系的书信。可是呢，这样的话跟他从京城到豫章这个线路又搭不上了。

到底是哪一种？

殷羡扔完书信，心满意足地上路了，叫后人有点乱。

在这个故事里，殷羡太严肃了。不过，他原本就是严肃之人，以至于最后把皇帝气笑了。

看看吧：有一日，晋元帝司马睿喜得皇子，于是大摆宴席，赏赐群臣。这很正常，皇帝得了儿子，高兴嘛。

殷羡一激动，没坐住，想跟皇帝客气两句，于是说："皇子诞生，普天同庆，作为大臣，我无功受禄，感到惭愧！"

晋元帝顿时笑了，说："殷爱卿啊，这等事岂能让你有功?!"

在座众人哈哈大笑。

殷羡明白过来，弄了个大红脸。是啊，皇后生孩子，要是有你殷羡的功劳，这孩子算你的，还是算皇帝的？

笑过后，我们会感到一丝难以说出的温馨：遥想中古魏晋时期，君臣关系还是如此朴实，大臣有此"非分之想"或"大逆之罪"，皇帝只是一笑了之，要是换到后世明清尤其是清朝，殷羡因这句话被满门抄斩也未可知。

不见长安

晋明帝数岁，坐元帝膝上。有人从长安来，元帝问洛下消息，潸然流涕。明帝问何以致泣，具以东渡意告之。因问明帝："汝意谓长安何如日远？"答曰："日远。不闻人从日边来，居然可知。"元帝异之。明日，集群臣宴会，告以此意，更重问之。乃答曰："日近！"元帝失色，曰："尔何故异昨日之言邪？"答曰："举目见日，不见长安。"

东晋初，王敦叛乱，向京城建康进军，有以"不孝"之名废晋明帝司马绍之意，每次都撒谎说是听温峤所言："温曾在东宫做太子的老师，后又做我的司马，很了解情况。"

后来，在一个场合上，温峤至，王敦便问："太子为人如何？"

温回答："小人无以测君子。"

王敦以声色威胁温，又问："太子哪儿好呢？"

温答："钩深致远，盖非浅识所测。然以礼侍亲，可称为孝。"

关于晋明帝司马绍的故事，最著名的是本条：在他五六岁的时候，坐在父亲元帝司马睿的膝上。时值有人从长安来，元帝于是问长安和洛阳一带的消息，想起中原沦陷，不觉间流涕满面。

司马绍问父亲为什么哭，老皇帝把永嘉之乱、四海南奔的事告诉了儿子，随后问儿子："你觉得我们离长安远，还是离太阳远？"

司马绍答："自是太阳离我们远，我只知道有人从长安来，却没听说过有人从太阳来。"

元帝惊喜，觉得儿子真是聪明。转天，元帝宴会群臣，把昨天的事情跟大臣们说了一下，大臣们异口同声：太子真是聪明啊！

元帝也很得意，说："我让你们亲眼见识一下。"

于是，叫人把司马绍又抱来了。问题还是昨天的问题，只是司马绍的回答不一样了："太阳近！"

元帝顿时觉得很没面子，心里想：莫非我司马家又出了个傻子？

此时，群臣也互相观望，等着看皇帝的笑话，却不料司马绍神情似有忧伤地说："我举头能看到太阳，却不见长安！"

满座掌声。

一些从北方南渡而来的老臣，听着司马绍的话，不禁想起中原故土，悠悠往事，潸然泪流。

那就借此说说中国历史上最著名的大变乱永嘉之乱吧。

八王之乱结束后，作为最终胜利者的东海王司马越并没有太过高兴，因为他发现：帝国的局势不是变好了，而是变得更糟糕了，因为他赢得的是个千疮百孔的烂摊子。

此时，洛阳的格局是：龙椅上坐着智障而伤感的晋惠帝，作为太傅的司马越掌权，其合作伙伴是太尉王衍。之所以选择王衍，因为王是此时的第一名士，在士族中有很大的号召力。

现在的问题，已不再是洛阳内部的问题了，而是崇尚清谈和哲思的晋人怎么面对手持弯刀并蠢蠢欲动的异族。

这异族，不是一个，而是好几个。

西晋初年，东汉以来的民族大流动趋势更加明显。

西北部的少数民族不断进入内地，其中又以匈奴、羯、羌、氐和鲜卑族为主。

他们进入内地当然有复杂的原因。这种复杂的原因主要形成于东汉。随后的三国时代，民族问题其实就已加剧，只是暂时被英雄们的光环掩盖住了。当西晋建国尤其是八王之乱以来，随着社会的动荡，民族矛盾日益加重。

晋惠帝永兴元年（公元 304 年），匈奴人刘渊率先在山西发动暴乱，建国号为汉。

这是五胡十六国时代的开始。两年后，晋惠帝被东海王司马越毒死。他的同父异母弟司马炽继承了皇位，是为晋怀帝，改转年为永嘉元年（公元 307 年）。

至此，中国历史上最混乱的时代开始了。

从永嘉三年开始，匈奴王刘渊、刘聪父子派四员大将——石勒、刘曜、王弥和呼延晏，四处征战。

这一年岁尾，石勒的羯族骑兵已向洛阳逼近。

现在，太傅司马越既需要收拾八王之乱后残破的江山（已不可能），还须抵抗匈奴人和羯族人的进攻（更不可能）。思前想后，司马越是有些后悔的：攫取了最高权力，又有什么用？更操心。早知道这样，还不如老老实实地在自己的山东东海属地窝着！但若一走了之，离开洛阳，又会受天下人耻笑。

怎么办？

这时候，参谋甲出了个主意："明公！以征讨石勒为名离开洛阳吧，然后见机行事，你说好不好？"

司马越觉得这个计策不错，便向晋怀帝请命，要求率军"迎击石勒"。

离开洛阳时，司马越带上了最高军事长官、清谈名士太尉王衍。应该说，最初的时候，司马越还是想打一仗的。所以，一路上他传檄各州府，到处贴告示，不过加入征讨大军的人很少。尽管如此，进军到河南项城时，这支人马仍达到了十万之众。

一天晚上，司马越意外得到报告：洛阳的皇帝可能将发布圣旨，宣布他的专权以及祸乱天下之罪，并对他进行征讨。

司马越顿时陷入了一种无法言说的茫然中。

此时又有军报称，石勒的骑兵正朝这边运动。

紧张加忧伤，永嘉五年（公元 311 年）三月，司马越最终死于心脏病。战斗还没开始，晋军就失去了统帅，这仗是没法打了。其实即使司马越在，这仗还是没法打。因为八王之乱中的八王，没一个是有才能的。司马越更是如此，他作为八王之乱最后的胜利者，只是因为幸运而已。他实在太平庸了，各方面都很平庸。

平庸的人在暴风雨来临前死去，苦了还健在的，比如王衍。作为当世第一名士，他要面对的是当世第一悍将。

石勒亲率的羯族骑兵已经追赶而来。

四月间，在河南苦县宁平城，羯族骑兵追上十万晋军，一战而歼之，并俘杀了包括太尉王衍在内的大批王公大臣。

同年六月，以刘曜的军队为主力，石勒、王弥的军队为策应，三军齐攻洛阳。

洛阳城中蚁集的王公贵族哪见过胡人的快马弯刀？城内的恐惧气氛可想而知，士族们聚集在贯穿洛阳南北的铜驼街，叫天天不应，叫地地不语。

城外胡人攻城甚急。

洛阳有河，晋怀帝想乘船奔长安，终不得出。

对西晋朝廷来说，到了最后的时刻。皇帝、王公、贵族、士人和居民茫然无策时，洛阳陷落了。率先杀入城的是王弥的部队，刘曜的主力也涌了进来。

屠杀开始了。

王弥比较聪明，进城后率军直扑皇宫，掠夺珍宝，捕捉皇帝；刘曜的军队则大杀士民，纵火焚烧。

公元311年夏天的洛阳大屠杀中，包括王公贵族和市民在内的三万多人死难，洛阳一片废墟。大战开始前，很多人已逃出洛阳，所以这三万多人几乎已是全城的总人口了。

晋怀帝被俘。

自秦建帝国以来，这是汉族皇帝第一次被异族俘虏。

随后，他被送往山西平阳匈奴王刘聪处。后来发生的事很多人都知道：一次宴会上，刘聪这个浑蛋让晋怀帝穿上女人的衣服给他倒酒，西晋旧臣放声大哭，随后君臣一起遇害。

晋怀帝死后，匈奴王刘聪愤愤表示：终于给汉朝报了仇！

这话怎么说？西汉和东汉，出塞嫁到匈奴的汉宫女子不少，所以匈奴人认为自己是汉朝至亲，故而匈奴人刘渊在山西建国时，给政权起名为"汉"。他们固执地认为，汉朝是被曹家灭的，曹家是被司马家灭的，以汉朝亲戚自居的他们，又灭了司马家，所以是间接地给汉朝报了仇。

有点意思了。

不管怎么说，洛阳陷落了，晋怀帝被俘了，消息传到长安，在那里镇守的秦王司马邺在幕僚的簇拥下成为监国太子。

两年后的公元313年，晋怀帝死难平阳的消息传来，司马邺继承帝位，是为晋愍帝。

北方已经大乱，长安朝不保夕。在这种情况下，更多的世家大族选择的不是西北奔长安，而是渡长江南下，到建康去支持司马睿。晋愍帝势力单薄。没过多久，刘聪又派刘曜攻长安。

长安之战比之于洛阳之战更残酷。

晋军坚守三个月，十一月，城内断粮，人开始吃人。

在这种背景下，晋愍帝决定接受匈奴人的条件：赤露上身，口叼玉璧，乘坐着小羊车，打开长安城门。

随后，晋愍帝也被押往了山西平阳。

刘聪刚刚戏弄完一个皇帝，看到又俘房了一个，恶意更甚。

打猎时，刘聪让晋愍帝穿上小兵的衣服，手拿长矛做向导；宴会间，刘聪上厕所，叫来晋愍帝，让他为自己打开马桶盖，弄完了还不许走，让他站在一旁伺候。一番侮辱后，刘聪将晋愍帝杀死。

回过头来继续说司马绍。

他聪明如此，及至成年，继承帝位，是为明帝；更为奇异者，表现在容貌上，有一脸黄胡子，像个鲜卑人（若说元帝与鲜卑女私通，生下他也未尝可知）。明帝在政治上很有铁腕，用强硬手段对付图谋不轨的王敦。后者在司马绍面前颇为心虚，从荆州进驻姑孰，窥视建康。晋明帝整军以对，自己还身着戎服，单骑观察军情，王敦大为惊骇。

晋明帝司马绍英武果敢的风格，为司马昭之后少见。当然，这种性格的培养，跟温峤是有密切关系的。

三个侍中

虞啸父为孝武侍中，帝从容问曰："卿在门下，初不闻有所献替。"虞家富春，近海，谓帝望其意气，对曰："天时尚暖，鼍鱼虾鲜未可致，寻当有所上献。"帝抚掌大笑。

晋时朝廷设门下省，最高官职被称作侍中，正二品。侍中的职责是随侍在皇帝身边，类似于政策顾问，同时也负责提醒皇帝的过失和错误。出任该职的人，品格应方正忠良，因需要直言皇帝，所以后代又称其为"纳言"。

先看第一个侍中的故事，故事涉及庾翼。

庾翼是庾亮的弟弟，继庾亮为荆州刺史，掌握上游的兵权。在任上，庾翼向皇帝献上扇子一把。晋成帝看过扇子，皱了皱眉："这扇子用荆楚一带奇鸟的羽毛制成，确实不错。但我怎么看着像用过的？不是新的吧！这庾翼真是可以，哪有这么办事儿的。"

这话被皇帝身边的侍中刘劭听到。

面对郁闷的皇帝，刘劭说："高大华丽的楼台，建造它的工匠先待在里面；美妙繁复的管弦，也是最先被行家和调试它的乐师听到。现在，庾翼进献这扇子，不是因为它新，而是因为它好。"

这番话是有很大的说服性的，成帝一个劲儿地点头。

一般来说，"好"出于"新"后，若不尝试，怎知其好？若已尝试，自非新物。或者说，"好"与"新"的矛盾是不可调和的。

庾翼闻听后大笑，说："此人宜在帝左右。"

作为侍中，刘劭的话说得很不错。

再看第二个侍中的故事，故事涉及苏峻，稍微有点复杂。

苏峻是长广郡掖县（今山东莱阳）人，流民帅出身。所谓流民帅，是指永嘉之乱中，统领乡团和流民的首领。魏晋时一大特点，就是在战乱中，一些地方首领为自保，建立了独立的军事武装。苏峻手里就有一支战斗力很强的武装。永嘉年间，他率这支民兵渡江南下，东晋朝廷封其为鹰扬将军。在平息大将军王敦第二次向建康进军的战斗中，苏峻的民兵组织发挥了很大作用，以功出任历阳内史。

东晋新建，朝廷正规军的作战实力是值得怀疑的，真正能打的是这些流民军团（北府兵即以流民为基础组建）。苏峻的部队，本来战斗力就很可观，又经历了平定王敦之乱的战斗，不但人数壮大，作战能力也得到加强。

有了资本，苏峻对朝廷的态度越发傲慢起来，裂隙渐生。

这时候，皇帝是小孩晋成帝，庾亮以舅舅的身份掌权。成帝的前任是晋明帝。当初，明帝之所以栽培庾亮，为的是削弱和平衡以王导、王敦兄弟为代表的琅邪世家。

庾亮掌权后有意一改王导宽简的执政风格，而施行严政。在苏峻的问题上，庾亮怀疑其欲反，想先发制人。

晋成帝咸和二年（公元327年）秋，庾亮任命苏峻为司农，调其入京。显然，这是为了夺其兵权。这一决定遭到朝臣的普遍反对，担心会激怒苏峻。

庾亮固执己见。

接到朝廷诏书，苏峻冷笑："庾亮，你说我要造反，那么我去了京城还能活几天？我宁愿在山野遥望京城，而不愿在京城遥望山野！"

苏峻遂以诛庾亮为名向建康进军。

在此之前，他联合了祖逖的弟弟豫州刺史祖约一同举事。

庾亮在对付苏峻的问题上没有太多可受指责的地方。庾亮的问题仅仅在于：决定除掉苏峻了，却未做任何防范工作；或者说，只知道点一把火把苏峻逼反，以后的事怎么办不晓得。结果是：公元328年春，建康陷落，庾亮出逃，去了江州刺史温峤那里。

庾亮临跑前，把朝廷上的事交给侍中钟雅料理，就是曾在洛阳讽刺过陶侃的那位。

钟雅问庾亮："当前社稷纷崩，是谁的责任？"

庾亮脸一红，不好意思地说："今日之事，容不得再在这里多说了，时间要紧，我得赶快走，你等着好消息吧！"

好消息确实来了。

庾亮会合温峤，又依靠温峤联系了北府兵统帅郗鉴，三人推举以前深受庾亮歧视的荆州刺史陶侃为平乱盟主，共击苏峻和祖约。

苏峻既克京城，百官奔逃，宰相王导最初表现得还不错，跟另一位顾命大臣陆晔守在小皇帝身边。但苏峻逞强，把晋成帝赶到石头城，大臣也深受威胁。这时王导一害怕，便带着儿子悄悄溜出城，在附近的山上躲了起来。

最后，唯有侍中钟雅还守护在皇帝旁边。

有人在逃跑前对钟雅说："见可而进，知难而退，古之道也！您性情亮直，必不容于叛贼，何以坐而待毙？"

钟雅答："国乱不能匡，君危不能济，而各自逃遁以求平安，这样的话我害怕古代的史官董狐会找上门来！"

这是在说给庾亮和王导听吗？

庾亮、王导，国之重臣，此时竟不如钟雅！

后来的事果如那个人所预料：在石头城，苏峻的部下任让当着皇帝的面斩杀了守护在一旁的钟雅。

晋成帝哭着喊："还我侍中！"

任让不搭理。事平后，陶侃与任让有旧交，恳请皇帝赦免。成帝愤怒地说："任让是杀我侍中者，不可谅！"

苏峻之乱历时一年多，给东晋的京城建康地区造成了巨大破坏。

乱平后，王导重新执政。但他表现出的懦弱已令其晚年名誉减损。此时，庾亮因逼反了苏峻而不太好意思在朝内任职了，自请为豫州刺史，镇芜湖。

庾亮去世时，大臣何充说："埋玉树于土中，使人情怀怎能平复！"

但名僧法深却这样评价庾亮："人谓庾元规是名士，我以为其胸中只有柴棘三斗许！"

当然，这个事件也有所得：温峤、陶侃、郗鉴的才华和能力得到检验。其中，郗鉴于战争中强化了京口的地位，令其成为建康的犄角，致使在后来的几十年里荆州的强藩不敢轻易东下。

最后，说说第三个侍中的故事。

这位侍中叫虞啸父，是晋孝武帝时代的人。一次，孝武帝随口问他："虞爱卿，你久在门下省为官，也没听说你贡献过什么。"

皇帝的意思是，你好像没有献过良言啊。

虞啸父是浙江富春人，离大海特别近，看着皇帝的样子，似有所悟，马上拜倒在地："陛下，现在天气还暖和，鱼虾螃蟹还没长大，等它们够个儿了，我一定叫人打捞献上。"

皇帝抚掌大笑，他还能说什么呢？那就这样吧：等着你的海货。

聪明小孩

张吴兴年八岁，亏齿，先达知其不常，故戏之曰："君口中何为开狗窦？"张应声答曰："正使君辈从此中出入。"

这是一则风趣的小令。

张吴兴即吴兴太守张玄之，少以聪颖著称，后与谢玄齐名。

在他八岁那一年，正赶上换牙，门牙掉了。有一位名士路过其家门口，此前也知道张玄之是个不凡的小孩，于是故意戏弄："你嘴里怎么开了个狗洞？"

张玄之头也没抬，应声而答："正是为了让你这样的人从此出入！"

张玄之聪颖，当然还有比他更厉害的，比如叫作顾敷的。两个孩子都是大臣顾和的外孙。那一年，张九岁，顾七岁，顾和带他们去寺院里玩。在佛像前，有人在哭泣，有人则没有。顾和就问为什么。张玄答："被佛呵护的人在哭泣，反之则不泣。"

顾敷说："不然。忘情者不泣，不忘情者自泣。"

显然，顾敷的回答更清妙，高拔于世俗的理解。

从公于迈

孙盛为庾公记室参军，从猎，将其二儿俱行，庾公不知。忽于猎场见齐庄，时年七八岁，庾谓曰："君亦复来邪？"应声答曰："所谓'无小无大，从公于迈'。"

孙盛是太原中都（今山西平遥）人，东晋最负盛名的史学家，《晋阳秋》和《魏氏春秋》的作者，同时还极善于清谈。他小时候，正逢永嘉之乱，随族人过江，成年后，一直在将军幕中，先后经历陶侃、庾亮、庾翼、桓温，做参军和主簿这样的差使。

在桓温幕府时，恰逢平蜀克洛，以功封侯，官至长沙太守，后又调往建康任秘书监。孙盛性耿直，虽长期在桓府工作，但并未刻意取悦桓温。在他的名著《晋阳秋》中，孙盛记叙了桓温北伐前燕时的枋头惨败。

当时，桓温正在气头上，扯过孙盛的儿子就问："枋头诚为失利，何至乃如尊君所说？若此史遂行，自是关君门户事！"

当然，以桓温性格并不会因此真的加害于孙盛。

孙盛有两个儿子，孙齐由和孙齐庄，非常聪明。有一天，荆州刺史庾翼之子庾爱之去拜访孙盛，见到他的儿子孙齐庄正在外面玩儿。庾便想一试，道："孙安国（孙盛）去哪儿啦？"

孙齐庄答："在庾稚恭（庾翼）家！"

庾一愣，紧接着跟了一句："诸孙大'盛'，有儿如此！"

孙齐庄从容道："未若诸庾之'翼翼'。""翼翼"典出《诗经》，在"小雅"篇中有"我黍与与，我稷翼翼"之句。

所以，后来孙齐庄跟人说："还是我胜利了。他爹的名字，被我喊了两次！"

现在说的是，早些年，在荆州时，孙盛为庾亮的参军，带着两个儿子跟随庾亮打猎。

当日秋高气爽，旌旗飘荡，飞马相奔，引弓而射，荆州秋日荒野，正是休闲打猎的好时光。

那一队人马往荆州的山水深处越走越远，直至成为山水画卷的一部分。

回城时天色将晚，猎物坠得马难行，秋天的晚风吹拂着庾亮峻然的面庞。

此时，东晋内有王导，外有他庾亮，而颍川庾氏也成为继琅邪王家之后执政的大族。当然，两个家族也有摩擦，但幸有参军孙盛，晓明厉害，最终使庾、王二人和睦了关系。

想到这儿，庾亮就回头寻他的孙参军，却意外发现孙参军的小儿子，也就是七八岁的孙齐庄，正神气活现地骑在一匹马上。庾亮早就听说孙盛的两个儿子都很聪明，孙齐庄尤其，为此曾在不久前特意一会。

那天，在府上，庾亮问孙齐庄："你哥哥叫孙齐由，欲向谁看齐？"

孙齐庄回答："古代隐士许由。"

庾亮又问："那么你呢？"

孙齐庄答："当然是向庄周看齐啦！"

庾亮问："为什么不仰慕孔子？"

孙齐庄答："孔子为圣人，凡子不敢仰慕，更难企及。"

此时，在回城的路上，看着孙齐庄，庾亮大笑："孙家小孩，你也来了？"

孙齐庄拽着缰绳，板直了身子，高声应答："其旗茷茷，鸾声哕哕。无小无大，从公于迈。"

语出《诗经》。

此时天高云淡，远山橙红，一群大雁往南飞，东晋的秋意在此刻被渲染得正浓。

庾将军仰天大笑，打马飞奔，兴致所至，引吭高歌，顿有行于蒹葭苍苍的春秋时代的感觉。

部下纵马奔驰，在黄叶纷纷中跟随着一起唱起来。

欲望桓温

> 桓公卧语曰："作此寂寂，将为文、景所笑。"既而屈起坐曰："既不能流芳后世，亦不足复遗臭万载邪？"

多么熟悉的一句话！

生命与事业贯穿于东晋中期的枭雄和权臣桓温，是谯国龙亢（今安徽怀远）人，其父是两晋之交的名士桓彝。桓彝通过参与平息王敦之乱和死难于苏峻之乱而使桓家有了名望。

现在，在讲桓温的故事前，先看看他名字的由来。

桓温，字元子，父亲给他取名为温，是因为东晋初的重臣温峤。有晋一代，有两位大臣名峤，一个是西晋时的和峤，一个是东晋时的温峤，都很有才华。

温峤，太原祁县（今山西祁县）人。

西晋末年，温峤并不是直接追随晋元帝司马睿过江的。

永嘉之乱中，他一度留在北方，跟姨夫刘琨在并州一带与石勒的军队作战，屡献妙计，使并州成为北方的孤岛。后形势不济，刘琨派温峤飞马南下建康联络，受到王导、庾亮的热情接待。

后来，温峤想返回北方，但已经没戏了：因为太有才了，大家不放他走。

没办法，温峤只好留下来。王敦妒其才，一度将温峤要到自己幕府中，但温峤很快设计脱身。王敦第二次兵进建康，锁定的目标其实是温峤。王敦当时有言如此："募生得峤者，当自拔其舌！"

温峤的舌头没被拔下来，王敦却在进兵中被温峤打得大败，忧愤而死。

温峤多谋，即使在爱情问题上也善于使计：他妻子死得早，其从姑刘氏身边有一个女儿，聪慧美丽，从姑也有意将女儿托付给温峤，让温为她找个好婆家。温峤对从姑说："好婆家不好找呀！现在只剩下像我这样的了，如何？"

从姑说："大乱中活下来已是不易，哪指望能找到像你这样的优秀女婿。"

过了几天，温峤对从姑说："已经找到了，门第还不错，这未来的女婿不比我差。"

随后送上玉镜台一枚作为聘礼，这是温峤北征刘聪时得到的。从姑大喜，把事情跟女儿一说，后者半信半疑。结婚那天，新娘子用手拨开盖头，看到新郎正是温峤，随后大笑："我一直就怀疑是你这个老家伙，果然！"

晋成帝时，苏峻之乱起，建康失陷，执政的庾亮出奔。

军权在握的陶侃与庾亮不睦，正是由于温峤穿针引线，二人才捐弃前嫌。

叛乱平息后，温峤有大功而不图高位，以江州刺史身份回镇武昌。过牛渚矶，听人说水下有异形，温峤好奇，叫人毁犀角照水，还真的看到许多怪物。当晚，他做了个恐怖的梦，梦中有东西问他："与君幽明相隔，何故照我？"

醒后温峤牙疼不止，拔之而中风，到武昌后没多长时间就去世了。

温峤活着的时候，有人认为他是第二流人物中的拔尖者。当时名士共论人物时，第一流人物快评尽时，温峤"常失色"。

其实，温峤硬朗而机敏，懂军事，通谋略，又洒脱幽默，堪称真名士，自为第一流人物。

余嘉锡先生也认为："温峤智勇兼备，忠义过人，求之两晋，殆罕其匹。而以其为第二流人物，不足为信。"

过江名士桓彝深喜温峤其人，等儿子诞生，给他起名为"温"。

桓温性好冒险，少年时最爱"戏大轮"，也就是赌博，但手气很差，不但把仅有的钱输了，而且还欠了不少债。债主催账甚急，搞得桓温很头疼。走投无路的情况下，他想起了袁耽。

袁耽，字彦道，曾为王导幕僚，参与平息苏峻之乱，以功拜历阳太守。袁耽俊迈有才，没有玩不转的事儿，尤其擅长赌博。于是，桓温跑到袁耽那里求救。后者正守孝在家。桓温有顾虑：他能帮自己这个忙吗？

别说，袁耽真是够意思，听完桓温的话，二话没说，换了衣服，揣上帽子，跟桓温找那个债主去赌。

袁耽素有赌名，不过这个债主只听说过其大名而未见过其人，于是说："你行吗？敢帮桓温？你的赌技总没袁彦道厉害吧！"

袁耽并不作答。

不愧是东晋赌神，袁耽每局必赢，最后桓温欠债主的钱不仅全清了，而且还反赢了不少。直到这时，袁耽才站起身，从怀中把帽子掏出来摔在桌子上，对着债主大声道："你认识我袁彦道吗?！"

真是潇洒呀！

后来，桓温成就功业，对当年的恩人念念不忘。但这时候袁耽却已经去世了。

当初袁耽在守丧中仍帮桓温去赌，一方面说其为人率性，不拘于礼法；同时，也说明袁耽有识人慧眼，看出桓温日后必成大业。赌神有两个妹妹，都嫁给了大人物，一个嫁了殷浩，一个嫁给了谢尚，以致后有此言："桓温！真遗憾我没有第三个妹妹，否则的话一定嫁给你！"

最初，风格粗犷的桓温也想往名士这边靠，曾参加了几次清谈聚会，但多是在一旁支棱着耳朵听，插不上什么话，后愤而往军政事业上发展。桓温初为琅邪内史，到东晋中期的晋穆帝永和年代，凭借着自己的努力，受到执政大臣何充的提拔，出任荆州刺史，继庾家之后掌握长江中游的兵权。

东晋时，谁掌握了荆州的兵权，谁就具有了政治上的发言权。

桓温以才华横溢的郗超为幕后谋主，就这样一点点坐大。晋穆帝永和二年（公元346年），桓温要给京城的人们一点颜色看了：该年，桓温率军七千人逆流而上，直扑成都，一举消灭了盘踞在那里数十年之久的成汉政权，威名大震。

此时朝廷里有人向皇帝报告，说桓温是个王敦式的人物，野心勃勃，虽很有能力，但不可太过放权。说话的人是桓温的"连襟儿"、东晋最高傲的名士刘惔。但朝廷没太在意。桓温在消灭成汉后，上书要求北伐盘踞中原的羯族国家后赵。

建康方面虽然批准了这次北伐，但指挥官却不是桓温，而是他少年时的伙伴、只会纸上谈兵的清谈大师殷浩。当时在朝中执政的是会稽王司马昱，他也是一个清谈家，他本想提拔殷浩来制约渐渐坐大的桓温，但结果适得其反：公元350年，殷浩北伐，以完败收场。

从公元4世纪50年代开始，桓温正式掌握了东晋的军政大权，一直到公元373年死去为止。

二十三年间，正因为有桓温在外面挡着，东晋才有了安宁的环境，名士可以每天以清谈玄理度日。

可是，名士们并不感恩于桓温。

虽然桓温战功赫赫，多次北伐，兵临长安，又收复洛阳，但依旧被名门士族不屑，动不动地称之为"兵"。与王、庾、谢并列东晋四大执政家族的桓家，终晋一代也未被第一流高门认可。

对桓温来说，怒怨和自卑是交杂在一起的。

因为桓温之所以不被名士们认可，跟他的出身有着密切的关系。

桓温的祖上很有可能与被司马懿诛杀的曹爽的智囊桓范有关。当初高平陵之变，桓范冒险出城，见到了曹爽，叫他带着皇帝奔许昌，进而跟司马懿对抗。但是，庸人曹爽不听，反而自投罗网。后桓范亦为司马懿诛杀。

按田余庆先生在其不朽名著《东晋门阀政治》中的推测：桓温父亲桓彝的曾祖，有可能是桓范或者桓范的弟兄。在桓家被司马懿诛杀时，有一人成为漏网之鱼。所以，桓彝桓温父子很少提祖上之事。

由于家世带有谜团性质，出身又没有光彩，遮遮掩掩的，所以叫名士皱眉并不奇怪。

只是桓温感到憋屈。到了晚年的时候，他一度有代晋自立的想法，曾在床上卧语："作此寂寂，当为司马师、司马昭兄弟所笑。"随后起身说："既不能流芳后世，亦不足复遗臭万载邪？"

到公元369年，桓温率军攻伐鲜卑国家前燕，至枋头大败而归。

在此之前，他希望以北伐建功而获朝廷的九锡，拉开篡夺皇位的序幕。但枋头大败使桓温的声誉降到最低点，夺取司马家帝位一时又缺乏了资本。

在这样的背景下，他听从了心腹郗超的建议：公元371年，以当朝皇帝阳痿为借口，废黜其帝位，降其为海西公，另立了新皇帝，也就是亲王中最善清谈的会稽王司马昱。

废帝的借口令司马家脸面尽失。

千古之耻，莫过于此。想当年，司马师和司马昭掌握魏国大权，对一世枭雄曹操的后代，想废就废，想杀就杀；而现在，世道变了。

此番废君，桓温本欲重树权威，但却遭到了以谢安为首的王、谢等家族的默默对抗。最终，桓温在郁闷中死去。死之前，他一度欲诛杀谢安，但终未有行动。其实，他是非常欣赏谢安的。

有一次，桓温病中，谢安去探望他。

谢安刚入大门，桓温就远远看到他，叹息道："我门中久不见这样出色的人物了！"

桓温是爱才的。他是枭雄，而不是蛮不讲理的坏蛋。当年远征成汉，入蜀地，行军于三峡，桓温举头遥望，绝壁天悬，波涛迅急，于是感叹："做忠臣，就做不了孝子，又有什么办法呢？"

桓温最终没有夺取司马家的江山。

主观原因，是桓温在关键时刻死去；客观原因是，王、谢等士族力量还很强大，都反对他篡位，外部条件远不像魏晋易代那样成熟。

　　相比之下，晋代魏，经司马懿、司马师、司马昭父子三人的清剿，朝廷上下已没什么反对势力了，所以即使司马炎是个温柔的人，到时也能顺利地夺了曹家江山。

　　桓温面对的情况就不一样了，所以最终只能做个耿耿于怀的愤怒的忠臣。

无可无不可

> 王中郎令伏玄度、习凿齿论青、楚人物，临成以示韩康伯，韩康伯都无言。王曰："何故不言？"韩曰："无可无不可。"

王中郎即王坦之，太原晋阳（今山西太原）人，初为桓温长史，累迁中书令，领北中郎将，北徐、兖二州刺史。当时王坦之号称"江东独步"，但综观《世说新语》里他的出场效果，却非常糟糕，每每受人讽刺。

江虨为仆射，负责为朝廷选拔人才，欲以王坦之为尚书郎。王知道后很不高兴："自过江以来，尚书郎用的都是第二流人物！为什么把我划入这个行列？！"

后来江虽"闻而止"，但可看出王坦之在当时并不被人看好。

谢安曾说："坦之来了，我不觉得他讨厌；走了，也不叫人想。"

支遁更是对其尽挖苦之能事，原因不外乎王坦之偏儒，不崇老庄，并写下《废庄论》，其中有这样一句："然则天下之善人少，不善人多；庄子之利天下也少，害天下也多。"

桓温执政末期，王坦之受简文帝信赖，跟谢安一起辅政。

桓温镇守姑孰，一日，派部下伏玄度和习凿齿到建康办事。

事情完毕后，王坦之在新亭设宴与两位老朋友叙旧。王、伏、习席草而坐。此时春阳暖照，万里寥廓。在某一瞬间，举目四望，王坦之产生了一种不平意："永嘉之后，都说琅邪王家功高盖世，但却也出了王敦这样的逆臣。我太原王家的功名虽没琅邪显赫，但却都是忠良之臣！如此相比，谁优谁劣呢？"

伏玄度、习凿齿听后相互看了看，未置可否。

王坦之便有些郁闷，随即问："二位老兄，你们一个来自青州，一个来自襄阳，想来也都是人杰地灵的地方啊！"

这一说，还真给伏、习二人提了神。

伏玄度言青州及周边之美，从管仲、晏婴、孟子，到东方朔，再到祢衡、管宁、华歆，名人辈出。习凿齿也不示弱，谈起襄阳及周边名人时，上来就整出一个神农。随后又列出屈原、邓禹、庞统等人。

二人一时争论不下，于是齐问王坦之，后者刚刚还气不过琅邪王家，所以有意抑青州而扬襄阳，伏玄度自然不干，要找个明白人评判一下。

这时候，远远望见名士韩伯正驾驶着一辆精美的马车朝这边溜达而来。

有好事者就建议去问问韩伯。于是，王坦之令二人将山东和湖北的优秀人物写在纸上，上前拦住韩伯的马车。

韩伯是殷浩的外甥，比较矜持，接过王坦之手里的名录看了看，随手还给他，不发一言，便欲驾车离去。

王坦之一把抓住韩伯："别走，你倒是说说啊！"

韩伯居高临下，揽着缰绳，极目远眺，似在自言自语："无可无不可。"

我则异于是，无可无不可。出自《论语》。由于时机、火候都赶得不错，所以韩伯这番话放在这里很成功，四周士人不禁啧啧称赞。

韩伯的意思是：伏、习二人说的那些人物和对那些人物的评价，无所谓对也无所谓错。韩伯这样说，当然不是怕得罪谁，而只是将话题引入玄虚。

模棱两可，在魏晋时是作为一种时尚的机锋而存在的，里面充满了后世禅的悟辩。

对韩伯来说，此刻江山锦翠，已是万分动人，又何必拿已逝的家伙们说事儿？伏、习二人已够俗气，我再跟这儿点评，那就更傻啦。

王坦之呆呆地望着韩伯的背影。

此时马车上的韩伯想的也许是：你王坦之不是写了什么《废庄论》来诋毁庄子吗？好，我就用你看好的孔子的话回答你。

　　韩伯赶着马车并不回头，渐渐消失在花树深处，我们也就没机会看他微笑的脸了。

清流惠风

孝武将讲《孝经》，谢公兄弟与诸人私庭讲习。车武子难苦问谢，谓袁羊曰："不问则德音有遗，多问则重劳二谢。"袁曰："必无此嫌。"车曰："何以知尔？"袁曰："何尝见明镜疲于屡照，清流惮于惠风？"

东晋的一天，孝武帝邀请大臣们一起围谈《孝经》。

在座的有谢安、谢石、袁宏、车胤等人。为了这次讲谈，谢安兄弟在家里准备得很充分了。在此之前，中书郎车武子即车胤，遇到疑难问题想求教谢安，但又有些犹豫，于是跟好朋友即那位被刘惔的妻子称为"古之遗狂"的袁羊说："不问吧，《孝经》中的有些精粹恐怕被错过；问吧，又担心让谢安、谢石兄弟厌烦。"

袁羊："你担心的事肯定不会出现！"

车胤："为什么呢？"

袁羊："你什么时候见过镜子因为人老是照而感到疲倦？又曾什么时候看到清澈的溪水害怕和暖的微风？"

何尝见明镜疲于屡照，清流惮于惠风！

生活中最平实的道理，却最容易被我们忽略。而一旦被提炼出来，便会在瞬间打动我们。它是一种哲理，更是生活之美本身。

我在这儿

> 简文在暗室中坐，召宣武。宣武至，问上何在。简文曰："某在斯。"时人以为能。

简文即东晋简文帝司马昱，其人性格清恬，好静而能静。

一日，司马昱入华林园，对左右说："会心处不必在远，翳然林水，便自有濠、濮间想也，觉鸟兽禽鱼自来亲人。"

华林园是建康皇家名园，初建于三国时代，位于鸡鸣山南的台城中。

园中花树繁茂，风景宜人，东晋皇家子弟多宴游于此。濠、濮，两条河流，分别有两段典故，均出《庄子》：其一为众人皆知，庄子与惠子游于濠梁之上，曾就鱼之乐问题进行辩论。其二，庄子钓于濮水，楚威王派人请其为官，庄子持竿不顾。

简文帝司马昱性格恬静，虽天赋不高，但却长于思索，在一个风和日丽的日子，终于挖掘出一条真理：所谓林泉会心处，不必在远。

初，桓温入朝，有意试探一下沉静的司马昱，与其同车，后密令人于车前后鸣鼓，左右大惊，唯司马昱神态安详，不为所动，桓温自叹："不想朝廷中还有此等人！"

桓温废海西公，年过半百的司马昱被立为新皇帝。

桓温废海西公时，火星入太微区。后有一天，这样的天象再次出现，于是新皇帝司马昱就非常厌恶，便召见了桓温的心腹、时任中书侍郎的郗超，问："最近不会发生上次那样的事吧！"

郗超说："桓大将军对外巩固疆土，对内安定社稷，一定不会有您担忧的事发生，我以全家百口人的性命担保。"

郗超是桓温的主脑，司马昱对他的保证还是比较信任的。

尽管如此，他还是决定试探一下桓温。一个微雨的傍晚，司马昱召见桓温入宫。此时天色昏昏，司马昱紧闭窗户，端坐室内。

桓温到了以后，屋子里一片幽暗，一时寻不着皇帝在哪儿，便问："陛下，您在哪儿呢？"

司马昱于暗处回答："我在这儿。"声音沉郁悠远。

桓温心头一颤。

至于后来两个老头儿谈了些什么，便无关紧要了。

在幽暗的房子里，寻者问"你在哪儿"，被寻者答"我在这儿"。这是再平常不过的回答了，但却有深意在其中：一是玄思上的；一是政治上的。

当时，桓温北伐失败，以功勋受九锡进而代晋的计划受挫，便废掉了一个皇帝，以图重树权威。在此之前，他曾对手下说："如果一直这样寂寂无为，当为司马师、司马昭兄弟所笑！"

幽室中，司马昱一句"我在这儿（某在斯）"，是在提醒桓温：你的想法我很明白，你是强臣，但我要告诉你，你前面还有天子，你做事可要想清楚。

此外，"我在这儿"是有典故的。当年，孔子与一盲乐师相见，为其引路，几番告之"某在斯，某在斯"（意即"历举在坐之人以诏之"）。现在，司马昱说这话，是想告诉桓温：从某种意义上说，你也是个瞎子。

司马昱说得很巧。

不过，桓温要蛮来的话，他也是一点办法没有。

第四章 品人识鉴

林泉高致

> 郭林宗至汝南，造袁奉高，车不停轨，鸾不辍轭；诣黄叔
> 度，乃弥日信宿。人问其故，林宗曰："叔度汪汪如万顷之陂，
> 澄之不清，扰之不浊，其器深广，难测量也！"

郭林宗即郭泰，太原介休（今山西介休）人，东汉后期的太学生领袖。

郭泰身高八尺，容貌魁伟，满腹经纶，是个美男子，到都城洛阳游学后不久，便成了太学生当中的偶像。后来又得到李膺的推崇："老夫见过的才俊多了，但像郭泰这样的却还是第一次见到。"

身材高大、面相英俊的郭泰，由于学识佳，又极富口才和洞察力，受到李膺等前辈力荐后，名声更大，清议推为第一。

桓帝时期，宦官当权，朝野污浊。

在这种背景下，李膺和郭泰达成了合作协议，联起手来对付这种局面。那一代士人希望用言论去改变世界。他们使用的最主要手段是评议朝政、褒贬人物。因为，到了东汉后期，用语言品评人物，已形成风气；而且还是一种利器。一个人获得怎样的评价，直接关系到他的仕途和人生走向。

在李膺和郭泰的策动下，李膺的官邸和郭泰所在的太学成为清议时局、品评人物的两个中心。

宦官们不干了。

他们去桓帝那儿告状，桓帝便把李膺等人关了起来。

和李膺比起来，郭泰算是比较幸运的，虽是太学首脑，但没被冲击。

仔细查之，可能是因为他的言论比较委婉，没达到李膺那种"危言骇论"的地步。虽然最后没被牵连，但郭泰已洞察到时局的险恶，

这所有的一切已形成顽疾，仅靠朝中大臣和学生们的努力是无法扭转的。

东汉王朝需要的是一次狂风暴雨般的冲击。

郭泰带着自己的遗憾，离开洛阳踏上了回乡讲学之路。

辞别洛阳时，前来送行的名流的车辆超过千乘。回乡后，从郭泰游学的弟子多达几千人。

郭泰是陈蕃、李膺死后东汉后期影响力最大的人。同郡名士宋冲称其名望："自汉元以来，未见其匹。"

郭泰离开了洛阳。

那是大动荡即将到来的年代。

当时的很多人都有一种末世心怀。郭泰退居故乡后，也曾这样说："吾昼察人事，夜观乾象，天之多废，不可支也。"

在这样的时代前夜，很多士人经历了由儒学转向玄学的变化。

他们返身而行，与庙堂渐行渐远，向着个体生命的深处回归。过汝南时，郭泰拜访了袁奉高，即袁阆，来去匆匆，只待了一小会儿；到了黄宪那儿，却住了一两天。

有人问其中缘由。

郭答："黄先生已经达到了一定的境界，仿佛碧波荡漾的大海，沉淀后不改清澈，搅动后不会浑浊，他的德才的深度和广度实在是难以测量啊！"

郭泰做得多少有点过了。

其实，人家袁奉高也是有来历的。

他是黄宪的玩伴，是推举陈蕃出山的人物。

当然，郭泰有他的理由：袁虽有名声和高洁之心，但毕竟是小德小才，甚至在他看来，袁的德才用一个勺子就可以舀起来。也就是说，他在袁、黄两家停留的时间，与主人的德才的高深程度是成正比的。

继续说黄宪、郭泰。

黄叔度名宪，老爸是个兽医，但正是这个兽医的儿子，跟郭泰，以及南方的徐穉，并称当时三大隐士。

一般来说，乱世隐，盛世仕。但东汉不是这样。无论是这个王朝初期蓬勃发展时，还是中期乱象初生时，再到末期无法收拾时，都流动着一股壮观的隐逸潮流。这就是东汉在士人隐逸史上具有独一无二的地位的原因。

东汉历代皇帝都非常尊重隐士的传统，映照在社会上，使当时有一种"以不仕为德高"的隐逸情结。这种传统与王朝之初出现的巨隐严光有直接关系。

一般来说，王朝更迭时，往往社会会发生大动荡，这时候就会有一批人出山建立功名，另一批人入山避于林泉。而新王朝建立后，皇帝为展示宏大气象，同时也是出于考虑百废待兴的国家的恢复目标，就会征召隐士出山参与王朝的巩固与建设。刘秀即如此，所以东汉之初，全国各地都贴着征召贤良的公文。

有很多隐士确实重新返回了岗位。但最有资格的严光却拒绝了。

他是皇帝的老同学，早年曾和刘秀一起在长安读书。刘秀曾亲自去请严光，但后者高卧不起，刘秀上前，抚严光腹部，说："子陵！不肯出山相助，为何？"

严光睡而不应，过了半天，慢慢睁开眼睛："昔唐尧著德，巢父洗耳。士故有志，何至强迫！"

刘秀说："子陵！我竟不能请你出山吗？"于是叹息而去。

刘秀仍不放弃，又请严光到皇宫，两人长卧回忆往事时，严光将脚搭在刘秀的肚子上，皇帝也没有脾气，但仍无法说动严光。

严光是中国历史上第一个最为纯粹的隐士。

他的隐逸与政治立场没有关系，而是完全出自个人的价值观。

最后，他离开洛阳，返回富春江，在那里以垂钓度过余生。严光对后世士人影响极大，成为东汉以后隐士的标杆。北宋范仲淹在《严先生祠堂记》中写道："云山苍苍，江水泱泱；先生之风，山高水长。"

但后世对严光于清明之世、遇英明之主、仍拒而不出的做法持有严厉批评。总结起来一句话：如果不是刘秀收拾乱世，哪有你在江边安然垂钓的机会？

面对这样的指责，严光就真的需要低头吗？

当然不必。他的个人选择无论如何都是值得肯定的，因为他的选择是忠于自己内心的。

东汉士人普遍的隐逸情结跟魏晋名士还不一样，他们更多是来自道德上的标准，也就是"守节"，认为隐是高于仕的（"志意修则骄富贵，道义重则轻王公"），而不是像魏晋名士那样来自对个体生命意识的自觉。除严光外，东汉还有周党、王霸等著名隐士。

关于东汉隐士气节之高，在周党的答复中可以看出："天子有所不臣，诸侯有所不友。"他们在权力面前保持着人格的高贵和独立，坚守自己最初的志向而不移。这实际上是隐士文化中最光辉的部分所在。

对东汉后期来说，政权的无望又从另外一个角度导致了隐逸风尚的出现。

一旦大批有才有德者都归向了山林，那么反过来又加速了当时政权的崩溃。《后汉书·陈纪传》："汉自中世以下，阉竖擅恣，故俗遂以遁身矫絜放言为高。"尤其是"第二次党锢之祸"后，作为"清流"几乎已经无法在朝廷上立足，这时候就只有两个选择了：一是化为浊流，难得糊涂；二是归隐林下，或讲学，或全隐。

于是，出现了黄宪、郭泰和徐稺为代表的"汉末三隐"。

黄宪累世贫困，但学识、德行极高，名重一时。很多名士见了黄宪，都"茫然有所失"，除了郭泰的赞美外，名士周子居亦说："吾时月不见黄叔度，则鄙吝之心已复生矣。"

时陈蕃为太尉，以征召天下高士为己任，曾站于朝堂上叹道："假如黄叔度在此堂上，吾不敢先佩印绶矣！"陈蕃，东汉后期天下士人的领袖，仍有此语，可见黄宪名气之大。

实际上，当时黄宪既没说过倾世之言，更未做过济世之事，但却仍名播天下，这正是隐士最诡秘也最神奇的地方。

在东汉后期的三隐中，郭泰居北地，黄宪居中原，南方的隐逸代表，则是徐稚。

唐代王勃在千古一赋《滕王阁序》中说："物华天宝，龙光射牛斗之墟；人杰地灵，徐孺下陈蕃之榻。"徐孺即徐稚，也就是受到陈蕃礼遇的那位。

徐稚博览群书，无所不通，但有自己的价值标准和对时局的判断，所以坚持不仕，拒绝了陈蕃的出山邀请。

但陈蕃回到朝廷工作后仍向皇帝推荐了徐稚："我见豫章隐士徐稚、彭城姜肱、汝南袁闳、京兆韦著、颍川李昙，都是高德之士，为世人所知，如果请他们出山，出任三公，将是国之大幸。"

桓帝下诏征五位隐士入朝，但没有一个肯出山。

徐稚在山中读书、耕种、自食其力，在其影响下，当地民风淳朴清正，世所罕见。这是隐士的力量。

徐稚虽然守志隐逸，但心中不忘那些推举过自己的人。

在陈蕃来之前，太尉黄琼已举荐过他了；后黄琼去世，徐稚从江西徒步赶往江夏吊唁，因为身上没盘缠，所以一路以给人磨镜子挣出路费。

在江夏，参加葬礼的名士很多，包括郭泰。

但徐稚哭完就走，郭泰叫人追赶，谈到东汉时局，徐稚告诉来人："请替我向郭林宗致谢，大树将倾，非一绳可以维系。"

及至郭泰的母亲去世，徐稚又千里迢迢地从江西赶往山西。古代时这一路上经历多少磨难，是可想而知的。到了山西，徐稚在郭母墓前放了一束春草，并未见郭泰而返回南方。

刘备如何

> 曹公问裴潜曰："卿昔与刘备共在荆州，卿以备才如何?"潜曰："使居中国，能乱人，不能为治；若乘边守险，足为一方之主。"

关于刘备，无须多说，他的仁慈，他的虚伪，他的重哥们儿义气，他的时而流露的诡计。这里说的是《三国演义》里的刘备，而不是《三国志》里的。

在这里，曹操问裴潜："你当年与刘备在荆州刘表手下共事，觉得刘备的才能如何?"

裴潜，字文行，同样来自山西闻喜的裴氏家族，是裴秀的父亲。初投刘表，及至曹操下荆州，裴潜入其幕，后累至尚书令，成为朝廷重臣。在世之时，他以清正廉洁著称；同时，又善品人。正因如此，遂有曹公之问。

裴潜是怎么回答的?

裴潜说："我觉得吧，如果让刘备据中原京城之地，他未必能进行有效治理，只能把事搞砸了；但如果让他把守边关险地，倒有可能成为一方霸主。"

曹操抚掌大笑。

说到刘备，正像我们知道的那样，年轻时靠卖鞋为生，一下子碰到黄巾之乱，趁机找了两个帮手，以镇压起义为契机，又打出皇叔的名号，一举闯进三国大时代。

《三国演义》中，作者把刘备写成了一个没什么本事的人，特长就是仁慈加上讲义气，同时还不怕麻烦，三顾茅庐请出个诸葛亮，随后一切都靠军师了。后来，为了给两个弟弟报仇，在彝陵被陆逊打败，最后死于白帝城。

小说的作者之所以削弱刘备的能力，显然是为了突出已近乎"妖"的诸葛军师。

但是，天下三分有其一，刘备当然不是纸糊的。而且，关键的入蜀之役是刘备自己打的，诸葛亮虽也发挥了作用，但总的来说只是小打小闹。曹操已算雄杰，赞赏之人不多，但仍称刘备为英雄，周瑜则称之为枭雄，可见刘备还是很有才华的。

本条中，裴潜虽没有给刘备一个更高的评价，但也没有否定刘备，其评价正好点出了后来的事实：刘备无力在中原发展，只好往西南伸触角，最后倒也算是一方霸主。

说到刘备之蜀国，其最后结果是公平的。

刘备自称中山靖王之后、孝景帝玄孙，弄了个皇叔当当，并打出"恢复汉室"的旗号，乍一看会觉得：呀，您是正根儿，大家都跟您混了。

其实不是那么回事。

《三国演义》中，诸葛亮骂死王朗那段，也着重提到了汉朝的正统性，指责王朗身为汉臣，不应助曹篡汉。其实人家王朗说得才对，汉朝气数已尽，天总是要变的。换句话说，在当时，打着"恢复汉室"的旗号已经没号召力了。

在那个必将垂青于新天地的时代，天时、地利、人和之优，刘备都不占。在这种情况下，他的国家只能早早被灭，他也只能做到裴潜所说的"一方之主"。

孔明啊孔明

> 诸葛瑾、弟亮及从弟诞，并有盛名，各在一国。于时以为蜀得其龙，吴得其虎，魏得其狗。诞在魏，与夏侯玄齐名；瑾在吴，吴朝服其弘量。

东晋时，中书令诸葛恢跟王导各谈家族的荣耀。

因为两个家族都来自琅邪郡，一个是琅邪阳都，一个是琅邪临沂。王家虽是东晋首席，但跟资格老的诸葛家比，仍算是新出门户："诸葛令、王丞相共争姓族先后。王曰：'何不言葛、王，而云王、葛？'令曰：'譬言驴马，不言马驴，驴宁胜马邪？'"

王导说："自是王家厉害，当今天下，都称'王、葛'，而不称'葛、王'，这便是最好的证明。"

诸葛恢到底是诸葛家的后人，聪明且口才好，跟了句："王丞相，你的意思是排在前头的就一定优秀？"

王导点头："当然。"

诸葛恢说："据我所知，谈到马和驴，天下人都称'驴马'，而不称'马驴'。驴排在马的前头，难道驴胜过马？"

诸葛恢钻了逻辑的空子，他先设下一个定式，令王导承认，然后又于逻辑上进行推理，得出答案。

但无论如何，诸葛家在三国时代，属于第一流的名门大族，三兄弟诸葛瑾、诸葛亮、诸葛诞分别在吴、蜀、魏三国为高官，诸葛诞在魏国为扬州刺史、征东大将军；诸葛瑾在吴国为大将军，领豫州牧；最显赫的当然是蜀相诸葛亮。

有此辉煌前辈，诸葛恢自然不会在王家面前低头：与诸葛家比起来，你们王家算什么？一个诸葛亮就顶你们家族一捆人吧？所以诸葛恢的骄傲是可以理解的。

其实，葛王、驴马的排名，只是跟字的发音有关。

余嘉锡先生在《世说新语笺疏》中说："凡以二名同言者，如其字平仄不同，而非有一定之先后，如夏商、孔颜之类。则必以平声居先，仄声居后，此乃顺乎声音之自然，在未有四声之前，固已如此。故言王葛、驴马，不言葛王、马驴，本不以先后为胜负也。如公谷、苏李、嵇阮、潘陆、邢魏、徐庾、燕许、王孟、韩柳、元白、温李之属皆然。"

现在，就说说诸葛亮吧。

诸葛亮确实伟大。但是，也没有伟大到无边的地步。

关于诸葛亮的履历，无须多讲，他二十七岁时出山，虚岁五十四病逝于五丈原军中。

诸葛亮在后来被看作智谋的化身，是因为小说的渲染和夸张。按正史记载，他的作用没那么大，很多著名的战役并不是他指挥的：赤壁之战，大破曹操，统帅是周瑜；三国局面的创立，进兵西蜀，基本上是刘备的事儿。

现在看来，诸葛亮只能算个战略家（如《隆中对》的畅谈），而不是个战术家。刘备死后，诸葛亮以北伐"恢复汉室"为己任进攻魏国，战术屡误，得不偿失。

在北伐行军路线上，诸葛亮始终坚持"兵出陇右"的原则，以求陇右与汉中形成掎角之势，步步为营地渗透魏国。

魏延则建议出奇兵直插长安。

刘备在时，对魏延甚为器重。当初始入四川，选大将镇汉中，人们都以为必是张飞，而刘备却选了魏延。刘备为魏延送行，问之："今委卿以重任，卿居之欲云何？"

魏延回答："若曹操举天下而来，请为大王拒之；偏将十万之众至，请为大王吞之。"

蜀国后期，魏延作为第一大将，始终不能发挥全力。这跟诸葛亮的压制有关。

魏延想自带万人，出子午谷，向长安疾进，跟诸葛亮双管齐下，但一次次被拒绝。魏延性傲，而诸葛军师只喜欢听话的部下。

二人的矛盾，不在于采取魏的奇兵计划后是否真的可以胜利，而在于它折射出一个命题：在军事上，在战争中，作为一方统帅，是不是应该具有冒险的勇气？或者说，冒险精神是不是一个统帅所应该具有的素质？

答案是肯定的。

后来，魏国邓艾伐蜀，出阴平小道以奇兵攻略成都一举成功就是很好的例证。

作战中，你不可求事事皆有完全把握，以其为行事标准，只能步步受限制，进而说明指挥官的愚蠢和无能。

诸葛亮对魏延的计策不以为然，认为夺取长安后，会马上陷入包围中。

其实，兵下长安的意义在于"牵一发动全身"的战略威慑效果（魏国内部都已觉察到长安的重要和危险，才有魏明帝亲自坐镇长安之举）。在魏国内部权力层（曹氏集团和司马氏集团）的争斗背景下，攻下长安可以出现新机会。

况且，攻略长安后，出关中，东进洛阳，地势多为一马平川，行军效果远远要好于从四川出陇右，但诸葛亮就是不愿意冒险，盲目相信兵出陇右的好处（所谓进可攻，退可守，保险系数大）。

既然如此也罢，那你经营好了。

可事情又并非如此。

魏国军事力量之所以强大，关键一点就在于"屯垦"政策的成功，使每一个桥头堡阵地都有丰厚的粮草作为后盾。对于魏晋统帅，这已形成传统：曹操、邓艾、羊祜、杜预统军时都如此。

诸葛亮呢？

兵出陇右后，却于军队"屯垦"方面毫无建树。

诸葛亮只依靠后勤的远道运输（可是蜀道难啊），而粮草一旦接济不上，就被迫退兵，导致一次次劳而无功，即使后来颇为自得地发明了所谓"木牛流马"，也于事何补？

华歆与管宁

> 管宁、华歆共园中锄菜，见地有片金，管挥锄与瓦石不异，华捉而掷去之。又尝同席读书，有乘轩冕过门者，宁读如故，歆废书出看。宁割席分坐，曰："子非吾友也！"

这是个貌似感受双方人品的故事，但也不一定。

华歆字子鱼，是平原高唐（今山东德州）人，曹操的谋主荀彧死后，他出任尚书令；曹操又死，华成为曹丕身边的重臣。

建安二十五年（公元220年），曹丕当皇帝前，华歆曾带人逼宫，把汉献帝从座位上拉下来，并警告这位中国历史上最著名的傀儡顺应天下大势，将皇位禅让给诗人曹丕。汉献帝知道，这华歆虽然岁数很大，但却是个厉害角色，当年曾奉曹操之命带兵冲进后宫，把躲进夹壁墙的皇后扯着脖领子揪出来。

终于，在华歆、王朗、贾诩三人的协助下，曹丕通过接受禅让的方式得到帝位：汉朝四百年的江山就此了结。

禅让大礼举行当天，洛阳南郊人山人海。

此时，华歆不仅是禅让大礼的现场总指挥，还兼着司仪的角色。在华歆拟定的程序中，曹丕有点不好意思地一步步登上高台，当场拜华歆为司徒。曹丕篡汉虽有华歆的功劳，但禅让仪式上，华歆的脸上始终没有笑意，同样如此的还有陈群。

后来，在一次宴会上，曹丕问华歆和陈群："那一天，你们似乎都不怎么高兴。夺取汉室江山的过程中，你们是帮我的。但为什么成功了，却又板着脸呢？"

华歆微笑，示意陈群回答。

陈群说："作为您的属下，在顺应天意、奉命行事的过程中，我们自然要尽力。但是，作为汉朝之臣，在那天，不冲您瞪眼就不错了。"

华歆继而大笑，说："陛下，正是如此！"

这是虚伪吗？或者说，他们这大臣当得，非常职业化。无论如何，从华歆的故事中，我们看到了冷酷的一面。不过，这并不是他性格的全部。其实，他是个很好的官吏，为官几十年，特别清廉，家无余财。

华歆最大的特点，应该说还是做事理智果断，有始有终。

在他年轻时，有一次，跟荥阳名士郑泰同行，路遇一老者，请求同行。郑泰见其可怜，就要带着他一起走。华歆反对，理由是：路途危险，一旦发生什么，就不能扔下他。意思是，如果不能完全对老者负责，就不可轻易许诺。郑泰不听。后来，老者掉进枯井，郑泰便想扔下走人，被华歆制止。

上面的故事还有另外一个版本：

一次，华歆和王朗坐船逃难，有人想搭船，被华歆拒绝。王朗说为什么不可以，船上还有地方啊。后来追兵迫近，为加快速度，王朗想扔下搭船的人。华歆高声道："安可如此！最初我拒绝他，正是担心眼下的情况出现。你既然已把他搭救上船，现在又怎可扔下他不管?！"

总之，在上面的故事中，华歆是超越了汉末另两位名士王朗和郑泰的。可是，由于眼神不好的管宁的出现，华歆的形象几乎完全毁了。

管宁是北海朱虚（今山东安丘、临朐东南）人，据说是春秋时的大人物管仲的代。他少年家贫，喜好读书，凿壁偷光，昼夜不舍，而心性淡泊。华歆知其名，便前来相会，两个人都很崇拜陈寔，一来二去成了伙伴。

有一次，华、管二人在菜园子里锄地，地上有一小片金子，管宁理也不理，继续玩命挥锄；华歆则把金子拿起来端详了一下才扔掉。

后人解读该故事，多以为华歆爱财。其实，故事所讲的，跟钱财没什么关系，所涉及的，乃是人心是否被外物所累的问题。最后的结论，似乎指向管宁不为外物所累；华歆相反，内心有杂质。

真的是这样吗？

接下来，又出现了"割席断交"事件。

管宁和华歆在室中读书，窗外有喧嚣声，所过之人鲜衣怒马。前者不为所动，后者跑出去看个究竟。于是，管宁把席子割断，又来了句"子非吾友"。

无论如何，人们决定把荣誉全部给管宁，管宁就是想做官也得犹豫了。

魏文帝曹丕在位时，华歆两次推荐管宁效力国家，皇帝曹丕甚至亲自征其入朝，但都被管宁拒绝了。这样也好。但是，如果想通过这个故事说明管宁比华歆高尚，那么就有点问题了。说到底，只是人生志向与趣味不同罢了。

在万马奔腾的三国时代，学成后是选择野居避祸，还是选择济世安民？

华歆选择的是后者。早年董卓暴乱，华歆曾游说袁术讨董，袁术迷糊不从，他便追随孙策、孙权。曹操爱其才，叫汉献帝下旨，将其调到许昌，他欣然从命。虽有这样的经历，你不能认为他反复无常，他只是在用行动实现着人生抱负，寻找着能发挥最大能量的地方。

还是看看同代人对华歆的评价吧：

魏文帝曹丕："此三公者，乃一代之伟人也，后世殆难继矣。"

诗人曹植："清素寡欲，聪敏特达。存志太虚，安心玄妙。处平则以和养德，遭变则以断蹈义，华太尉歆也。"

东汉广陵太守陈登："渊清玉洁，有礼有法，吾敬华子鱼。"

曹魏陈群："若华公，可谓通而不泰，清而不介者矣。"

《三国志》作者陈寿："华歆清纯德素……诚皆一时之俊伟也。"

顺便说一句，后来华歆曾给出祁山北伐的诸葛亮写了封信，从天时与人和的角度劝其歇菜，还是与民休息、倾力建设蜀国更妙。正在气头上的诸葛军师，没有搭理他。

金兰之交

> 山公与嵇、阮一面，契若金兰。山妻韩氏觉公与二人异于常交，问公，公曰："我当年可以为友者，唯此二生耳。"妻曰："负羁之妻亦亲观狐、赵；意欲窥之，可乎？"他日，二人来，妻劝公止之宿，具酒肉。夜穿墉以视之，达旦忘反。公入曰："二人何如？"妻曰："君才致殊不如，正当以识度相友耳。"公曰："伊辈亦常以我度为胜。"

山涛，字巨源，河内怀县（今河南武陟西）人。说起他，我们第一个会想到嵇康写的那篇《与山巨源绝交书》。

当时，山涛推荐嵇康为官，被嵇康拒绝。其实，嵇康只是借此信表明自己"非汤武而薄周孔，越名教而任自然"的思想立场，而非真跟山涛绝交。嵇康被司马昭斩杀前，他跟探望自己的儿子嵇绍说："别害怕，有你山涛伯伯在，你就不会是孤儿！"

山涛出仕过两次。

第一次出仕，在山阳为官，由此结识嵇康、阮籍，三人结金兰之好，并入竹林。后来，山涛弃官归乡，便有了本条中嵇康、阮籍的造访。

事情大概如此：一日清晨，阮籍醒来，觉得很郁闷，便独自驾车从洛阳郊外奔向河内郡山阳县拜访嵇康。二人碰头后，又从山阳转奔山涛家。到达山涛家时已是下午，三人畅谈，天色渐晚。

此时，山涛的妻子韩氏叫下人带话给山涛，说酒肉已准备好了，一定要把二人留下来过夜。

山涛把想法说了，嵇康和阮籍互相看了一眼，前者说："好啊，睡一宿就睡一宿吧，明日再走不迟。"

韩氏之所以要留下二人自是有原因的。

自从山涛认识了嵇康、阮籍后，她就觉得老公有些冷落自己，心里便念叨：几个男的走得也太近了吧？一天睡觉前，韩氏便以此事问山涛，后者回答："在心中，被我认为是真正朋友的，唯嵇、阮二人啊！"

韩氏说："古时候，负羁之妻也曾悄悄观察过狐偃、赵衰，我也想偷偷看一下你天天夸奖的这两个人，你看行吗？"

山涛大笑："有何不可？"

现在，嵇康和阮籍乘车前来拜访山涛，正是个机会。

到了晚上，韩氏透过墙上的小洞窥视嵇、阮二人，顿时被迷住了，只见嵇康身高近乎八尺，如玉树临风；阮籍虽没嵇康高大，但松颜鹤相，颇有得道仙人的气质。

在屋子里山涛与嵇、阮通宵畅谈，韩氏则两眼看得发痴，久久不能离去。

转天，在送走嵇、阮后，山涛问老婆："昨天看够了吗？这两人如何？"

韩氏不好意思地说："好像还没看够！"

山涛说："你觉得我跟他们比如何？"

韩氏说："我觉得，你的容止与才华，比不上他们俩；之所以跟他们成为朋友，靠的是你的见识和雅量。"

山涛："正是此话，他们二人也常说我在这方面超过他们！"

知夫者，妻也。

竹林七贤中，山涛岁数最长，少年家贫，正如韩氏所说，山涛为人深沉、宽厚，而有雅量，不露锋芒。山涛参与竹林之游也比较低调，很少像嵇康那样撰文明志，或像阮籍那样写诗抒怀。

后来，有人问王衍："山涛所掌握的玄学义理怎么样？他本人又是什么样的人？"

王回答："此人不肯以清谈家自居，虽不读老庄，但言谈往往与老庄之道相合。"

王戎曾这样评价山涛:"如璞玉浑金,人皆钦其宝,莫知名其器!"

山涛入晋后位至司徒,并长时间负责为朝廷选拔人才的工作,很多晋朝大臣都是他选拔和推荐的,年过七十仍办公不辍。

值得一提的是,山涛有远识,认为全国虽然统一,但各州郡武备不应荒废。这在西晋之初是非常清醒的看法。

只可惜,晋武帝司马炎没听他的。

玉山将崩

嵇康身长七尺八寸，风姿特秀。见者叹曰："萧萧肃肃，爽朗清举。"或云："肃肃如松下风，高而徐引。"山公曰："嵇叔夜之为人也，岩岩若孤松之独立；其醉也，傀俄若玉山之将崩。"

魏晋时，尤重人的容貌、气质、风神，并第一次在生命的个体中注入了审美意识，人们不惜用最为光洁、鲜亮、美好的词语去形容人的容貌、气质和风神，请看《世说新语》中这些原汁原味的说法：

魏明帝使后弟毛曾与夏侯玄共坐，时人谓"蒹葭倚玉树"。

时人目夏侯太初"朗朗如日月之入怀"，李安国"颓唐如玉山之将崩"。

裴令公有俊容仪，脱冠冕，粗服乱头皆好，时人以为"玉人"。见者曰："见裴叔则，如玉山上行，光映照人。"

王戎云："太尉神姿高彻，如瑶林琼树，自然是风尘外物。"

卞令目叔向："朗朗如百间屋。"

时人目王右军："飘如游云，矫若惊龙。"

海西时，诸公每朝，朝堂犹暗；唯会稽王来，轩轩如朝霞举。

有人叹王恭形貌者，云："濯濯如春月柳。"

本条中，对嵇康的描述更具代表性：嵇康身长七尺八寸。以此推算，其身高在一米八以上，再配以"萧萧肃肃，爽朗清举"的举止，"肃肃如松下风，高而徐引"的气质，难怪"风姿特秀"，冠盖魏晋。

而山涛的形容更惹火："嵇叔夜之为人也，岩岩若孤松之独立；其醉也，傀俄若玉山之将崩！"这样的形容，可以说把人的想象力最大限度地调动了起来。

乱天下者

王夷甫父乂，为平北将军，有公事，使行人论，不得。时夷甫在京师，命驾见仆射羊祜、尚书山涛。夷甫时总角，姿才秀异，叙致既快，事加有理，涛甚奇之。既退，看之不辍，乃叹曰："生儿不当如王夷甫邪？"羊祜曰："乱天下者，必此子也！"

东晋时，权臣桓温北伐，登城楼远眺，感慨地说："中原百年陆沉，王夷甫诸人难辞其咎！"

谈及西晋的灭亡，人们想到的第一个词便是：清谈误国。

随后，首先想到的人是王衍，即王夷甫。为什么？因为他下场不好，被羯族领袖石勒俘杀，所率晋军全军覆灭。也就是说，有了这样的坏结果，然后再进行反推，看：清谈误国吧？

其实，叫王衍以一人之身承担整个时代的动荡是不公平的，而且他也承担不起。

王衍，琅邪临沂（今山东临沂）人，跟从兄王戎一起，把山东琅邪王家的荣耀引入新层面。二人都做到了宰相级别的官。其中，王衍官至太尉。

说实在的，王衍的清谈功夫不是最好的，比如他就曾受到裴頠的轻蔑，当时名士燕集，裴对王说："我们家族的裴楷为一世之模范，他的好名声怎可计量呢！"

王衍便亲切地称其为"卿"。

裴頠笑道："我可以成全你这个志向！"

而且，王衍也未能像何晏、王弼、郭象那样留下理论著作，其玄学根基往往取自他人，自己没什么独特见解，因义理总是变化，被称为"口中雌黄"。

但是，这并不影响王衍是个清谈的符号式人物。意思是说，王衍虽不是顶级清谈家，但其综合实力指数却很高：

魏晋名士首先讲究的是容貌、风神，这两方面，王衍都很突出。王戎曾形容过王衍："太尉神姿高彻，如瑶林琼树，自然是风尘外物。"这是讲他的气质和风神的。

至于王衍的容貌，则被这样形容："夷甫容貌整丽，妙于谈玄，恒捉玉柄麈尾，与手都无分别。"说通俗点就是，王衍长得特别，擅长清谈玄理，经常手里拿着一把玉柄拂尘。而且，他的皮肤还特别白皙，跟拂尘的玉柄没什么区别。用《名士传》里的说法："王夷甫天下奇特，明秀若神。"

名士还讲究雅量，猝然临之而不惊，无故加之而不怒。

随便举个例子：

名士魏颢为会稽郡山阴县令，同乡孔沈、虞球、虞存、谢奉并称四族之杰，或长于清谈，或长于写作，或长于学术，每个人都有一处特长，只有魏颢没有什么突出的特长。有一次，虞存嘲笑他："与卿约法三章：谈者死，文笔者刑，商略抵罪！"就是说，我跟你约法三章：若与你清谈，则当同死罪；若与你侃文学，则受刑罚；至于钻研经典，讲谈学术问题，就抵罪！"

意思很明显了：对那几件事你并不精通。

但魏颢听后怡然而笑，并无生气之色。这就是雅量。

这方面的例子，王衍表现得也不错：一次，他与裴氏家族的裴邈发生矛盾，后者想给王衍点颜色看看，于是就总挑衅，但王衍并不接战。裴邈跑到王衍家骂街，想以此让王衍回击，引起舆论的指责。王衍依旧非常从容，看到暴跳如雷的裴邈，慢慢地道："裴邈白眼儿，你又在发狂吗？"

还有一件事更有意思：

在一次聚会上，王衍看到一个族人，想起多天前曾托他办事，但到现在还没消息，于是随口问："托您办的事怎么样了？"

应该说这话没犯牙，但却不知那族人为什么怒了，随手抄起个饭盒就朝王衍的脸砸来。

幸亏王衍躲得快，否则还真就被破了相。王衍被丢饭盒后依旧很平静，似乎没什么话要说，只是转身洗了把脸，拉着从弟王导同车回家了。

晋武帝司马炎曾问王戎："我听说你的从弟王衍具备一切名士的特点，有没有人能与他相比？"

王戎说："有。"

皇帝问："谁？"

王戎说："在古书里可以找到这样的人物。"

魏晋清谈经历了四个高潮期，一是曹魏正始时期，二是曹魏竹林七贤时期，三是西晋元康时期，四为东晋永和时期。

元康是晋惠帝司马衷的年号，起止时间从公元 291 年到公元 299 年，贾后通过张华等大臣施政，使这八九年比较安定。此时，"洛水之戏"已成为清谈的代名词。名士们在洛阳城外的洛水边心游太玄。王衍既是参与者，又是攒局者。

王衍虽然是全能名士，但在家里非常怕老婆。

王衍之妻郭氏和贾充之妻郭槐并称洛阳两大恶女，前者是后者的从妹。贾充和王衍，都以怕老婆著称。贾充敢叫人把魏国皇帝杀了，但却不敢惹自己的老婆；王衍呢，更是怕家里的这位，到什么程度呢？这样说吧，在外面清谈时，王衍口若悬河，滔滔不绝，但一回到家，舌头就不跟劲了。

郭氏笨拙而凶悍，多贪欲，聚敛无厌，又喜欢横加干涉别人的事，搞得王衍很头疼，但又没什么办法。

一天，因批评嫂子连路上的马粪也不放过而险些遭痛打的王澄给哥哥王衍出主意："我们的老乡幽州刺史李阳正在洛阳述职，这李阳广交豪杰，为人很是野蛮，被称为京都大侠……"

王衍："我听说过此人，怎么？"

王澄在哥哥耳边窃窃私语一番。转天，洛水边的清谈结束后，王衍没急于回家，而是等天色完全黑透后，才不紧不慢地溜达回去。

一回家，郭氏就问："你怎么才回来呢！"

王衍说："不行？"

郭氏一愣，心想胆子大了。

王衍说："今天在洛水聚会，李阳也参加了。"

郭氏："李阳？！他都说什么了？"

王衍先把郭氏的缺点陈列出来，然后说："不光我说你这样不好，就连李阳也说你这样不好。"

听了这话后，郭氏陷入沉默。

还别说，从此以后，郭氏老实了许多。

将郭氏摆平的王衍，在外面清谈起来更畅快了。不过，这种生活随着八王之乱和永嘉之乱的到来而骤然停止。

八王之乱中，众多名士遇难，随后的永嘉时代，把这种残酷推向极致。

晋怀帝永嘉四年（公元 310 年），匈奴首领刘渊死了，刘聪即位，这是一个既花天酒地又野心勃勃的人。他派石勒、刘曜、王弥和呼延晏连续袭击洛阳地区，尤其是石勒的羯族骑兵所向无敌。

西晋朝廷商议迁都。

有人建议到长安，有人建议到豫章，有人建议到建康，均遭王衍反对。在此之前，他向朝廷推荐了弟弟王澄和从弟王敦，分别出镇荆州和青州，并跟他们说："时局危险，是为三窟。"

这是引用"狡兔三窟"的典故作比方。

但狡兔王衍为什么不走？没有人知道。也许他太留恋洛阳的一切了：洛水之畔，伊水之滨，春日迟迟，清谈玄虚，这种生活他已经习惯了。

总之，在一次朝廷会议上，王衍大怒，嚷嚷道："你们谁愿意走谁走，我反正死也不离开洛阳。"

当然，在没死的时候，他还是离开了洛阳。

这一年岁尾，石勒的骑兵再次向洛阳逼近。掌握朝政的太傅司马越拉上身为太尉（最高军事长官）的王衍，以迎击石勒为名，率十万士兵离开了洛阳。

这是一支奇怪的军队，既像是去寻找石勒，又像是借机离开洛阳这个灾难中心。

永嘉五年（公元311年）春，司马越因病死于行军途中。此时，军中的最高统帅是太尉王衍。王虽不懂军事，但脑子不糊涂，知道这种时候不能发丧，于是封锁消息。但消息最终还是走漏了。

当年四月间，在河南苦县宁平城，石勒率领的羯族骑兵终于把王衍带领的十万人追上了。

场面相当悲惨：西晋的士兵多是步兵，军中又有不少司马越的幕僚及其家属。而最高军事长官王衍又不懂军事，你说这仗怎么打。

石勒先是下令万箭齐发，随后又率骑兵冲杀，十万晋人被全歼。

包括王衍在内的一大批王公大臣被俘，随后一同死难了。具体到王衍，死得很惨：石勒命人推倒土墙，把他活埋了。而后人又在黄土上给王衍扣了顶重重的帽子：清谈误国。

早年时，王衍的父亲为平北将军，有公事报至首都洛阳，但差人笨嘴拙舌，面对羊祜、山涛这样的高官，似乎太紧张了，越说越乱，最后也没说清楚。

王衍时在洛阳，知此事后就从差人那儿问了个明白，然后一人去拜见羊祜、山涛。

那时候，王衍才十四岁，聪明灵秀，风神洒脱，嘴皮子尤其利索，在两位高官面前丝毫不紧张，所言之事，清楚流畅，条理分明。

山涛惊奇，完事后，拉着小王衍的手打量个没完，情不自禁道："生儿子不就应当像王衍这样吗?"

羊祜在座，冷冷地说："此人善谈，必将以盛名处当世大位！然败俗伤化乃至乱天下者，肯定也是他！"

而少年王衍对羊祜颇不以为然，甩袖而去。

咀嚼美的年代

　　抚军问孙兴公：“刘真长何如?”曰：“清蔚简令。”“王仲祖何如?”曰：“温润恬和。”“桓温何如?”曰：“高爽迈出。”“谢仁祖何如?”曰：“清易令达。”“阮思旷何如?”曰：“弘润通长。”“袁羊何如?”曰：“洮洮清便。”“殷洪远何如?”曰：“远有致思。”“卿自谓何如?”曰：“下官才能所经，悉不如诸贤；至于斟酌时宜，笼罩当世，亦多所不及。然以不才，时复托怀玄胜，远咏《老》、《庄》，萧条高寄，不与时务经怀，自谓此心无所与让也。”

魏晋年代，品评人物之风大为流行，这种时尚发端于东汉后期的桓灵之时，后来成为名士社交生活中的一个重要内容。

本条则最具代表性：

宰相司马昱问名士孙绰，以下诸人如何，孙答：刘惔清简、王濛温恬、桓温高迈、谢尚清令、阮裕弘通、袁羊清便、殷融远致。

司马昱又问孙绰自己如何。

孙答：“我擅长的，都比不上诸位贤达；至于考虑时势，把握全局，大多也赶不上他们。虽然不才，但仍常寄怀于高拔玄远之境，赞美古代的《老子》《庄子》，情寄玄远，不让世事打扰心志，自认为这种高拔的情怀没什么可谦虚的。”

乍一看，孙绰在谦虚。但再一看，发现他一点也没谦虚。魏晋名士珍重自我、爱惜自我，这种健康美好的自信，是来自生命的觉醒。

而且，魏晋之人心性坦荡，推人不避亲。

比如王衍，最珍爱和欣赏弟弟王澄，有人问他天下名士的排行，他说：“阿平（王澄）第一，子嵩（庾敳）第二，处仲（王敦）第三。”

再看：

王丞相云："洛下论以我比安期、千里，亦推此二人；唯共推太尉王衍，此君特秀！"

王导的意思是，洛阳的舆论，都把我比作王承、阮瞻，我当然也很推崇这两个人。但还是希望大家一起推重王衍，他风神秀彻，才能出众。

在这里，王承（来自太原王家，而非琅邪王家）和阮瞻属于外人，而王衍属于王导的族兄，按后人的想法，在这里应该谦虚一下；但实际上王导没有谦虚，依旧推重自己的族人王衍。

继续看：

有人问侍中袁恪之："殷仲堪何如韩康伯？"也就是说，殷仲堪和韩康伯比，谁更强？恪之答："理义所得，优劣乃复未辨；然门庭萧寂，居然有名士风流，殷不及韩。"意思是，两人义理上的成就，优劣难分，可门庭闲静，名士风度，这一点，殷仲堪比不上韩康伯。所以，后来，殷仲堪在哀悼韩康伯的诔文上这样写道："柴门白日闭，清幽庭院闲。"

王恭曾问谢安："支遁法师与我祖父（王濛）相比，怎么样？"

谢安答："王长史玄谈，意趣清新。"

王恭又问："和刘尹（刘惔）比怎么样？"

谢安答："哎！刘尹才能出众。"

王恭说："如您所言，法师比不上他们吗？"

谢安答："这正是我的意思啊。"

品评之风虽发端于东汉后期，但当时多关注人的道德层面，到魏晋时则更多地落在人的形貌、风神、气度上，这个微妙的转化说到底是对个体生命之美和个体生命价值的关照和肯定。反过来，在这种时尚下，人人都注重自己的风神。

戴渊是扬州人，少好游侠，经常带人蒙面伏于芦苇荡，于江淮间抢劫过往客商。

有一次，碰到陆机由江东返回洛阳，带的东西很多，装满了船头，一下子就被戴渊给瞄上了。戴渊于岸边盘坐于胡床之上，舞剑调度，指挥着手下抢劫，动作潇洒，面色从容，所谓"渊在岸上，据胡床指麾左右，皆得其宜。渊既神姿峰颖，虽处鄙事，神气犹异"。

陆机看个满眼，不禁于船头赞叹。

也就是说，在魏晋时，连一个强盗在打劫时都具有名士风度，一个时代的特质由此可见全豹。

可以说，在魏晋品评中，论者往往以鲜美光洁的词语来形容名士，本条中的"清简、温恬、高迈、清令、弘通、清便、远致"即是如此。

同时，对美的外貌进行深情地肯定。

因为魏晋之人最可爱的一点，就是他们不相信所谓"内在美"比"外在美"更重要。他们认为"以貌取人"是一件相当靠谱的事，一个人内在的东西，他的思想、精神、品质和风格，一定会通过外貌体现出来。

这种大胆咀嚼生命之美的时代，还有吗？

阿龙阿龙

> 王丞相拜司空，桓廷尉作两髻，葛裙策杖，路边窥之，叹曰："人言阿龙超，阿龙故自超。"不觉至台门。

魏晋人多有小名，连一朝宰相也很难不被叫来叫去的。

桓温的父亲桓彝，在路边窥视宰相王导："都说阿龙洒脱，阿龙确实洒脱。"

洪迈在《容斋随笔》里以南宋人的视角去看晋人，颇不平："呼三公小字，晋人浮虚之习如此。"

阿龙是王导的小名，在宋朝人洪迈看来，喊一朝宰相的小名是不可思议的，以此指责魏晋时人们的放肆。

可笑啊！

说的当然是洪迈。

有人说，桓彝呼王导小名，肯定是因为桓彝比王导岁数大。其实呢，两个人都出生在公元 276 年。

魏晋人的小名，多以"阿"打头，比如王戎小名叫阿戎，王导小名叫阿龙，王敦小名叫阿黑，王澄小名叫阿平，王恭小名叫阿宁，袁宏小名叫阿虎。

亲切如此，可复得乎？

第五章　感念深情

兄弟啊兄弟

文帝尝令东阿王七步中作诗，不成者行大法。应声便为诗曰："煮豆持作羹，漉菽以为汁。其在釜下然，豆在釜中泣；本是同根生，相煎何太急！"帝深有惭色。

曹操最后立曹丕为世子接自己的班，应该是正确的。

曹丕也比较中规中矩，他唯一的失误是对司马懿的过度信任。

曹操死前叮嘱过儿子：不可太过放权于司马懿。但曹丕没听曹操的，自己临死前以司马懿为四个顾命大臣之一，而其他三位又制约不了这个让诸葛亮也没办法的老头儿。

话又说回来，不用司马懿，魏国又如何对付诸葛亮？

所以，能力决定了一切。只要你有那个能力，别人想束缚你也束缚不了。

再看曹丕的弟弟曹植，才性与情怀都打着诗人的烙印。曹操最后没立他为世子，当然有很多原因，其中之一是他太情绪化了，又爱酗酒，喜欢抒情和幻想，不是政治家的风格。

另外，曹植失势跟手下的幕僚有关，其手下多是杨修这样的小聪明，而曹丕手下则是多司马懿这样的。

结果可想而知。

曹丕和曹植的关系历来为人扼腕，被认为是兄弟绝情的典型例子。

曹丕建立魏国，对身边的宗族子弟很有戒心，责令他们统统离开洛阳，于是洛阳的皇帝真的成了孤家寡人。这是魏国后来被司马家轻易颠覆的重要原因之一。西晋建立后，鉴于魏国的倾覆，大加封赏家族子弟，却在后来酿出八王之乱。

看来，做任何事都得有个度，失去了度，恶果就会慢慢显露出来。

继续说曹丕。他一度欲杀弟弟曹植，后者百感交集，七步为诗：相煎何太急！相煎何太急！

这个故事，当是没有半点夸张。

三年后，曹植与白马王曹彪、任城王曹彰一起到洛阳朝会皇帝，在此期间任城王为曹丕以毒枣谋杀，暴毙京都。

曹植与白马王曹彪悲伤还国，又为曹丕所阻，不允一路同行，曹植愤而写下和《七步诗》同样著名的《赠白马王彪》："……孤魂翔故域，灵柩寄京师。存者忽复过，亡没身自衰。人生处一世，去若朝露晞……"

连风尘都古朴、悲壮的三国时代，配上曹植的《赠白马王彪》，旅人听之不垂泪也难。

在歧路停下，曹植拱手与曹彪告别。那时候，想必荒草连天，有老树、昏鸦和斜阳。泪水已尽，再无话语。

曹植掉转马头，孤零零地踏上就国之路。

思旧赋

嵇中散既被诛，向子期举郡计入洛，文王引进，问曰："闻君有箕山之志，何以在此？"对曰："巢、许狷介之士，不足多慕。"王大咨嗟。

向子期即玄学家向秀，河内怀（今河南武陟西南）人，在西晋时官至散骑常侍。

作为"竹林七贤"之一，向秀自幼喜好老庄之学，是数一数二的庄子研究者。向秀对《庄子》一书的大部分进行了新注解，上承何晏、王弼、夏侯玄，在魏晋玄学上起到了承前启后的作用，所谓"发明奇趣，振起玄风"。

向秀开始的时候隐而不出，尤其与嵇康友善，兄弟俩或一起在大树下光着膀子打铁；或一个弹琴，另一个坐在草地上合掌倾听。后来，向秀被拉入竹林，跟其他六人共做逍遥游。

嵇康被司马昭所杀后，士人大震。

向秀经一番思想斗争，最后还是决定出仕。

去洛阳的途中，向秀路过嵇康旧居，想起故人，顿觉咫尺天涯。

那是一个归鸟也已疲倦的黄昏，远处晚霞崩裂，暮色将临大地，突有牧歌和着笛声响起，孩子们已踏上回家的路。远眺洛阳，近睹嵇宅，向秀潸然泪下。后来，便有了著名的《思旧赋》。

在序中，向秀这样写道："余与嵇康、吕安居止接近，其人并有不羁之才；然嵇意远而疏，吕心旷而放，其后各以事见法。嵇博综伎艺，于丝竹特妙。临当就命，顾视日影，索琴而弹之。余逝将西迈，经其旧庐。于时日薄虞渊，寒冰凄然。邻人有吹笛者，发声寥亮。追想曩昔游宴之好，感音而叹……"

这是一个亲历者美好而又痛苦的追忆。

对向秀的出仕，很多人认为是被迫的举动。其实不完全是。

向秀不是个极端的人，他主张自然与儒教的合一，认为天性即道遥，而君臣之道也是天性之一。他对君臣世界并不抱以反感，他只是一度对洛阳的局势感到失望，司马家的残酷权谋让他惊悸。嵇康死后，各种波澜已平息，曹魏政权也已完全转移到司马家。

在这种情况下，向秀决定到洛阳出仕。

在大将军府，司马昭接见了向秀。对于杀嵇康，司马昭终是后悔的。

在一丝愧疚中，司马昭见到了嵇康生前最好的朋友。自然，他不会把这种愧疚流露出来，于是踞席而坐："我听说先生有箕山之志，欲隐居泉林！可为什么又出现在我面前？"

古时尧欲将帝位传与巢父、许由，后者冷笑而去，隐于箕山。

向秀望着司马昭，这是他第一次见到传说中"其心路人皆知"的司马昭。

大将军俊朗巍然，仪表果然不凡。同时，向秀又想到，正是此人下令斩了嵇康，一时间心绪难平。

司马昭盯着向秀。

向秀徐徐道："巢父、许由自是狂狷之士，不值得去羡慕。您就说给我什么职位吧。"

司马昭大笑，继而默然。

默然中是叹赏？

后来，向秀做了散骑常侍。

这是个位高而闲的官职，也许正适合向秀。

但对向秀来说，跟山涛、王戎不同，他终是无心于宫阙之下的，因为面对茫茫的尘世，他总有一种无所傍依的痛苦。

这种痛苦是复杂的，并不仅仅是因为嵇康之死，更不是因为他由隐而仕的转变。

他的痛苦或许是因为人生的无常，或许是因为对生命本身的悲观。那个时代所有的悲伤都不是具体的。

于是，我们总能听到向秀在洛阳的叹息。

在一声叹息中，向秀给我们留下一个不知所终的背影。

黄公垆下过

王濬冲为尚书令，著公服，乘轺车，经黄公酒垆下过。顾谓后车客："吾昔与嵇叔夜、阮嗣宗共酣饮于此垆。竹林之游，亦预其末。自嵇生夭、阮公亡以来，便为时所羁绁。今日视此虽近，邈若山河。"

王戎此叹，令人感慨万千，一个时代就此远去了，正如其所言："今日视此虽近，邈若山河。"

邈若山河。

王戎少即以聪慧从容著称。

小时候，有一天，王戎跟伙伴玩耍，小友看到路边李树上多果实，便竞相去摘，唯有王戎不动。有人问，便答道："树在道边而多子，此必苦李！"取之一尝，果然。又，魏明帝在宣武场命人驯虎，纵百姓观之。虎攀栏而吼，其声震天，观者无不惊恐倒地，唯王戎了无惧色。后王戎跟裴楷一起去见钟会，受到后者的赏识，评王戎的原话是："阿戎了解人意。"

王戎以弱冠之年造访阮籍，阮一见倾心，对王戎说："吾有二斗美酒，当与君共饮！"遂拉其参与竹林之游，为七贤中年龄最小者。

但后来，种种迹象表明，王戎并不被那几位待见，还多次被嘲讽，比如："嵇、阮、山、刘在竹林酣饮，王戎后往。步兵曰：'俗物已复来败人意！'王笑曰：'卿辈意，亦复可败邪？'"

说的是，阮籍、嵇康、山涛、刘伶等人在竹林里喝多了，见王戎后至，阮籍说："俗气的家伙又来败我们的兴致啦！"

嵇康、山涛、刘伶三人大笑。

可以想象，我们的王戎还没喝酒，就先来了个大红脸。

阮籍不是很欣赏王戎吗？怎么现在一下子把人家打回到"俗物"？

莫非王戎在竹林交游中渐渐露出了俗相？王戎毕竟是王戎，面对阮籍之讽，当即笑着回了一句："你们这些人的情致也能又被败坏吗?！"

嵇、阮、山、刘互相看了看。

从场面上来说，阮籍当有开玩笑的成分。王戎笑答，也说明场面并不尴尬。接下来，大家又开始一起喝酒。

虽然王戎多次被指责为俗物，但他终有宽迈的胸怀，而且也有自知之明，如上所说"竹林之游，亦预其末"。能参与竹林之游，王戎已经很知足了。

不过，我们还是觉得王戎被伤害了。也许正是这个原因，后来王戎渐渐走出竹林。大家不是说我是俗物吗？那我就投身仕途吧。

嵇康、阮籍相继死后，王戎踏上通往洛阳之路。

入晋后，王戎当上散骑常侍、河东太守、荆州刺史；因参与平定东吴的战争，晋爵安丰县侯。晋惠帝时，他当上了司徒，又为尚书令，过上了真正属于自己的生活，实现了自己的人生价值，把山东琅邪王家带入了新阶段。

这也很好啊。人生在世，各得其所，说的就是王戎的故事吧。

西晋的一天，王戎已为尚书令，着公服，乘专车，路过黄公酒垆。

多年前，他跟阮籍、嵇康等人多次酣饮于这个酒垆。这个酒垆是如此熟悉，但昔日的故人多已离去。望着眼前的酒垆，遥想当年欢愉的场景，一时间，王戎热泪盈眶。

他对后面的人说："当年我跟嵇叔夜、阮嗣宗曾共酣饮于此酒垆！竹林之游，我亦参与其末。后嵇公早夭，阮公又亡，而我又为政事所羁绊。今日视此酒垆虽近，然而有山河之远。"

岁月易逝，风云无常。黄公酒垆下过，睹物思人，你我若有情，谁能无此忧伤？魏晋时期的独特魅力，就在于名士们发现了自己内心的情怀，原来它可以那样快乐，也可以如此伤感："吾昔与嵇叔夜、阮嗣宗共酣饮于此垆！"

这一句话，飘过了魏晋，传过了千年。

听此言而遥想当年情形，你我若有情，泪水总会潸然而下。

这一生，物是人非，岂止竹林！有多少欢乐和悲伤的泪水，浸透在苍茫命运的征途中。

白首同归

> 孙秀既恨石崇不与绿珠，又憾潘岳昔遇之不以礼。后秀为中书令，岳省内见之，因唤曰："孙令，忆畴昔周旋不？"秀曰："中心藏之，何日忘之？"岳于是始知必不免。后收石崇、欧阳坚石，同日收岳。石先送市，亦不相知。潘后至，石谓潘曰："安仁！卿亦复尔邪？"潘曰："可谓'白首同所归'。"

晋惠帝永康元年即公元 4 世纪的第一年公元 300 年，洛阳发生了大事变：

一月，专政的贾后在族人贾谧支持下，诱贾的好友、诗人潘岳参与机密，废黜了聪明的太子司马遹。被封为赵王的司马懿第九子司马伦，在谋主孙秀的怂恿下，趁机发动政变，诛杀了贾后集团，并斩杀大臣张华、裴𬱟，掌握了朝廷大权。

几天后，已被任命为中书令的新贵孙秀的手下出现在洛阳郊野的金谷园前，向当年斗富的大臣石崇索要他身边最美艳的歌女绿珠。此时，因受贾谧牵扯，石崇被免官赋闲。

那一刻，石崇想必觉得自己受到了侮辱。

当时，石崇在园中，"方登凉台，临清流，妇人侍侧"。

来人说讨要歌女，石崇面无表情地"尽出其婢妾数十人以示之"，说："选吧。"

来人笑道："孙大人指名要君侯家的绿珠，不知道是哪位？"

石崇勃然大怒，说："绿珠，吾所爱！不可得也。"

来人又笑道："君侯博古通今，察远照迩，愿三思。"

石崇说："不。"

来人出而又返，石崇依旧不许。这是当年斗富的石崇吗？

孙秀得报后大怒，遂向赵王司马伦献谗言，立即诛杀石崇。

孙秀？一个不知怎么就从底层爬上来的寒门人物，对名士们有着无法言说的自卑与仇恨，因为他一度想跟他们交往，但终不被待见乃至于被轻慢。比如，跟潘岳。

潘岳，字安仁，河南巩县（今河南巩义）人，与另一位文学家陆机齐名，同为西晋文宗，所作《悼亡诗》《闲居赋》《秋兴赋》深切感人。

这不算什么。

即使没有这些诗文，潘岳依旧能被历史记住。因为他长得太漂亮了。

貌比潘安，后来成了形容一个人俊美的固定用语。关于潘岳，有这样一个记载："潘岳妙有姿容，好神情。少时挟弹出洛阳道，妇人遇者，莫不连手共萦之。左太冲绝丑，亦复效岳游遨，于是群妪齐共乱唾之，委顿而返。"

说的是，潘岳妙有姿容，风神秀异，少时到洛阳郊野游玩，被姑娘们遇到，莫不手拉着手把他包围起来。姑娘们、少妇们乃至老太婆，都是如此迷恋潘岳之貌，若其乘车出游，则往其车中投掷水果，苹果、橘子、香蕉和鸭梨，外加猕猴桃。

可以想象，如果潘岳家里没有水果了，他坐着车在洛阳转一圈就可以了。

与此相反，相貌奇丑的左思，一圈转下来，基本上就被姑娘们厌恶的唾沫星子淹没了。

只说潘岳，人漂亮，诗歌和文章也漂亮，但仕途生涯却不漂亮，甚至一无是处。他每每依附在别人的羽翼下。贾后执政，他又为贾谧文学集团"二十四友"之首。当时，他是没办法看上寒微又猥琐的孙秀的。而现在，作为赵王司马伦的谋主，孙秀成了整个洛阳最炙手可热的人物。

有一天，在中书省官邸，潘岳看到他，慌忙从身后跑了几步，追上来，讨好道："孙令！孙令！还记得我们以前的交往吗？"

孙秀疾步不停，并不回头，只是扔下一句话："那些情景，一直在我心里，哪有一天能忘记!"

潘岳遂止，愣了一会儿，自知身死难免。除想起自己曾歧视过孙秀外，他又想起在贾谧的诱使下，曾参与废黜太子一事，不仅虚汗满面。

而石崇，打发走孙秀的手下后，怅然若失。

石崇有个外甥，叫欧阳建，因作《言尽意论》而在玄学史上占有重要位置。他担心舅舅的处境，于是跟潘岳互通消息，想请淮南王司马允和齐王司马冏起兵，事不成，欧阳建立即被收捕，随后孙秀亦将石崇下狱。

在被拘捕前，石崇看着绿珠说："祸由君起，奈何?"

这里面没抱怨，只是无奈。

绿珠最终也没有负了石崇："妾当效死君前，不令贼人得逞。"遂一跃而起，坠下金谷园中的高楼，仿佛暮春时节的落英。

石崇走上洛阳法场的那一天，洛阳的美男子潘岳也被捕了。

潘岳在洛阳东市临刑时，围观的市民中，那些当年往潘岳车中扔水果以表达爱慕之情的姑娘们，都老了吧。这一年，潘岳已经五十三岁了。他的头发已经白了。

石崇首先被押赴法场，此时他不知道潘岳也已被捕。当他看到从远处被押解而来的潘岳时，愣住了，随后长叹一声："安仁! 你也像我这样吗?!"

潘岳默然良久，然后说："确是白首同所归。"

潘岳的话让石崇想起四年前的那个春天。

那是晋惠帝元康六年（公元 296 年），石崇在金谷园给朋友王诩送行，当时名士云集。

贾谧的"二十四友"基本上都到齐了：潘岳、左思、陆机、陆云、欧阳建、刘琨……这是西晋最负盛名的一次聚会，跟东晋的兰亭雅集（王羲之实有模仿金谷之会的意思）并称双璧。

金谷园在洛阳附近的金谷涧，石崇投入巨资，依山傍水地在这里修建了一所花园式别墅，园中遍种修竹、果树，又有山石、溪水，还养了一群群仙鹤与马鹿。

花树楼榭间，大家吟诗放歌，又有绿珠为大家起舞助兴。后来，石崇把众人作的诗篇合在一起，命名为《金谷诗集》，自己作了序：

"余以元康六年，从太仆卿出为使持节监青、徐诸军事、征虏将军。有别庐在河南县界金谷涧中，或高或下，有清泉茂林，众果、竹柏、药草之属，莫不毕备。又有水碓、鱼池、土窟，其为娱目欢心之物备矣。时征西大将军祭酒王诩当还长安，余与众贤共送往涧中。昼夜游宴，屡迁其坐。或登高临下，或列坐水滨。时琴瑟笙筑，合载车中，道路并作。及住，令与鼓吹递奏。遂各赋诗，以叙中怀。或不能者，罚酒三斗。感性命之不永，惧凋落之无期……"

大家都写了诗，潘岳那首《金谷诗》是这样写的：

"王生和鼎实，石子镇海沂。亲友各言迈，中心怅有违。何以叙离思，携手游郊畿。朝发晋京阳，夕次金谷湄。回溪萦曲阻，峻阪路威夷。绿池泛淡淡，青柳何依依。滥泉龙鳞澜，激波连珠挥。前庭树沙棠，后园植乌椑。灵囿繁石榴，茂林列芳梨。饮至临华沼，迁坐登隆坻。玄醴染朱颜，但愬杯行迟。扬桴抚灵鼓，箫管清且悲。春荣谁不慕，岁寒良独希。投分寄石友，白首同所归……"

白首同归。

石崇死了，潘岳也死了，白首同归。

石崇的富有，潘岳的美貌，就此灰飞烟灭。

潘岳死了，洛阳的姑娘们也已经青春不再；石崇死了，一个王朝也由此崩溃了。

司马伦之乱，西晋名士损失惨重：张华、裴頠、石崇、潘岳、欧阳建等人皆被杀。从文化和精神的角度说，名士是时代的星辰，但权力者却是通天的黑手！这是秦专制时代以来士人所面临的生存层面上的普遍困境，魏晋时代也不能逃脱，而悲伤、动荡和杀戮的大幕才刚刚拉开。

一演就是三百年。

大家都死了，绿珠也随清风去了。

一个平凡的小姑娘，跟随那些大名鼎鼎的人物一起殉葬于那个时代。

绿珠姓梁，广西白州人，能歌善舞，当年石崇出使越南，遂得而北归。石崇与绿珠的关系复杂，甚至有一点爱情。

五百多年后，晚唐诗人杜牧来到洛阳金谷园故地，曾经繁华的魏晋故园早已经荒芜，诗人遥想往事，感慨万千："繁华事散逐香尘，流水无情草自春。日暮东风怨啼鸟，落花犹似坠楼人。"

又过了几百年，明清之际的诗人吴伟业有诗云："金谷妆成爱细腰，避风台上五铢娇。身轻好向君前死，一树秾花到地消……"

华亭鹤唳

卢志于众坐问陆士衡：“陆逊、陆抗是君何物？”答曰：“如卿于卢毓、卢珽。”士龙失色，既出户，谓兄曰：“何至如此？彼容不相知也。”士衡正色曰：“我父、祖名播海内，宁有不知？鬼子敢尔！”议者疑二陆优劣，谢公以此定之。

西晋末年，天下已乱，司马家内部，各王争斗。

成都王司马颖，一度在邺城遥控洛阳的朝政。这一天，他幕府下的人们聚会，其谋主卢志（曾祖为东汉末年大儒卢植，来自范阳第一世家），问诗人陆机：“陆逊、陆抗是你什么人？”

陆机脸色大变：“正如你和卢毓（卢志之祖父）、卢珽（卢志之父）的关系一样！”

陆机的弟弟陆云在现场。听了哥哥的回答，他吓得有些坐不住了。散场后，陆云拉着哥哥的袍子说：“卢志是司马颖的心腹，何至于到这种地步？也许他真的不知道详情。”

陆机严肃地对弟弟说：“在三国时代，我们的父亲、祖父是何等风云人物？！祖父在彝陵之战破刘备大军七十万！父亲也为我东吴栋梁，名传海内，谁人不知？！他卢志胆敢无礼，作此狂言！”

确实如此。

陆家是江东大族中的首席。

陆逊当年一把火烧了刘备的七百里连营，虽然有些夸张，但事实是：彝陵之战，刘备确实一败涂地，死于白帝城。

这是陆家真正辉煌的开始。

后来，东吴皇帝孙皓问宰相陆凯：“卿一宗在朝有人几？”

陆凯答：“二相、五侯、将军十余人。”

孙皓赞：“盛哉！”

陆凯冷笑："君贤臣忠，国之盛也；父慈子孝，家之盛也。今政荒民弊，覆亡是惧，臣何敢言盛！"

东吴末代皇帝孙皓以残暴著称，动不动就虐杀大臣，但只有陆家敢这样跟他对话。

可是，天下风云已变。在晋灭吴后，即使是江东头号大族，陆家子弟来到中原后，也不得不面临被歧视的局面。

无论如何，邺城的聚会不欢而散。

陆家兄弟走了，卢志也铁青着脸走了。

陆机觉得受到了奇耻大辱。最重要的是，他觉得卢志是明知故问。这源自北方人对南方人的一贯轻蔑，所以更激怒了他。

当然，陆机远远没想到，他的反应为自己日后埋下杀身之祸。

二陆的故事令人伤感。

弟弟陆云为人文弱可爱；哥哥陆机则声作钟响，言多慷慨。两个人都非常有文学才华。在古代，一个士人的才华，通常也就指文学才华了。

入洛阳前的很长一段时间，他们隐居于华亭，即现在的上海一带。

说起来，他们是陆逊的后代，来自江东四大家族之一，做个官是简单的事。但奈何吴国被灭，他们作为南方人，在北上洛阳后，不得不面对北方人的歧视。但是，陆机一心要延续陆家的荣誉，所以他忍辱负重。

初入洛阳后，陆机就带着弟弟去拜见了大臣张华，询问一下接下来该走访谁。张华令二人拜见官员刘道真。

去了刘府，道真初无他言，过了半天，问："听说你们东吴有一种长柄葫芦，你们有没有带种子来？"

刘道真顶多算洛阳的二流人物，面对江东第一流的才俊，仍以此言相怠慢，可以想象当时北方人对南方人的普遍轻蔑。

陆家兄弟于是蒙羞。

洛阳很大，一时半会儿还没有人认识他们，兄弟俩只好忍气吞声。

他们无容身之地，只好住在一个参佐的单位里。那是三间瓦屋，陆云住东头，陆机住西头。还好，张华是个不错的人，并非出于世家大族的他，不像洛阳名士那样傲慢凌人，对陆家兄弟多有照顾。

有一次，陆云陆士龙前来张府拜访，正逢名士荀隐荀鸣鹤在。

张华知陆机的才华与锋芒，此次则有意一试其弟陆云，便叫二人对答，不许作常语。

陆云说："云间陆士龙。"

荀隐答："日下荀鸣鹤。"

陆云说："既开青云睹白雉：何不张尔弓，布尔矢？"

荀答曰："本谓云龙骙骙，乃是山鹿野麇；兽微弩强，是以发迟。"

张华抚掌大笑。

张华到底是陆家兄弟的贵人。因为他的推荐，兄弟俩渐渐名满洛阳，后有"陆（机）才如海，潘（岳）才如江"的说法。但是，在陆机看来，他们被认可仅仅是文学才华上的，而他要的不仅仅是这些。

陆机来自陆家，在江东，这个家族是要出将入相的。他发誓要恢复陆家的荣誉。其中的艰难不必多说。

陆机和陆云兄弟一直在坚持和寻找机会。

有时候，相对柔弱的弟弟陆云会心灰意冷，觉得坚持不下去了。此时，哥哥就会提醒他，还记得你曾帮助过的那个叫周处的人吗？

周处，宜兴人，年轻时，性情顽野，在乡里，人人见而躲之。后周处问乡邻为什么皆呈郁闷状，有人答："吾村有三害，而今为患，怎能开心？"周处知当地山有猛虎，水有恶蛟，第三害是什么呢？

乡邻直言："正是你啊！"

周处一惊。随后，上山杀猛虎，入水击蛟龙，三天三夜不见身影，乡邻以其被蛟龙吞噬，遂举村庆祝。后周处斩蛟而归，见此场景，惭愧异常，终知自己比那虎蛟还恶，有改过自新之意，去拜访陆机和陆云，正逢后者在家，便把想法说了出来："我想悔过自新，但年岁已蹉跎，担心将来一事无成！"

陆云答："古人贵朝闻夕死，况君前途尚可，且人患志之不立，亦何忧令名不彰邪？"意思是：古人朝闻道以夕死之而无怨，何况你前途未定，还有很多机会！人生于世，怕的是没有于心中立志，若立志而搏，又何必忧虑将来名声不显？

陆机正好回来，听了弟弟的话，不禁鼓起掌来。

周处，后来果然浪子回头，悔过自新，终成一代名将。

陆云的话确实令人震动。

人应该过有希望的生活，而不应生活在茫然和无望中。但是，我们都曾经有过茫然和无望的生活，都曾经虚度光阴，尽管那时候我们没有觉得是在虚度。可是，终于有一天，我们知道自己应该干点什么了，终于知道自己的一生应该往哪条路上努力了，这时候我们往往已经丧失了最动人的年华。

还来得及吗？

我们沮丧。

可是有周处的故事，有陆云那句话："古人贵朝闻夕死，况君前途尚可，且人患志之不立，亦何忧令名不彰邪？"

尽管如此，陆云还是有回江东的打算，因为他也觉察到：天下大乱在即，中原已经很危险了。

但陆机不为所动。

八王之乱已愈演愈烈，包括顾荣、张翰等在内的江东名士纷纷离开了洛阳这个是非之地。

顾荣也一度劝陆机跟他同返江东，再一次被拒绝。

在陆机看来，这时候，正好可利用各王为政一方、招募名士充实幕府的机会，让自己有一番作为。

弟弟陆云虽觉得这样太冒险，但最后还是听了哥哥的话，因为他要留在哥哥身边。

晋惠帝太安二年（公元 303 年），陆机的机会终于来了：这一年，他被成都王司马颖任命为大都督，进兵洛阳，征讨长沙王司马乂。

陆机意气风发。

早在几年前，陆机险些死于齐王司马冏之手，是司马颖救了他，以其为平原内史。现在，他终于可以像陆家先人一样领军作战了。

这是他的一个梦想。

在高兴的同时，陆机又很忧愁：帐中的北方人，大多不服从自己。

他虽出身吴国第一大族，但毕竟吴亡了，在军中连一个小小的叫孟超的人也敢当面对陆机说："貉奴，能做都督不？"

陆机是痛苦的。

他在当时自是可以一拳把那叫孟超的打倒在地。但问题是，当时几乎所有的北方人都对南方人心存轻视。

这仗是没法打了。

由于帐内不合，导致行军延误，加之陆机本人虽被冠以"太康之英"的名号，于文学上首屈一指，但于军事上并没有祖父陆逊的天赋。在河桥之战中，陆机丧师惨败，随后北方幕僚向司马颖进谗言，那个卢志更是落井下石，"陆平原河桥败，为卢志所谮，被诛。临刑叹曰：'欲闻华亭鹤唳，可复得乎！'"

司马颖遂诛杀陆机、陆云兄弟。

"慷慨惟平生，俯仰独悲伤！"这是陆机的诗。他死时，唯一的遗憾是连累了弟弟陆云。

在刑场上，陆机望着弟弟，热泪盈眶。一向柔弱的弟弟没有哭，而是劝慰哥哥：跟随哥哥一起赴死，我已经很满足了。

陆机仰天长叹："江东华亭那好听动人的鹤鸣，我们兄弟还能听到吗？"

二陆之死不仅是个人的悲剧，也是时代的悲剧。二人之死彻底终结了江东士人在中原求官的欲望。

陆家兄弟的身影，终被封沉于历史的长河中。

不过，一千多年后的今天，我们仍能感受到哥哥陆机的呼吸，因为他留下了一幅叫《平复帖》的作品，它是我国现存最古老的书法真迹，千年来，躲战火，避灾难，而保存流传至今。

年轻的卫公子

卫洗马初欲渡江，形神惨悴，语左右云："见此芒芒，不觉百端交集。苟未免有情，亦复谁能遣此！"

卫玠，字叔宝，河东安邑（今山西夏县北）人，西晋后期第一美男子，又被称为中兴第一名士。

他的祖父就是诛杀钟会和邓艾的西晋重臣卫瓘。

卫玠五岁时，卫瓘说："这孩子真是可爱，当是奇异之才，只是我已老，不能看他长大了！"

后来，卫瓘等人死于八王之乱中的楚王司马玮之手。卫玠因当时正待在大夫那儿看病，和母亲逃过一劫。

卫玠官至太子洗马，在政治上是个边缘人物，却不妨碍他成为洛阳最耀眼的明星。

卫玠不仅形貌俊美，而且风神优雅，皮肤尤其好，所谓"晶莹如玉"，很多人都不敢跟他走在一块儿。

卫玠的舅舅王济本来就很洒脱了，但人们一提到他的外甥，这位舅舅便说："珠玉在侧，觉我形秽。"

卫玠喜欢坐着小羊车漫行于大街上。洛阳的姑娘们看到，便迈不动腿了。后来，名士乐广的女儿有幸嫁给卫玠，引来全体洛阳美女的叹息。

卫玠身体不好，从小体弱多病，甚至"不堪罗绮"，弱得连绸缎都经受不住。这种羸弱，造就了他忧郁的气质，他也就更具有名士风采了。

卫玠善清谈玄理，是很能说的。

但由于身子弱，母亲叮嘱他，平时不能随便说话，故而很多时候他都保持缄默。

物以稀为贵。这样一来，大家也就更崇拜带有神秘气息的卫玠了。公子总在沉默。但他不是装，而是真有才华，只要一开口，就能把清谈场上的其他人制伏。王衍的弟弟王澄在当时已大名鼎鼎了，但"每闻卫玠言，辄叹息绝倒"。

关于卫玠在当时名士中的地位，用当时一句流传很广的话可以佐证："王家三子（王济、王玄、王澄），不如卫家一儿！"

卫玠生逢乱世。

永嘉时代，胡族入侵，中原大乱，四海南奔。

卫玠是在永嘉四年（公元 310 年）离开洛阳的："卫洗马初欲渡江，形神惨悴，语左右云：见此茫茫，不觉百端交集，苟未免有情，亦复谁能遣此！"

这是晋人的伤感。

意思是，渡江时，面对茫茫江水，想起家国之变和无常的人生，卫公子不禁神色凄惨："人生在世，只要有些情感，谁又能排遣得了这种忧伤！"

这句话，在东晋初年流行一时，因为扎到了很多南渡的中原人的痛点。

过江后，卫玠来到江西地界，也就是豫章郡，当时属于王敦的地盘。这里一度是名士们的中转站。很多人，经这里辗转建康。

在豫章，卫玠遇到名士谢鲲，二人彻夜长谈，王敦反而被冷落一旁。

尽管如此，王敦还是插了句话："不意永嘉之中，复闻正始之音。阿平（王澄）若在，当复绝倒！"

卫玠本来身体就羸弱，这连夜长谈，还真使他病来。

卧床的卫玠，多少感觉到王敦有乱臣凶相。于是，聪明的卫公子，在身体稍好后，就找了个机会，匆匆告别王敦和谢鲲，踏上了前往建康之路。

此时东晋政权还未建立，司马睿与王导正在网罗名士。

一听卫玠来了，大家都很高兴，建康民众更是倾城观看这位中原顶级的名士。

由于人多如墙，使马上的卫玠行进缓慢，终于到王导府邸，又被王导拉着彻夜长谈，加之长途劳顿，所以来建康没两天，卫玠再次卧床，不久后竟死去了，时人唏嘘不已，称："看杀卫玠！"

卫玠死时只有二十七岁。

这个年龄似乎是青年才俊的一个生死线，很多才华横溢的人都是在这个年龄死去的。于是卫公子永远年轻。

东晋最高傲的名士刘惔，在时人中只欣赏许询等一两个人，在亡者中则只推崇卫玠。

刘惔的密友王濛亦以貌美著称。当时，还有一个貌美的男子叫杜乂。曾有人夸奖王濛长得美，于是便有人说："觉得他貌美，是因为你没见过杜乂。"

杜乂如何？王羲之曾这样盛赞他："面如凝脂，眼如点漆，此神仙中人。"

于是，又有好事者问："杜乂是否比得上卫玠？"

此言一出，就惹怒了很多人，其中一位是谢鲲的儿子谢尚："他怎么能够跟卫玠相提并论？说句不客气的话，两个人之间的距离，大约是从洛阳到建康的距离吧！中间能放不少人！"

刘惔则以为，二人的差距不仅仅在相貌上，更重要的是在风神上。卫玠之洒脱飘逸是别人模仿不来的。

大家太推崇卫玠，以至于他活着的时候，一举一动都能引起人们尖叫。

卫玠之所以如此受青睐，跟魏晋时心性的觉醒和对美的欣赏以及对美好事物容易逝去的叹惋有关。

这是对美的爱与眷恋。

事实就是这样：卫玠在历史上没什么贡献，仅仅依靠个人的风神之美就获得了生前身后名。

这样又有什么不可以的呢？

从洛阳，卫公子一路南下，渡过了一条苍茫大河，浪花打湿了他的衣服。他坐在船头，听到困守洛阳的人喊他的名字，只是他再也回不去了。

一个王朝的背影

> 王导、温峤俱见明帝，帝问温前世所以得天下之由。温未答。顷，王曰："温峤年少未谙，臣为陛下陈之。"王乃具叙宣王创业之始，诛夷名族，宠树同己，及文王之末高贵乡公事。明帝闻之，覆面著床曰："若如公言，祚安得长！"

曹操南征北战，统一了北中国，虽文武之功浩大，但却没有称帝的欲望，把机会留给了儿子曹丕，后者以禅让的方式终结了汉朝刘家四百年的天下。

曹家成为时代的幸运儿，又成了时代的最不幸者。

因为他们身边有三匹马同槽啃着曹魏江山，直到被啃出骨头。

司马懿、司马师、司马昭父子三人，可以说是中国古代史上最强势的权臣父子。他们对曹魏政权的连续打击，是如此之狠。

第一次打击是司马懿发起的高平陵之变。

司马懿，河内温县（今河南温县）人，老爷子以能算计著称，曹操时代崭露头角，曹丕时代已受重用。及丕死，明帝曹叡即位，司马懿与陈群、曹真等一起辅佐明帝，迁骠骑大将军、督雍凉二州诸军事，对抗蜀汉诸葛亮的进攻。

在明帝时代，有能力对付蜀汉和东吴的，在整个魏国，也只有司马懿。

明帝曹叡活着的时候，他还能控制司马懿，后者虽军功显赫，但在朝廷上羽翼未丰，还比较乖。但曹叡一死，事情就慢慢地发生变化了。按曹叡的遗诏，即位的曹芳由曹氏亲王大将军曹爽和司马懿一起辅佐。

此时，司马懿都督中外诸军，录尚书事，大将军曹爽在幕僚的策划下，欲夺司马氏之权，转授没有实权的太傅给他当。权力之争由此拉开序幕。司马懿久在外领兵，在朝廷上的力量不占优，但他老谋深算，被削权后称病休养，不问朝政，实则以静制动，寻找机会。

行事颇嫩的曹爽渐渐丧失了警惕。

正始十年（公元249年），司马懿已经七十岁了。

这一年初春，曹爽及其兄弟一起陪同魏主曹芳到洛阳城外的魏明帝墓高平陵拜祭。

趁此机会，司马懿率司马师、司马昭，在太尉蒋济等人的支持下，关闭洛阳各门，以皇太后的名义发布诏书，将曹爽兄弟全部罢免，并谎称归洛阳后可得厚待。没经历过什么事的曹爽兄弟顿时傻了，不听智囊桓范（有可能是桓温祖上）之计，老老实实地回到洛阳，随即全部被司马懿处死。司马懿同时杀其党羽名士何宴、邓飏、丁谧等人，紧接着又平息了各处的反抗。

从此开始，曹魏权力转移到司马家这边。

两年后，司马懿死去，大将军司马师接管了魏国权力。

如果说司马懿发动政变后，并未得意忘形，仍注意在朝堂上的礼数，那么到了司马师这里就锋芒毕露了，在魏帝曹芳面前傲慢异常，后者成了汉献帝那样的傀儡。

正元元年（公元254年），中书令李丰、张缉欲剪除司马师，以夏侯玄辅政，事败，三人皆死难。以此为契机，司马师对魏国朝野展开大清洗，并废魏帝曹芳为齐王，立曹髦为帝。

司马师死于公元255年，弟司马昭继续专权，而天下皆知昭心。

甘露五年（公元260年）夏，曹髦欲反击司马昭，事败后被弑于洛阳皇宫南门。随后司马昭立曹奂为帝。景元四年（公元263年），司马昭派钟会、邓艾率军攻蜀，当年冬天成都陷落。在洛阳，司马昭被加封为晋王，赐九锡。

咸熙二年（公元265年）秋八月，司马昭还没来得及当皇帝便死去了。这年冬天，其子司马炎通过禅让的方式从魏帝那里夺取皇位，建立晋朝。

看上去确实残酷。

所以，当王导跟晋明帝讲述完晋朝得天下的故事后，明帝说："若如公言，我司马氏的天下安得长久！"

但是，在古代，哪个帝国的建立不是如此？只不过是十步跟二十步的关系，五十步和一百步的关系。

当然，对晋朝最愤愤的还是后来的很多人。

晋朝建立后不久，帝国就又陷入了分裂，而且长达近三百年，被称为漫漫中古长夜。

谈到西晋帝国的迅速覆亡，人们所谈不外乎皇帝淫逸、大臣奢华、名士放纵、清谈误国，总之这个时代没什么好鸟，以至于清代一些所谓学者对整个晋朝是否定的。

但什么才算好鸟呢？是康熙和乾隆吗？叫人唯笑而已。

一个王朝是否长久，除看帝王本人的能力和施政措施外，还要看当时的外部形势。西晋的不幸在于，它继承了东汉以来悬而未决的民族问题。虽然它暂时统一了全国，但整个局势其实更危险了。

打个比方，西晋好比一个刚刚修建好的屋子，里面的人还没待几天，屋子外面的人就开始喊着号子往里拥，在这种情况下屋子摇摇欲坠，是没什么办法的事儿。从这个角度说，屋子的倒塌跟里面的人在干什么关系不大。

在当时胡汉民族冲突的背景下，出现一个稳定的、长久的大一统的王朝是不现实的，所以就不要在这方面恨恨于晋朝了，还是去走近它的精神遗产吧：去发现晋人在中国古代历史长河中那卓尔不群的美。

新亭对泣

> 过江诸人，每至美日，辄相邀新亭，藉卉饮宴。周侯中坐而叹曰："风景不殊，正自有山河之异！"皆相视流泪。唯王丞相愀然变色曰："当共戮力王室，克复神州，何至作楚囚相对！"

这一回，可以说说东晋的开国宰相王导了。

王导，琅邪临沂（今山东临沂）人，是真正意义上使王家成为六朝第一门户的人物。

早年在西晋洛阳时，王导跟着从兄王衍以及族长王戎参与各种场合的名士聚会。王导性格宁静而有谋，在当时不显山不露水的，更多的时候只是坐在一旁倾听名士们清谈。八王乱起，天下纷崩，优游之余，王导忧心忡忡。

洛阳时代，王导与琅邪王司马睿关系不错。

有一次，他悄悄地告诉司马睿："现在是乱世，更大的动荡还在后面，您不如请镇江南……"

当时执政的司马越也有意派一股势力进入江南，留个退路。

晋怀帝永嘉元年（公元 307 年），司马睿以安东将军的身份出镇吴国旧都建业（即南京，后避晋愍帝之名讳而改建康），成为江南的军政主脑。司马睿虽然是司马懿的曾孙子，但与诸王比较起来，属于皇室远亲，力量也比较弱。在此之前，他已镇守下邳两年。来下邳之前，他把富于谋略的王衍从弟名士王导要来了。

在晋愍帝被俘遇害后，司马睿于公元 318 年正式即皇帝位，建立东晋政权。

政府的第一件事，就是怎么争取江东的高门世家。遭遇抵触情绪是难免的，尤其是西晋洛阳时代，江东人受够了轻蔑。

江东大族，顾、陆、朱、张，外加贺氏，以吴郡和会稽为势力基地。

面对初来建康的司马睿，江东名族大约有一种幸灾乐祸的心理：你们中原人不是优越感很强吗？不是很有文化吗？不是瞧不起我们江东人吗？不是把我们吴国给灭了吗？现在呢？中原危险了吧，胡人打进来了吧，想起我们这儿好了？

总之，各种不合作。

面对这种情况，司马睿束手无策。他只能依靠王导。但是，王导已经碰了钉子。当时，他想拉拢当地的大族，于是求婚于名士陆玩，但被陆玩一句话就给顶了回来："小土堆上长不了松柏，鲜花和小草不能放在同一个瓶子里，我陆玩虽然没什么才能，但却也不能做这种破坏规矩的事！"

这件事说明两点：

一是当时王家还未完全显赫；二是渡江之初，江东土著对北人带有巨大的敌意。

不过，王导并没气馁，此后多设饭局，并主动拜访了当地最有影响的两个人物顾荣与贺循。

顾荣已具大名，贺循则被认为"体识清远，言行以礼。不徒东南之美，实为海内之秀"。每有要事，王导都请二人拿主意，他们很高兴，推荐了一大批当地的人才为政府效力。

这期间，王导多次精心设计，让司马睿以及大批从北方逃难而来的名士上街，以中原仪表与神韵征服南人之心，借此树立政权最初的威望，收到了非常不错的效果，搞得东吴士人啧啧称赞：

"看，这就是洛阳名士某某某！"

"呀，某某也南下来咱建康了！"

"那不是某某某吗？当时在洛阳门庭特别高，要想拜见一面，可不容易呢，现在终于看到了，模样虽然有点难看，但风神确实洒脱啊！"

大概就这些话吧。

这个笨拙的方法很管用。

一来二去，东吴人，从百姓到大族，都发现司马睿和他的名士部属们还真是气宇非凡，而司马睿又被众星捧月，可见在北方时很有威望。久而久之，司马睿在建康站住了脚。

为笼络人心，王导建议司马睿大批量任用江东土著为官；同时化解南北世族间的矛盾。此外，还在社会上实行了侨寄法，妥善安置北方流民。

在王导的辅佐下，司马睿虽有了声望，东晋政权也获得了民心，但毕竟是寄居在人家的地盘，心里还是有些不踏实。有一次，他拉着江东士族领袖顾荣的手，试探着说："寄人国土，时常怀惭。"

一个皇帝说出这样的话来，确实够可怜的了。

顾荣还是不错的，不仅收留了往昔吴国的敌人，还号召江东子弟为之效力。那天，他跪下来对司马睿说："帝王以天下为家，所以商、周的帝王，总是迁移，都无定所，希望陛下不要总想着迁都这件事。"

司马睿点点头。

望着顾荣的背影，司马睿大约在思忖：你们心里这样想就好。

东晋之初的政权，外有王敦，内有王导，形成了"王与马，共天下"的格局。

作为宰相，王导结合北方士族在江南建立政权这个特点，采取了"镇之以静、宽简无为、皆大欢喜"的执政风格。

看一个细节。

有一次夜宴，宾客推杯换盏，王导周转于各桌间。喝到一半，他发现角落那桌，一个汉族士人和几个西域胡人面色有些沉郁，于是走上前，认得那汉族士人来自临海郡，几位胡人则是来自西域凉州。

王导举杯相邀，与之对饮。

王导对着那名汉族士子说："自从你离开后，我知道临海便再也没有您这样的贤士了。"

随后，又对那几个胡人说："兰阇，兰阇（梵语或西域赞誉之词的译音）。"

众人大笑，满座皆欢。

由于王导的周到，几年后，在东吴旧地，北人与南人，相处日渐和睦，政权也就安稳下来了。

由于空闲的时间多，每逢天高气爽的日子，王导就与南渡名士一起相约到郊外散心。他们常去的地方是新亭。

新亭在建康西南，面临滚滚长江。

春日迟迟，一日午后，名士又至，坐在草地上，临江远眺，想起中原沦陷，神州陆沉，胡族纵横，刀光剑影，又想起当年洛阳的优游生活，很多人伤感异常。

名士周顗则叹息道："建康的景色和洛阳一样，都美丽非常，只是故国山河不同了！"

参加宴会的人听后都唏嘘不已，有的还落下了眼泪。

这时候，王导突然严肃起来："正因为山河不同，大家才应该一起努力，收复中原，怎么能像楚囚一样跟这儿哭呢？"

在座的名士纷纷鼓掌，认为王导说得很好：到底是宰相，登得高，看得远。

收复中原说起来容易，但一想到中原现在的样子，各位便又心虚了。尽管如此，王导的那句话在当时还是令人精神一振。后到南宋，境遇与东晋相似，诗人词家多引新亭之典入句，如刘克庄："多少新亭挥泪客，不梦中原块土！"

王导的话铿锵有力。

不过，他只是说说而已。

因为，他没有北伐的愿望。事实是，即使北伐，在当时的局势下，东晋也不可能取得彻底的成功。或者可以这样说，当时五胡勃兴，主流是继续分裂，而不是统一。

统一的条件，还远远没有到来。王导，深深知道这一点。这是他作为一个政治家的明白处。另外，魏晋时期人们的民族意识，也远不如后世来得具体和强烈。这一点解释起来非常困难。这样说吧，东晋时北伐中原的祖逖心中的民族情结，与后来岳飞、文天祥、袁崇焕、史可法等人心中的民族情结肯定是有些区别的。

王导晚年的执政风格更为名士化，也就是更加宽简，于是有人非议：作为宰相，他怎么什么都不干啊？难道老糊涂了？

每闻此声，王导便自叹道："人言我愦愦，后人当思此愦愦。"

意思是，有人说我老糊涂了，但难得糊涂啊，后人终会理解和思念这种糊涂的好处。

东晋一代，王、庾、桓、谢四大家族先后执政。四大家族里，谢家完全是玄学风格，王家是儒玄双修，庾家和桓家则为政刚猛。

一个夏夜，王导去看望庾亮，后者正在办公。

王导说："天太热，可以一切从简。"

庾亮说："你简略行事，天下人未必以为就恰当！"

其实，就东晋王朝的政治结构来看，王导的风格是非常恰当的。

东晋是中国历史上唯一的君臣共治的门阀政治王朝（连西晋都不是），王朝的权力是建立在皇家与权臣合作的基础上。在这种现实下，刚猛苛严的风格是不适合的。此其一。其二则跟当时的形势有关：东晋王朝是君臣南渡后建立的，寓居在人家的地盘上，严政会激起大矛盾，而且没有为政的基础。

终负此人

王大将军起事，丞相兄弟诣阙谢，周侯深忧诸王，始入，甚有忧色。丞相呼周侯曰："百口委卿！"周直过不应。既入，苦相存救。既释，周大说，饮酒。及出，诸王故在门。周曰："今年杀诸贼奴，当取金印如斗大，系肘后。"大将军至石头，问丞相曰："周侯可为三公不？"丞相不答。又问："可为尚书令不？"又不应。因云："如此，唯当杀之耳！"复默然。逮周侯被害，丞相后知周侯救己，叹曰："我不杀周侯，周侯由我而死。幽冥中负此人！"

周侯即周𫖮，字伯仁，安城（今河南汝南）人，东晋初官至尚书左仆射，以旷达著称，有大名，但能力却一般。性好酒，三日不醒，人观其形，"嵬如断山"，又称"三日仆射"，于是名声更盛。

有一天，谢安的伯伯谢鲲对周𫖮说："你就好比那社庙前的树，远远望去，高入青天；但是，等走近了细看，树根下却聚集着群狐，都是些污秽的东西罢了。"

周𫖮不紧不慢地回答："大树的枝条拂至青天，我不认为它高（意思是，只有目光短浅者以为那很高）；下面聚集着所谓群狐，我不以为它浊（狐狸怎么了？多聪明的动物啊）。至于说到聚集着污秽，那是你老兄的专利，何必在我这儿自夸？！"

以其人之道，还治其人之身，周𫖮的回答很厉害，而且言谈中做了反击，嘲讽了谢鲲。

谢鲲在西晋时即以放荡闻名，曾调戏邻家女孩，被其扔物砸断了门牙，周围的朋友都很替谢鲲担心，后者不在乎："犹不废我啸歌！"

初一看，谢鲲的话很洒脱，但转念一想，毕竟对女孩无礼在先，所以后来被人诟病。

在周颙的反击下，谢鲲紧闭着嘴唇走开了。

周颙和王导同为朝廷重臣。西晋时，周颙与和峤齐名，渡江后有人问王导："周颙跟和峤相比怎么样？"

王导回答："和峤如巍巍高山……"后面的话没说。

周颙听到此话后，当然不是很愉快。一次，宰相王导指着周颙的肚子，问："你这里面有什么？"

周颙答："此中空洞无物，但却可以容下你这样的好几百个！"

二人暗自较劲。后来，发生了一件事，让周颙往后退了一步。

当初，晋元帝司马睿欲废太子司马绍而立司马昱，王导和周颙都以为不可，但大臣刁协为了迎合帝意，而建议立司马昱。晋元帝欲正式降旨，又考虑到大臣会阻挠，于是调虎离山，想先把王导和周颙喊到宫里，然后偷偷地传诏给刁协，令其宣布旨意。

周、王既入宫，刚到台阶下，晋元帝便又传旨令其二人到东厢房休息。

周颙没琢磨过来是怎么回事，便退下台阶，而王导却直接来到御榻前，问："不知道陛下为什么召见我们？"

晋元帝无言以对。

最后，惭愧地把藏在怀里的欲废太子的黄诏拿出来撕了。

此事后，周颙慨然叹道："以前我常认为自己胜过王导，今天这件事发生后，我才知道，总体实力我还是不如他呀！"

在朝廷上，虽然周颙和王导二人时有矛盾，但多属于鸡毛蒜皮。如果说真的有一点令周颙不快的话，那就是他觉得王家内外为官，多少有点跋扈了，民谣所称的"王与马，共天下"，对大臣来说并不完全是一种荣耀。

晋元帝永昌元年（公元 322 年），王敦以诛晋元帝新提拔的宠臣刘隗、刁协为名，从荆州起兵攻首都建康，兵至石头城。朝廷派周颙去见王敦，后者先发制人，责问周颙："卿何以相负？"

周颙对道："公戎车犯正，下官忝率六军，而王师不振，以此负公!"意思是，你举兵犯上，朝廷的军队本应对你一击，但现在王师不振，在这方面我们确实辜负了你！

王敦一惊，随即提起另一个话题：在西晋时，周颚名声大于王敦；渡江后，两个人的地位发生了变化，于是王敦说："不知是我进步了，还是你退步了？"

周颚没搭理他，而是直接问道："此番向皇帝动兵，意欲何为？"

当时王敦东下，很多人认为他之所以起兵，是朝廷逼迫的，现在王敦又陈述了一番理由，亮出了"清君侧"的招牌，而周颚说："今主非尧、舜，何能无过？且人臣安得称兵以向朝廷?!"

周颚说得很清楚了，君主并不是人人都像尧、舜那样，谁能够没有过错？作为大臣，因皇帝有一点过错就举兵犯上？你性情太过刚愎暴烈了。

王敦默然。

但后来他还是率兵攻入建康，刘隗北投石勒，刁协、戴渊和周颚被杀。

当时，在朝廷为宰相的王导心情是非常复杂的：一方面，他并不反对哥哥王敦的行动，因为战争的初衷，清除刘隗、刁协等被晋元帝提拔上来的大臣，毕竟是为了维护王家的利益；另一方面，他作为宰相，哥哥举兵犯上，大逆不道，而自己身在建康城内，位置不但尴尬，而且危险。

为得到皇帝的宽恕，王导每日率领王家子弟跪在皇宫外。

一日，周颚被召入宫去见晋元帝，又看到王导等人跪于宫门前。后者看到周颚，便说："我王家百口人的性命，就都托付给你了！"

周颚直接走了过去，没理王导。但见到晋元帝后，周颚却倾力为王导求情。

此前，刘隗曾向晋元帝献策：尽杀城内琅邪王姓族人。最后，晋元帝听从了周颚的建议，并未降罪于王导。得到皇帝的应允后，周颚很高兴，皇帝留他吃饭，他又喝了不少酒。

及出宫门，王导等人仍跪地不起，行为旷达的周颙，并没有把自己在宫里的所作所为告诉王导，而是说了另外一番话："今年若杀了王敦等叛臣，当会取得斗大的金印挂在肘后！"随后大笑而去。

王导傻了，误会了，以为将满门被诛。

等了一段时间后，朝廷并没动静。很快，王敦的军队攻入建康。

当天，王敦在石头城密约王导，问："周颙可为三公不？"

王导不答。

又问："可为尚书令不？"

又不答。

王敦明白了王导的心思，说："那只能杀之了！"

王导依旧默然，意思很清楚了。

周颙被害之后，过了很长一段时间，王导才知道事情的真相，于是老泪纵横，捶胸长叹："我不杀周侯，周侯由我而死。幽冥中负此人！"

周颙死得如此之冤。

王导自然有其过错，但周颙本人呢？似乎多少也应为自己的死负一点责。

为了名士的那洒脱性情，替人家说了话、做了好事，还不让人家知道，乃至令对方产生误解。结论是：周颙死于名士风度。

事后，有一天，王敦与部下聚宴，突然想起什么："周家也算得上是名门大族了，但好像没人做到'三公'的。"

当时座上有人回答："只有周颙差点做到。"

王敦慨然叹道："我与周颙曾在洛阳相遇，一见如故。永嘉之后，世事纷纭，最后竟然到了这个结果！"话未尽而泪长流。

有人说，这不是典型的鳄鱼之泪吗？

周颙是你杀的，现在又跟这儿哭，什么意思？也许不仅仅是王导，对于杀害周颙，王敦也有些后悔吧。

但问题是，周颙的二弟周嵩也死于王敦之手。

当初，他的小弟周谟要做晋陵太守去了，大哥周颤与二哥周嵩把弟弟送到建康城外。

在路口的亭子，周谟拉着两个哥哥的手哭泣不止，周嵩很不耐烦，甩开弟弟的手："我说老三，奈何如女子?!"对于弟弟的哭哭啼啼，做二哥的是看不惯。说完，他扔下二人兀自走了。

周颤很疼爱自己这个弟弟的，叹了口气，坐下跟弟弟喝饯行酒，最后也落泪了，拍着弟弟的后背说："阿奴啊，此地一别，远赴晋陵，你要好好照顾自己，好好爱惜自己，别让我为你担心。"

小名叫阿奴的周谟使劲地点头。

二哥周嵩嫌弟弟太女人，甩手而去；大哥周颤，坐下来叮嘱弟弟，很有人情味，两个人的性格特点跃然纸上，自无优劣之分。不过，道出一点，这周嵩性子太暴。

下面的故事是最好的说明：

周颤做吏部尚书时，晚上在单位值班，突发心脏病，尚书令刁协在场，于是叫人马上救治，表现得特别亲密。后周嵩得知情况，非常着急，衣服还没穿好，就赶过来了。一进门，刁协就下了座位，对着周嵩大哭，说周颤昨晚的病情，最后说："现在没事了，正在后屋休息!"

周嵩二话没说，扬手抽了刁协一个大嘴巴，后者被打得转了个圈。

可以设想，刁协被打蒙了，不但他蒙了，连旁边的人也蒙了。周嵩来到后屋，看到哥哥在床上躺着，病情如何压根儿没问，上来就说："君在中朝，与和长舆齐名，那与佞人刁协有情?!"意思是：大哥! 过江之前，在洛阳，您跟和峤齐名，怎么现在会跟刁协这样的人有情呢!

随后周嵩又一次扬长而去。

此时，刁协还坐在门口愣神呢，他实在是转不过这个弯子来：我招谁惹谁了?

其实，刁协谈不上所谓奸臣，他只是晋元帝的宠臣。最初，皇帝有意提拔他为中书令，以平衡王家的势力，这也成了后来王敦起兵的理由。

刁协虽然有缺点，比如喜欢迎合皇帝，但罪不至死。具体到这件事上，周嵩有点过分了，而且刁协岁数也不小了，官至中书令，宰相级别的人物了。

我们不知道刁协被抽后是怎么想的，即使生出怨恨也是正常的吧。

只说周嵩，他是懂哥哥的。有一次，周嵩听母亲讲哥哥周顗的特点，随后跪倒说："不像母亲说的那样！我哥志大才疏，虽有盛名，但在审时度势方面很差，又好乘人之弊，此非保全之道！"

对于哥哥周顗，周嵩一向认为他盛名之下，其实难副。

有一次，周嵩喝多了，怒目面对哥哥："你才不如我，却横得重名！"说罢抄起燃烧的蜡烛就向哥哥投去。

周顗反应还算快，一下躲开，笑道："弟弟！你用火攻？真是下策！"

当然，周嵩也很了解自己。那一天，在评价完哥哥后，他对母亲说："我性格刚强勇烈，无所屈服，也必不容于世。只有弟弟阿奴碌碌，将来能保全性命，孝顺在母亲膝下！"

做母亲的慨然而叹。果然，后来兄弟俩全死于王敦之手。

向死而生

王长史病笃，寝卧灯下，转麈尾视之，叹曰："如此人，曾不得四十！"及亡，刘尹临殡，以犀柄麈尾著柩中，因恸绝。

魏晋名士好起舞，酒后酣畅时，往往长袖弄清影。

其中，有三人属于舞蹈家级别的，他们是：西晋的向秀，以及东晋的王濛和谢尚。

王濛和谢尚同为宰相王导的幕僚。某年晚夏，一次夜宴，明月高悬，清风徐吹，花木摇曳，王导、王濛、谢尚于庭院中小酌，喝到妙处，王濛举杯大声道："谢尚能跳异舞！"

谢尚也不答话，挺身便起舞，神色清朗，轻松怡然。

那个时代男人跳舞，就是转来转去，舞动着宽大的袖子，时不时地来个类似于京剧里亮相的动作。虽然简单，却颇能增广人的情怀。

谢尚微笑而舞，穿梭于花影中。本来挺好的，但王宰相多了一句嘴："见此情景，让我想起了王戎。"

不是说不可以思念王戎，只是说王导总拿渡江前的西晋往事做谈资，好像生怕大家不知道他曾在洛阳跟诸名士优游过。

为此，同事蔡谟曾数落过他，但这老宰相就是记不住。

谢尚听见了王导的嘀咕，但没搭理他，依旧自顾自地快乐地跳着，舞动着长袖，加之哥们儿皮肤又白，仿佛月下的玉人，美丽极了。

很快，王濛忍不住了，也起身挥袖而舞。

最后，王濛和谢尚都跳累了，便停下身，这时候再看王导，他已经打着呼噜在月下睡着了："王长史、谢仁祖同为王公掾。长史云：'谢掾能作异舞。'谢便起舞，神意甚暇。王公熟视，谓客曰：'使人思安丰。'"

无论如何，生命是美好的。魏晋之人发现了这一点。

因为在此之前，对于生命本身，人们似乎没什么想法，很混沌。知晓了这一点，再看这样的镜头，便断然生动了：

名士王濛病情加重，于深夜卧在床上，借着床头的灯光，取拂尘观看，良久而叹："像我这样的人，竟然活不到四十岁！"

王濛三十九岁而亡，令人惋惜。

按《晋书》记载："濛少时放纵不羁，不为乡曲所齿，晚节始克己励行，有风流美誉，虚己应物，恕而后行，莫不敬爱焉。"王濛俊秀，"美姿容，尝览镜自照，称其父字曰：'王文开生如此儿邪！'"这当然不是自恋，而是魏晋名士对自我的深情。

王濛来自太原王氏。

在东晋时代，太原王氏出了两个皇后，一个是晋哀帝的皇后王穆之，一个是晋孝武帝的皇后王法慧。说起来，这两位王皇后都是王濛的后人。王穆之是王濛的女儿，王法惠是王濛的孙女（王濛之子王蕴之女）。从这个角度看，如果王濛不早亡，那么后来会更显贵。

说起来，王濛死，有可能是给支遁气的。

支遁从会稽来京城建康，入驻东安寺，王濛与其清谈，自述数百语，以为是名理奇藻，但支遁听后慢慢地说："与君一别多年，没想到您对玄学的见解一点也没有长进。"

王濛大惭而退。

这个和尚也是，总拿这句话噎人，不是数落王坦之，就是嘲讽王濛。

支遁还曾跟王羲之这样在背后悄悄评论王濛："王长史确实能说，一说就是好几百句，但无非都是些仁德之音，而不见锋芒，不能屈服对方。"

王羲之答："人家王长史也没打算屈服对方。"

王濛死后，他生前最好的朋友刘惔来吊唁。在那个时代，两个人经常一起出场，至会稽王司马昱辅政，王、刘号为"入室之宾"，而时人将刘惔比作曹魏名士苟奉倩（苟粲），将王濛比汉末名士袁涣，"凡称风流者，举濛、惔为宗焉"。

刘惔带来了一支犀牛柄的拂尘，精美漂亮，将其放入棺中，长伴挚友，一哭而绝。

不久后，刘惔也去世了。

刘惔、王濛二人友谊之深，很难用文字形容。王濛曾这样说过："刘惔知我，胜我自知。"刘惔则这样评价王濛："本性通达，自然有节。"

论其二人才华，刘惔要高出一些，或者说不是一个风格，一个清简孤拔，一个清润圆和。

王濛之子曾问其父："刘惔叔叔的清谈功夫跟您比如何？"

王濛答："华美的辞藻方面，他不如我；但在一针见血、一语中的方面，他胜过我。"

再后来，谢安对王恭说："刘惔自知，从不说胜过王濛。"

王恭哼了哼，说："我家祖父不是追不上刘惔，只是不去追罢了。"

不管追得上追不上，王濛和刘惔都死了，都没有活过四十岁。

魏晋人是特别珍惜生命的，不是他们怕死，而是说，他们为生命的消逝而伤怀。正因为如此，很多名士才喜欢唱挽歌。

比如名士袁山松，以及东晋最重要的玄学家张湛，所谓"酒后挽歌甚凄苦"。除上面两个人外，尤善唱挽歌的还有东晋第一音乐家桓伊。

魏晋时，喜欢唱挽歌与名士的个体生命意识觉醒有关。

在这种觉醒下，面对时光的流逝与人生的无常，渐渐形成一种"悲"的审美。

他们比前代更为珍视生命，因为他们发现了生命中的美。这美既来自精神的自由、人格的独立、情意的酣畅，也来自山川的秀澈，乃至云霞的高洁。

这种美，甚至还来自他们自己的形体和气质，你看在魏晋时期，形容一个人的容貌、举止和风神，用的都是绝然鲜亮的语言。

向死而生。

魏晋人物对死亡的叹息，实际上是歌咏和发现了生命的灿烂，在最大的痛苦中顿悟了"生"。这种自觉的生命关照和生命审美是空前的，也是绝后的。从这个角度看王濛之死，听他那一声叹息，总是关情而令人落泪。

人何以堪

桓公北征，经金城，见前为琅邪时种柳，皆已十围，慨然曰："木犹如此，人何以堪！"攀枝执条，泫然流泪。

桓温"鬓如反猬皮，眉如紫石棱"，相貌雄壮，加之其粗犷的风格，而为当时的名士所不屑，轻其为"兵"，那便是粗鄙之人了。

其实，桓温自有情怀。

晋穆帝永和十年（公元354年），桓温率军四万北伐前秦，越秦岭，于陕西蓝田大破前秦军，兵锋直指长安外围的霸上。当地百姓沿途迎接，上年纪的人忍不住大声哭泣："多少年了，现在又看到了汉家军队！"

此次出征，终因补给不足而被迫撤退。

两年后，桓温再次北伐，矛头指向的是洛阳，强渡伊水成功，大败羌人姚襄的军队，收复了故都。在当时，这被看作惊天地的大事件。

晋哀帝隆和二年（公元363年），桓温被任命为大司马，都督中外诸军事，录尚书事，随后又兼领荆、扬二州刺史，集东晋军政大权于一身。

晋废帝太和四年（公元369年），桓温率军五万北伐前燕。

路过金城，看到自己做琅邪内史时所栽种的柳树已经很粗了，想起这些年的风云往事，一代枭雄不禁慨然叹息："树木尚且如此，人又怎么能够经受得了这岁月的消磨！"手执柳枝，泪流满面。

作为一代枭雄，桓温是粗线条的；而执枝流泪，又是细线条的。

一个是远景，一个是特写，放之于历史的长河中，这样的情景总是动人的：永嘉之后，人间多舛，时光流逝，生命艰难，桓温之泪，百感交集。

终当为情死

> 王长史登茅山，大恸哭曰："琅邪王伯舆，终当为情死！"

圣人有无"情"？

这是魏晋名士争论的焦点之一。

庄子认为圣人无情，"竹林七贤"中的王戎深以为然，同时又认为粗鄙之人不懂情，知情而难忘者正是包括自己在内的名士们。

魏晋真名士，人格独立，精神自由，尤其重情。

这里的"情"，当是"私情"，但却是博大的，它不是简单的爱情或亲情，而是一种被发现了的精神世界的情怀，正如主人公所说的："琅邪王伯舆，终当为情死！"

王长史是王导之孙王钦，字伯舆，官至司徒长史。

晋安帝隆安初年，王恭起兵讨王国宝，正于家中守孝的王钦起兵响应。

后王国宝被杀，王恭罢兵，去王钦职并令其息兵，后者不平，兵指王恭。王恭以北府兵悍将刘牢之击钦，王钦失败，自此从人间蒸发。

但是没有关系，他登茅山留下的那句话，一直让人无限感怀地流传到现在。

第六章　鱗羽自珍

王敦之志

王处仲每酒后，辄咏"老骥伏枥，志在千里。烈士暮年，壮心不已"，以如意打唾壶，壶口尽缺。

东晋中期，权臣桓温率军西进四川，消灭了成汉王国。

一日晚，大摆宴席，幕僚、将佐以及巴蜀名士都到了。桓温意气风发，举杯阔论，称古今兴亡，全系于人，满座皆服。

散场后，人们还在品味桓温的话。只有幕僚周馥不动声色。后来，他跟旁边的人说："真为你们这些人遗憾，你们觉得桓温雄俊，是因为没见过大将军王敦的风采！"

本条中的王处仲即王敦，宰相王导的堂兄，东晋初年的枭雄，掌握着长江中游荆州的兵权，遥控着下游的朝廷。

东晋，正是在王导、王敦兄弟俩的协助下建立的。

但时间久了，王敦就成了朝廷的威胁。晋元帝司马睿欲削其兵权，以刁协、刘隗为心腹，王敦遂起兵发难，攻入建康，斩杀刁协，逼走刘隗。

其实，多年前，西晋大臣石崇家的侍女就已经做了预言。

以斗富著称的大臣石崇家的厕所极尽奢华，有十多名侍女列队伺候客人。厕所前的桌子上，摆着甲煎粉、沉香汁等增香去味的东西。另外，石家上厕所，还有个规矩：方便完了，可以把身上的衣服扔了，换上准备好的新衣服再出来。

也许因为太奢华了，很多客人都不好意思在石崇家上厕所，比如王导：如何当着侍女的面换衣服？于是，他只好忍着。但王敦正相反，每次都从容地撒尿，从容地脱光了换衣服，神色傲然，不异于常。

一名侍女道："眼如蜂目，声如豺狼。能旁若无人地撒尿换衣，将来必能做贼！"

后来的事实果如侍女所言。

晋元帝死，晋明帝即位，王敦再次起兵，最后病死军中。

渡江前的西晋末年，王敦就有声名，和谢鲲、庾敳、阮修为"王衍四友"；自己亦有四友：胡毋辅国、王澄、庾敳、王衍；也曾参与当时的清谈。与那些名士不同的是，王敦是个果敢豪爽、决绝冷酷的人。

年少时，王敦说一口楚方言（不知为何）。

有一次，晋武帝司马炎与诸名士探讨伎艺之事，只有王敦露出厌恶的表情，称自己只会打鼓。武帝叫人取鼓与之，王敦振袖而起，扬槌奋击，有金石之音，神情更是豪迈雄爽，一座为之倾倒。

王敦有一颗冷酷的心。

大臣石崇奢华而残忍，与名士聚会时，常让美人劝酒，如客人不给面子，那么这个美人便获斩刑。一日，王敦、王导哥俩去拜访石崇，聚宴时，王导虽不能喝酒，但为了保全石崇家美人的性命，每次都一饮而尽，最后大醉。王敦则不。他很能喝，但偏偏不喝，没一会儿，已有三个美女被斩。

王敦面色如故。

王导虽醉，但还有一丝清醒，替美人劝王敦饮酒，后者说："石崇杀他自己家的人，干你什么事?!"

王敦自负，曾自评："高朗疏率，熟读《左氏春秋》。"

由于前后两次进兵建康，人们常说王敦有代晋自立的欲望，更以此条以证其不甘做臣子的想法，酒后高吟孟德诗篇："老骥伏枥，志在千里；烈士暮年，壮心不已！"

王敦一边吟咏，一边用手中的如意敲打唾壶，致使壶口尽缺。

豪迈如此的枭雄，终是爱惜自己的羽毛的。

对王敦来说，假如没死于进军建康的途中，也未必真有代晋自立的欲望。

东晋一代，有三个权臣或可说是枭雄：初期王敦，中期桓温，末期刘裕。桓温晚年时，确实一度产生了代晋的欲望，因谢安的阻挠未成而死，其子桓玄终移晋鼎。

与桓家不同的是，王敦出自第一世家琅邪王氏，东晋初的政局又是王家与司马家共治，且司马家给名士的自由度非常大，所以尽管王敦先后两次兵指京城，目的仅限于解决那些威胁到王家地位的人，而无意把司马氏皇帝赶下台。

王敦虽是曹操式的人物，但没孟德突出的才华，而只是在气质上跟曹操接近。桓温也是这一类人物（不是说他们不优秀，而是曹操太优秀）。但在周馥看来，王敦比桓温更佳。

原因大约是，桓温家族不显，人又粗线条，早年混迹于名士圈，也不被待见，才全力在军政上发展，但成功后依旧为名士不屑，搞得桓温非常自卑。王敦则不然，本身就出自豪门世家，从根儿上底气就很足，而且做事又狠，比之于桓温更显霸气。

当然，王敦也有怕的人。

祖逖。

王大将军向京城进军，想面对面地质问皇帝自己做错了哪些事。为此，他派出使者宣布自己的政治主张，很凌人。

这时，祖逖正在建康。

他不吃王敦这一套，看到王敦的使者趾高气扬的样子，当即就火了："王敦想来京城找事？告诉阿黑（王敦小名）老实点，快收兵，如胆敢不逊，我将亲带三千甲士，用铁槊扎得他四脚朝天！"

无论如何，王敦是东晋仅有的几条骨架之一。

意思是，如再无有他和桓温这样的角色，那时代虽洒脱美好，但也实有轻巧之嫌了。

宁作我

桓公少于殷侯齐名，常有竞心。桓问殷："卿何如我？"殷云："我与我周旋久，宁作我。"

桓温年轻时与殷浩齐名，但心里不服气，常有竞争之心。

一次，桓温从后面溜过来，拍了拍殷浩的肩膀："兄弟，你觉得我怎么样？咱俩谁更厉害？"

桓温以为会吓殷浩一跳。

没想到后者并未回头，依旧手握拂尘徐徐而行："我与我周旋久了，都已习惯了，所以宁可作我。"

这是非常决绝而透彻的回答。

魏晋时，儒家思想崩溃，个性解放，标志之一，是对自己的肯定，重视自我价值。殷浩此语即是例证。

我与我周旋久，宁作我！

我的心，我的神，我的形，都是属于我的，与我如此亲近，因此我踏实并能获得快乐。我不会羡慕你，因为你的一切与我没有关系。

后来，会稽王司马昱曾问殷浩："你跟西晋的裴颜比，谁更出色？"

殷浩面色深沉，冷冷地回答："我应该超过他。"

我应该超过他。

我宁作我。

这样的声音，让其他时代黯然。

骄傲的心

> 桓大司马下都，问真长曰："闻会稽王语奇进，尔邪？"刘曰："极进，然故是第二流中人耳。"桓曰："第一流复是谁？"刘曰："正是我辈耳！"

曹魏名士狂狷，西晋名士贵雅，东晋名士玄远。

曹魏名士以阮籍、嵇康为最高傲，东晋在这方面的双星，除王徽之以外，另一人是谁？唯刘惔可负此名。

刘惔字真长，沛国相县（今安徽淮北）人。

魏晋时期讲求门第出身，刘惔祖上曾为西晋高官，但到刘惔时家道已中落，他跟母亲寓居京口，以编草鞋为生，跟三国刘皇叔一样，但这并不妨碍他后来成了东晋最傲慢的名士。

刘惔少好老庄，后入京城建康，为王导所识，参加了几次清谈聚会，语言风格清简悠远，犀利峭拔，震惊四座。

后来，刘惔与王濛同成为会稽王司马昱府上的座上客，二人从此结下深厚友谊。

刘惔清谈，打遍建康无敌手。晋明帝爱其才，将公主嫁给刘惔，并任命他为丹阳尹（京城建康隶属丹阳郡）。

这位首都长官有松鹤之相，清秀脱俗，气质非凡，骄傲非常，甚至到了刻薄的地步："刘尹谓谢仁祖曰：'自吾有四友，门人加亲。'谓许玄度曰：'自吾有由，恶言不及于耳。'二人皆受而不恨。"

又，"刘真长、王仲祖共行，日旰未食。有相识小人贻其餐，肴案甚盛，真长辞焉。仲祖曰：'聊以充虚，何苦辞？'真长曰：'小人都不可与作缘。'"

再看："殷中军尝至刘尹所，清言良久，殷理小屈，游辞不已，刘亦不复答。殷去后，乃云：'田舍儿强学人作尔馨语！'"

还有："王、刘与桓公共至覆舟山看，酒酣后，刘牵脚加桓公颈，桓公甚不堪，举手拨去。既还，王长史语刘曰：'伊讵可以形色加人不？'"

以上诸条总结起来就是：刘惔自谓是名士谢尚和许询的老师；宁可饿着也不吃寒门的饭菜；讽刺清谈家殷浩是农民兄弟；把脚丫子架到桓温的肩膀上。

这些都是刘惔做的。

尤其是最后一条，换了别人还真不敢，那可是一代枭雄桓温的肩膀子。即使你们是少年玩伴，即使你们都娶了晋明帝的女儿。

桓温大约是服了。

但是，殷浩还是有些不服。

在一次清谈中，殷浩问："大自然没有刻意赋予人以品性，为何在这个世界上好人少而恶人多？"

在座众人回答不上来。

其实一开始就是问刘惔的。

刘徐徐道："好比把水倒在地上，它只能纵横流淌，而不会成一个有规则的形状。"

这是个人性善与恶的问题。

清谈中的很多辩题出自《庄子》。《庄子》中，有这样一段话："天下之善人少而不善人多，则圣人之利天下也少而害天下也多。"庄子认为出现这种情况是"圣人"的缘由。而刘惔的比喻，则强调善与恶的"天然性"。

水为什么会纵横流淌而不成方圆？

因为地势使然，它是千差万别的，它本身就不是规则的，而水随地势，自然也不会成规矩的方圆。至于恶人多，道理一样，我们生活的这个世界，本来就不是清正规矩的。

在这个世界上，傲慢者分两类：一是在他那个领域确实出色；二是跟着瞎起哄。对刘惔来说，他当然属于前者。在清谈玄理方面，他确实是个超级高手，解决问题的专家。

一次，他最好的朋友王濛与他小别后相见，说："老弟，你的清谈功夫又进步不少。"

刘惔答："其实我就跟天一样，本来就很高啊！"

又如本条，桓温问刘惔："听说会稽王清谈功夫进步很快？"

刘惔答："是，但依旧是二流人物。"

桓温："谁是第一流？"

刘惔答："正是像我这样的人。"

刘惔之傲如此。

同时，也说明魏晋时人对自己都保有一种积极的自信。

因为他们相信自己在这个世界上是独一无二的。这种独立的人格和精神的发现，是魏晋时期的重要收获之一。

在一次清谈盛会上，孙盛先后辩倒了殷浩、王濛、谢安、司马昱，在众人无计可施的情况下，只好请来刘惔。刘惔到后，三言两语就把孙盛搞定了。这就没办法了，人家本来就出色，你还不让人家骄傲？

刘惔有两个最好的朋友，一个是王濛，一个是许询。

同城的王濛自不必说，两人几乎形影不离；许询以隐士居会稽，曾"停都一月，刘惔无日不往，乃叹曰：'卿复少时不去，我成轻薄京尹'"。刘惔又曾说："每到风清月朗时，我就会想起许询。"

总的来说，刘惔人缘并不是很好，这自与其傲慢、刻薄的性格有关，因为当时有头有脸的人物，几乎没一个能逃脱他的挖苦：谢尚、孙绰、殷浩、孙盛、司马昱、桓温、支遁、王羲之，甚至许询也不例外。

刘惔长期为丹阳尹，治所在京城建康。

也许他厌倦了京城的生活，在永和之初，一度欲到风景秀丽的会稽为官，于是托谢尚向时为扬州刺史的殷浩求官（当时扬州管辖会稽），终于未成。

殷浩是在报复刘惔吗？

总之以前殷浩曾多次受到刘惔的数落。

在给谢尚的拒绝信中，殷浩如此评价刘惔："刘真长标同伐异，侠之大者！以前常谓使君降阶为甚，乃复为之驱驰邪?!"说的是，时任镇西将军的谢尚写信给殷浩，推荐刘惔主政会稽，殷浩回信说，他刘惔党同伐异，以前还曾讽刺过你，你为什么还为他奔走？

此事后不久，王濛去世，刘惔非常伤心，没过多久也死去了。这一年他三十五岁。后来，谢玄问叔叔谢安："刘真长性格峭拔、刻薄，为什么还有如此大名？"

谢安答："你是没见过他！现在，你见到王献之仍欣赏不已，更别说见到刘惔了。"

强者自强。

刘惔虽傲慢无度，但因其确实才华高迈，受到从皇帝到士人的一致宾服。

刘惔不仅是一位名士，而且还具有敏锐的政治目光和准确的政治判断力。这也是高出对手殷浩的地方。比如，他曾这样评价自己的少年伙伴桓温："眼如紫石棱，须作猥毛磔，当是孙仲谋、司马懿那样的人。"

桓温出任荆州刺史，刘惔建议朝廷慎重以待，但没引起人们的重视。

后来桓温伐蜀，刘惔认为其一定能成功："桓温喜赌，如果没有赢的把握，他一定不会带兵去；现在他去了，那肯定可以获胜，但恐怕从此也就再难掌控他了。"

随后发生的事实皆如其预言。

刘惔高傲，以讥讽别人为家常。不过，在个别时候，他也会遭到对方的反击："王、刘每不重蔡公。二人尝诣蔡，语良久，乃问蔡曰：'公自言何如夷甫？'答曰：'身不如夷甫。'王、刘相目而笑曰：'公何处不如？'答曰：'夷甫无君辈客。'"

蔡公即蔡谟，陈留考城（今河南民权）人，郗鉴死后，都督徐、兖、青三州军事，为东晋北部的军政长官，后官至司徒，为人方正，曾因宰相王导于榻前置歌妓而拂袖离去。后因政事与朝廷不合，被废为庶人，闭门讲学，安度晚年。

在一些人看来，蔡谟缺少名士风度，每每嘲讽他人，比如，曾讥讽王濛、刘惔。一天，形影不离的王、刘二人去拜访蔡谟，聊了一阵子，谈到永嘉渡江前的往事，不知是王还是刘问蔡谟："您觉得您比王衍怎么样？"

蔡谟知道二人在找碴儿，于是不动声色地说："我不如王衍。"

王、刘二人互相看了看，都笑了，问："您觉得自己哪儿不如王衍？"

蔡谟答："王衍厅上没有你们这样的客人。"

对刘惔来说，还有一次被反击。反击他的，是大司马桓温："桓大司马乘雪欲猎，先过王、刘诸人许。真长见其装束单急，问：'老贼欲持此何作？'桓曰：'我若不为此，卿辈亦那得坐谈？'"

首先让人感兴趣的是"老贼"这个称呼。

魏晋时，"老贼"并不是单纯的贬义词。在熟人间，它是个带有玩笑性质的亲切的称呼。刘惔跟桓温关系是很好的，后又成"连襟"，刘娶了晋明帝的女儿庐陵公主，桓则娶了晋明帝的另一个女儿南康公主。再后来，桓温受到宰相何充的提拔，出为荆州刺史，刘惔为其下属，一起来到荆州首府江陵。

在一个大雪天，桓温带着部下，着紧身的戎装，携弓箭，欲乘雪出城打猎，经过王濛、刘惔等人前面，后者见桓温这副打扮，喊道："老贼！"

桓温拨转马头。

刘惔笑道："你这副打扮，要干什么去？征战还是打猎？"

桓温望着他的这位伙伴，高声说："我要不做这些事，你们还能安稳地坐在家里清谈吗？"

　　这是《世说新语》的记载。不过，按裴启《语林》里的说法，在这个问题上，最后的胜利者还是刘惔。

　　当时，桓温出征得胜而还，刘惔带人出城数十里迎之。

　　桓温其他话什么也没说，望着自己这位以清谈著称的朋友："垂长衣，谈清言，竟是谁之功?"

　　刘惔从容而答："晋德灵长，功岂在你?"

金石之声

> 孙兴公作《天台山赋》成，以示范荣期，云："卿试掷地，要作金石声。"范曰："恐子之金石，非宫商中声。"然每至佳句，辄云："应是我辈语。"

中国的诗歌起自《诗经》，经《楚辞》，汉朝乐府诗和古诗十九首，及至三国时代，曹家三父子和"建安七子"发出新声，又至阮籍的《咏怀诗》八十二首，将中国的诗歌推向新高度。

晋代玄学盛行，诗歌也充满浓重的说理色彩，是为玄言诗。其中，双星是许询和孙绰。到了谢灵运那儿，才渐渐把中国的诗歌从玄言诗里拉出来，转向了清新的山水诗，为后来的大唐诗歌奠定了基础。

本条中的孙兴公即孙绰，中都（今山西平遥）人，官至延尉卿，袭封长乐侯。

生活在东晋时代的他，深具文学才华，青年时隐居会稽，与许询齐名，但二人特长不一，许询文才不及孙绰，但风格高迈（也确实一生未仕）；孙绰文才超过许询，但为人世俗。后来，支遁曾问孙绰："你觉得自己比许询如何？"

孙绰道："若论高情远致，我宾服他；若比一咏一吟，许将北面称臣。"

孙绰是诗人，于政治上也做过一件大事：反对桓温还都洛阳。晋穆帝永和十二年（公元 356 年），桓温再次率军北伐，直指洛阳，从胡人手里光复了失陷近半个世纪的故都。

此役令桓温激动，他想让朝廷从江南还都中原，并欲令永嘉南渡的全体士民集体迁回。这是爆炸性消息。结果是：几乎所有名士都反对，因为他们已习惯江南美丽的风景和安宁的生活。

孙绰专门向朝廷上疏，坚决反对此事。

据说，桓温看后还是比较心服的，但又恼孙跟其唱反调，于是找人传话："孙绰，你当年不是写了一篇《遂初赋》表明隐士之心吗？为什么掺和国家大事？"

桓温的计划最后没有实现，孙绰受讽还是值的。

之所以这样说，是因为在当时五胡乱华的高潮情势下，迁朝廷和全体南渡士民北还中原，是绝对不现实的，只能加深人们的苦难和政局的动荡，何况洛阳处于胡人的四面包围中。后来的事实也证明了这一点：洛阳很快又告失陷。

《天台山赋》是孙绰在担任临海郡章安令时写的。在游览完天台山后，他深为美景所感，写成此赋，这篇作品成为中国古代文学史较早的山水游记，意义非凡。

孙绰本人十分喜欢自己的这篇作品，认为是压卷之作，示范荣期，说："你把它掷在地上，当有金石之声。"

范道："恐你的这金石声不成曲调啊。"

话虽这样说，但范启心里还是非常佩服孙绰的，每读到佳句，便说："这确实应该是我们这些人的语言。"

在孙绰的一生中，与许询最为友善，并与谢安、支遁、王羲之交游。

但在诸名士眼里，孙绰似乎是个二流人物，很多人不屑于他多少有点鄙俗的风格。

王濛死后，孙绰为其作诔，其中顺便夸了自己两句，原话是"余与夫子，交非势利，心犹澄水，同此玄味"。后来，被王濛的后人王恭看到，说："才士不逊，亡祖何至与此人周旋？"这孙绰真是出言不逊，我故去的祖父怎么会跟这样的人交往呢？

受累不讨好。

另一次，孙兴公为庾亮作诔，当中有很多套近乎的词。写完了展示给庾亮之子，后者看完，愤然送还，说："我父亲与您的交情好像没到这一步吧!"

还有一次，孙绰和弟弟在谢安家过夜。当时谢安没在家，孙家兄弟聊天时"言至款杂"，该说的不该说的、雅的俗的都抢上了。谢夫人是刘惔的妹妹，当然也是个高傲厉害的主儿，听到谈话内容后很不快。转天谢安回家后问孙家兄弟表现如何，夫人答："我亡兄的门下没有这样的客人!"

那就让谢安去惭愧吧，孙绰没什么好惭愧的。

毕竟，在文学上，他是东晋不可多得的全才：写诗自不必说，还能为文——此君还是东晋最大的奠文作者：王导、庾亮、温峤、郗鉴、王濛、刘惔、王羲之等人的碑文都是他写的。

可以了。

不必谦让

王述转尚书令，事行便拜。文度曰："故应让杜、许。"蓝田
云："汝谓我堪此不？"文度曰："何为不堪！但克让自是美事，
恐不可阙。"蓝田慨然曰："既云堪，何为复让？人言汝胜我，定
不如我。"

王述是太原晋阳（今山西太原）人，西晋、东晋之交名士王承王
安期之子，按说是非常受到关注的，但其早年才华不显，到三十岁时
还没成名。人们皆以为其呆，他当时给人的感觉也确实是反应比
较慢。

女婿谢万去拜见自己的岳父，进门就说："人言君侯痴，君侯信
自痴。"意思是，大家都说你傻，你还真傻。

王述并不着急，道："并非没你这种说法，只因我成名较晚！"

王述性急且能容人："王蓝田性急，尝食鸡子（鸡蛋），以箸（筷
子，新鲜，能扎到吗）刺之，不得，便大怒，举以掷地。鸡子于地圆
转未止（呵呵，居然没摔碎，皮儿够结实的），仍下地以屐齿蹍之，
又不得。瞋甚，复于地取内口中（得，直接把带皮儿的鸡蛋放进嘴里
了），啮破即吐之。"

当时，王羲之很轻视王述，听说这件事后，大笑道："即使是王
承王安期这样的名士有此性子，也没什么好拿此说事儿的，何况王述
这样的傻子！"

虽性子急，但王述又能忍：谢安的哥哥谢奕性情粗暴，因一件事
不合心意，就去王家数落王述，最后破口大骂。

王述的表现呢？"王正色面壁不敢动。半日，谢去，良久，转头
问左右小吏曰：'去未？'答云：'已去。'然后复坐……"

到晚年，王述声名日重，出任扬州刺史，成为王羲之的上司，后

者愤而辞职。

再后来，王述又升至尚书令，成为宰相级别的朝廷重臣。任命刚刚下来时，其子王坦之说："父亲！您该谦虚点，推让一下。"

王述说："你觉得我有能力和名望当这个官吗？"

王坦之说："当然。但谦让是美德，恐怕不能少！"

王述感慨地说："既然有能力和名望当这个官，为什么要谦让？以前人们都说你胜过我，现在看来你不如我！"

王述的话令人感慨。

在一个以谦虚为美德的国度，事情还没怎么着呢，先说自己不行；事情已经办得很不错了，依旧说自己不行。

什么意思？

为什么就不能坦率一些？

谦虚的尽头是虚伪，让一些美好的元素比如主动、进取、自信、勇敢等丧失殆尽。

说到谦虚，人们挂在嘴边的一句话是：谦虚使人进步。可这句话越来越可疑。当你还在谦虚的时候，很多人生的机会已经没有了。还是学学王述吧："既云堪，何为复让？"

铜雀台上妓

王子敬语王孝伯曰："羊叔子自复佳耳，然亦何与人事，故不如铜雀台上妓。"

羊叔子即西晋著名谋略家羊祜，泰山平阳（今山东新泰）人，在西晋与东吴对抗的年代，长期担任南方前线荆州的军政长官，以静制动，一边屯田，一边备战，大收人心，积蓄能量，于不动声色中做着灭吴的准备工作。

东吴主帅陆抗死，羊祜建议晋武帝司马炎大举征吴，并推荐王濬为益州刺史，同时以杜预为自己的后继者。这两个人，成为后来灭吴的最关键人物。但由于受到权臣贾充的反对，羊祜于生前未能看到征吴战争的胜利。

羊祜去世第二年，西晋以羊祜的方略，兵分六路进攻东吴，一战而灭之，全国归于统一。据说，得到胜利的喜报后，司马炎热泪盈眶，首先想起的是这位老将军："皆羊祜之功也！"

羊祜在时，声名浩大。

有一年，羊祜从荆州返回洛阳述职，路过野王县。

野王县令郭奕是魏国大将郭淮的侄子。闻羊祜过境，于是前去会见，见过之后，感叹道："羊祜不次于我啊！"

这不是废话吗？

过了没多长时间，郭奕又去了羊祜的寓所，聊了一顿后又生感慨："羊祜比天下之人强多了！"

估计羊祜也烦了，等郭奕走了，他准备悄悄溜走。不料，刚准备好马，郭奕又来了："让我给您送行吧！"

这一送可不要紧，一直送出了好几百里地，基本上已经到洛阳了。

后来，郭奕因擅自离开野王县境内而被免职。临罢官时，老兄又嘟囔了一句："羊祜也不比古代圣贤颜回差啊！"

一方面，可以看出这郭奕确实有些神经质，真是没见过人才；另一方面，也道出羊祜确实是当时第一流人物。

尽管如此，到东晋时，羊祜还是被涮了一下。

王献之对王恭说："羊祜这个人确实不错，但跟你我又有什么关系呢？所以他不如铜雀台的歌妓！"

王献之想说的，其实是对生命独立性的看重：我是我，你是你，你再优秀，与我无关。

羊祜曾写有著名的《让开府表》，其中有句话被我们广为传说："天下不如意事，十常居七八。"

信此言。

他那么努力了，却还遭到以老实著称的王献之的编派。当然，这不是王献之的错，而是一个时代的气质。

第七章　雅量从容

杜预的恨

> 杜预之荆州，顿七里桥，朝士悉祖。预少贱，好豪侠，不为物所许。杨济既名氏雄俊，不堪，不坐而去。须臾，和长舆来，问："杨右卫何在？"客曰："向来，不坐而去。"长舆曰："必大夏门下盘马。"往大夏门，果大阅骑，长舆抱内车，共载归，坐如初。

这一条，说的是杨济的雅量。

但更令人感兴趣的，是西晋名将杜预在名士心中的形象问题。

杜预是长安人，西晋时的文武全才，虽不会骑马，箭术也很糟糕，但却不妨碍他深通军事谋略，后被称为杜武库；为人又博学，熟读《春秋》，曾为其做注解，后官至司隶校尉。晋武帝咸宁四年（公元 278 年），羊祜独具慧眼，推荐杜预继任荆州刺史，加镇南大将军，两年后全程参与了灭吴战争。

战争结束后，晋武帝和他的大臣们认为天下一统，可以马放南山，唯杜预认为武备不可松懈，但终未被采用，在其死后没多久全国便陷于崩溃。

本条说的是，杜预到荆州赴任前，在洛阳郊外七里桥，朝臣为他送行。其中包括杨济，此人是当朝国丈杨骏的弟弟，出身名门，为人傲慢，见到满朝大臣都来为杜预钱行，心生不快，于是在长亭未落座即甩袖而去。

过了一会儿，和长舆即和峤来了，问："杨济呢？"

有人回答："刚来了，但没坐下就走了。"

和峤说："他一定是去大夏门下盘马了。"

到了大夏门，和峤果然寻觅到了杨济，于是把他拉了回来，所谓"坐如初"，好像什么事也没发生过。

杨济自是显示了他的名士风度。

但是杜预呢？他真的有些愤怒了。当然他没有表露出来，依旧不动声色地在长亭内与诸人碰杯告别，包括杨济。不过，那一刻开始，他横下一条心，此次赴南方荆州，不灭吴国，誓不还洛阳。

杜预乘车滚滚而去。

杜预之才华远在杨济之上，但后者却甩袖而去。

此前，还发生过一件事：当时的名士羊曼和几个朋友去杜预家做客，但却耻于与杜预同席。

大家为什么如此轻视杜预？

即使讲究门户，杜预出身也不差啊，京兆杜氏，世之名门。其祖父，也曾做到魏国太保；父亲则任幽州刺史，而他本人还是司马昭的妹夫。

按说够硬了。

但再深究的话，还是会发现端倪。

原来，当年杜预之父跟司马懿不睦，后司马懿指使朝臣将其弹劾，废为庶人。也就是说，杜预成长于一个已无权势的家庭，加之其少时又好游侠，名士以其粗鄙，故而轻之。

回到杜预的滚滚车尘中。

这所有的一切难堪，杜预都记下了。

后来，他作为主将之一，灭吴而建大勋，还洛阳，名士为其庆功，杜预坐独榻，不跟当初轻蔑他的那些人共坐。

后人看到这里，会认为杜预心眼儿太小，魏晋人物不是讲究雅量吗？为什么不能宽容那些人呢？

关于雅量，已经说过了，跟宽容没有一点关系。

其实，魏晋风度中，涉及恨的，讲求的恰恰是不宽恕，有恨必念，而非沽名钓誉地忘记。这与心胸是否狭小无关，而是直面自己最真实的性情。如果不能理解这一点，那么就很难完全参透魏晋风度。

广陵散

嵇中散临刑东市，神气不变，索琴弹之，奏《广陵散》。曲终，曰："袁孝尼尝请学此散，吾靳固不与，《广陵散》于今绝矣！"太学生三千人上书，请以为师，不许。文王亦寻悔焉。

嵇康，谯郡铚县（今安徽濉溪）人。

魏晋时，品评名士最重形貌与风神，那嵇康什么样？

按史上的说法："身长七尺八寸，风姿特秀。见者叹曰：'萧萧肃肃，爽朗清举。'或云：'肃肃如松下风，高而徐引。'山涛说："嵇叔夜之为人也，岩岩若孤松之独立；其醉也，傀俄若玉山之将崩。"

玉山将崩，那是何等魅力？

后来有人对七贤的王戎说："嵇延祖（嵇康之子）卓卓如野鹤之在鸡群。"王回答："你这样说，是因为没见过他父亲。"嵇康在时，曾采药于山中，有人遇之，谓之为神。

嵇康是那个时代在外貌与风神上最有魅力的人之一，再加上他刚傲的性情以及深邃的思想，不想成为偶像都难。

如果说阮籍是诗人，那么嵇康的玄学家身份更浓厚一些，当然他还是个顶级的古琴演奏家和业余的打铁爱好者。

七贤中属嵇康跟司马家最搞不来。

嵇康是曹家女婿，鄙视司马家的做事方式：当初曹家夺汉朝天下，是因为汉朝确实气数已尽，天下纷崩。魏国建立后，几代皇帝并未失政，民心所向也在曹家（嵇康忽略了朝廷上士人之心大部已归司马家），而司马父子三人搞的是纯粹的权术，司马懿一变，诛杀曹爽与正始名士；司马师二变，废帝曹芳；司马昭三变，指使人把当朝天子挑刺于空中。

在嵇康看来，司马家父子三人凌君专权，馨山阳竹林而难书。

这样的人何以靠名教治天下？所以在传遍魏国士林的《与山巨源绝交书》中，嵇康矛头暗指司马家："非汤武而薄周孔，越名教而任自然。"

聪明如司马昭，如何不知？

正在这个关口，出了吕安事件，嵇康见朋友被诬不孝，愤起而辩解，终于被牵扯进去。

在这个过程中，钟会起了拱火的作用。

但嵇康的悲剧，在本质上，不是一个傲然出世者在司马家压迫下的悲剧，而是一个济世者抱负不能实现的悲剧。

嵇康的问题，实际上也是阮籍的问题。

更多时候，人们习惯把嵇康列为"竹林七贤"之首，所谓"嵇阮"，他在阮籍的前面。其实，世人称"嵇阮"而不称"阮嵇"只是发音中韵的问题使然，而并非说嵇康因为比阮籍更重要所以名字在前面。我们曾谈到这个问题。正如唐朝诗人元稹、白居易并称"元白"而不称"白元"，元稹在前，就证明他比白居易重要吗？当然不是。

说这些，只是想道明一点：无论在当时的影响，还是在后世的影响，嵇康都是排在阮籍之后的。

当然，这并不影响他是七贤里最有人缘和魅力的人物。

作为魏国著名玄学家、流行音乐家，嵇康不但善弹琴，而且还好打铁，这正道出他独特的气质：远处看，大线条很粗；近处观，小线条又很细。

风吹竹林，归鸿远去，嵇康抚琴而坐，眺望暮色苍茫，渐渐与魏国大地融为一体。

镜头猛地拉远，嵇康岿然不动。

他是淡定从容的，又是骄傲刚直的。

他喜欢庄子，鄙视儒家礼法，清高独立，人长得又帅，姑娘们喜欢死了。曹操的曾孙女长乐亭主抢得先手，很甜蜜地嫁给了嵇康。就这样，嵇康的背景中被打上曹魏的烙印。

嵇康生活的年代，司马家已控制了曹魏政权。

对司马家的所为，嵇康是鄙夷的：江山可以夺，但不应该是这个夺法。

与司马家，嵇康采取的是彻底不合作态度。同为七贤的山涛欲荐举嵇康为官，后者遂写下著名的《与山巨源绝交书》。

正如我们说过的那样，嵇康与山涛并非真绝交，只是借信明志，诉说情怀。

后来嵇康被捕，儿子嵇绍去探望父亲，嵇康说："不要害怕！我死之后，有山涛叔叔在，你就不会成为孤儿！"

嵇绍在父亲被杀后，在山涛的抚养下长大，并被荐举为官。

初进洛阳的嵇绍，由于身材伟岸、形神俊朗，一进城就把人们给震了，于是便有人跑到王戎处说："这嵇绍确实帅气非凡，在人们中间仿佛鹤立鸡群。"

于是一个成语诞生了。

王戎笑了一下，冷冷地说道："他确实很精神，但你没见过他父亲！"

他的父亲，在写完《与山巨源绝交书》后，在道出"非汤武而薄周孔，越名教而任自然"后，终于遇到了麻烦。

导火索是吕安事件。

吕安，嵇康好友，二人感情颇深，每至思念，便奔行千里相会。

吕安的女人很漂亮，但被其兄吕巽看上了，后者卑鄙地以"不孝"之名诬陷弟弟。这在古代是大罪了。

嵇康大怒，为友人一辩，终被牵扯进去。

司马昭想起嵇康对司马家的一贯态度，以及钟会拿来的《与山巨源绝交书》，杀心渐起。

洛阳方面为嵇康网罗的罪名除"吕安同党"外，还有：言论放荡，负才惑众，害时乱教，有助人谋反之嫌疑。

嵇康终于被押上刑场，索琴而弹，不动声色，从容赴死。

王戎曾说："与嵇康交往二十年，未见其喜怒。"

嵇康喜怒伤悲不形于色，是为魏晋名士所推崇的雅量。但同时，嵇康又有另一副面孔。如果说阮籍的狂放中带着几许忧伤与无奈，那么嵇康的狂放中便带有明显的激烈与刚直，在更多时候"刚肠疾恶，轻肆直言，遇事便发"。

嵇康生前曾游汲郡山中，偶遇隐士孙登，孙对他说："君才则高矣，保身之道不足。"

刑场上的嵇康，索琴而弹。三千太学生上书求情，愿以其为师，司马昭不许。

其实，司马昭在杀不杀嵇康的问题上非常犹豫。正如我们知道的那样，此时其心腹钟会进言："今不诛康，无以清洁王道。"

嵇康与钟会，魏国士林中外形最俊朗的两个人，又都身负才华。

钟家来自著名的颍川世家大族，身份更高。两个人互相看不上眼在魏国已不是什么新闻。

嵇康看不上钟会，是因为其依附司马昭；钟会看不上嵇康，则是因为他比自己更有魅力。同时，又认定，我为司马家效命与你做曹家的女婿没有本质区别，嵇康，你不要太过清高。

即使如此，司马昭仍未下最后的决心。

毕竟嵇康名气太大了，又是名士中的旗帜性人物，杀其人寒士心的事他必须考虑。但当洛阳的三千名太学生为嵇康求情，愿意拜其为师时，司马昭下了最后的决心。

他发现自己还是低估了嵇康的影响力。

那一天午后，大约没有阳光，疾风吹劲草。

虽是被诬陷而死，但嵇康这一次没有怒发冲冠，而是在最后为我们留下一个洒脱的背影。

于是，刀落了，升起的是光辉，照亮了后世士人的情怀。

嵇康死了，也带走了《广陵散》："当初，袁孝尼想跟我学此曲，我没有答应他，于今绝矣！"

这是何等生动的死！

性格激烈的嵇康，最后选择了沉静地去死。

大将军司马昭，一下子又后悔了。这未必是做戏，他没必要给谁看。他之所以后悔，大约是回过神来：嵇康，说到底是没有威胁的。他可杀，也可不杀。如此说来，何必杀之而留下千古骂名？

一切都晚了。

嵇康抚琴，最后猛地一拨，弦断了。

古人的出名

褚太傅初渡江，尝入东，至金昌亭。吴中豪右燕集亭中。褚公虽素有重名，于时造次不相识别。敕左右多与茗汁，少著粽，汁尽辄益，使终不得食。褚公饮讫，徐举手共语云："褚季野。"于是四坐惊散，无不狼狈。

晋人重形貌，尚风神。

名士庾统家族弟子初入吴，想在亭驿住宿。

诸弟先进亭驿，见有很多庶民聚集在屋里，没有躲避的意思。

诸弟回来后，把情况告诉了庾长仁，庾说："我去试试看。"

结果，他到了，只在门口一站，"诸客望其神姿，一时退匿"。那些人并不知道庾统是谁，但看了他的形貌风神后，一下都敬畏地散去。

华贵高迈的姿仪、气质和风神，自然可以带出一种不怒自威的效果。魏晋人，尤其看重这一点。庾统就是这样。

当然，也存在另一种情况：不谈形貌风神，只把名字一报，众人就都被惊傻了。

谢安尊崇褚季野，常与人言："褚季野虽沉默不爱说话，可四季冷暖皆在胸中。"桓彝则称褚季野"皮里春秋"，所谓虽话不多，但心里都有数，褒贬自有。

褚季野即褚裒，河南阳翟（今河南禹州）人，其女褚蒜子为晋康帝皇后。

说到这里需要带一句，褚蒜子为东晋美女，二十岁刚过时，丈夫晋康帝就死了，当时她抱着年仅两岁的晋穆帝临朝听政，这位深有才华且会用人的女人先后辅佐过包括丈夫在内的东晋的六个皇帝，在中国历史上绝无仅有。

接着说褚裒，他初为郗鉴的参军，参与平息苏峻之乱，后官至徐、兖二州刺史，征北大将军，督青、扬、徐、兖、豫五州军事，为北部边陲警备军司令。

褚裒有盛名，却死于忧愧。

在此之前，逢何充死，褚裒带人入朝，自测可继何之后而执政朝廷，但却为刘惔和王濛所阻，褚裒颇有信心地问二人："朝廷欲置何官于我？"

刘指着王对褚说："此人能语。"

王遂对褚说："朝中自有周公！"那意思是说，您老还是从哪儿来的回哪儿去吧，朝廷上的事就不必操心了。

褚裒遂抱愧而退。

褚裒长期镇金城、京口等重镇。

晋穆帝永和五年（公元349年），后赵暴君石虎死，北方又乱。褚裒率军三万北伐，旋即失败，不仅损兵甚多，而且致使很多欲南投的北方民众遭胡人屠杀，褚裒为此忧愧而死。

褚裒渡江之初，曾东游吴郡金昌亭，当地世家大族的子弟们正燕集此亭。

此时褚裒虽已负重名，但不为诸人所认识，以为又是个落魄逃难的北方佬，于是有人使坏，叫侍从不停地给褚裒的杯里倒茶水，而不给其吃主食，搞得褚裒来了个水饱儿。最后没办法了，褚裒才慢慢举起手说："我是阳翟褚季野。"

话音刚落，四座惊散。

古人成名何其难！在古老遥远的时代，一个人名声的扩大，只能依靠原始手段，通过口口相传，其艰难程度可想而知。当金昌亭内的吴国少年听到他们戏弄的是褚裒而吓得惊恐奔逃时，褚裒的形象也就脱历史之河而出了。

没什么

庾小征西尝出未还，妇母阮是刘万安妻，与女上安陵城楼上。俄顷，翼归，策良马，盛舆卫。阮语女："闻庾郎能骑，我何由得见？"妇告翼，翼便为于道开卤簿盘马，始两转，坠马堕地，意色自若。

庾小即庾亮的弟弟庾翼，亮死后接任荆州刺史，都督江、荆、司、雍、梁、益六州诸军事，驻武昌，掌握重兵。

有一次，庾翼在荆州召开大会，幕僚都到了，他把酒而言："我欲做汉高祖刘邦、魏武帝曹操那样的人物，你们看怎么样？"

四下无人接茬儿，半晌后长史江虨说："希望您为桓、文之事，不愿做汉高、魏武也！"

有人说，此则消息为后世谬传，但无论如何，有一点是可以肯定的，那就是庾亮庾冰庾翼三兄弟中，庾翼是最有豪迈之气的，甚至有点像桓温。

庾翼素有北伐之志。

其兄庾亮在时，对北伐不感兴趣，亮死后庾冰执政，忌兵畏祸，反对北伐。后庾翼再次上疏北伐，并移镇襄阳前线，登台演讲，拉弓搭箭："我这次北伐后赵，就如同此箭射出，决死北征！"

连发三箭，士气倍增。

但因其很快病死，终成遗憾。

只说这一天，庾翼外出还未返城，他的岳母与闺女登上安陵城楼。没过一会儿，庾翼骑着战马，在卫队的簇拥下回来了。

岳母对女儿说："我听说这女婿最擅长骑马，如何才可以见识一下？"

庾妻立即派人急至城楼下，告诉庾翼："母亲想看看你骑马奔驰的样子，你可得露一手！"

庾翼大笑："这好办！"

随后，庾翼令手下四散开来，自己纵马奔驰，但刚跑了两圈，就从马上摔下来，部下大惊，慌忙上前搀扶。庾翼却像没事儿人，神色自若，拍了拍屁股上的土，溜达着进了城门。

这本应该是一件非常难堪的事。但问题在于，魏晋是个不按常理出牌的时代，当主人公了无尴尬之色地从地上爬起来时，他也就拥有了名士间最为推崇的雅量。所以，在这里，也就不要追究庾翼的马术到底如何了。

类似的故事还有一个，发生在谢安的弟弟谢万身上。

哥哥谢安雅量从容，弟弟谢万每每模仿。有一次，名僧支遁由京城建康返回会稽，名士们在城外征房亭为其送行。蔡子叔先到，坐在支遁身边。随后，谢万也到了，坐在支遁对面。其他名士也渐渐来了。长亭送别，大家不胜伤感。

过了一会儿，蔡子叔起身出去了一下，这时候，谢万坐到了方才蔡子叔的位置上。很快，蔡子叔回来了，见谢万占了自己的位子，二话没说，连坐垫带谢万一同端了起来，扔到地上，随后自己坐回原处。

可以设想，谢万当时有多么狼狈，包头的白巾也掉了，大家都吃惊地看着这一幕，连一向以潇洒著称的支遁也很意外。这时候，谢万慢慢地从地上爬起来，拍了拍身上的土，神色平静地回到了自己原先的座位上。

等坐好了，谢万对蔡子叔说："卿奇人，殆坏我面。"

蔡答："我本不为卿面作计。"

意思是，你真是个奇怪的人，险些给我破了相。蔡回应：我本来也没有考虑过你的脸。其后，"二人俱不介意"，像什么都没发生一样。

一个人也许会在大事面前做到从容，而无法在涉及个人面子的事上做得洒脱。但在这里，谢万不认为自己受到蔡子叔羞辱；而蔡也没那个意思，于是事情回到最单纯的层面。做一个设想：如果把谢万换成谢安，谢安会有何表现？

傲然携妓出风尘

> 谢公在东山，朝命屡降而不动。后出为桓宣武司马，将发新亭，朝士咸出瞻送。高灵时为中丞，亦往相祖。先时多少饮酒，因倚如醉，戏曰："卿屡违朝旨，高卧东山，诸人每相与言：'安石不肯出，将如苍生何！'今亦苍生将如卿何？"谢笑而不答。

谢安，字安石，陈郡阳夏（今河南太康）人，身份是名士，职业是宰相。有人说他还是军事家。我告诉你：那是谣传。

他不是。

但并不意味着他打不赢一场关系到国家存亡的战争。

他的一生，既实现了政治抱负，又保持了名士风度。从这个角度，他在中国传统士人的心目中是完美无缺的，超越了作为同行的李斯、霍光、曹操、诸葛亮、王猛、李德裕、王安石、张居正……

唐朝诗人李白狂傲不羁，一生只低服谢安，并为他写诗十几首。

魏晋名士必会清谈，谢安之功远非最佳，顶多排第八（在刘惔、殷浩、支遁、许询、孙盛、王濛、韩伯之后），但综合实力却是东晋名士里的首席：优雅、旷远、放达、从容、洒脱、高迈、飘逸、宁静，这些词都能用在谢安身上。

谢安出生于会稽山阴，伯父谢鲲，位列两晋之间的名士集团"江左八达"之中。

东晋初建那一年，谢安四岁。当时，后来权臣桓温的父亲桓彝到谢家做客（桓彝和谢安的伯父谢鲲同列"江左八达"之中），看到小孩谢安后，称奇："此子风神秀彻，后当不减王东海！"

王东海即名士王承王安期。

从东汉到魏晋，一个人要想有盛名，必须得到前辈的称赞和同辈的褒奖。

谢安就是从四岁时进入大家视野的。青少年时的谢安，"神识沉敏，风宇条畅"，虽年纪不大，但已精通老庄。他曾拜访名士王濛，清谈累夜，告别时，王濛望着谢安的背影对儿子说："此少年清谈起来孜孜不倦，而又气势逼人。"

宰相王导也特别器重谢安，名士相推，谢安必须火了。

及至青年，众家名族都想以谢安为婿，但最终谢安选了东晋第一狂士刘惔的妹妹。

有几个人能进入刘惔的视野？但他最后将妹妹嫁给谢安，这从另一个角度足以说明谢安之优秀。

谢安虽然青年时代就已经名扬海内，然无意仕途，隐居在山水奇美的会稽的东山。

作为京城建康后花园的会稽，是东晋士人真正的文化和精神中心。即使在朝为官的，很多人在会稽也建有自己的休假别墅。

自古以来，尤其是自东汉以来，如果你想走仕途的话，最好先去隐居。慢慢地，朝廷就会求着你出来做官了。当然，并不是说谢安隐居是为了以后的仕途，但他长期隐居却是事实。

四十岁之前，谢安隐于会稽东山，与许询、孙绰、王羲之、支遁等人交游，"出则渔弋山水，入则言咏属文"。

当然，并不是说谢安就一直待在会稽，他还是经常回京城建康。

东晋自成帝咸康年间到穆帝永和年间，王朝闲暇，清谈更盛。王羲之对清谈不感兴趣，所以谢安每次都是和许询、支遁结伴去京城建康的。

这期间，朝廷屡次召其为官，均被拒绝。见此情况，刘惔便说："若安石东山志立，当与天下共推之。"

扬州刺史庾冰以谢安有重名，必欲招之，多次逼迫，谢安不得已，到扬州走了一遭。

一个多月后，谢安就又告归了。随即，再次被朝廷任命，但仍旧无意。不久后，吏部尚书范汪又一次推举，谢安又以书拒绝。这一次，朝廷急了，以谢安历年征召不至，而下令终身禁锢其仕途。

谢安闻之大笑，仍高卧东山，坐石室，临浚谷，悠然叹曰："此去伯夷何远！"

隐居于会稽的东晋士人，在寄情于山水、享受林泉高致的同时，也不放弃优裕的物质生活。或者说，他们所追求的是一种物质与精神的双重富足。这一点完全不同于其他时代的士人，也是"会稽精神"的真谛所在。

谢安，是最具有代表性的人物。

他风格奢华，在东山隐居时，不仅别墅华美，而且还蓄了很多歌妓。

到这个时候，谢安已多次拒绝朝廷的征召，而且朝廷也发誓不再起用他。但时为宰相的会稽王司马昱有自己的看法："谢安石既能与人同乐，必不得不与人同忧，再若召之，将必至。"

狂狷、率性、旷达当然是名士之风，但到了东晋时，名士们最为推崇的是雅量，即从容宏大的气量。在当时，这是判断一个名士是否真正出色的重要标准。在这一点上，最被人称道的便是谢安。

举个例子：

谢安曾与孙绰等名士一同乘舟泛海，突然风浪大起，诸人皆惊慌失色，唯有谢安吟啸自若、面不改色。

关键不在于这儿。

而在于：这时候，船夫以为谢安在兴头上，所以仍向前划船，但风浪更剧，人们都纷纷劝阻船夫。

谢安仍不慌不忙，最后才慢慢地说："如此一来，将怎么回去呢？"这就是雅量。

当时在场者认为，谢安从容如此，将来足可镇静朝野。

四十岁之前，谢安一直隐居于会稽。我们都知道，魏晋以后已慢慢形成门阀士族政治。如果你想使这个家族兴盛下去，除了家学家风外，还得必须保证家族子弟前赴后继地出仕为官，形成一种不能断绝的链条。

但此时的谢家却出了问题。

谢安兄弟六人，分别为：谢奕、谢据、谢安、谢万、谢石、谢铁。

谢安出山前，哥哥谢奕、弟弟谢万等人都已出仕。为此，夫人刘氏对谢安说："身为大丈夫，难道不应像谢奕、谢万那样出仕做一番事业吗？"

谢安把鼻子捏住，但最后又缓缓地说："唉！最终我恐怕也免不了跟他们一样。"

到谢安中年时，家族遭遇了一系列变故：

先是从兄谢尚于晋穆帝升平元年（公元357年）去世；转年，哥哥谢奕又死了；到了公元359年，弟弟谢万北征，遭受惨败，被废为庶人。短短三年内，谢家的三个主要代表人物非死即废。

在这种背景下，谢安若再不出山，家族的荣誉即将断绝。

思前想后，在公元360年，通过隐居而养足了人气的谢安决定起于东山。

虽说朝廷先前曾扬言在仕途上禁锢其终身，但实际上属于气话，所以当谢安决定出山时，很多官衔相继而来。但谢安，最后则选择进入权臣桓温的幕府中做司马。

后来，李白在《出妓金陵子呈卢六》中这样写道："安石东山三十春，傲然携妓出风尘。……"

就这样，谢安带着一大帮美丽的歌妓来到京城建康，同时也带出了"东山再起"的成语。

初，朝廷屡征不起，人们有如此说法："谢安不出山，置天下苍生于何境地？"

还好，现在谢安终于来了。在由建康转赴江陵桓温军中的那天，朝中大臣为谢安于新亭饯行，人们酒喝了不少，席间御史中丞高灵半开玩笑地说："安石已出，现在苍生又怎么面对你？"

当然有讽刺之意。

谢安雅量玄远，听后笑而不答。

天下人望所在的谢安来到桓温幕中，自然令这位枭雄兴奋异常，当晚即与之谈到深夜。后问左右："你们以前可曾见过我帐下有这样的人物？"

桓温宠爱谢安。

有一次，他去拜访谢安，正赶上后者在梳头。

谢安性子很慢，即使看到桓温来了，仍不慌不忙地梳着，之后才叫人去取头巾。

桓温摆摆手，说："安石，何必这样拘礼！"

谢安以前高卧东山，而现在却出仕了，所以有些人想给他难堪。

下属送给桓温一些草药，其中有一味药叫"远志"。桓温展示给谢安看："听说这种药还叫小草。为什么会有两个名字呢？"

未等谢安回答，在座的参军郝隆说："隐于山间，当称'远志'；出山之后，便是'小草'。"

桓温皱眉。

谢安却很平静，了然无色。

郝隆虽在讽刺谢安，但又不得不为谢安的雅量所折服。

后来，谢安被任命为吴兴太守。

谢安好老庄，直接影响到他无为而治的风格，所以"在官无当时誉，去后为人所思"。以谢安之名，没多久，他就进入了朝廷中央，被拜为侍中，迁吏部尚书、中护军。

说起来，人的风神即气质具有恒定的性质；而雅量却是相对的，即使于谢安这样的人来说也是这样。

谢安曾于江中行，船夫引船，信其遨游，或快或慢，或停或待，乃至撞人及岸，谢安都能做到淡定从容，并不呵斥手下；另一次，也是谢安，为哥哥送葬还乡，时至黄昏，大雨滂沱，手下都喝多了，行车不前，此时以深具雅量著称的谢安也急了，抢起车柱来就揍那车夫，声色俱厉。

谢安出游，江上信船而行，无论手下怎么撑船，都激不起他的脾气，因为这时候他的心境闲暇，未累于物。可给哥哥送葬返乡时便不同了，日暮荒野，大雨滂沱，道路泥泞，而手下又喝多了，送葬队伍举步不前，在这样的场景下，一个人断然是难有从容的雅量的。所以，才有以水比人之性情之说，水于坦荡处，其性柔和，而入峡谷便会湍急起来。

雅，本是酒器名，特别能乘酒。从字面上讲，雅量就是宽宏或者说高远宏大之量。

当然，谢安也着实显示过自己狭隘的一面。

南北朝时檀道鸾著《续晋阳秋》记载，裴启的《语林》写于晋哀帝隆和年间（隆和元年为公元 362 年），该书记载了魏晋时期名士们的言谈、容止和轶闻，开了志人笔记之风，比诞生于南北朝时期的《世说新语》早了半个多世纪。《语林》写成后，"大为远近所传。时流年少，无不传写……"

在《语林》中，记载了谢安的一条言行，但后来被谢安矢口否认，以沉静、从容著称的谢安甚至为此大怒。

事情是这样的：

一天，谢安的同事庾道季拉着谢安的手说："裴启说您跟他说过这样一句话：你的风神已佳，为何还喝酒？裴启还说：谢安评价支遁，就好比九方皋相马，不重外表，只观风神。"

谢安一听就怒了："都无此二语，裴自为此辞耳！"

即是说，我从没说过这两句话，它们都是姓裴的自己编的。

庾道季一愣，随后又拿出了王珣的《经酒垆下赋》展示给谢安，后者读过未发一字评论，而是告诉庾道季："你也要学裴启吗？"

实际上，庾道季本是想告诉谢安，裴启写的未必都是无中生有，比如在《语林》中就记载了王珣作《经酒垆下赋》之事。但没想到，谢安更加不快了。

当然，谢安之怒，跟与王珣交恶也有关系。

王珣是王导之孙，东晋书法家，官至尚书令，封东亭侯。

他长期为桓温部下，深得信赖。桓温去世后，王又做新钻营，谢安以其弄权术而恶之。及至执政，谢安有意打压包括王珣在内的琅邪王家，并支持弟弟谢万的女儿与王珣离婚。

王珣其实没有谢安想象的那么糟糕。

说到王珣善于钻营，那不过是王家于仕途上的主动进取罢了。后来，谢安去世，王珣正在会稽，但还是连夜奔赴建康吊唁，却为谢安属下所阻，告诉他："宰相生前从来不想见您这位客人！"

王珣不为所动，直步上去于灵前哭吊，后径自出门而去。

《语林》中，裴启用非常欣赏的笔调记叙了王珣作《经酒垆下赋》的事，并在文后附载了该文，称其"甚有才情"。

《经酒垆下赋》记叙了"竹林七贤"之一的王戎位居高官后经黄公酒垆，追忆年轻时与阮籍、嵇康一起喝酒的故事。也就是说，王珣的这篇作品是歌颂王家先人的。谢安认为王戎的此条故事也不属实，是东晋好事者虚构的。

这所有的一切，引起了谢安的不快，遂废该书。

谢安有些促狭了。即使他真的没说过那两句话，《语林》也不至于被废。因与王家交恶，而恨见《语林》中记载《经酒垆下赋》，有些过了。

封杀裴启的《语林》，成为谢安一生的瑕疵。

当然，谢安不是神。

入幕嘉宾

桓宣武与郗超议芟夷朝臣，条牒既定，其夜同宿。明晨起，呼谢安、王坦之入，掷疏示之，郗犹在帐内。谢都无言，王直掷还，云："多。"宣武取笔欲除，郗不觉窃从帐中与宣武言。谢含笑曰："郗生可谓入幕宾也。"

郗超，字嘉宾，是东晋初年重臣、北府兵建立者郗鉴之孙，在桓温掌权东晋的岁月，他深受这位枭雄喜欢，是其幕后第一心腹。

在东晋那个竞相清谈、标榜旷达的年代，郗超显得卓尔不群。

意思是，他既具有玄远飘逸的时代气质，所谓"卓荦不羁，有旷世之度，交游士林，每存胜拔，善谈论，义理精微"；同时，又英武果敢，具有军政谋略。

这在当时就比较难得了。

郗超有钟会的影子，但又比钟会硬朗、大气，是个很好的复合型人才。

郗超又很酷，有一脸漂亮的大胡子。

在六朝时代，胡子长得好的，除三国时的关羽，就是他郗超了。桓温深爱其才，以其为大司马参军。当时，王家子弟王珣为桓温的主簿，二人并有才，荆州便有歌谣："髯参军（郗超），短主簿（王珣），能令公喜，能令公怒。"

十年幕府，郗超成为桓温军政生涯的影子。

郗超的才华受到谢安的强力推崇，他具有谢安所不具备的军事才华。

但是，在公元 369 年夏北伐前燕的枋头之战中，桓温却未听从郗超的作战建议，导致补给不济，大败而归。

不过，这并没有妨碍郗超对桓温的追随。

两年后，郗超建议桓温废黜当朝皇帝，以镇服四海、重树威信。桓温依计而行，废皇帝司马奕为海西公，立会稽王司马昱为新帝。

桓温晚期，郗超转为中书侍郎，出入朝廷。

有一次，在郗超的策动下，桓温要剪除朝中不利于自己的大臣，两个人连夜拟定名单，准备上疏于皇帝。由于太晚了，郗超跟桓温就睡在了一起。

第二天，桓温把谢安和王坦之招来。这时候，郗超还在帐中。

桓温把给皇帝的上疏扔给王坦之，后者看着上面密密麻麻的名字，不由自主地说："有点多了。"

谢安则一言不发。

桓温似乎也觉得有点多，于是拿起笔来准备删一些名字。这时候，帐中的郗超偷偷跟桓温说话。

谢安笑了，徐徐道："郗嘉宾啊，你真可称得上是入幕之宾。"

郗超听后"嘿嘿"一笑，从幕后潇洒地转出，道："安石，来那么早。"

在这里，谢安没一惊一乍，郗超也保持了从容，两个不动声色的人都是有雅量的。

但郗超，终是令谢安不安的人物。

桓温欲篡前，谢安约王坦之同去拜访郗超，一直等到黄昏仍不得见，王坦之有些不耐烦了，谢安也有些急："为了性命，你我就不能再忍一会儿！"

郗超最后的人生结局是黯然的。

桓温未及篡权，便匆匆死去了。作为桓温的心腹，郗超自然不会再为朝廷所用：他被罢免了。初，郗超与谢玄不睦。苻坚压境，朝廷以谢玄为将率军抵挡，人们纷纷议论玄之资历与才干，只有郗超力挺谢玄："谢玄此去必成！我曾与其共事，谢玄审细，且会用人，皆尽其才，是块为将的好料！"

后来，谢玄又一次北征，同与谢玄关系不睦的韩伯说："此人好名，必能战。"

谢玄听后甚怒："大丈夫提千兵，入死地，是为报效国家！以后少说什么为了个人声名！"

这时候，谢玄应该想起他的对手郗超，而郗超不因个人恩怨去诋毁对手，是真名士。

接着说郗超。他死后，左右跟其父郗愔说："公子去世了！"

郗愔听后没什么反应，只是说："出殡时再说。"

出殡那天，这位父亲几次哭昏了过去。

郗超生前和妻子关系也很好，在他亡故后，妻子不肯回娘家："生纵不得与郗郎同室，死怎能不与他同穴？！"

郗超在时，群臣敬畏，对其父郗愔也毕恭毕敬；及其死，人们的态度来了个大转变，以王献之兄弟而言，再去郗愔家时，"皆着高屐，仪容轻慢。命坐，皆云：'有事，不暇坐。'"这是当时的口语，说得很明白了。

难怪郗愔愤怒地说："假如我儿郗超不死，你等安敢如此？！"

对郗超之死，谢安是非常伤心的。有一天，谢家子弟聚集在一起谈论圣贤，谢安说："其实，圣贤与普通人之间的距离没我们想象的那样远，甚至可以说很近。"

子侄皆持反对意见。

谢安没做解释，只是惆怅地说："倘若郗嘉宾在，听到我的话，定会站在我这一边。"

到新亭去

> 桓公伏甲设馔，广延朝士，因此欲诛谢安、王坦之。王甚惧，问谢曰："当作何计？"谢神意不变，谓文度曰："晋祚存亡，在此一行。"相与俱前。王之恐状，转见于色。谢之宽容，愈表于貌，望阶趋席，方作洛生咏，讽"浩浩洪流"。桓惮其旷远，乃趣解兵。王、谢旧齐名，于此始判优劣。

公元369年北伐中的枋头之败对桓温来说打击是巨大的。

这是个转折，桓温从此目光向内，有了代晋自立的欲望。此前，路过王敦墓时，他曾不由自主地称："可儿！可儿！"可爱的人儿！

看来，桓温也想对朝廷有所动作了。

果然，没过多久，桓温就废当时皇帝为海西公，立会稽王司马昱为新帝，并率军进驻姑孰（即安徽当涂），动不动就带甲入朝，吓唬大伙。

谢安为侍中，见桓温后马上拜倒。

桓温看到老部下后惊道："安石！为何要这样做？"

谢安答："未见君拜于前，臣立于后！"

当时，简文帝司马昱迫于桓温的威力，每至相见，总有下意识拜倒的动作。司马昱说过桓温功德盛大的话，甚至还被迫暗示要把皇位禅让给他，所以在公元372年简文帝死后，当桓温看到遗诏中命令自己要依诸葛亮、王导故事辅佐幼主孝武帝司马曜时，非常不高兴。

此时谢安和王坦之已为朝廷中枢，桓温即以为遗诏上的措辞为二人密谋的结果。于是，带领甲士入建康。

在奔赴建康的路上，老桓温伤感异常，他一生为东晋东挡西杀，在晚年时已位极人臣，是往前再走一步，获得帝位；还是做个老实人？

桓温很矛盾。

朝中大臣都惶恐不已，纷纷找谢安商量对策。事实上，桓温此行目的之一是想看看谢安的态度。

桓温率军驻建康郊外的新亭。

谢安决定和王坦之冒险走一遭。

桓温知谢安将来，令甲士持兵器立于四周。

若杀谢安，也就等于把名士全都得罪了，而且就桓温本人来说，他是非常喜欢谢安的；但若有谢安在，登帝位又是一件非常困难的事。

桓温进退维谷。

谢安和王坦之同乘一辆车，前往新亭。

在这里，说说王坦之。他是名士王述之子，出身太原世家，少年即成名，被誉为"独步江东"。但名僧支遁素轻王坦之，深爱老庄之学的他，曾讽刺王整天不是拿着《论语》就是拿着《左传》，摇头晃脑，但见识了无新意。

后来，王坦之作下著名的《废庄论》，更得罪了支遁。两个人，曾在建康东安寺进行过一次辩论，结果王坦之得到支遁这样的评价："我们分别了很久，本以为你提高不少，却没想到了无进步！"

王坦之为此憋了一口气，意欲雪恨，把自己关了好几天，又完成《沙门不得为高士论》，质疑包括支遁在内的诸名僧的高士资格。支遁不服，于是二人在扬州再次论战。名士韩伯和孙绰在座。这一次，支遁本以为可以像以前那样轻易拿下王坦之，但结果相反，竟被后者点了死穴，以至于孙绰笑道："您今天就好比穿着破袈裟在荆棘地里走，处处受牵制。"

王坦之为清谈中的二流人物，为什么获胜？

因为他在《沙门不得为高士论》有了新发现，认为高士必须心随自然，而佛门虽自称在俗世之外，但清规戒律颇多，要弟子遵从教义，反而让心性不得自由。也就是说，其在教义下得到超脱，并非超脱的最高境界，因为这种超脱是在形式的束缚下获得的。

继续说新亭故事。

在去新亭的路上，王坦之没能超脱，他显得很紧张，问谢安在当前桓温带甲入朝的情况下该怎么办。

说实在的，谢安也不知道怎么办。好在他有雅量，没有流露出紧张的神情，只是告诉王："晋朝生死存亡，在此一行。什么也别想了，走吧。"

在新亭，谢安、王坦之二人落座。

王坦之非常紧张，把手版拿倒了，而且汗流沾衣。谢安则神色镇静，不异于常。没人知道他是真的不紧张，还是装作不紧张。

三人久久无语。

桓温已两鬓斑白，东晋能有今天，其实靠的就是他二十年来的拼杀。谢安如何不知？一时间，他突然百感交集，热泪盈眶。

桓温素知谢安以雅量著称，万事不动声色，而现在是怎么了？于是离座上前抓住谢安的手："安石！安石！何至于此！"

谢安久久沉默，后徐徐道："忆起在明公幕府中的旧事。"

桓温说："这些年，你在朝廷为官，我依旧征战于外，各安天命，当是如此！安石何故见我，所忆又是何事？"

谢安说："明公是否还记得，当初您为荆州刺史，有一天中午，跟部下聚餐，坐在旁边的一位参军，用筷子夹薤白，夹了好几次没夹起来，周围的人都不帮助他。那个参军不停地夹，但还是夹不起来，举座大笑。当时，您却把脸色沉下来，说：'同盘尚不相助，况复危难乎？'在一个桌子上吃饭，尚且不能互助，真到危险时呢？！随后您把发笑的幕僚全部罢免。"

桓温一愣，说："确有此事。"

谢安话锋一转，缓缓道："我听说有道之臣，派兵据守四方，可明公为何把他们带到了这里？"

桓温一愣，随即放声大笑。

显然，谢安的意思是：现在朝廷有难，需要帮忙，我按你做人的逻辑，所以必须要来走一遭。

接下来，谢安举目山河，作洛生咏："浩浩洪流，带我邦畿。……"这是嵇康的《赠秀才入军诗》中的句子。所谓洛生咏，指的是像故都洛阳的书生那样吟诵诗篇。洛阳书生以鼻音重浊著称，谢安虽生于江南，但他有鼻疾，所以鼻音很重，朗诵起来，一如洛阳书生。

桓温见谢安如此淡定从容，遂与谢安酣畅一饮。这时候，王坦之也把倒执的手版拿正了。

一时的危机虽然化解了，但桓温并没有放弃称帝的欲望。

可就在这时候，他病倒了。

桓温在病中向朝廷索要加九锡的待遇。这是中古时代称帝的前一步。但表到了谢安那里，被压了下来。

后来，桓温还没来得及享受九锡待遇就去世了。

谢安松了一口气。同时，他十分悲伤于老上级的一生。

王坦之则欢天喜地。

后来，有一天，王献之去拜访谢安，问他是如何保持处变不惊的："您真洒脱！"

谢安这样回答："你确实说出了我的特点。其实，我只是从内部自然地调节心性，使自己的风神畅快罢了。"

爱谢安

谢公与人围棋，俄而谢玄淮上信至，看书竟，默然无言，徐向局。客问淮上利害，答曰："小儿辈大破贼。"意色举止，不异于常。

高卧东山与淝水建功，是谢安生命中的两极。后人能望见，却学不来。东晋后，这样的人物，就再也没有了。

发生在东晋孝武帝太元八年（公元 383 年）的淝水之战，是中国史上著名的以少胜多的战役。东晋和前秦的这场战役结束后，南北分裂的局面又持续了二百多年。此战的结果警告了当时的各路枭雄：现在还不是统一的时候。

战争爆发前，苻坚的前秦在形式上统一了北方。苻坚有意南侵，被宰相王猛拦阻。王猛这位被认为比诸葛亮还厉害的人物认为时机尚未成熟。苻坚听了。但王猛一死，苻坚就开始蠢蠢欲动。

苻坚太想统一南北，做个伟大的帝王了。

太元八年（公元 383 年）秋八月，苻坚亲率大军从长安出发，陆续集结的各族步骑兵总兵力达到八十余万之众，以席卷之势向东晋袭来。

苻坚坚信，投鞭即可断淮河、长江之流。

几十年来，建康和会稽的名士们已经习惯了清谈优游的生活，面前突然出现了近百万异族大军，整个东晋朝廷大震。

幸好，还有一个人没傻：继桓温之后执政的谢安。

群臣叫谢玄问计于宰相谢安，谢安了无惧色，对侄子答道："我已经有想法了。"随后再没说什么。

群臣又请别人相问，谢安不理，命驾出行山间别墅，长游乃归。

时王羲之之子王献之亦为朝廷重臣，问谢安如之奈何。谢安说：

"苻坚既来，将其了结了就完了。"

就在是日夜，谢安召集满朝文武，调兵遣将，各当其任。

谢安举贤不避亲，以弟弟谢石为大都督，侄子谢玄为先锋，儿子谢琰随征。

在当时另一位军政首脑桓温的弟弟桓冲的理解和支持下，以北府兵为主力，开始筹划对前秦的战斗。

十月中，重镇寿阳失陷，前秦大将梁成率兵五万直指洛涧。

与此同时，苻坚亲率八千骑兵赶赴寿阳前线。进入冬十一月，谢玄以北府兵第一悍将刘牢之率死士五千长途奔袭洛涧，阻击秦将梁成。

淝水之役的前哨战，就此打响。

这一战，关乎东晋的存亡，北府兵悍将刘牢之，在洛涧谱写了他一生中最壮丽的篇章，展现了一个将军突出的军事才华。作战中，他采取远线迂回战术，侧翼合击敌人中军，亲率死士强渡洛水，以迅雷之势袭击前秦军，力斩梁成，一战而胜。

随后，东晋后续部队在谢石的指挥下，进抵寿阳之南的淝水东岸八公山，与对岸的秦军对峙。寿阳城头上的苻坚遥望对岸，心里发虚，把八公山上的草木都看成了晋军，所谓草木皆兵。他不能理解，整天沉浸于清谈之中的东晋，怎么还有这样一支军队？

淝水之战中，在后方坐镇的是谢安，前方的统帅是其弟谢石，具体指挥官是其侄谢玄。

谢玄所依靠的，是刘牢之等率领的八万北府兵。北府兵由郗鉴首创于京口，以北方流民和淮河健儿为班底，战士精悍，训练有素，将领出色，为东晋之屏障。

秦军的前线统帅是苻坚的弟弟苻融。

东晋和前秦两军对峙于淝水两岸，晋军人少，只能求速战，谢玄派使者下战书于苻坚，要求秦军后退一下，以让晋军渡河，随后两军决战。

苻坚竟答应了。

他有自己的想法：想不等晋军完全上岸，即进行冲杀，打对手一个措手不及，于是下令秦军小撤。

悲剧随之发生。

苻坚没想到撤退令一下，再想控制这支由各族组成的军队就难了。

谢玄率近万名铁骑强渡淝水，从后面猛击秦军。原东晋襄阳守将朱序反正，趁机带人高呼："秦军已大败！"

在此之前，朱序趁出使晋营之机，已将前秦的兵力情况透露给了谢玄。

崩溃中，秦军统帅苻融死于乱军中。

至此多米诺骨牌已经收不住了。东晋骑兵穷追不舍，以至于秦军听到风声鹤唳，都以为是晋军来袭。

谢玄的得胜战报传至京城建康时，宰相谢安正在跟人下围棋。

看完书信后，谢安默然无言，把信件放在一边，继续慢悠悠地下着棋。

客人知是前线急报，便问战局如何，谢安并不抬头，二指夹着一枚棋子，徐徐答："孩子们已经大破苻坚。"

意色举止，不异于常。

谢安在最应该激动的时候，神色无异于常，这是典型的晋人雅量。

魏晋式雅量有特定的含义，并非该喜而不喜，而是该喜而不露喜悦之情（悲怒同理）。

早些年，谢安隐居东山时，与孙绰、王羲之等人乘船出海，风浪突起，孙、王等人惊慌失色，而谢安坐于船头，表情平静，处之泰然。于是众人皆服，认为其雅量足以镇安朝野。

由此可见，雅量是一种精神风格，是一种精神境界。在感情最容易爆发的高潮点（大悲、大喜、大惊或大怒时），能游刃有余地控制自己的感情，深含潜藏自己的感情。至于说下完棋后谢安难以平复心中的兴奋，在门槛处折屐之齿，那我们就不去管它了。

谢安及其子弟于狂澜中挽救了东晋王朝。

李白有《永王东巡歌》："三川北虏乱如麻，四海南奔似永嘉。但用东山谢安石，为君谈笑静胡沙！"

通过此役，谢家正式成为与王家齐名的超级豪门，世以"王谢"并称。

此战后，名士韩伯看到谢家华服丽车轰鸣于道，曾这样叹息："这跟王莽有什么区别呢？"韩伯多多少少带点醋味的话，反映了当时谢家之盛。

谢安执政的年代，实际上是采取了王导的方法，那就是无为而治，名士们继续自己的清谈生活。很多人说清谈误国。但是，谢安从来不认为西晋之亡与清谈有关。很多年前的一天，他跟王羲之一起登上冶城。

这里是当年吴国造战鼓的地方。

望着眼前的无限江山，谢安悠然远想，露出超脱尘世的志趣；王羲之则感慨万千，便有了下面的对话：

谢安："人世茫茫，林泉高致，醉卧清谈，这样度过也当不负此生！"

王羲之："我听说古时大禹勤于国事，以至手脚都长了胼子；周文王处理机要，往往忙到半夜，还觉得时间不够用。当下是多事之秋，四郊多垒，战乱不息，这是士大夫的耻辱！值此时刻，每个人都应想着怎么为国家出力。可是，现在从建康到会稽，朋友们整天忙着清谈，以致荒废了政事，这恐怕是不合时宜的吧！"

谢安依旧远眺江山："我只知道秦朝经历了两代皇帝就灭亡了，难道也是清谈的原因？"

谢安的意思是：秦朝二世而亡，是因其暴政而失去了天下。现在，晋朝在江东重新立国，结合自身的特点和天下形势，采取无为而治的施政方针，与民宽松，与士宽松，能不管的就不管，难道不好吗？

王羲之与谢安的分歧，其实也是两个家族家风的区别所在。

东晋一代，王家从王导、王敦开始，虽然讲求的也是名士风流、清谈玄理，但归其本质，其家族的心灵建构是儒（尘世进取之心）大于道（老庄放达之情），从东晋到南朝，王家在朝廷上居要职的人要比谢家多得多，始终与最高权力者保持着关系。

谢家呢，从西晋末期的谢鲲那里，就已经把这个家族的玄学门风确定了下来，经谢尚、谢奕，到谢万、谢安，再到后来的谢灵运，其心灵是以老庄的放达之情为根本的，投身仕途只是高门之下自然而然的事，或者说仅仅是为了保持门第荣耀的延续。

也就是说，王家子弟走仕途多是主动的（王羲之最初也是有功名心的，但后来名声渐渐逊色于王坦之的父亲王述，一气之下才放情山水）；谢家则是被动的，而且从历史的现实来看，谢家在政治旋涡中远没有王家游刃有余。及至南朝，儒家重建，君主的绝对权威恢复，皇帝们再容不得名士纵情使性，谢家子弟一时难以适应，才有了谢灵运的悲剧。

淝水之战后，谢安的大名已响彻华夏。

他的一举一动，都是人们效仿的榜样。谢安有老乡罢县令南归会稽，还乡前拜见谢安，谢安问他有无归资，答："只有蒲葵扇五万把。"

于是谢安取了一把扇子，乘车在京城走了一圈，随后这种扇子就在整个京城流行起来，大家纷纷去买，价格增了数倍。

当时谢家盛大，满朝仰望，来自皇家的会稽王司马道子有意削弱谢家权势，而谢安亦无意与之争斗，于是自请出镇扬州。

谢安性情舒缓，但亦倔强。他曾于京城外大修别墅，遍种青竹，使之风景一如会稽东山，每每携子侄宴游，豪华奢侈，世人讥讽，谢安不为所动。

隐于东山的人如何能笑傲淝水？

世上很多人都顾上了这一头，而失去了那一端。谢安呢，却完美地鱼与熊掌皆得。他身上那种集优雅、从容、洒脱、高逸、宁静于一体的名士风神，更使他成为色彩斑斓的旷世传奇。

天下无双者，终不可学。

爱谢安，是人生的一种态度。

只是光阴漫长，会稽遥远，兰亭不再，东山已矣。

晚年的谢安，东山之志不移。到扬州，谢安叫手下造大船，制泛海服装，想顺江而下，取海路回归故乡会稽。然回卧东山之梦未成，便染病在身，怅然而逝了。

第八章　玄学清谈

后生可畏

何晏为吏部尚书，有位望，时谈客盈坐。王弼未弱冠，往见之。晏闻弼名，因条向者胜理语弼曰："此理仆以为极，可得复难不？"弼便作难，一坐人便以为屈。于是弼自为客主数番，皆一坐所不及。

有的人往往在年华最灿烂时死去，这样的人多才华横溢，比如王勃、李贺，比如王弼、卫玠。如果说卫玠仅因貌美便留名于史，那么王弼的大名震烁古今，便是货真价实了。

王弼，山阳高平（今山东金乡）人，曾外祖父是荆州刘表。他自幼聪颖，好老庄之学，与何晏、夏侯玄一起，在魏国正始年间发动玄学革命。当时，何晏非常看好这个才华横溢的少年，为其题字：后生可畏。

知道这个成语的来由了吧？

确实可畏。因为王弼太有思想才华了，太有哲学头脑了。

不过，王弼的身体不好，在最青春的岁月里死去了。当时，执政的大将军司马师听到消息后甚为惋惜："天丧我也！"

王弼并非执政者幕府中的智囊，但司马师仍有此语，说明当时王弼虽年轻，确实名重于世。

自老子、庄子之后，到王弼出现之前，中国可以说没有纯粹的哲学家。即使同时代的何晏、夏侯玄，也多是辞大于理，语言华美有余，而哲思不足。及至天才少年王弼出现，形势为之改变。

王弼发展了老子的学说。

老子讲："道生一，一生二，二生三，三生万物……"

王弼不然，认为"道"即"无"，"无为本，而生万物"。这种抽象的、形而上的哲学思想比较于两汉时代繁文缛节地夹带了过多杂质的儒家经学，可谓进了一大步。

王弼曾与名士裴徽进行过一次深入的切磋。

裴徽："'无'确实是万物所依靠的，圣人也不敢轻易去碰这个东西，可老子却提到了这个问题，这是为什么？"

王弼："圣人体会到了'无'，但'无'又不可被解释，所以说时一定涉及'有'，以此证明'无'。其实，即使是老子和庄子最终也没能跳出'有'，这正是我注释它的原因所在。"

王弼注释《老子》时，还不到二十岁。

当时何晏为吏部尚书，其府邸有魏国最负盛名的玄学沙龙，每日宾客盈门。

少年王弼前去拜访，何晏久闻其名，于是在《老子》中找出了某条义理抛给他："此条义理我们大家已嚼到头了，你还能提出新的见解吗？"

王弼品而发难，提出问题，四座皆不能辩。

后来，王弼终注完《老子》，见解独特，成一家之言，流传至今，为解读《老子》第一书。何晏当时也在注释《老子》，初步写成，回访王弼，见其所注《老子》后倒吸口冷气，有"既生瑜，何生亮"的感慨，回家后便把自己的《老子注》改名为《道论》《德论》，以避王弼同名著作的锋芒。

王弼又注《周易》。

魏晋清谈以《老子》《庄子》和《周易》为内容，而王弼一人独注两本，为玄学时代的到来奠定了基础。

然天不佑英，韶华竟逝，二十有三。

谈起王弼生活的三国时代，我们往往只着眼于金戈铁马，只知道刘关张曹操孙权诸葛亮，却不晓得在那风云征战的背后还有那样一群人：王弼、何晏、夏侯玄……

他们都生活在魏国，正是他们的出场，让三国时代有了另一种气质：那决然不是慷慨悲歌的建安风骨，而是放旷洒脱的正始风神。

郭象这个人

> 裴散骑娶王太尉女，婚后三日，诸婿大会，当时名士，王、裴子弟悉集。郭子玄在坐，挑与裴谈。子玄才甚丰赡，始数交，未快；郭陈张甚盛，裴徐理前语，理致甚微，四坐咨嗟称快，王亦以为奇，谓诸人曰："君辈勿为尔，将受困寡人女婿。"

西晋的一天，王家和裴家的名士聚集一堂清谈玄学。

山东琅邪王家与河东闻喜裴家作为魏晋顶级豪门，世家联姻：裴遐是王衍的女婿，裴颁是王戎的女婿。

婚后第三天，裴家女婿回门王家，当时郭象在座，名士济济，不清谈还干什么呢？

郭象率先发难，他有意避开了更能说的裴颁，而选择了当时还没什么名气的裴遐为对手。两人开始交锋，郭象文采华丽而丰富，一下子就把裴遐震住了。

王衍说："子玄，你真是口若悬河，注而不竭呀！"

郭象嘿嘿一笑："温习，温习。"

但是，他没料到裴遐也不是个善茬儿，稍安后，理清思路，便开始反攻，所谈义理无不精致入微，慢慢扭转了颓势。

这时候，王衍站起身："诸位，还是都老实点吧，不要跟郭象似的，最后被我家女婿困住。"

郭子玄即郭象，西晋玄学家，洛阳（今河南洛阳）人，官至太傅主簿。

当时，向秀已经做了《庄子注》，只有《秋水》《至乐》两篇未完成，按史上记载，"郭象者，为人薄行，有隽才，见秀义不传于世，遂窃为己注，乃自注《秋水》《至乐》二篇，又易《马蹄》一篇，其余众篇，或定点文句而已。"

也就是说，郭象把他人著作窃为己有，又加了点东西，最后郑重地署上自己的名字。由从容不迫、不动声色这个角度看，他确实是个晋人。

但是不是就因此否定了郭象呢？

别。

因为郭象，还真是有才华的（当时名士庾敳挂在嘴边的一句话是"郭子玄何必减我庾子嵩"）；因为他随便加的那点东西，竟字字珠玑，哲思深邃得把前辈都给撂倒了。

这样说吧，郭象在老庄的基础上，提出了自己的新见解，其思想尤其对当时人们的山水审美有大推动，而投奔自然又是魏晋名士极重要的一个精神和生活内容。

有人说，在魏晋名士所依赖的老庄哲学中，不一直存在着"自然"的命题吗？

还真不是这样。因为，老庄哲学中的"自然"，指的并非山水自然，而是精神上的一个概念。

何晏、王弼"贵无"，裴颜"崇有"，郭象偏向于"崇有"，而又提出哲学史上非常重要的"独化说"。他认为，"无"不能生"有"，"有"也不能生"有"，天下万物的产生与变化，都是绝对独立的，这也是他重视"个体"并进一步推崇"形"的原因。

在郭象之前，玄学家们认为，"形"作为外在的东西，既不是事物的"性"，更别说是"道"了，所以是需要被超越的。

郭象反对这一点。

他认为"形"不是事物的外表，也不是"个体"的一部分，而完全是一个独立的整体。

郭象认为"形"即全部，甚至就是"性"，就是"道"，就是事物之本；而形之美，即事物内容之美。

这个玄学理论直接导致了东晋名士对山水之美的大发现。

将无同

阮宣子有令闻。太尉王夷甫见而问曰："老、庄与圣教同异?"对曰:"将无同。"太尉善其言，辟之为掾。世谓"三语掾"。卫玠嘲之曰:"一言可辟，何假于三!"宣子曰:"苟是天下人望，亦可无言而辟，复何假一!"遂相与为友。

阮宣子即阮修，阮籍之侄，风格高简，善谈好酒：阮宣子常步行，以百钱挂杖头，至酒店，便独酣畅。

阮修后官至太子洗马，死于永嘉之乱。

他认为老庄与儒教没什么不同，他的一句"将无同"，让太尉王衍觉得很好，招其为部属。因为只说了三个字即得官，所以他被称为"三语掾"。

卫玠听说这件事后嘲笑阮修："说一个字就能被起用，又何必说三个!"

阮修答："若为天下人所推崇，又何必说一个字呢，什么都不说也可被起用。"

卫玠一愣，遂与之热烈拥抱。

也许卫玠抱错人了。

《晋书》也记载了这个故事，但主人公分别是阮瞻（阮咸之子）和王戎。这一说法比较可信，因为以任职时间推断，王衍为太尉时，阮修早已为官多年。

到底是谁说的不重要，叫人关心的是"将无同"这三个字。

"将无同"是个左右摇摆的词。魏晋名士回答问题时，不喜欢直接说"是"或"否"，而喜欢用"将无"这个口头禅，用不确定来说明大致的肯定。

"将无同"在这里的意思是，大致可以解释为："恐怕是一样吧。"

对魏晋玄学，尤其值得注意一点：如何看待老庄与儒家的关系。是截然对立，还是于本质上是相同的？

"将无同"被认为是当时的名士对玄学的新认识，是一种更为超脱的看法，以为玄儒相通，儒教于本质上也是"自然"的，所以不应"越"儒教，而应"顺"儒教，也就是"顺"自然了。

洛水优游

> 诸名士共至洛水戏，还，乐令问王夷甫曰："今日戏乐乎？"王曰："裴仆射善谈名理，混混有雅致；张茂先论《史》、《汉》，靡靡可听；我与王安丰说延陵、子房，亦超超玄著。"

春夏之季，游于洛阳郊外，依草假花，卧谈玄理，这是西晋名士们重要的休闲和娱乐方式。

据说，有人群的地方就有左中右。洛水之畔的这次聚会也不例外。

王衍，这位被认为风姿"岩岩清峙，壁立千仞"的名士是右派；裴頠和张华在总体上都倾向于儒家名教，对口吐玄虚、不遵礼法的做法相对比较反感，属左派；王戎早年虽跟阮籍等人游于竹林，并为"竹林七贤"之一，但总体上来说属于中间派。

都到了，按理说应该发生激烈的辩论，尤其在王衍和裴頠间。

裴頠，字逸民，河东闻喜（今山西闻喜）人，官至尚书左仆射，反对王弼、何晏的"贵无论"，著有《崇有论》，自生"有"，而非从"无"中生，认为《老子》的本质讲的是万事皆有"本"而勿忘"本"，并非玄学名士理解的"本即无，而贵无"。

裴頠善辩，钟会曾说："裴公之谈，经日不竭。"时人谓之为言谈之林数，他曾多次与玄学名士激烈辩论，后者均不能将其折服；据说只有王衍来了，方能使之小小屈服。但王衍走后，人们以王理再次向裴頠发难，依旧不能将其制伏。

所以，在这里，乐广问王衍玩得如何，似有话外之意。

王衍的回答出乎乐广的意料，他说大家都很愉快。按他的说法，当时没发生什么争论，人们只是各说各的，各得其所，各得其乐。

洛阳优游是美好的。

但名士们是否注意到大片的乌云，正慢慢笼罩过来？虽然洛阳的天空暂时还算晴朗，名士们还有一些时间畅卧花树间，摇着玉柄拂尘，讨论着哲学问题。

洛水茫茫，邙山苍苍。风，慢慢起来了。

多少年后，站在历史长河的另一端，我们发现：这大乱前的悠闲是多么残酷！只是那天参与聊天的人多未察觉。如果有人感觉到一丝担忧，那首先只能是张华。

张华，字茂先，范阳方城（今河北固安）人，西晋重臣、诗人，又通军事，博闻强记，是《博物志》的作者，官至司空。贾后专权时，因有张华等人支撑，朝廷倒也一度安稳。早年，他坚决支持征讨东吴进而统一全国，但遭权臣贾充的反对，认为："西有昆夷之患，北有幽并之戎。天下劳扰，五谷不登，兴军议讨，惧非其时。"

如果说那时候贾充以胡人之患为拒绝出兵南下的理由很是牵强，那么现在却是现实了：北方幽、并，西方雍、凉，四州胡患已成，蠢蠢欲动。所以，在那天，张华所谈论的多是《史记》《汉书》，希望王衍等人能从沉郁的历史中多体味些什么，多干点实事。

同样担忧的，似乎还有问王衍话的乐广。

乐广，字彦辅，南阳淯阳（今河南南阳）人，少时家贫，性好老庄，知遇于王戎、裴楷，受提拔，进入仕途。

乐广善清谈，尚书令卫瓘见到他与名士清谈，感慨地说："自从何晏、王弼、夏侯玄去世以及七贤云消后，我一直担心玄学将绝，现在又从乐广那里重新听到这种声音！"

有一次，就"旨不至"这个辩题，乐广跟客人进行了辩论。

"旨不至"出自《庄子·天下篇》，原句为"指不至，至不绝"，其意深远。"指不至"，"指"通"旨"，即具有共性的义理，或者说事物之本真（虚理）。至不绝，"至"可以理解成"物"（实体），其意初可解释为：具有共性的义理不能传至于具体的"物"，即使达到也不能绝对穷尽。

乐广以手中的拂尘为道具，向他的客人举了个例子：我拿这拂尘的尾柄去敲打桌子："到达了没有？"

客人点头。

乐广往回一撤拂尘柄："若到了，怎么还能回来？"

乐广所说的当然不是拂尘本身的去回，而是义理的本质特点，即传达至"物"，只是相对的。至此，我们看到了禅机的影子，仿佛唐朝禅师那般智慧。当时禅宗未立，而魏晋名士于清谈中已发禅机之先，实在令人称奇。

西晋东晋之交，在清谈上玄学与佛学有合流迹象，讲求言辞简约玄远而有深意。

在这种背景下，乐广的地位更加突出，被时人尊崇，超越了太尉王衍这样的人物。王衍也每每自叹不如："我与乐广聊，我都觉得自己的话太繁复。"

乐广亦受到青年才俊卫玠的赞叹："此人之水镜，见之莹然，若披云雾而睹青天也。"

听完这夸奖后，乐广一激动，把女儿嫁给了卫玠。其实是顺水推舟，求之不得，卫玠是天下第一美男，超过了潘岳。

再后来，乐广做到侍中、河南尹。晚年时，乐广对自己的玄学人生进行了反思，而渐渐倾向于儒家名教：老庄放诞，自然洒脱；但若天下，人人如此，时时如此，将是什么样子？这是乐广的想法。

有一天，乐广去胡毋辅之家串门。

胡毋辅之鄙弃世俗，性嗜酒，放纵而不拘小节，常与王澄等人裸体狂饮。

乐广上下打量了一下他们的身材，然后说："如今天下已定，儒家名教中自有乐，你们何必这样呢？"

乐广的意思大约是：当初竹林名士超越名教是有特殊背景的，现在情况不一样了，仍弃名教而放旷，就值得商榷了。

但是，没人听他的。

乐广出了胡毋辅之家，沿着铜驼街漫无目的地走着，不知不觉中出了宣阳门，来到洛水旁，正遇见回城的王衍等人，随后有了上面的问话。

站在河川边，青山依旧在，夕阳即将红。

乐广望着天际的云影，突然想起几十年前的三国往事，而现在风轻云淡，一切都已远去了。

乐广感慨不已。

他在水边坐下，西晋的傍晚一片寂静。乐广望着万古奔流的河水，不由自主地猛然战栗。

东晋的清谈

（一）

> 殷中军为庾公长史，下都，王丞相为之集，桓公、王长史、王蓝田、谢镇西并在。丞相自起解帐带麈尾，语殷曰："身今日当与君共谈析理。"既共清言，遂达三更。丞相与殷共相往反，其余诸贤，略无所关。既彼我相尽，丞相乃叹曰："向来语，乃竟未知理源所归。至于辞喻不相负，正始之音，正当尔耳。"明旦，桓宣武语人曰："昨夜听殷、王清言，甚佳，仁祖亦不寂寞，我亦时复造心；顾看两王掾，辄翣如生母狗馨。"

魏晋清谈，或在林下，或在室内，名士们身着宽松的长袍，手持用白玉做柄的麈尾，辩论时将其来回摇摆。

魏晋时的麈尾，跟现在所知的那种单柄马尾拂尘不一样，它的底部有四个柄，柄上有装饰性的毫尾。

就先说个有关麈尾的故事：

僧人法畅于晋成帝时期由北方来到江南，与建康名士交游。法畅手里的麈尾特别精美，于是太尉庾亮纳闷儿："这么好的东西，怎么还能留得住？"

法畅答："清廉的人，不会找我要；贪婪的人，我也不给。"

不能不说法畅的回答很妙。

这种智慧表现为对一种早已存在却被大家熟视无睹的道理的提纯和呈现，一如桓冲的妻子对"衣不穿如何变旧"的阐释。

魏晋清谈，内容以"三玄"即《老子》《庄子》《周易》（自东晋以来又加入佛理）为基底，引发对人生（人道）和宇宙（天道）的思索；形式主要有两种：一是两人辩论（或有旁观者欣赏），二是大家一起议论（有一个主持人）。

清谈场面往往是非常激烈的，常用军事用语形容之，如谢胡儿语庾道季："诸人莫当就卿谈，可坚城垒。"

庾答："若文度（王坦之）来，我以偏师待之；康伯（韩伯）来，济河焚舟。"

清谈除了具有学术色彩外，更多地还带有社交和益智功能。它通过玄理和言辞技巧，最终难倒对方，使之理屈词穷，以双方一起达到通彻为最高境界。

下面记载的是东晋时代的第一次清谈盛会。

王导虽然是清谈场上的二流人物，但由于在永嘉之乱前参与过洛水之游，见识过很多清谈的大场面，所以过江之后以高人自居。很快便有人不服了，那是叫蔡谟的同事。

面对不屑，王导说："我与王安期（王承）、阮千里（阮瞻）共游洛水时，那时候哪知道有你呢？"

对于王导的自诩，另一位名士羊曼看不过去了："您以前的事，我们大家都知道，而且也以此来赞美您，但为什么您总是提个没完？"

王导有些尴尬："只是觉得当年的情景再也不可得……"

可见，王导确实把西晋时的洛水之游看成一种资本了。

在东晋做高官，不会清谈，往往是做不下去的。即使做下去了，也会受到周围人的讥讽和质疑，总之会很别扭。比如，做到宰相的何充。

何充初为王敦主簿，后为扬州刺史。庾亮、王导死后，他与庾亮的弟弟庾冰一起为辅政大臣。但由于何充出身不好，致使王导不太喜欢他，主要是嫌他毫无名士气质："见到谢尚，令人感到超脱拔俗；见到何充，唯举手指地！"

虽不喜欢，但王导在总体上还是比较尊重何充的。

有一次，何充去拜访王导，后者拿着清谈用的拂尘指着座位说："来！来！此是君坐！"王导的意思有二，一是虽然你出身一般，无名士风流，但我还是挺尊重你的；其二是，老弟，别天天办公了，也来参与一下清谈吧！

在一个崇尚玄远的名士时代，无法想象执政者毫无这方面的做派，所以对王导等人说，成为清谈场上的人是政治需要。

只说这一天，征西将军庾亮幕府中的长史殷浩自武昌东下首都建康办事，王导盛情款待，进而促成了东晋初期这次著名的清谈盛会。

宾主之外，作陪的都是厉害角色：桓温、王濛、王述、谢尚。

从殷浩为庾亮幕府长史这一点来看，这次清谈的时间在晋成帝咸康之初即公元 340 年之前。此时王敦之乱已过去多年，苏峻、祖约之乱也已平息，王导和庾亮，一个内处朝廷，一个外镇武昌，互相制约，两人虽小有矛盾，但总的来说不失大体，且由于东晋内外无事，所以闲暇的生活气氛又一点点浓厚起来，为清谈玄学创造了良好的环境。

说到王导，据说他在过江后，在清谈领域，专门在《声无哀乐论》《养生论》《言尽意》三篇上下功夫，有集中精力专啃一点的意思。

王导取出拂尘："渊源（殷浩字）！在《声无哀乐论》《养生论》《言尽意》中选一个话题吧！"

这次清谈持续到半夜三更天，主要是王、殷交火，其他诸位没机会插嘴，可见还是比较激烈，最后王导感慨地说："正始之音，当是如此啊！"

转天有人问桓温清谈的情况，桓答："很好啊！谢尚和我都听得进了状态，只是'二王'（王濛、王述）的神情像陪在一旁的母狗那样！"

这一次清谈，给桓温触动不小，一是他确实听得入迷；二是他发现自己还真不是混这个领域的人，于是他不得不重新审视自己的人生。从后来的情况看，桓温及时退出清谈场是明智的。既然做不了名士，那就做个枭雄吧，于是他还真就成功了。

所以说，方向很重要，一个人了解自己的长处和短处，真的很重要。

（二）

支道林、许、谢盛德共集王家，谢顾诸人曰："今日可谓彦会。时既不可留，此集固亦难常，当共言咏，以写其怀。"许便问主人："有《庄子》不？"正得《渔父》一篇。谢看题，便各使四坐通。支道林先通，作七百许语，叙致精丽，才藻奇拔，众咸称善。于是四坐各言怀毕。谢问曰："卿等尽不？"皆曰："今日之言，少不自竭。"谢后粗难，因自叙其意，作万余语，才峰秀逸，既自难干，加意气拟托，萧然自得，四坐莫不厌心。支谓谢曰："君一往奔诣，故复自佳耳。"

东晋自成帝咸康年间（公元335—342年）以来，闲逸无事，清谈之风日益浓厚起来。

当年在王导宰相府中受桓温讽刺的王濛，其家如今却成了首都建康的三大清谈中心之一（其余两个中心，一为宰相王导家，一为会稽王司马昱家）；而桓温则被彻底踢出清谈场，有什么活动大家也不叫他了。

这一天午后，前来王濛家参与清谈的三位名士是：支遁、许询和谢安。

这三个人曾长时间在会稽隐逸，如果不出意外的话，这次是来建康旅行的；同时也是为了探望王濛、刘惔、司马昱等朋友。

毫无疑问，他们都是当时的一流人物。

由于时间紧迫，转天还要返回会稽，所以谢安一脚刚跨进王家客厅的大门就说："既然时光不能留驻，这样群星闪烁的聚会也就难以常有了。开始吧。"

许询问王濛："有《庄子》吗？"

王濛答："能没有吗！"

支遁终于开口："那就快拿来吧。"

王濛从书架上随意取出《庄子》一篇，众人展卷看，是《渔父》。

在大家的建议中，谢安被推举为清谈主持人："大家先各自谈谈自己的心得吧。"

这是清谈的一种，众人围坐，先各自陈述自己的观点，随后展开辩论。支遁第一个开讲，一口气说了七百多句，语言精美，见解新异，及谈完，众人皆言"妙"。

随后按顺序，许询、王濛、谢安陆续开讲。

等大家都说完了，谢安问："各位尽兴了吗？"

大家表示有点不尽兴。

谢安说："那我帮大家来尽兴好不好？"

言罢，他拿起《渔父》，先是自行责难，引出论题，然后顺势抒发胸臆，滔滔开讲，直到月上西窗。其言谈才高语秀，洒脱自得，四座鼓掌。

最后，支遁说："安石啊，你确实是一贯追求高深的玄理！"

（三）

> 殷中军、孙安国、王、谢能言诸贤，悉在会稽王许。殷与孙共论易象，妙于见形；孙语道合，意气干云；一坐咸不安孙理，而辞不能屈。会稽王慨然叹曰："使真长来，故应有以制彼。"即迎真长，孙意已不如。真长既至，先令孙自叙本理，孙粗说己语，亦觉殊不及向。刘便作二百许语，辞难简切，孙理遂屈。一坐同时拊掌而笑，称美良久。

东晋穆帝永和元年（公元345年）的一天，艳阳高照，清风徐吹，殷浩、孙盛、王濛、谢安四大名士，徐徐往会稽王司马昱家去了。

前几天，孙盛和殷浩在殷家已有过一次火星撞地球般的对决，被认为是整个东晋最激烈的一次清谈："孙安国往殷中军许共论，往反精苦，客主无间。左右进食，冷而复暖者数四。彼我奋掷麈尾，悉脱落满餐饭中。宾主遂至莫忘食。殷乃语孙曰：'卿莫作强口马，我当穿卿鼻！'孙曰：'卿不见决牛鼻，人当穿卿颊！'"

据记载，殷浩"口谈至剧"，也就是说话语速特别快，不给对方喘息之机；孙盛也不是个善茬儿，按南北朝檀道鸾所著《续晋阳秋》里的说法，东晋中前期，殷浩于玄学清谈上名重一时，当时能与之抗衡的唯有孙盛。这种说法有些夸张，但孙盛能谈却是事实。

孙、殷的这次清谈，极为投入。手下上来饭菜，二人都顾不得吃，饭菜被反复热了几次。此外，就是极激烈。辩论中，两人不时甩着各自手中的拂尘，尾毛落满饭碗。直到暮色西沉，月亮升起，二人还没顾上吃饭。

最后，殷浩说："孙盛，别做嘴强的马儿，我要穿透你的鼻子牵着你走！"

孙盛也不示弱："放心吧，我不穿你的鼻子，怕你豁了鼻子跑了，我要穿你的脸！"

殷浩和孙盛的这次碰撞，可以被视作正统玄学（殷浩承何晏、王弼之脉）和儒教维护者（孙盛）之间的正面较量。

现在，殷浩和孙盛又转至司马昱处决战，辩论《易象妙于见形论》，此论的作者正是孙盛本人。孙盛在《易象妙于见形论》中驳斥了王弼解释《周易》的观点，而殷浩则坚持王弼的主流玄学思想。

开始时，大家都看好殷浩，但几个回合下来，出现了令人意外的事：

殷浩难以从孙盛的这篇文章中找到可下手的漏洞，且说着说着竟把自己也带到沟里了。孙盛后来居上，意气风发，鲜明地阐发自己这篇文章的观点，言辞甚为犀利。在座的谢安、王濛等人见殷浩形势不妙，于是一拥而上，但仍不能将孙盛制伏。

眼看着众人即将败北，会稽王司马昱一拍脑门，说："快去请刘真长！"

那位超级傲慢又才华横溢的刘惔便来了。

在此之前，孙盛听到他们要去搬刘惔，立即汗流满面。

刘惔到来后，他叫孙盛再陈述一下自己的观点，后者重复时显得很紧张，大不如之前那样洋洋洒洒。

刘惔听后，轻轻一笑，只道了二百多字，观点简约恰当，一语中的，孙盛遂理屈词穷。在座众人鼓掌大笑。

接下来，司马昱请客，刘惔、殷浩、孙盛、王濛、谢安一起去后园夜宴了。

在这次清谈上，司马昱、殷浩、王濛、谢安、刘惔五人都是反对孙盛的观点的。

孙盛首先是个历史学家，正如我们知道的那样，他写有名著《晋阳秋》；其次才是作为清谈家而存在的。他是个尊儒派。对何晏、王弼以来的老庄玄学，他是持反对意见的，曾写有《老聃非大贤论》和《老子疑问反讯》，在老庄流行的年代公然质疑；同时，又作《易象妙于见形论》，不满王弼的观点，自然为坚持王弼主流玄学思想的在座诸名士所不容。

从阵容上来说，这次出场的名士是整个东晋时代最强的。

司马昱不去管他，估计辩论起来也插不上什么嘴，厉害的是殷浩、孙盛、刘惔。

殷浩在晋成帝时代已被认为是清谈场上综合实力最高的；至于自负才有天高的刘惔，就别说了，泰然自若地把脚丫子架到桓温肩膀上的主儿，是简秀派一号人物，辩论时往往一针见血、绝杀制敌。在殷浩败北，众人又都不能制伏孙盛的情况下，把刘惔请来，足见其实力。

说一下大背景。

这次清谈发生在公元 345 年。

这一年晋穆帝以两岁的年龄即位，会稽王司马昱以宰相身份辅政。

东晋的清谈，在此前的晋成帝和晋康帝时代转盛，到晋穆帝永和初年达到高潮。这次大会，除支遁、许询身在会稽以及韩伯（有实力，但很少参与这种群体清谈）未参加外，东晋的清谈高手基本上都到齐了。

但任何事物，盛大之后，便是萧索。

永和初期以后，王濛、刘惔相继以不足四十岁的年龄去世；谢安高卧会稽东山，很少再西入京城。至于殷浩，决意在政治上冒险，后吞下了北伐惨败的果子，被废为庶人，轰出了建康。

清谈场上的诸位名士，最终各奔人生的天涯。

咄咄怪事

> 殷中军被废，在信安，终日恒书空作字。扬州吏民寻义逐之。窃视，唯作"咄咄怪事"四字而已。

晋穆帝永和九年（公元353年），发生了两件大事：

一是王羲之发起的有四十二位名士参加的兰亭会；二是已为中军将军的清谈大师殷浩北伐中原，终遭惨败。

殷浩，字渊源，陈郡长平（今河南西华）人，东晋大师级的清谈家。

他是沉书的殷羡的儿子，桓温少时的玩伴。殷浩青年时已负盛名，名士韩伯是其外甥，但做舅舅的有此语："康伯未得我牙后慧。"他不是傲慢，而是在清谈上确有一套。

两件事可以证明：

王濛、刘惔去找殷浩清谈，谈完在回去的路上，刘对王说："渊源真可。"

王说："卿故堕其云雾中！"

能被此二人夸奖，可见确实不简单。另一次，谢尚不服，要去会会殷浩。

这得详细地说一下。谢尚是名士谢鲲之子，谢安的从兄，来头甚大，在谢家起了承前启后的作用。谢尚少即成名，王导比之为竹林七贤的王戎。当时有女名宋袆，曾为大将军王敦小妾，后不知怎么归了谢尚。

谢问宋："我跟王敦比如何？"

宋答："王大将军跟您比，好比农夫比贵人。"

桓温则说："谢尚北窗下弹琵琶，仿佛天际真人。"

这妖冶的谢尚还曾干了一件大事：

在一次战争中，从北方的后赵那里夺得了于永嘉之乱中丢失的传国玉玺！

在此之前，因没有秦始皇时传下来的那块玉玺，东晋的皇帝被称为"白板天子"。

谢尚既是一流名士，又功勋巨大，所以很想挑战一下殷浩大师。

在殷家，谢尚说："我听说，中朝（西晋）时，每到春日，名士们都聚集在洛水之畔清谈，那情景真是令人艳羡！"

殷浩说："其实不必。现在江东名士也不比那时候少！"

谢尚正欲张嘴，殷浩摆了摆手："你先别忙，你不是要跟我辩论，我们就辩《庄子》的《逍遥游》，你先听我说好不好？"

不等谢尚作答，殷浩滔滔不绝地先扔下数百句，文辞丰美，动人心意，听得谢尚张大了嘴，不觉间汗流满面。

此时，殷浩扭头对手下说："拿毛巾来给谢郎擦一擦脸。"

由此可见殷浩在清谈上的厉害。

清谈主要分简约派和丰赡派。前者代表是刘惔；后者代表是殷浩——此人清谈起来语速极快，滔滔不绝。

后来，郗超问谢安："殷浩比支遁大师如何？"

谢安回答："超拔之处，支遁过殷；而娓娓论辩上，殷浩自能制伏支遁。"

快嘴殷浩曾于家人墓所旁隐居十年，在此之前一度做过庾亮的参军。

时为荆州刺史的桓温，以孤旅越三峡天险攻灭成汉政权后，声名显赫起来。

为制约日渐坐大的桓温势力，在朝中执政的会稽王司马昱决定叫殷浩出山，以其为扬州刺史（在东晋的军政地图上，荆州、扬州、江州、京口是最重要的四个地方，尤其是长江中游的荆州和下游的扬州往往形成相互制约的局面），又督扬、徐、豫、青、兖五州军事。

此时，后赵羯族暴君石虎已死，北方大乱，东晋又有了用兵中原的机会。

桓温一度以为这个机会会落到自己头上，当得知北伐军司令官为殷浩后，甚为不平。

二人既是小时候的玩伴，又是长大后的竞争对手。在清谈玄理上，桓温搞不过殷浩，只好锐意往军政上发展。没想到，现在，在会稽王司马昱的支持下，殷浩把自己这条路也堵住，他怎能好受得了！

不过，桓温没采取什么行动，而是静观其变。

因为桓温很了解这个少年玩伴，知道自己所需要的只是等待。

再说殷浩。在此之前，王羲之给殷浩写了封信，称其不适宜领兵北伐；王濛则给桓温写了封信，称殷浩的学识足以能使其从容应事，其本领与时人的赞誉是相当的。

就这样，到了永和九年秋，连纸上谈兵都很困难的清谈大师殷司令率军七万出发了。

出发时，殷浩刚上马就下马了，怎么呢？因为摔下来了。是凶兆，还是他压根儿就不会骑马？总之，最后的结果是还没看到洛阳的影子，殷浩就以名士之性情逼反了晋军先锋羌族首领姚襄，在其反戈一击下，殷浩大败而归。

桓温名温，可不温柔。

此时，落井下石名正言顺，于是上书朝廷，请废殷浩为庶人。

会稽王司马昱从了，贬殷浩到东阳信安。这还不算，桓温还放出风去："少年时，我与殷浩曾同骑竹马，殷浩每次骑的都是我丢弃的，以此来看，和我相比，他终处于下风呀。"

被废信安的日子，清谈大师殷浩没了清谈伙伴，以读佛经度日。

闲暇的时候，殷浩便是生闷气，既有对桓温的恨，更有对司马昱的怨，每每对侍从说："上人著百尺楼上，儋梯将去！"意思是：我顺着你（司马昱）的梯子爬上去了，现在可倒好，你把梯子给撤了！

日子如此憋屈，逼得殷浩终日在空中比划着写字。

大家很好奇，但又不知道他写的什么。后有好事者窃视，顺着他比划的字迹，模仿着比划，得出四字："咄咄怪事。"

这是一个清谈家的命运。

总之，我们认为他神经了。

不过，也莫嘲笑殷浩，谁又不是这样？

在很多时候，我们甚至还没为什么痛哭过，人生就到眼前这一步了。

在那个时代，以清谈名士的身份率兵出征完败而归的例子很多，殷浩只不过是最典型的一个。咄咄怪事，后来被指称难以理解的事。事情怎么会这样？殷浩感到茫然：早知今日，何必当初！做个闲来无事的清谈家多好！

当年，殷浩隐居丹阳家人墓所的时候，总有建康名士来拜访他。

有一次，来的是王濛、谢尚、刘惔。聊天中，三大名士感觉殷大师确实有绝尘之意。

回建康的路上，王、谢颇为感叹："殷浩大师不出山为官的话，叫天下的苍生怎么办？"

一时间，朝野上下竟以殷浩比作管仲和诸葛亮，以殷浩出不出山来判断东晋的兴亡。真是太过分了。现在看来，这是在害殷浩啊！把他架到炉子上烤。殷浩后来终于惨败，说这话的那些人都哪儿去了呢？

当然，更大的责任得由他自己承担。

一直欣赏殷浩的王濛当初评道："此人不但长处胜人，在对待长处上也胜过别人。"看来此话不实。

事情还没完。

后来，桓温良心似乎有所发现，觉得对自己的这个少年玩伴太狠了，于是想起用其为尚书令，并修书与殷浩。后者很惊喜（可能真是寂寞难挨了），既想答应桓温，又想在信中表现出一种不在乎的样子，于是在措辞上修改了半天。

后来，殷浩终于写完了，把信纸装进信封，但又不放心，拿出来再看一遍，如此反复多次，以致最后清谈大师完全把自己搞迷糊了，竟忘了把信纸装进信封，导致桓温收到一个空信封。他以为殷浩是在讽刺自己，于是大怒，从此再也不搭理这个少年伙伴了。

公元 356 年，留下了"咄咄怪事"和"拾人牙慧"两个成语后，已经神经了的殷浩，孤独地死去了。

第九章　门阀世家

石王斗富

石崇与王恺争豪，并穷绮丽，以饰舆服。武帝，恺之甥也，每助恺。尝以一珊瑚树，高二尺许，赐恺，枝柯扶疏，世罕其比。恺以示崇；崇视讫，以铁如意击之，应手而碎。恺既惋惜，又以为疾己之宝，声色甚厉。崇曰："不足恨，今还卿。"乃命左右悉取珊瑚树，有三尺、四尺，条干绝世，光彩溢目者六七枚，如恺许比甚众。恺惘然自失。

很多人拿石崇和王恺斗富的故事概括整个西晋。

这自然是不公的。不过，这个王朝中期以后确实存在着奢华的风潮。

石崇，渤海南皮（今河北南皮县）人，西晋著名的生活家和诗人。他是大司马石苞之子，家世本显赫；为官荆州刺史时，却屡次率人扮作蒙面大盗，拦路抢劫过往客商，积累了大量财富。

王恺，东海郯（今山东郯城）人，魏重臣名儒王肃之子，晋武帝司马炎的舅舅，以外戚身份居要位。

王恺、石崇不和。

讲述他们的故事前，有件事值得一提：

刘玙、刘琨兄弟为王恺所憎，后者曾召前二人在自己的别墅过夜，想悄悄除掉他们。石崇在当时人缘不错，与玙、琨有交情，听到二人留宿王恺别墅后，知当有变，连夜驾车奔王家，问二刘在哪儿。

紧迫中，王恺来不及编瞎话，回答："在后院睡觉！"

石崇便直入后院，拉起二人就走。在车上，他对二刘说："少年，怎能轻易在他人家过夜？"

永嘉之乱后，刘琨成名，率领孤军在北方活动，与胡人周旋，是不是得感谢当年石崇的救命之恩？

石崇和王恺有此过节，斗起富来便更狠，千方百计欲压倒对方：

王恺用糖水刷锅，石崇用大根大棵的蜡烛当柴火烧。

王恺不甘心被比下去，于是用紫丝巾做幕障，扯了四十里。石崇则以锦绫为幕障，长五十里，比王恺多了十里，又赢了。

王恺用赤石脂刷墙，石崇则用名贵的花椒刷墙。

王恺每每差石崇一筹，非常郁闷。他的皇帝外甥司马炎，本来还是比较俭朴的，但在这件事上，也觉得有些没面子，便在暗地里帮王恺，秘密将其叫到宫里："舅舅啊，你跟石崇比斗，每每落下风，不过这回好啦，我给你一棵绝世珊瑚树，这可是国外进贡来的……"

王恺看那珊瑚树，足有两尺高，枝条繁密，熠熠生辉，确为世间珍宝。

转天，王恺满心欢喜地带着这棵珊瑚树到了石崇那著名的金谷园别墅，一到门口就嚷嚷："石崇，石崇呢?!"

石崇正独坐高楼，一个人欣赏绿珠跳舞。

得知王恺来了，他便从楼上下来。当他拿着铁如意朝那珊瑚树敲下的时候，已经是半个时辰后的事了。

此前，王恺把那珊瑚树从盒子里取出来展示给石崇看，心里想：这回把你搞定了吧！可是没想到，两下就被石崇给捣坏了。

王恺睁大眼睛："石崇！你不能这样啊，看我拿了宝贝，你没有可比的，就给砸坏了！"

石崇笑："别生气，我马上还你一棵更好的。"

说罢，他叫手下去取珊瑚树，没多长时间，就捧来了十几棵，有三尺高的，有四尺高的，还有五尺高的，灿烂异常，光彩夺目。

王恺愣了半天神，最后一点脾气也没了。

西晋时，生活奢华的，并非仅仅有斗富的石崇和王恺二人，还有太原世家王武子即王济。

王济是参与灭吴战争的西晋重臣王浑的儿子，母亲是西晋第一美女钟琰（颍川世家钟繇的曾孙女），他本人又是晋武帝司马炎的女婿，名士卫玠的舅舅，大臣和峤、裴楷的小舅子，这个世家关系网让人瞠目。

我们说过，王济善骑射，又善清谈，文武具备，长得高大，豪放硬朗，这样的形象在当时的名士中少见。

石崇和王恺斗富，王济也一度加入，曾与王恺赌博，当即压了一千万贯钱。比什么？射箭。王恺家有头叫"八百里驳"的牛，王济跟王恺打赌，若自己射不中靶心，便把一千万贯钱给王恺；若射中了，他王济就要把那牛杀了，吃其心！

王恺自恃有把握赢，便叫王济先射。

谁知王济一箭击中靶心，随即叫人把牛杀了，吃完牛心，扬长而去，洒脱得没边儿了。

王济风格奢豪。他在洛阳郊外的邙山购了一大块地皮，修建了自己的跑马场。用什么来圈地呢？

钱。

沉甸甸的铜钱用彩线穿着，围绕着那块地皮绕了好几圈，这种奢华的举动把石崇和王恺也震住了，时人称其为"金沟"。

西晋中期以后的风气何以如此？

跟司马炎的个人风格没关系。他是什么样的人，前面我们说过了。

西晋很快出现的颓逸，跟这个王朝的战略有点关系。重要原因之一是，灭蜀十六七年后，西晋才有了灭吴统一全国的欲望（多为权臣贾充阻挠，甚至在公元280年王濬和杜预认为不能再拖下去时，贾仍以"民劳国疲"为由加以反对）。这个漫长的时间，大约消耗了一个新王朝在最初的那点精气神。

所以，当石崇与王敦同入太学，王敦以子贡比石崇时，后者很不高兴，说："作为士人，就应该让自己富贵，你为什么宣扬那些穷困潦倒的家伙呢！"

显然，这是一代人的想法。

只是，奢华颓逸的洛阳啊，沉浸其中的人儿啊，千里之外胡人的弯刀已经举起来了，你们可曾知晓？

琅邪王家

> 有人诣王太尉，遇安丰、大将军、丞相在坐。往别屋，见季胤、平子。还，语人曰："今日之行，触目见琳琅珠玉。"

西晋时，有大臣去拜访太尉王衍，在那里遇到"竹林七贤"之一的王戎、后来成为东晋大将军的王敦、后来成为东晋宰相的王导。去别的屋子，又看到了名士王诩和王澄。回来后，他对周围人说："今日之行，满目琳琅珠玉！"

"琳琅满目"这个成语，就来自以上典故，说的正是魏晋第一世家琅邪临沂王家人才之盛。后来，到南北朝，政治家兼文学家沈约曾这样感叹道："自从开天辟地以来，没有哪一个家族在爵位蝉联和人才辈出方面像山东琅邪临沂的王家这样厉害！"

王家不是家族鼎盛的唯一一个。

中国门阀士族到西晋时已完全形成，除琅邪王氏外，著名的世家还有：

汝南袁氏、弘农杨氏、颖川荀氏、颖川陈氏、陈留阮氏、太原王氏、泰山羊氏、闻喜裴氏、陈郡谢氏、谯国桓氏、颖川庾氏……

士族之间互相联姻，盘根错节，高官不绝，名士辈出。以琅邪临沂王家为例，魏晋南北朝时代，为官做到五品以上的有一百六十一人，其中做到一品官的达十五人。

王家兴旺始于王祥。

作为魏晋南北朝第一孝子，王祥"卧冰求鲤"的故事被认为是中国式孝顺的极致。

故事是这样的：

王祥的继母朱夫人生病，想吃鲜鱼，跟王祥说："这鱼要是吃不了，我算是没法活了。"然后用眼睛瞄着王祥。

大冬天的，河都冰冻了，去哪儿打鱼？

王祥心急如焚，最后实在没办法，就脱光了衣服，趴在结冰的河面上，想用体温将冰融化。

就在王祥趴下后不久，就真的有两条鱼从缓缓融化的河中跳出来，一下子砸到他的脑袋上。故事自然充满志怪的色彩。不过，王祥这孩子非常孝顺这一点是不假的。

朱姓继母对王祥很不好，每天百般刁难，甚至惦记着加害他。王祥呢，特别厚道，不管继母怎么出幺蛾子，他就是不生气。

这一天，继母又想出一个办法，她告诉王祥，说想吃天上的黄雀肉。

王祥想也没想，闷头就出去逮，结果没弄到。就在继母责难王祥时，突然有一群黄雀撞进了屋。如果说这个故事比较夸张，那么下面的故事就有可信度了。

王家院子里有棵李树。爱吃李子的继母，叫王祥守在树下。每到刮风下雨时，王祥就抱树大哭，生怕李子被风吹落被雨砸坏，辜负了母亲。

继母在生了叫王览的小儿子后，更是难容王祥。

一天晚上，王祥正在睡觉，继母悄悄摸过来，照着床上就是一刀。当时正赶上王祥去厕所了，这一刀也就砍空了。王祥见继母容不得自己，便跪倒在她面前，说："您还是杀死我吧！呜……"直到这时，继母才有点不好意思，后来慢慢改变了对王祥的态度。

孝到这份儿上，王祥也够窝囊的。

但每个人的追求不一样，王祥觉得很快乐，那就可以了。

魏晋时，还没科举制度，做官往往以"举孝廉"的方式，也就是说得在乡里获得好名声，然后才有机会受到推荐。而且，无论是汉朝，还是魏晋，都标榜"以孝治天下"。所以，作为大孝子的王祥，是不愁没官做的。

但对做官，王祥不是很着急。

当时山东大乱，他带着继母和弟弟王览举家迁居庐江，直到五十多岁时，在徐州刺史吕虔的邀请下，王祥才出山，家族三百年传奇由此开始。

因德才兼备，王祥后来做到魏国的大司农、司空、太尉。在哥哥的影响下，王览也出山了，做到了光禄大夫。

在魏国晚期，据说王祥是唯一一个见了司马昭不下拜的人。对此，司马昭不仅没有责怪的意思，反而对其毕恭毕敬。

这样一来，王祥更具威望了。

司马炎建晋，王祥官至太保，被授予公爵。后来，唐人编撰《晋书》，在传记顺序上，把王祥摆在晋代大臣第一的位置。

经曹魏时的奠基，西晋时的发展，到了东晋王朝，出现"王与马，共天下"的局面。这是王祥当年卧冰求鲤时不会想到的。

王祥虽开创了琅邪临沂王氏的三百年传奇，但延续传奇的血脉来自他的异母弟王览。原因是：王祥孩子少，也没什么出息，身体比较羸弱。

为什么会这样？

大约因为当年求鲤时冻着了。

弟弟呢，则血脉旺盛，人才辈出。前面的诸人，以及后面的王羲之、王献之、王徽之这样杰出的人物，都是王览的后代。

芝兰玉树

谢太傅问诸子侄："子弟亦何预人事，而正欲使其佳？"诸人莫有言者，车骑答曰："譬如芝兰玉树，欲使其生于阶庭耳。"

谢安把子侄们召集到一起，很快提了个问题："为什么我总希望谢家子弟出类拔萃？"

诸小谢一时不知做何回答，后来做了车骑将军的侄子谢玄站起来："就好比芝兰玉树，都希望能长在自己家的庭院里。"

谢玄最为谢安所爱，叔侄间故事很多。

一个夏天的早上，谢玄还没起床，叔叔谢安突然来了，前者顾不上穿好衣服，就光着脚跑出来了。

古人入室是要脱鞋的。

不仅入室需要脱鞋，就连上朝面见皇帝时也需要脱鞋。

这种习俗或者说礼仪至少在春秋时代已经形成。以上殿面君来说，不脱鞋，是死罪，是极大的无礼。当然，也有人在觐见皇帝时可以不脱鞋，这些人往往是宠臣和功臣。到魏晋，这种习俗一直沿袭着（唐朝时，以上规定才渐渐消失）。

狼狈的谢玄见到谢安后，才穿上鞋问好。

谢安打趣："真可谓前倨而后恭啊！"

现在说的是，家族的长者希望自己的晚辈优秀，就好比希望那灿烂的花树生长在自己的庭下，举头可见，这是自私的，但也是人之常情，所以听完谢玄的话，谢安抚掌大笑。

这次与子侄们的对话应该发生在淝水之战以前。

这时候，谢玄还没成名，但已显露出聪慧本色。

东晋门阀政治决定了一个人要想有所作为，必须来自一个华丽的家族；而一个家族想延续荣耀，也必须诞生几个杰出的人物，所以他们非常重视教育。

在继续谈谢安教育子弟的方法前，需要了解一下谢家是如何上升的。

唐诗人刘禹锡的《乌衣巷》说："朱雀桥边野草花，乌衣巷口夕阳斜。旧时王谢堂前燕，飞入寻常百姓家。"

王、谢是中国古代世家大族的代名词。

谢家的人打入名士集团是从西晋、东晋之交的谢鲲开始。

谢鲲，字幼舆，是谢尚的父亲，谢安的伯父，谢家成为东晋名门的第一个关键人物。其父谢衡，是个典型的儒士，但到了谢鲲这里，家风却为之一变。谢鲲少即好老庄之道，西晋元康年间，名士放旷，谢鲲位列其中。

邻家高氏女有美色，谢鲲曾挑逗，高女投梭，打断了谢鲲的两颗门牙，时人窃笑，而谢鲲却毫不在意，这样说："这有什么？犹不废我啸歌！"

上面的话在当时非常著名。

谢鲲与庾敳、王敦、阮修共为"王衍四友"。长沙王司马乂专权时，轻蔑谢鲲，要拿鞭子抽他，后者从容而对；后又为东海王司马越的幕僚，但因放旷而被开除。从中可以看出，当时谢家的地位确实很成问题，谢鲲只是依靠个人魅力取得了与世家大族交游的机会。

永嘉渡江后，谢鲲的名气渐渐大了来。

最初，他在豫章做王敦的长史，后及名士卫玠过江避难，谢、卫二人彻夜长谈，令王敦感慨，战乱之中又复闻正始之音，一时传为美谈。后谢鲲又与桓彝、羊曼、毕卓、阮放、阮孚等交游，号称"江左八达"，官至豫章太守。

晋明帝倾其名，曾召见谢鲲并问之："你觉得你比庾亮怎么样？"

谢鲲回答："于朝廷上为百官模范，鲲不如亮；而放旷山林，我认为要超过他。"

后来，谢家显贵，谢安更是推崇他的这位伯父："若遇七贤，必自把臂入林!"

谢安出山前，谢家在朝廷上的名望实际上是靠从兄谢尚以及哥哥谢奕和弟弟谢万支撑着，此三人都是以名士的身份拜将军，领兵作战，尤其是谢尚，运气不错，在参与北伐时夺回了在永嘉之乱中失去的传国玉玺，让东晋的皇帝终于有了身份证；而谢万的运气就没有那么好了。

晋穆帝升平二年（公元 358 年），谢万继亡兄谢奕被朝廷重用，出任豫州刺史，领西中郎将，转年秋天即率军北征。

谢安非常疼爱这个弟弟，心里不放心，于是随军前往。

谢万率性放旷，纵情不羁，典型名士派头，既不善于抚慰部领，更不懂得作战。他曾于帐中手持玉如意指着部将和幕僚说："诸君皆是劲卒!"

魏晋时，"卒"和"兵"是个侮辱性称谓。谢万一句话，搞得部下甚为恼恨，谢安没办法，只好替弟弟挨个儿赔礼道歉。谢万妄以名士的率性指挥军队（郗超语），哪得不败！及至寿春丧师，回朝后像殷浩一样被废为庶人。

后来，桓温问桓伊："谢安既然已预料到谢万以名士风格指挥军队必然失败，那为何还不对他进行直谏？"

桓伊说："也许是谢安比较为难吧!"

桓温大笑："谢万虽自负才情，但其实也就是个一般人，有什么面子让谢安难以相犯呢!"

谢家兄弟虽共有名士风流，但总体实力上谢万等人远不如谢安。

有人曾问支遁："王胡之比二谢如何?"

支遁答："故当攀安提万。"意思是，当时的另一名士王胡之前面攀着谢安，后面拉着谢万。

谢家兄弟成长的年代，这个家族还远远没上升到第一流的地位，这从老名士阮裕对谢家的态度上可以看出来："谢万在兄前，欲起索便器。于时阮思旷在坐曰：'新出门户，笃而无礼。'"

有一次，谢万在谢安家待着，有点憋得慌，想撒尿，于是立即起身找谢安要便盆。做哥哥的耸了耸肩膀，不好意思地朝客人笑了笑。客人正是阮裕，来自资深家族的资深名士。

阮裕一皱眉，大喝道："新出门户，怎能如此无礼！"

这话是数落谢万的，也是说给谢安听的。

另有一次，谢安跟弟弟谢万船过吴郡，谢万欲拉哥哥上岸往王导之子王恬家拜访，为谢安拒绝，于是谢万独自前往。

在王家，等了好一会儿，谢万才看见王恬，认为他必会厚待自己，但没想到王恬洗头散发而出，径直跑到庭院里晒太阳了，根本没有搭理客人的意思。此事一方面表现了王恬的简傲放诞之情，另一方面也道出了当时谢家的地位。

上面的阮裕甩袖而去。从一个角度说，他是阮籍的后人，自应该有不羁之气，那么为什么不接受谢万的行为呢？从另一个角度说，他这样做是为了矜持自己的家族地位。

自阮籍以来，陈留阮家已上升为第一流名士家族（这个家族不出高官，而只出名士）。新出门户尚不在其眼里，更别说寒门了。所以，当出身微贱的宰相何充（字次道）被人攻击后，他虽替何充说了好话，但仍提到何的出身："次道自不至此。但布衣超居宰相之位，可恨！唯此一条而已。"

阮裕当年的非议和轻蔑叫谢安没法忘记。

淝水之战后，谢家迅速上升为与琅邪王家并称的两大士族后，谢安更注重对晚辈的教育，以保证家族人才连绵不断。

说起来，谢安教育子弟，颇重方法。

谢玄年少时，喜欢佩戴紫香囊，长大后尤不离身，女里女气的。谢安想让侄子改掉这个毛病，但又担心明说后会刺激到谢玄，于是设计与谢玄打赌做游戏，以香囊为赌注，谢安赢了那香囊，便把它烧了。

叔叔的良苦用心终为谢玄所知。

再举一件事：

谢安的哥哥谢据小时候曾上屋熏鼠，其子胡儿最初不知道这件事，但总听周围的人谈起此事："上屋熏鼠，那不是傻子才做的事吗?"以此取笑胡儿，后者知道详情后很苦闷，累月闭门不出。

谢安得知此事，对胡儿说："世人诽谤你父亲，比如说，他们总讲我跟你父亲一起做过上屋熏鼠的事。"

谢安虚托自己之过，以宽慰孩子。

更多的时候，谢安讲求的是以身作则。

谢安的妻子是刘惔的妹妹，可谓名门闺秀。一次她问谢安："夫君，怎么也不见你教导我们的孩子?!"

谢安徐徐答："我经常教导他们啊！"

随后，转身而去。在这里，谢安说的，自然是他已用行动为孩子们做了表率。

在谢安的教育下，这个家族人才济济，所以其深具文学才华的侄女谢道韫嫁到琅邪王家后，面对平庸的丈夫王凝之时，感到非常不满："我们谢家有谢安，还有叔叔谢万，兄弟间有谢韶、谢朗、谢玄、谢川，一个个都是才俊;王家与我们名气相同，按说也应该是才俊辈出，但却不料天地之间竟有王郎！"

谢道韫尽管对丈夫不满意，但还是跟王凝之生活了几十年。

晋安帝隆安三年（公元 399 年）深秋，孙恩暴乱发生，猛攻会稽。这片奇美的土地上，在公元 4 世纪的最后一年，终于见了血光与刀兵！

此时，王凝之为会稽内史，是地方官。作为道教爱好者，他天天祈祷，以求天兵相救。结果是，城被破，他跟孩子们一起遇难。

虽然丈夫生前让自己比较失望，但毕竟一起生活了这么多年，一想起遇难的丈夫和孩子，谢道韫不禁怒从悲中来，史书载："道韫当孙恩作难，神色不变，及闻夫与子皆死，及命婢肩舆抽刃出门。遇贼，手刃数人。"

虽然有些夸张，但她的愤怒当是惊呆了暴徒。

这是真正的名家风范。谢安有知，也会动容。后来，谢道韫被俘，孙恩慑于谢道韫不怒自威，没敢加害。

谢道韫晚年凄凉。

独居兵灾过后的会稽，作为谢氏家族闪亮的灵芝，她和东晋王朝一起度过了最后的惨淡时光。

太原王家

王文度为桓公长史时，桓为儿求王女，王许咨蓝田。既还，蓝田爱念文度，虽长大，犹抱著膝上。文度因言桓求己女婚。蓝田大怒，排文度下膝，曰："恶见文度已复痴，畏桓温面？兵，那可嫁女与之！"文度还报云："下官家中先得婚处。"桓公曰："吾知矣，此尊府君不肯耳。"后桓女遂嫁文度儿。

"王与马共天下"以及"王谢高门"，这里的"王"特指山东琅邪临沂王家。

但是，天下王家有两大郡望，太原王家也非常显赫，尤其到东晋后期，甚至超越了琅邪王家。而且，不但在东晋南朝，在北朝，太原王家也被列为崔、卢、郑、李、王五大世家，一直享誉至唐朝。此时，琅邪王家反而烟消云散了。

所以说，从时间上讲，太原王家是比琅邪王家厉害的。

魏晋时，太原王家的代表人物有王凌、王广、王浑、王济、王恺、王湛、王承、王濛、王蕴、王恭、王爽、王述、王坦之、王国宝……其中，王济和王承可列入西晋最显赫的名士群。而王承，也就是渡江后屡次被王导提到的王安期，在东晋初名声尤盛，甚至被认为是第一名士。

其后，有王濛，与刘惔齐名，为清谈大家。

名士王湛（子王承）之孙王述，袭封蓝田侯，是与谢安齐名的王坦之即本条故事所提到的王文度的父亲。坦之之子王忱、王国宝，是东晋后期的重要人物，一个以继承阮籍传统为己任，一个是皇帝身边的红人。

此外，王家还出了两个皇后。

有一次，王恭的弟弟王爽与太傅司马道子饮酒，道子喝多了，直呼王为"小子"。

王大怒:"我故去的祖父王濛昔日与简文皇帝有布衣之交,我的姑姑王穆之(晋哀帝皇后)和姐姐王法惠(晋孝武帝皇后)都是皇后,怎么能对我用'小子'这个称呼!"

有晋一代,在声名上,山西太原王家虽总体上比不上山东琅邪王家,但无疑仍属于一流门第。

下面,故事来了。

王坦之在桓温的幕府中做长史一职,桓温想给儿子找媳妇,于是求到王家。

王坦之回家跟父亲王述念叨了此事。王述、王坦之这爷俩儿,在父子关系上,大约是魏晋时最有意思的。王述非常疼自己这个儿子,儿子虽早就长大成人,但他仍动不动地把他抱在腿上。

现在,听说桓温求婚之事后,王述一下子便怒了,把王坦之从腿上推下去:"糊涂啊!难道是因为畏惧桓温吗?那桓温是个粗俗的军人,而我王家世代门第高贵,怎么能跟他结为亲家?"

王述向来自负门第高贵。

当初,他初拜扬州刺史,他的主簿即秘书问他关于避讳的事,王述说:"我的亡祖、父亲,名播海内,远近所知,内讳不出于外,余无所讳!"

什么意思呢?就是说,我的祖父和父亲王湛、王承,天下无人不知他们的名字,而家中妇女的名字是外人不知的,除此之外也就没什么可避讳了。

可见,王述对自己的家族是非常自信的,所以当王坦之提到桓温为子求婚一事,非常生气。

转天,王坦之对桓温说:"将军!实在抱歉,我家女儿已跟别人订婚了。"

桓温听后,颇为伤感地摇摇头:"文度啊,你别说了,我已全知道了,肯定是因为你父亲不答应这门婚事。"

这条透露出的信息是：

高等士族间仍有高低差别。

桓温枭雄，在东晋中期总控朝政，为政治第一强人，其家已上升为第一等士族。但是，由于根基浅（其实也不浅），仍为传统世家太原王氏所轻。

文轻武。桓温出入军中，被视为"兵"，一贯受到文士藐视。

说起来，虽然这次受挫，但后来桓温还是跟王坦之成了亲家，不是娶了王家的女儿，而是把女儿嫁给了王家。

这是王家和桓家的故事。

西晋以来，高门士族尤重婚姻，讲究的就是门当户对，这是保持其血统纯洁和家族地位牢固并发展的重要手段。

说到世家的婚姻，还有一个故事，仍是关于王坦之家的。

话说王坦之有个弟弟叫阿智。说起这位王阿智，实在是顽劣异常，虽然门第高贵，但没人愿意嫁给他。

当然，还有更不靠谱的。

谁？名士孙绰的闺女孙阿恒。这个阿恒，也很顽劣，且行为古怪，可能精神也有点问题，所以二十多岁了，一直没能嫁出去。在古代，女人在这个年龄，儿子一般早就能打酱油了，是真的能打酱油了。

作为名士，阿恒的爹爹孙绰是著名的玄言诗人，与许询齐名，但为人圆滑，爱耍心眼儿，时人多秒其行。

要不说这孙绰坏呢，这天他去拜访王坦之，进门就说："听说你有个弟弟，我能不能见识一下？"

王坦之有点不好意思："我弟弟为人顽劣，所以……"

孙绰大笑："没事！领来无妨！"

孙绰笑得有些狡猾。王坦之毕竟是个老实人，把弟弟叫来了。

阿智叫阿智，人不傻，就是不着调，你让他往东，他可能向西；你让他打狗，他可能找鸡。这么说吧，他能闹得直到把你气得没脾气为止。至于当时的情景就不废话了，总之让王坦之觉得很栽面儿。

当天，王坦之的父亲王述又把儿子数落了一顿，大意是：你把阿智带给孙绰看干什么？还嫌不丢人？孙绰在名士圈子里最好八卦，你可倒好，主动把咱家这点丑送上去！等着吧，回头谢安他们又拿你找乐儿！还有那个总讽刺你的和尚支遁，以及我的老冤家王羲之，他们又该有话说了！

王坦之说："我不是不好意思吗？人家孙绰点名要见阿智呢！"

王述一愣："什么？主动要见？"

王坦之非常肯定地说："是的。"

王述转着眼珠。

转天，王坦之去建康城外的新亭跟几个朋友喝酒，回来的路上有人拍他的肩膀，一回头，孙绰正笑眯眯地看着他。

孙绰说："你弟弟不挺好的一个人吗？跟外界传的一点都不一样！怎么到现在还没婚配呢？我觉得一定是要求太高了。"

王坦之问："啊？你真这样认为？"

孙绰点点头："阿智，不错。对了，我有个女儿叫阿恒，'永恒'的'恒'，人也挺不错，咱两家的原籍虽都在太原，但你们王家是高门大族，我孙家虽然也具盛名，但终不能跟你家相比，所以我原本不能跟你攀亲，不过自从见了阿智后，我觉得咱们一定得成为亲家，因为阿智、阿恒这俩孩子都不错，似有天缘啊……"

王坦之心里窃喜。

回家后，他非常高兴地把孙绰的话跟爹爹学了一遍。王述也很高兴，不着调的阿智终于能娶到老婆了。不过，他又有些疑虑。

王坦之说："您别犹豫了，赶快出手吧，机不可失！"

就这样，孙阿恒嫁给了王阿智。

正如我们想象的那样，没过几天，阿恒顽劣的品性便完全显露出来，一举超过了阿智。而且，阿恒这闺女不仅仅顽劣，更关键的是缺心眼儿。直到这时，王述、王坦之父子才知道上了孙绰的当。

王述长叹一声："孙绰，太过狡猾了。"

王坦之直视爹爹良久，慢慢地说："不是太狡猾了，而是太缺德了。"

孙绰和王坦之都是名士，多少有些交情，但孙绰使诈并不顾忌这些，由此看来魏晋名士之拙朴与率性，于使诈上也不曾多虑。

第十章　山河永逝

江山万里

　　袁彦伯为谢安南司马，都下诸人送至濑乡。将别，既自凄惘，叹曰："江山辽落，居然有万里之势！"

　　袁彦伯即袁宏，陈郡阳夏（今河南太康）人，少年家贫，但才华突出，写得一手好诗文。

　　袁宏初为豫州刺史谢尚发现。当时谢驻于军事重镇牛渚（今安徽马鞍山采石镇），秋夜泛江，风清月朗，万籁俱寂，忽听吟诗声，如金玉，甚有情致，便遣人询问，知是袁宏朗读新作《咏史诗》，乃相邀会于舟上，聊至天色渐白，袁宏已为谢尚的参军了。

　　谢尚对袁宏有知遇之恩，但袁宏最快乐的时光，却是在桓温幕中工作的日子。

　　那时候，袁宏掌管文书，深受桓大司马的信赖与好评。桓温多行军旅，征战四方，这种激荡的生活为袁宏所喜爱。

　　北伐中原时，袁宏曾于马上为文，落地而成，一时被传为佳话。

　　袁宏后为吏部郎，终于东阳太守任上。袁宏有可能是东晋一代最全面的文人，似乎只有孙盛可与之相比：首先，他是一名文学家；在追随桓温的岁月，著有名篇《北征赋》《东征赋》等诗赋三百篇。

　　其次，他是个不错的传记作家，著有《竹林名士传》，以夏侯玄、何晏、王弼为正始名士，以阮籍、嵇康、山涛、向秀、刘伶、阮咸、王戎为竹林名士，以裴楷、乐广、王衍、庾顗、王承、阮瞻、卫玠、谢鲲为中朝名士。

　　以上划分影响甚深。

　　此外，他还写有《三国名臣颂》，其中有此警句："詹荒夫百姓不能自牧，故立君以治之；明君不能独治，则为臣以佐之。"对于三国时代的群星，他的评价是："莘莘众贤，千载一遇！"

第三，他是个出色的历史学家，撰有《后汉纪》，与范晔的《后汉书》并称东汉两大史书。

最后，他还是位玄学家，写有《周易谱》，主张儒道互补的玄学思想，强调儒家名教应去伪存真。他反对"越"自然，而主张"顺"自然。

在当时，袁宏就被公认为一代文宗了。

事情也来了。

袁宏曾作《东征赋》，在赋的最后列出了永嘉之乱后渡江南下的诸名士的名字，但唯独没有桓温的父亲桓彝。

袁宏的同事伏滔提醒袁宏："老兄，我们现在都在桓大司马帐下工作，你写赋赞美过江诸人，为什么单单不提其父？这样不太好吧！"

袁宏笑而不答。

桓温知道此事后，郁闷了好几天。一个午后，他玩了一个小计策，叫了几个部下去郊游，里面当然有袁宏。

东晋郊野，杂花生树，大家围坐一起，在暖阳下饮酒唱歌，惬意非常。

渐至黄昏，大家返城，于路上，桓温悄悄叫人把袁宏拉过来，与他坐同一辆车，趁着酒劲问袁宏："听说你写了篇东西……"

袁宏："《东征赋》。"

桓温："对，《东征赋》，里面谈到很多渡江名士，但为何唯独不提我父亲的名字？"

袁宏："谈论伯父，我不敢擅言啊。"

桓温："如果非要说的话，你想用什么词语形容我父亲？"

袁宏的原话是："风鉴散朗，或搜或引，身虽可亡，道不可陨，宣城之节，信义为允也！"已盖过对其他人的评价了。

桓温听后拉着袁宏的手，潸然泪下。

大司马的父亲桓彝，一代贤良，东晋初年，死于苏峻之乱。

袁宏既负文名，才思又敏，谢安曾一试。谢安为扬州刺史，袁宏出任东阳太守，临别之时，群贤皆至，谢安一手拉着袁宏，一手从侍从那里取来一把扇子，以作临别之物。

袁宏打开扇子，轻摇了两下，说："谢公执政，当发扬仁风，安抚百姓，使他们有平安愉快的生活。"

离开谢尚参军一职后，袁宏一度在建康小住，随即调任安南将军谢奉的书记官，时间应在晋穆帝永和十年（公元354年）夏天。

那大约是一个微风徐吹的黄昏，袁宏离开建康赴任，京城的朋友为他饯行。

黯然销魂者，唯别而已矣！落日途中的送别总是伤感的，朋友们把袁宏送至濑乡古道，也就是今天南京附近的江浦，于一处蔓草萋萋的亭驿旁，大家拱手道别。

袁宏望着眼前的茫茫江山，心有所思：人活于世，生命苦短，金戈铁马，一世枭雄，自然能纵横一时，只是这江山万里，时间太过匆忙，千年后又去何处寻找英雄足迹？那就做个写作者吧，不遗箭镞而留文字于后世。

袁宏记得当初桓温命自己写《北征赋》，作成后，展示与众人看，众人都称赞不已。

当时，桓温幕府中另一个重要人物即王导之孙王珣在座，说了句："我觉得似乎还少一句，若以'写'字结尾为韵，那便更好了。"袁宏当时挥笔而就："感不绝于余心，溯流风而独写！"

这正是他一生的写照了。

现在，袁宏上马而去，奔驰而去，消失在晋代的山水间……

会稽仙境

> 顾长康从会稽还，人问山川之美，顾云："千岩竞秀，万壑争流，草木蒙笼其上，若云兴霞蔚。"

无论是清谈玄理，还是追求适意率性，都是对精神而言的，是魏晋名士向内的发现，而向外的探寻则是发现了山川之美。

本条中的顾长康即顾恺之。恺之小名虎头，江苏晋陵（今常州焦溪）人，当然是东晋最负盛名的画家了。

最初，顾恺之为桓温的参军，并一度跟随殷仲堪，后迁散骑常侍。

对于桓温，顾恺之是非常有感情的："顾长康拜桓宣武墓，作诗云：'山崩溟海竭，鱼鸟将何依！'人问之曰：'卿凭重桓乃尔，哭之状其可见乎？'顾曰：'鼻如广莫长风，眼如悬河决溜。'或曰：'声如震雷破山，泪如倾河注海。'"

顾恺之以"画绝"、"才绝"、"痴绝"而著称于世，是个典型的性情中人。桓温在时，顾恺之为参军，二人互相欣赏，顾甚至有此感叹：桓公一去，再无雄杰。

东晋后期，一个深秋的日子，已官至散骑常侍的顾恺之路过桓温墓，看到荒草蔓至天涯，回想起当年在枭雄幕府中的岁月，不禁百感交集。

忧伤中，他想起一件往事：那是多年前，他还年轻，当时桓温扩建江陵城，整修完毕，邀四方名士出汉江口，饮酒楼船以贺。

回望壮丽的江陵，桓温起身站于船头，江风呼啸，枭雄大声道："谁如果能形容一下江陵城，自有奖赏！"

恺之在座，大声说道："遥望层城，丹楼如霞。"

桓温抚掌大笑，声扬汉江，枭雄喜欢这气势壮丽之句，当即将两个美女赐予顾恺之，并邀其入幕。

一转眼，多少年过去了，如今桓温已经带着难以说出的遗憾作古。

想起这一切，顾恺之突然悲从心来，吟句成诗："山崩溟海竭，鱼鸟将何依！"与其说这是顾对桓的感情，不如说这是他对一代枭雄的人生境遇的感慨。

后来有人问顾，你这样推崇桓温，能不能把当时在他墓前哭泣的样子形容一下？顾说："鼻涕如北风疾劲，泪水如大河决口。"

虽然这鼻涕眼泪比较夸张，但由于顾对桓温是真有感情，所以倒也不让人讨厌。

桓温晚年有篡位之心，一些传统的士人多不愿提及他；若说了，也多是贬多于褒。顾恺之不然，越世俗观念而独赏之，这种超越了所谓忠臣观念而对雄杰高迈的力量美本身的激赏，正是那个时代所特有的。

当然，顾恺之留名于后世，还是因为他的画。

谢安认为顾的作品神韵空前，所谓"顾长康画，有苍生来所无"。

顾恺之首先是一个人物画家，曾作我们熟悉的《洛神赋图》《女史箴图》等；其次是一个山水画家，更是开了一代风气，他的《雪霁望五老峰图》被认为是中国山水画的处女作。

当然，真迹现都已失传，现存的都是后人的摹本。

顾恺之之所以能成为中国山水画的鼻祖，与他对山水之美的欣赏有着密切关系。

孙绰为庾亮参军时，诸贤共游白石山，当时卫君长在座，孙绰有此言："此子神情都不关山水，而能作文？"

由此可见，在东晋人心目中，若无欣赏山水与自然之美的心灵，是不会有好作品的。

于顾恺之来说也是这样。

东晋时，东南山水最美处为会稽郡，即今天的浙江绍兴，治所在山阴县，可以说是京城建康（南京）的后花园，一如当年山阳之于洛阳，而奇山秀水更美。这也是为什么当时那么多名士不愿在京城待着而来这里居住的原因。

顾恺之虽未定居会稽郡，但却总往那里跑。

东晋人之所以留意到山水之美，首先在于向内发现了心灵的自由，原来它是可以摆脱儒家名教的世俗束缚的。心灵一旦自由，便有了体验自然之美的条件和欲望。秀美的山水则反作用于人的心灵世界，使之更为自由高迈、超拔于尘世。

东晋人爱慕山水，经历了这样一个过程：心灵（自由之虚）—山水（自由之实）—心灵（超脱之虚，所谓玄远之境）。

顾恺之从会稽返回建康，有朋友问：你有事没事就去会稽，那里山河如何美丽？让我们再听一次顾的回答："千岩竞秀，万壑争流，草木蒙笼其上，若云兴霞蔚……"

东晋人爱会稽，乃至如此。

再看王献之对会稽首府山阴县的印象：

王献之，王羲之之子。他和哥哥王徽之，在诸兄弟中最知名。有一次，两兄弟去拜访谢安，哥哥徽之话很多，献之则多沉默，后有人问谢安，谁更优秀，谢判定献之最佳。

献之性格内向，为人矜持。由于出身豪门，不怎么爱说话的他，官也做到了中书令，即宰相了；又娶了皇帝的女儿，内秀的献之，仕途应该说是挺不错的。

虽然位处高官，但献之无心政治。

他喜欢书法，喜欢写字，他的志向是要超过爹爹。

后来，他可能实现了这个愿望。他喜欢曹植的《洛神赋》，曾手书一篇，成千古绝唱。谢安曾问他："你的书法比你父亲怎么样？"

献之："应该是不一样的。"有胜出之意。

谢安："世人可不是这样评价的。"

献之轻轻道："他们懂什么。"

由此可见，小王在书法上是颇为自信的。

人生在世，应有一长处，进一步可成为事业，退一步可养家糊口。当然对献之来说，事情简单得多，他不必为生计发愁，他写书法仅仅是因为爱好。

献之的爹爹羲之长期为会稽内史，献之生命中的相当一部分时间是在会稽度过的。

山阴县为会稽郡治所，山川环抱，永和九年（公元353年）春的那次名动千古的兰亭聚会，更是使其名扬四海。

走在山阴的道路上，左右相望，湖光山色，相互映照，使人应接不暇。

献之，深深地感受到了这一点。他的原话是："从山阴道上行，山川自相映发，使人应接不暇。若秋冬之际，尤难为怀。"

魏晋名士都以老庄的宇宙观和人生观看眼前的世界，但终有细微的差别。

魏晋并称，时代风尚仍有不同；两晋同列，西晋和东晋自有分别。拿对山水的态度来说，虽然曹魏和西晋名士已经注意到它与内心奇妙的关系，但到了东晋时才形成山水审美之游的风尚，并由兰亭名士完成精神史上这最简约也最浓郁的一笔。

面对秀美的山川自然，东晋名士主动去欣赏它、爱惜它、赞美它。他们由心灵之虚到山水之实，再由山水之实入虚，最后进入形超神越的玄远之境。

当然，东晋人对山水审美的觉醒跟王朝从中原故土迁移到山水秀丽的江南也有直接关系。这也许是东晋这个王朝于忧伤中的意外收获吧。

最早的背包客

> 许掾好游山水，而体便登陟。时人云："许非徒有胜情，实有济胜之具。"

晋室迁东南。东南多明山秀水，所以中国古代的名士，从东晋时代起，第一次有了主动欣赏和畅游山水的愿望，代表人物是谢安、王羲之、孙统、许询、谢灵运。其中，只有许询没有出仕，他最终成为一名职业隐士和山水漫游者。

本条中的许掾即许询。

许询，字玄度，高阳（今河北蠡县）人，其父跟随晋元帝渡江，本人则成长于会稽。

许询生活在东晋中期，无意为官，只爱山水，经常挂着竹杖登高爬低，游荡在晋代的名山大川。许询腿脚特别利索，所以时人这样说道："先生不仅有高远的情趣，而且还有能体验这种情趣的强健的身体。"

许询与孙绰齐名，是东晋玄言诗的主要代表。《世说新语》注引《续晋阳秋》："正始中，王弼、何晏好庄老玄胜之谈，而世遂贵焉。至过江，佛理尤盛，故郭璞五言，始会合道家之言而韵之。询及太原孙绰，转相祖尚，又加以三世之辞，而《诗》《骚》之体尽矣。询、绰并为一时文宗……"

许询又与刘惔有深厚的友谊，并与王羲之、谢安、殷浩、司马昱、支遁等名士交游。

刘惔为东晋第一狂人，但最尊崇许询。许询曾来首都建康旅行，住在馆驿，刘惔每日前往探视交谈，自嘲道："许玄度来，我成轻薄京尹！"

后来有人问刘惔，许询这人如何，刘答："超过了传说的那样。"

及至许询离去，刘恢仍念念不忘，说："清风朗月，辄思玄度。"

许询又曾与会稽王司马昱于风清月朗之夜共坐室中清谈，其辞清婉高远，更过平日，司马昱为其才情倾倒，听得入迷，不知不觉中造膝叉手，称其"妙绝时人"。

许询精通玄学，清谈口才又好："许掾年少时，人以比王苟子，许大不平。时诸人士及於法师并在会稽西寺讲，王亦在焉。许意甚忿，便往西寺与王论理，共决优劣，苦相折挫，王遂大屈。许复执王理，王执许理，更相覆疏，王复屈。许谓支法师曰：'弟子向语何似？'支从容曰：'君语佳则佳矣，何至相苦邪？岂是求理中之谈哉？'"由此可见许询的清谈功夫确实厉害，即使后来持王苟子之理而辩，仍是胜了（当时的清谈，重点已不在"理"上，而注重辩论人的口才本身）。

在那个时代，已形成一个惯例：你越隐居，朝廷越征你做官；你越隐居，名气就越大。许询也是如此。

隐居会稽山阴的日子，朝廷的征召就没断过，许询只好迁徙到永兴。

当时的隐士是非常注重寓所的环境美的。比如名僧康僧渊，在豫章隐居，按《世说新语》里的原话："去郭数十里立精舍，旁连岭，带长川，芳林列于轩庭，清流激于堂宇……"环境美到极致。

许询比康僧渊更厉害。

居住地方更为自然原生态，哪儿呢？"幽穴中"。

以石岩为居所，以花木为藩篱，"萧然自致"（据说这正是浙江萧山地名的由来）。

在那个时代，朝廷里的权贵们有个爱好：喜欢资助隐士们。许询幽居永兴的时候，便不时接到高官们的资助。

有人讽刺许询："我听说上古时代隐居箕山的许由不是你这个样子！"

许询笑道："他们送我的那些玩意儿比起天子的宝座来说真不算

个东西（古时尧帝欲将自己的天子之位让给许由）!"

在前人看来，隐居必须清贫，只有这样才有高远的情趣，怎么能够接受别人的资助？但在许询看来不是这样的，他认为隐居和接受别人的资助并不矛盾。这也是东晋名士在隐居观上特立独行的地方。

当然，也不是所有的隐士都是这样旷达。

看另一则："桓车骑在荆州，张玄为侍中，使至江陵，路经阳歧村。俄见一人持半小笼生鱼，径来造船，云：'有鱼欲寄作脍。'张乃维舟而纳之，问其姓字，称是刘遗民。张素闻其名，大相忻待。刘既知张衔命，问：'谢安、王文度并佳不？'张甚欲话言，刘了无停意。既进脍，便去，云：'向得此鱼，观君船上当有脍具，是故来耳。'于是便去。张乃追至刘家。为设酒，殊不清旨，张高其人，不得已而饮之。方共对饮，刘便先起，云：'今正伐荻，不宜久废。'张亦无以留之。"

说的是，侍中张玄从京城建康乘船到江陵桓冲那儿出差，路经阳歧村，见一人背着半笼鲜鱼径直来到船前："我这儿有点鱼，想借你们船上的刀具切作鱼片。"

张玄见此人气质不凡，便叫人将船靠岸，迎其登船，问其姓名。

对方答道："刘遗民是也。"

张玄素闻其名，是当时著名的隐士，于是殷切款待。

刘遗民直问："谢安、王坦之他们还好吧?!"

张玄欲留其交谈，但遗民并无停留之意，等鱼片切好了，便下船而去，张玄在身后紧追。至刘家后，遗民什么也没说，设浊酒与张共饮，不一会儿，便又起身："现在正是砍芦荻的季节，不能把这事耽误了。"

刘遗民，江苏徐州人，曾为柴桑令，其趣高远，后辞官归于山林，与另一名著名隐士刘骥之共栖阳歧村；又与陶渊明、周续之并称"浔阳三隐"。遗民尤信佛，后上庐山十五年，与东林寺慧远大师共习佛经。这是一个值得注意的动向，表明佛教对中国隐士有了影响。

继续说许询许玄度。

魏晋时期多隐士，高逸山林，具体而言又分以下几种类型：先隐后仕（如谢安），先仕后隐（如阮裕、王羲之、陶渊明），自始至终而隐（如许询、戴逵）。作为中国第一个职业旅行家，浙江的山水都留下了许询的足迹。当然，从旅行家的角度来说，许询并不是那个时代的唯一：刘惔评孙绰的哥哥孙统："孙承公狂士，每至一处，赏玩累日，或回至半路却返。"又，孔愉少有隐逸之志，四十余岁始为官。未仕时，"常独寝，歌吹自箴诲。自称孔郎，游散名山……"

无论是孙统，还是孔愉，或是许询，都为秀丽的山水所征服，久久地徜徉在无尽的景色中，那景色不仅给予他们怡然的情趣，而且还深深地影响了他们的人生观。

许询晚年的时候，从永兴迁徙到剡县，最后他长眠于明山秀水中。

岩高白云屯

谢灵运好戴曲柄笠，孔隐士谓曰："卿欲希心高远，何不能遗曲盖之貌？"谢答曰："将不畏影者，未能忘怀？"

谢安死的那一年（公元 385 年），其侄谢玄的孙子谢灵运出生。

谢灵运是中国山水诗的开创者；他是魏晋风度的彻底终结者。此外，他还是户外运动爱好者，顺便还做了把发明家，搞了一种登山时很方便的鞋子。

谢灵运一生矛盾，这表现在他喜欢戴的一种带曲柄斗笠上。

谢灵运出身华丽家族，天生具有优越感，袭封康乐公，门第高贵而又深具才情，所谓天下有才一石，曹植独得八斗，我得一斗，天下共分一斗。

谢灵运生活奢华，车服鲜丽，衣服多改旧形，创造了不少新款，引得人们纷纷效仿，算得上是当时时尚界的代言人了。

但是，他成年时，魏晋门阀政治已至末路，所以自负高贵的他只能先后在北府兵将领刘毅、刘裕这样的武夫帐中做事。

公元 420 年，东晋政权终于被刘裕夺取，后者出身寒微，建立宋政权后，重尊儒术，并对二百年放诞不羁的世家大族进行打击。

谢灵运出身谢家，身上留有魏晋放诞不羁的习气，朝廷不予重用，仕途上失意，使其常怀愤愤之情，把酒写诗，纵情山水，聚众宴游，消耗着自己华丽的生命。

庐山是谢灵运的生命小站。

那还是晋安帝义熙八年（公元 412 年）春的时候，当时北府兵将领刘毅在与刘裕的争斗中失败自杀，作为前者的幕僚，初次经历刀光剑影的谢灵运从江陵匆忙返回建康，途经庐山时与东林寺高僧慧远有过一次彻夜长谈。

此时慧远大师已年近八旬，谢灵运只有二十七岁。

在庐山，大师对小谢进行了一番点拨：若有高逸之心，何搅于俗世？于俗世中傲然，哪比得这山中一草一石？

谢灵运怅然若失。

只是他心有不甘，以他的家族背景和自身的才华，怎能无为？

在后来的日子里，谢灵运转入刘裕阵营，为其世子的幕僚，并一度前往彭城劳军，慰问刘裕。

这时候谢灵运的内心是矛盾而痛苦的。

在骨子里，他无论如何是看不起这些出身寒微的武夫的。但是，在当时，要想让自己于政治上有所作为或者说延续谢家的荣耀，还必须依靠他们。

世道变了。

当年，桓温幕中的那些名士，可以指着桓的鼻子戏谑而亲切地称其"老贼"，但现在不行了，在新枭雄刘裕面前你再这样叫一个试试？

刘裕代晋建宋后，南北朝时期开始，谢灵运并没捞到什么，还被降为康乐侯。

宋少帝与宋文帝皇权更迭时，谢灵运被卷入其中，后被当政权臣贬为永嘉太守。政治上的失意，却导致了六朝时代一个优秀诗人的诞生。

晋时永嘉也就是现在的浙江温州，奇山异水，秀甲东南，美好的风景激发了谢灵运写诗的欲望，居然一发而不可收。

在永嘉的日子里，谢灵运无为而治。

作为一郡太守，他天天游荡于山水间，在这里写下了中国山水诗最初的杰作《登池上楼》。此外，他还发明了一种便于登山的"谢公屐"。（后来，李白在《梦游天姥吟留别》中这样写道：脚著谢公屐，身登青云梯。）

为官永嘉的日子很短暂，随后他辞职隐居于会稽，一度有终老之意。

其间与隐士孔淳之等人交游。谢喜欢戴有曲柄的斗笠，斗笠是隐士的打扮，而曲柄则是高官的象征，两者自是矛盾，于是有一次孔淳之就问："君以清高自居，却又为什么不能忘记宫阙下的官位？"

谢回答："将不畏影者，未能忘怀？"

此典故源于《庄子》：有畏影恶迹的人，欲远离影迹，于是狂奔，但越奔足迹越多，影子更是难离于身。谢的意思是说：未曾忘怀的，未必是我而是你吧！

孔、谢一起大笑。孔淳之笑得畅然，他终身未仕；而谢灵运虽反问住了孔，但笑得比较勉强。

宋文帝刘义隆即位后，征召谢灵运出山为侍中，在犹豫良久后，他还是答应了。

他想要什么呢？建康的荣华？难道他还不厌倦吗？为官建康的日子，他依旧旅行不辍，让皇帝几十天几十天地见不着他面，而他又不向皇帝请假。

这事就有点过了。

最后，被大臣弹劾去官。谢灵运再次东归会稽，游心更甚，动不动地就带着仆从数百人，漫游荒野，翻山越岭。

有一次，他带数百人，伐木开路，一直到了临海郡。当地官员以为来了贼人，严阵以待，结果发现是谢灵运的旅行团。

谢灵运的做法让会稽太守孟颙甚为头疼。前者颇为谢灵运所轻，有一次他曾对信奉佛教的孟太守说："得道应须慧业，丈人升天当在灵运前，成佛必灵运后！"

孟太守听完差点没气死。

又有一天，谢灵运正与一干人在会稽的千秋亭饮酒，想起这些年的境遇，已变成老谢的他不禁百感交集，酒喝高处，裸体狂呼。此时，孟太守正路过，便派人劝说：你们小点声好不好？这一下子激怒了谢灵运："我自己的身子自己的嘴，我在这儿喊，关你何事？！"

有麻烦了。

当时孟太守没说什么，只是脸色有点发紫，但回去后便向建康发去密报，给谢灵运网罗了一堆罪名。为此，谢灵运只好亲赴宋文帝那儿解释。命运的传奇就在于它是一环扣着一环的，而之所以环环相扣，于本质上还是性格使然。

皇帝不想让谢再回会稽了，便授予他临川内史的新官职，让其前往江西。

到了临川后，谢灵运遨游依旧，于是再次被弹劾。可能是闹大了，有司还欲将其逮捕，谢灵运激动之下有反抗的举动，终于被擒，流放广州，后以"谋逆罪"处斩。

谢灵运的山水诗悄悄扭转了魏晋以来的玄言诗，虽有句无篇，但在片段里已给人清新的山野气息，对后世影响巨大。谢灵运从会稽到永嘉的漫游之旅，到了唐朝更是引起诗人们的狂热追捧，李白、杜甫、白居易、孟浩然、韦应物等人相继踏着他的足迹寻找六朝的烟云。

那是宋文帝元嘉八年（公元431年），谢灵运在调任临川内史的路上，再上庐山。此时慧远大师已逝，但余音犹绕，上山者伤感不已。本来，他有机会栖逸于这大山中，度过自己人生最后的岁月。但是，他的人生轨迹如山下的漫漫江水，拐了一个弯。

在前往临川的江船中，诗人思绪万千、进退失据，写下了著名《入彭蠡湖口》："客游倦水宿，风潮难具论。洲岛骤回合，圻岸屡崩奔。乘月听哀穴，浥露馥芳荪。春晚绿野秀，岩高白云屯。千念集日夜，万感盈朝昏……"

谢灵运仿佛岩上的白云，孤傲得不合时宜。

谢灵运不是政客，仕途艰难，曾想进入权力的核心，但终于无为。他只有一个华丽的背景，而时代已经变了。他是一个背包客，喜欢在六朝的山水间跋涉；他只是一个喜怒形于色的诗人。如此而已。

兰亭烟树

> 王右军得人以《兰亭集序》方《金谷诗序》，又以己敌石崇，甚有欣色。

如果说先秦时代士人的精神地标还没固定下来，游士们只是处于"在路上"的状态，那么到了汉朝，这种地标开始出现：先是西汉都城长安（西安），然后是东汉都城洛阳，接下来是魏国河内郡山阳县，那里有一片神奇的孕育时代精神和风尚的竹林，然后又回到西晋都城洛阳，以金谷园和洛水为两个典型的地标。

随后，迁移到东晋的兰亭，也就是会稽郡的山阴县。

竹林、金谷到兰亭，这是魏晋名士所经历的精神地标。

但有一事令人费解：《世说新语》里，竟没有一条直接讲述东晋穆帝永和九年（公元353年）的兰亭之会。

这次聚会当然是整个中国古代最负盛名的聚会，王羲之更是写下了名动千古的《兰亭集序》。《世说新语》却惜墨如金，让人颇感奇怪。最后，只发现这样一条文字提到"兰亭"，却也是从侧面讲的：有人以《兰亭集序》比石崇的《金谷诗序》，王羲之非常高兴。

那就说说兰亭故事吧。

经过了初期的动荡，到晋穆帝永和年间，东晋政权趋于稳定，名士生活更为悠闲。

永和九年（公元353年）三月初三（古代春天的修禊日），四十多位东晋的名士应东道主会稽内史王羲之邀请，齐聚于会稽山阴的兰亭（今浙江绍兴西南兰渚山），饮酒、写诗、观山、赏水……

兰亭的所在地是山阴。山阴是会稽郡的首府。

会稽也就是浙江绍兴，这里山明水秀，是东晋最美的地方，吸引了谢安、孙绰、许询、支遁、法深等名士前来栖逸，刘惔、王濛、殷浩等人也时不时地前来造访。

在这次雅集上，永嘉乱后渡江的魏晋世家差不多都到齐了：王家、谢家、袁家、羊家、郗家、庾家、桓家……

具体参与名单是：

王羲之、王徽之、王献之、王凝之、王玄之、王蕴之、王丰之、王肃之、王彬之、王涣之、徐丰之、曹茂之、曹礼、曹华、孙绰、孙统、孙嗣、谢安、谢万、谢瑰、谢腾、谢绎、郗昙、庾友、庾蕴、魏滂、桓伟、羊模、孔炽、后绵、刘密、虞谷、虞说、任儗、袁峤、华茂、劳夷、华耆、卞迪、丘髦、吕本、吕系。

兰亭雅集的参与名单，历来有不同说法。上面的是来自主流的说法（《兰亭考》所载《兰亭诗》以及兰亭石刻）。在另一个版本里，支遁、许询、谢尚也参加了兰亭雅集。

王隐《晋书》说："王羲之初渡江，会稽有佳山水，名士多居之，与孙绰、许询、谢尚、支遁等宴集于山阴之兰亭。"按照这个说法，许询、谢尚、支遁三人也参与了永和九年的雅集。在唐代何延之的《兰亭记》中，也有高僧支遁的名字。

当时支遁就隐居在会稽，而且跟王羲之等人交从过密，这样大的聚会，作为东道主会稽内史王羲之不可能不邀请支遁，支遁缺席的可能性几乎为零。许询当时也在会稽，参与的可能性也很大，至于谢尚就不好说了。

无论如何，建康和会稽的大批名士都参加了这次雅集。

与会者很多都是有官职的，而且不少是高官。但是，东晋旷达、清雅、飘逸、玄远的时代气质，使得这次聚会完全丧失了政治色彩。

晋人发现山水之美，确切地说是发现了会稽之美。永和九年春的聚会是山水的，同时也是内心的。

此日风和日丽，东晋的名士们宽袍大袖，偎花依草，列坐于曲折、清澈的溪流两边，有荷叶轻托酒杯，信自漂流，到了谁的跟前，谁就要现场作诗，如作诗不成，便要罚酒。

王羲之等二十六人现场写出了诗歌，王献之等十六人则没写出来，于是被罚喝酒。写出作品的二十六人共成诗三十七首，汇为《兰亭集》，王羲之为之作序，是为千古第一行书《兰亭集序》（据说真迹埋葬在李世民或武则天的墓中）。

如果说当年曹孟德在铜雀台上横槊赋诗，满天星斗在上，和者如云在下，其诗篇中还有伟大的抱负不能实现的伤感，那么兰亭的忧郁完全来自人生的残山剩水。

呆看光阴，寄情山水，不做孟德之慷慨，也不做阮籍之放荡，而是追求宁静忘我的境界，这是魏晋风度在东晋永和年间的变化，也可以被认为是人物内心的审美追求在江南环境下的自然迁移。

这不仅是一次诗会，一次名士的燕集，还是一次春天的酒会，一次清谈的盛会，一次山水间的旅行，兰亭聚会标志着东晋文人已完全融入了山水审美。当时，孙绰说过这样的话："明山秀水，可化心中郁结！"

现在，让我们再次阅读一下王羲之的那篇千古奇文《兰亭集序》：

"永和九年，岁在癸丑，暮春之初，会于会稽山阴之兰亭，修禊事也。群贤毕至，少长咸集。此地有崇山峻岭，茂林修竹；又有清流激湍，映带左右，引以为流觞曲水，列坐其次。虽无丝竹管弦之盛，一觞一咏，亦足以畅叙幽情。是日也，天朗气清，惠风和畅，仰观宇宙之大，俯察品类之盛，所以游目骋怀，足以极视听之娱，信可乐也。夫人之相与，俯仰一世，或取诸怀抱，悟（晤）言一室之内；或因寄所托，放浪形骸之外。虽趣（取）舍万殊，静躁不同，当其欣于所遇，暂得于己，快然自足，不知老之将至。及其所之既倦（倦），情随事迁，感慨系之矣。向之所欣，俯仰之间，以（已）为陈迹，犹不能不以之兴怀。况修短随化，终期于尽。古人云：死生亦大矣。岂不痛哉！每揽（览）昔人兴感之由，若合一契，未尝不临文嗟悼，不能喻之于怀。固知一死生为虚诞，齐彭殇为妄作。后之视今，亦由（犹）今之视昔。悲夫！故列叙时人，录其所述，虽世殊事异，所以兴怀，其致一也。后之揽（览）者，亦将有感于斯文。"

羲之少与王述齐名，而颇轻后者。

王述来自太原王家，王羲之来自琅邪王家，这种不合既是个人的较量，也是两个家族的较量。

当时，名士们都爱拿两个人进行对比："王脩龄问王长史：'我家临川何如卿家宛陵？'长史未答，脩龄曰：'临川誉贵。'长史曰：'宛陵未为不贵。'"

说的是，来自琅邪王氏的王胡之曾问来自太原王氏的王濛："我们家族的临川（即王羲之，曾任临川内史），比起你们家族的宛陵（即王述，曾任宛陵县令）怎么样？"

王濛还没回答，王脩龄接着说："逸少（王羲之）名高且贵雅。"

王濛立即道："我家王述也不是不贵雅。"

到了晚年，王述声名日重，出任扬州刺史，成为王羲之的上司，后者得此消息，急派人赴京城要求将会稽划归越州，但没有得到朝廷批准，此事流传开来，成为大家的谈资。羲之深以为恨，跟儿子徽之、献之说："我能力不比王述差，而现在他的地位却超过了我！是因为你们的才华不如王述之子王坦之的缘故吗？"

后王羲之愤而辞职，于父母墓前发誓永不为官。

这时候，王羲之大约会回忆起许多年前的一幕："郗太傅在京口，遣门生与王丞相书，求女婿。丞相语郗信：'君往东厢，任意选之。'门生归，白郗曰：'王家诸郎亦皆可嘉，闻来觅婿，咸自矜持，唯有一郎在东床上坦腹卧，如不闻。'郗公云：'正此好！'访之，乃是逸少，因嫁女与焉。"

魏晋时期，世族之间以联姻的形式互为支持，盘根错节。

西晋时，王家、羊家、裴家、阮家就互联姻缘；东晋时，王家、郗家、谢家等也是如此。太傅郗鉴在京口，遣门生带给王导一封信，求女婿。

王导说："君往东厢房，任意选之。"

可见，在当时是先确定对方的家族，随后再确定具体人选。

门生归来对郗鉴说："王家诸位公子郎确实都不错，听说来选女婿，一个个都挺矜持的，只有一个哥们儿坦腹东床，好像没听到这回事儿一样。"

郗公说："就是他了！"

随后一问，其人正是王羲之。从这个细节可以看出来，王羲之也是自由不羁的。他少有令名，受大将军王敦的喜爱，曾对羲之说："你是我王家佳子弟，当不会比阮裕差！"

时人更是称羲之"飘如游云，矫若惊龙"。羲之曾为庾亮部下，后者称："逸少（羲之）国举！"也就是国家应该推荐的人才。

现在，王羲之在仕途上并不得意。

于是，从那以后他就完全辞官，游于林野，或登山远足，或攀岩采药，徜徉在幽谷高峰，每每忘归而叹道："我卒当以乐死！"

多年后，南北朝画家宗炳追慕王羲之的生活方式，而成为一个更纯粹的山水爱好者。按史上记载，他"每游山水，往辄忘归"，"爱远游，西陟荆、巫，南登衡、岳，因而结宇衡山"。他潜幽谷，行远山，达三十年之久。晚年时，不能再远行，于是把自己曾去过的山水都画于家中墙壁上："抚琴动操，欲令众山皆响。"

这是王羲之在中国士人内心深处所开辟的山水之路。

公元361年，一代书圣就真的在山水间快乐地死去了。

王羲之死后，兰亭的时光终于不再悠然缓慢。到公元383年淝水之战后，一切都加速了。战后再过两年，谢安死，预示着一个时代的大幕即将落下。

公元420年，起身于寒族的武人刘裕灭东晋，开始重新恢复皇权政治和儒家传统，换句话说，开始给士人重新念起紧箍咒。虽然魏晋南北朝统称，名家士族在南朝也仍受尊重，但实际上南朝与魏晋，已经是绝然不同的两个时代。

从竹林到兰亭，一个时代，慢慢合上了自己的书册。

在当下的时代，我们追寻魏晋，是因为那一代名士人格独立、精神自由、性情率真、爱惜自我，他们高旷美好的品格，透过千年的时光震撼着我们的内心。我们追慕，是因为我们缺乏我们迷失并准备在污浊中继续执迷。很多时候，我们并不了解人生的真相；我们怀念，是因为我们的祖辈曾经拥有远远比我们纯粹的深情。

附录 魏晋时代年表

魏文帝曹丕（公元 220 年—226 年）在位，确立了魏晋时期选拔人才的方式即九品中正制，后演化为高门士族的门阀政治。其人爱慕通达，在位时，社会风向由慷慨悲凉转向率性不羁，东汉后期萌芽的魏晋风度渐呈浩荡之势。

魏明帝曹叡（公元 226 年—239 年）在位，执政风格严苛，司马懿开始成为重臣，与诸葛亮激烈对抗。朝野之间，门阀士族的力量进一步加大。

魏齐王曹芳（公元 239 年—254 年）在位，"正始之音"即魏晋玄学自此正式发轫。司马懿发动"高平陵之变"，剪除曹爽集团，司马家族依靠士族的支持，完全掌握魏国权力。亦为"竹林七贤"活动期。曹芳帝位为司马师所废。

魏高贵乡公曹髦（公元 254 年—260 年）在位，被司马昭所派贾充之部下成济所弑。

魏元帝曹奂（公元 260 年—265 年）在位，司马家灭蜀。曹奂将帝位禅让给司马炎。

晋武帝司马炎（公元 265 年—290 年）在位，灭吴，全国一统，风格宽简，爱慕名士，魏晋风度的推动者。

晋惠帝司马衷（公元 290 年—306 年）在位，智力低下。贾后当国，名士清谈，洛水优游，八王之乱。

晋怀帝司马炽（公元 306 年—311 年）在位，永嘉之乱，中原板荡。

晋愍帝司马邺（公元 313 年—316 年）在位，五胡乱华，四海南奔。

晋元帝司马睿（公元 317 年—322 年）在位，晋朝在江东重建，琅邪王家执政，王与马，共天下。

晋明帝司马绍（公元 322 年—325 年）在位，风格英武，平王敦之乱。

晋成帝司马衍（公元 325 年—342 年）在位，苏峻之乱，琅邪王家、颍川庾家相继执政，清谈之风大盛。

晋康帝司马岳（公元 342 年—344 年）在位，颍川庾家执政，东晋进入中期。

晋穆帝司马聃（公元 344 年—361 年）在位，谯国桓家执政，永和政局安逸，兰亭雅集。

晋哀帝司马丕（公元 361 年—365 年）在位，谯国桓家执政，上承永和政局。

晋废帝司马奕（公元 365 年—371 年）在位，谯国桓家执政，上承永和政局，其帝位为桓温所废。

晋简文帝司马昱（公元 371 年—372 年）在位，谯国桓家执政，清谈皇帝。

晋孝武帝司马曜（公元 372 年—396 年）在位，陈郡谢家执政，淝水大战。战后东晋亦迅速转入没落萧条时期。司马曜被后妃所弑。

晋安帝司马德宗（公元 396 年—418 年）在位，智力低下。王恭兵变、桓玄之乱、孙恩暴动，东晋进入尾声。司马德宗被刘裕所弑。

晋恭帝司马德文（公元 418 年—420 年）在位，禅位于寒门出身的北府兵将领刘裕。后被杀。南北朝时代开始，儒家地位和皇权政治得以恢复，魏晋放旷不羁的时代风尚落下大幕。

图书在版编目(CIP)数据

魏晋风华:轻松读懂《世说新语》/魏风华著. —北京:中华书局,2017.1(2025.9 重印)
ISBN 978-7-101-11718-9

Ⅰ.魏… Ⅱ.魏… Ⅲ.《世说新语》-古典小说评论
Ⅳ.I207.419

中国版本图书馆 CIP 数据核字(2016)第 072069 号

书 名	魏晋风华:轻松读懂《世说新语》	
著 者	魏风华	
责任编辑	徐卫东	
封面设计	清水设计工作室	
责任印制	韩馨雨	
出版发行	中华书局	
	(北京市丰台区太平桥西里 38 号　100073)	
	http://www.zhbc.com.cn	
	E-mail:zhbc@zhbc.com.cn	
印 刷	三河市中晟雅豪印务有限公司	
版 次	2017 年 1 月第 1 版	
	2025 年 9 月第 16 次印刷	
规 格	开本/880×1230 毫米　1/32	
	印张 12⅜　插页 2　字数 240 千字	
印 数	137001-141000 册	
国际书号	ISBN 978-7-101-11718-9	
定 价	49.00 元	